EL AMOR QUE DEJAMOS ATRÁS

T0349040

Planeta Internacional

REBECCA YARROS

EL AMOR QUE DEJAMOS ATRÁS

Planeta

Título original: *The Things We Leave Unfinished*

Copyright © 2021 por Rebecca Yarros.
Publicado por primera vez por Entangled Publishing, LLC
Derechos de traducción gestionados por Alliance Rights Agency y Sandra
Bruna Agencia Literaria, SL
Todos los derechos reservados

Traducido por: Yara Trevethan Gaxiola
Diseño de portada: Bree Archer
Adaptación de portada: Planeta Arte & Diseño
Fotografía de la autora: © Katie Marie Seniors
Fotografías de portada: CatLane/GettyImages, cappels/GettyImages,
pkanchana/GettyImage

Derechos reservados

© 2025, Editorial Planeta Mexicana, S.A. de C.V.
Bajo el sello editorial PLANETA M.R.
Avenida Presidente Masarik núm. 111,
Piso 2, Polanco V Sección, Miguel Hidalgo
C.P. 11560, Ciudad de México
www.planetadelibros.com.mx

Primera edición en formato epub: octubre de 2024
ISBN: 978-607-39-2098-8

Primera edición impresa en México: octubre de 2024
Segunda reimpresión en México: marzo de 2025
ISBN: 978-607-39-1698-1

Impreso en los talleres de Impregráfica Digital, S.A. de C.V.
Av. Coyoacán 100-D, Valle Norte, Benito Juárez
Ciudad de México, C.P. 03103
Impreso y hecho en México – *Printed and made in Mexico*

Para Jason.
Por los días en los que la metralla se abre paso a la superficie
y nos recuerda que después de cinco despliegues
y veintidós años en uniforme,
somos los afortunados, amor mío.
Somos el relámpago.

CAPÍTULO UNO

Georgia

Mi queridísimo Jameson:

Este no es nuestro final. Mi corazón siempre permanecerá contigo sin importar dónde estés. El tiempo y la distancia son solo inconvenientes para un amor como el nuestro. Ya sean días, meses, o incluso años, esperaré. Esperaremos. Me encontrarás en donde el arroyo forma una curva alrededor de los álamos que se mecen, así como lo soñamos, te esperaré con el ser al que amamos. Me mata dejarte, pero lo haré por ti. Nos mantendré seguros. Te aguardaré cada segundo, cada hora, cada día durante el resto de mi vida, y si eso no es suficiente, entonces en la eternidad, que es exactamente hasta donde te amaré, Jameson.

Vuelve a mí, amor.
Scarlett

«Georgia Ellsworth». Pasé el pulgar con fuerza sobre mi tarjeta de crédito, deseando borrar las letras. Seis años de matrimonio, y con lo único que me marchaba era con un apellido que ni siquiera era mío.

En unos minutos tampoco tendría ni eso.

—¿Número noventa y ocho? —llamó Juliet Sinclair desde el

otro lado de la ventanilla de acrílico, como si no fuera yo la única persona en el Departamento de Vehículos de Motor de Poplar Grove y no hubiera estado ahí esperando durante la última hora.

Esta mañana había tomado un avión a Denver, manejé toda la tarde y aún no había llegado a casa, así de desesperada me sentía por deshacerme de los últimos rastros de Damian en mi vida. Con suerte, al deshacerme de su apellido me dolería menos perderlo a él y seis años de mi vida.

—Yo —respondí mientras guardaba mi tarjeta de crédito y me acercaba a la ventanilla.

—¿Dónde está tu turno? —preguntó extendiendo la mano y esbozando una sonrisa de superioridad y satisfacción que no había cambiado desde la preparatoria.

—Soy la única aquí, Juliet.

El agotamiento se había apoderado de cada nervio de mi cuerpo. Si tan solo pudiera terminar con esto, me acurrucaría en ese enorme sillón en la oficina de mi bisabuela, Gran, e ignoraría al mundo el resto de mi vida.

—La política dice…

—Basta, Juliet. —Sophie puso los ojos en blanco y se paró tras la ventanilla—. De cualquier forma, yo tengo los papeles de Georgia. Ve a tomar un descanso.

—Bien. —Juliet se apartó del mostrador y dejó libre el asiento para Sophie, quien se había graduado un año antes que nosotras.

—Qué gusto verte, Georgia —dijo, dirigiéndome una sonrisa demasiado amable.

—Igualmente —respondí, con la sonrisa que había practicado y me había permitido mantenerme en pie los últimos años mientras todo se desmoronaba a mi alrededor.

—Lo siento —se disculpó, avergonzada, al tiempo que arrugaba la nariz y se ajustaba los lentes—. Ella… Bueno, no ha cambiado mucho. En fin, parece que todo está en orden.

8

Me devolvió los papeles que mi abogado me había dado ayer en la tarde con mi nueva tarjeta del seguro social y los metí en el sobre. Era irónico que mientras mi vida se caía a pedazos, la manifestación física de esa disolución se mantenía unida por una grapa perfecta en cuarenta y cinco grados.

—No leí el acuerdo —añadió en voz baja.

—¡Salió en *Celebrity Weekly*! —canturreó Juliet, que estaba al fondo.

—¡No todos leemos esa basura sensacionalista! —repuso Sophie sobre su hombro; luego me ofreció una sonrisa empática—. Todos aquí estábamos muy orgullosos de la dignidad que mostraste durante… todo.

—Gracias, Sophie —respondí, tragándome el nudo que tenía en la garganta.

Lo único peor que fracasar en un matrimonio que todo el mundo me desaconsejó era que mi sufrimiento y humillación se publicaran en todos los sitios web y revistas que alimentaban a los amantes de los chismes, esos que devoraban las tragedias personales en nombre de un placer culposo. Durante los últimos seis meses mantuve la cabeza erguida y la boca cerrada mientras las cámaras acribillaban mi rostro, y esa fue precisamente la razón por la que me gané el apodo de la Reina de Hielo; sin embargo, si ese era el precio a pagar para conservar lo que me quedaba de dignidad, que así fuera.

—Entonces, ¿debo decir bienvenida a casa o solo estás de visita? —preguntó al tiempo que me entregaba un pequeño papel impreso que me serviría como licencia de manejo temporal hasta que la nueva me llegara por correo.

—Regresé para quedarme.

Mi respuesta hubiera podido transmitirse en la estación de radio; Juliet se aseguraría de que todo el mundo en Poplar Grove lo supiera antes de la cena.

—Bueno, ¡pues bienvenida a casa! —Esbozó una gran sonrisa—. Dicen que tu mamá también está en el pueblo.

El estómago me dio un vuelco.

—¿En serio? Yo... mmm... todavía no llego a casa.

«Dicen» significaba que habían visto a mamá en alguno de los dos supermercados o en el bar local. Esto último era lo más probable. Pero claro, quizá era una buena...

«No termines esa frase».

Incluso solo pensar que mamá podía estar aquí para ayudarme, podía implicar una decepción. Algo quería.

Carraspeé.

—¿Cómo está tu papá?

—¡Bien! Al parecer, por fin está fuera de peligro. —Su rostro se ensombreció—. En verdad lamento lo que te sucedió, Georgia. Si mi esposo... no puedo ni imaginarlo —Negó con la cabeza—. En fin, no te merecías eso.

—Gracias —respondí al tiempo que aparté la mirada al advertir su anillo de bodas—. Saluda a Dan de mi parte.

—Lo haré.

Salí a la luz de la tarde que iluminaba la calle Main con un brillo reconfortante y evocador, como una pintura de Rockwell y suspiré aliviada. Había recuperado mi nombre y el pueblo tenía el aspecto que recordaba. Las familias se paseaban y disfrutaban el verano, y los amigos platicaban con la pintoresca montaña rocosa al fondo. La población de Poplar Grove era más pequeña que su altitud, lo suficientemente grande para necesitar media docena de semáforos y tan unida que la privacidad era un lujo raro. Ah, y teníamos una librería excelente; Gran se había encargado de ella.

Aventé los papeles en el asiento del copiloto de mi coche rentado y me detuve un momento. Era probable que mamá estuviera en casa ahora; nunca le pedí que me devolviera la llave después del funeral. De pronto, ya no tenía tantas ganas de regresar a casa. Los últimos meses habían agotado mi compasión, mi fuerza, e incluso la esperanza. No estaba segura de poder lidiar con mamá cuando todo lo que me quedaba era rabia.

Pero había vuelto a mi hogar, donde podía recargar pilas hasta que me recuperara por completo.

«Recargar». Eso era exactamente lo que necesitaba antes de ver a mamá. Crucé la calle, hacia The Sidetable, la tienda que mi bisabuela ayudó a abrir con una de sus amigas más cercanas. Según el testamento que había dejado, ahora yo era la socia silenciosa. Era… todo.

Sentí una presión en el pecho al ver el letrero de venta en lo que había sido la tienda de mascotas del señor Navarro. Hacía un año que Gran me había enterado de su muerte y era un inmueble excelente en la calle Main. ¿Por qué no lo había adquirido otro negocio? ¿Poplar Grove tenía problemas? Esa posibilidad me revolvió el estómago cuando entré a la librería.

Olía a pergamino y a té, mezclado con olor a polvo y hogar. Durante el tiempo que viví en Nueva York, nunca encontré nada similar a ese aroma reconfortante en ninguna cadena de tiendas, el dolor llenó mis ojos de lágrimas al respirarlo de nuevo. Hacía seis meses que Gran había muerto y la extrañaba mucho; sentía que mi pecho se colapsaría por el hueco que había dejado.

—¿Georgia? —La señora Rivera quedó boquiabierta un segundo y luego sonrió desde atrás del mostrador, mientras sostenía su teléfono entre la oreja y el hombro—. Espera un segundo, Peggy.

—Hola, señora Rivera —saludé con una sonrisa y un gesto con la mano al ver su rostro acogedor y familiar—. No cuelgue por mí, solo estoy de paso.

—¡Qué maravilla verte! —Volteó a ver al teléfono—. No, no tú, Peggy. ¡Georgia acaba de entrar! —Sus ojos castaños se encontraron con los míos—. Sí, «esa» Georgia.

Volví a agitar la mano mientras ellas continuaban su conversación, luego me dirigí a la sección de novelas románticas, donde la bisabuela tenía un montón de estantes completos dedicados a los libros que había escrito. Tomé la última novela que publicó y desplegué la sobrecubierta para poder ver su rostro. Teníamos los mismos ojos azules, pero había dejado de teñirse de negro el cabello en su cumpleaños número setenta y cinco, un año después de que mamá me abandonara frente a su puerta la primera vez.

En la fotografía, Gran llevaba perlas y una blusa de seda, aunque la mujer real siempre se vestía de overoles sucios por trabajar en el jardín, y con un sombrero para el sol lo suficientemente amplio como para dar sombra a todo el condado. Sin embargo, su sonrisa era la misma. Tomé otro libro, anterior, para ver una segunda versión de esa sonrisa.

Sonó la campanilla de la puerta y, un momento después, un hombre que hablaba por celular empezó a buscar en el pasillo de ficción general, justo detrás de mí.

—«Una Jane Austen contemporánea» —murmuré la cita de la portada. Siempre me sorprendió que la bisabuela tuviera el alma más romántica que yo hubiera conocido, y que, no obstante, pasara la gran mayoría de su vida sola, escribiendo libros sobre el amor cuando solo pudo vivirlo unos cuantos años. Aun cuando después se volvió a casar, entonces con el bisabuelo Brian, solo tuvieron una década juntos antes de que el cáncer se lo llevara. Quizá las mujeres de mi familia estaban malditas cuando se trataba de su vida amorosa.

—¿Qué demonios es esto? —tronó la voz del hombre.

Arqueé las cejas y miré sobre mi hombro. Tenía en la mano un libro de Noah Harrison en el que, oh sorpresa, se apreciaban dos figuras humanas en la clásica posición de casi besarse.

—Porque no estaba revisando mi correo electrónico en medio de los Andes, así que sí, es la primera vez que veo el nuevo.

El tipo, evidentemente furioso, sacó otro libro de Harrison y lo sostuvo al lado del primero. Dos parejas distintas exactamente en la misma postura.

Sin duda me quedaría con mi selección o con cualquier cosa en esta sección.

—Se ven idénticas, ese es el problema. El problema con la anterior… ¡Sí, estoy enojado! Llevo dieciocho horas viajando y, por si ya lo olvidaste, tuve que cancelar mi viaje de investigación por estar aquí. Te estoy diciendo que son «exactamente» iguales. Espera, te lo voy a probar. ¿Señorita?

—¿Sí?

Giré un poco, alcé la mirada y encontré, justo frente a mí, dos portadas de libros. «Adiós al espacio personal», pensé.

—¿Le parecen iguales?

—Sí. Bastante similares.

En su lugar puse en el estante uno de los libros de Gran y en mi mente murmuré un adiós, como hacía cada vez que visitaba uno de sus libros en alguna tienda. ¿Extrañarla alguna vez sería más fácil?

—¿Lo ves? ¡Porque se supone que no deben ser iguales! —reclamó el tipo.

Por suerte, le hablaba así a la pobre persona con la que hablaba por teléfono, porque si hubiera usado ese tono conmigo, habría problemas.

—Bueno, en su defensa, todos sus libros también dicen lo mismo —mascullé.

«Mierda». El comentario se me escapó antes de que pudiera evitarlo. Supongo que mi filtro estaba igual de anestesiado que mis emociones.

—Perdón… —agregué volteando hacia él y levantando la mirada hasta encontrarme con sus dos cejas oscuras arqueadas por el asombro sobre un par de ojos igual de oscuros. «¡Guau!».

Mi corazón estropeado dio un vuelco, igual que el de todas las heroínas en los libros de mi bisabuela. Era el hombre más apuesto que jamás había visto en mi vida, y como la ahora exesposa de un director de cine, había visto bastantes.

«No, no, no. Eres inmune a los hombres guapos», me advirtió el hemisferio lógico de mi cerebro, pero estaba demasiado ocupada mirándolo como para escuchar.

—No leen el… —Parpadeó—. Te llamo más tarde.

Pasó ambos libros a una mano, colgó y metió el teléfono en su bolsillo.

Parecía de mi edad, veintimuchos o treinta y pocos; medía al menos uno ochenta, y su cabello negro, como si acabara de levantarse, caía descuidado sobre su piel bronceada color olivo, sin llegar hasta esas cejas negras y arqueadas y sus ojos castaños increíblemente profundos. Tenía la nariz recta, los labios dibujados en contornos exuberantes que solo servían para recordarme con claridad cuánto tiempo hacía que nadie me besaba; su mentón estaba oscurecido por una barba incipiente. Todos sus rasgos eran angulares, esculpidos y, por los músculos flexibles de sus antebrazos, hubiera apostado la librería a que estaba familiarizado con el interior de un gimnasio… y probablemente con el de una recámara.

—¿Acaba de decir que todos sus libros son iguales? —preguntó con lentitud.

Parpadeé. «Cierto. Los libros». Me di una bofetada mental por haber perdido el hilo por una cara bonita. Apenas había recuperado mi apellido veinte minutos atrás, y los hombres estaban fuera del menú en el futuro predecible. Además, él ni siquiera era de por aquí. Dieciocho horas de viaje o no, era evidente que su pantalón de vestir hecho a la medida era de diseñador, y las mangas de su camisa de lino blanco estaban remangadas en ese estilo informal y despreocupado que era todo menos descuidado. Los hombres de Poplar Grove no se molestaban en comprar pantalones de mil dólares ni tenían acento neoyorquino.

—Mucho. El chico conoce a la chica, se enamoran, viven una tragedia, alguien muere. —Me encogí de hombros, orgullosa de no sentir que el calor subía a mis mejillas, delatándome—. Agreguemos un poco de dramatismo legal en los tribunales, un poco de sexo insatisfactorio, aunque poético, quizá una escena de playa y eso es todo. Si es lo que le gusta, no puede equivocarse con ninguno de los libros.

—¿Insatisfactorio? —Frunció el ceño, miró ambos volúmenes y luego a mí—. No siempre muere alguien.

Supuse que había leído uno o dos libros de Harrison.

—Okey, el ochenta por ciento de las veces. Ande, véalo por usted mismo —sugerí—. Esa es la razón por la que están en ese lado —expliqué señalando el letrero que rezaba ficción general— y no en este —agregué moviendo el índice hacia el letrero de novela romántica.

Quedó boquiabierto un segundo.

—O quizá sus historias son más que sexo y expectativas ingenuas.

Su atractivo disminuyó cuando me dijo a la cara una de las cosas que más me fastidiaban.

Se me pusieron los pelos de punta.

—El romance no se trata de expectativas ingenuas y sexo. Trata de amor y de superar la adversidad mediante lo que se puede considerar una experiencia universal.

15

Eso era lo que Gran y la lectura de miles de novelas románticas me habían enseñado en mis veintiocho años.

—Y, al parecer, sexo satisfactorio —dijo alzando una ceja.

Hice un gran esfuerzo para no sonrojarme por la manera en la que sus labios parecían acariciar esa palabra.

—¡Ey! Si no le gusta el sexo o si se siente incómodo con una mujer que asume su sexualidad, entonces eso sí dice más sobre usted que sobre el género literario, ¿no cree? —Incliné la cabeza hacia un lado—. ¿O no está de acuerdo con los finales felices?

—Estoy totalmente a favor del sexo, de que las mujeres asuman su sexualidad y de los finales felices. —Su voz se convirtió en un gruñido.

—Entonces, definitivamente esos no son los libros para usted pues lo único que adoptan es la miseria universal, pero si es eso lo que le gusta, disfrútelo.

«No es la manera de dejar atrás a la Reina de Hielo», pensé. Ahí estaba yo, discutiendo con un completo desconocido en una librería.

Él negó con la cabeza.

—Son historias de amor. Aquí lo dice.

Levantó uno de los ejemplares que, por casualidad, tenía una cita de Gran. «La» cita. La que el editor le rogó a mi bisabuela escribir, hasta que cedió; al final, ellos tuvieron que conformarse con lo que ella redactó.

—«Nadie escribe historias de amor como Noah Harrison» —leí en voz alta; una sonrisa curvó mis labios.

—Yo diría que Scarlett Stanton es una autora de novelas románticas muy respetada, ¿no lo cree usted? —Una sexi sonrisa se formó en su rostro letalmente—. Si ella dice que es una historia de amor, entonces es una historia de amor.

¿Cómo alguien tan devastadoramente apuesto podía sacarme tanto de mis casillas?

—Yo diría que Scarlett Stanton fue la autora de novelas románticas más respetada de su generación.

Sacudí la cabeza, acomodé el otro libro de Gran en su lugar y di media vuelta para alejarme antes de perder la compostura con este tipo que usaba el nombre de mi bisabuela como si supiera algo de ella.

—Entonces es seguro considerar su recomendación, ¿cierto? Si un hombre quiere leer una historia de amor. ¿O será que solo aprueba las historias de amor escritas por mujeres? —agregó al darme la espalda.

«¿Es en serio?». Di media vuelta al final del pasillo, mi mal genio me estaba dominando cuando me enfrenté a él.

—Lo que no ve en esa cita es el resto.

—¿Qué quiere decir? —Se dibujaron dos arrugas entre sus cejas.

—Esa no era la cita original.

Miré al techo tratando de recordar sus palabras exactas. «¿Cómo era? "Nadie escribe una ficción dolorosa y depresiva, disfrazada de historia de amor, como Noah Harrison". El editor la modificó para la publicidad». Pero eso era ir demasiado lejos. Casi podía escuchar la voz de mi bisabuela en mi cabeza.

—¿Qué?

Debió de ser la manera en la que cambió bajo las luces fluorescentes, pero me pareció que palidecía.

—Mire, sucede todo el tiempo. —Lancé un suspiro—. No estoy segura de que se haya dado cuenta, pero aquí en Poplar Grove todos conocíamos muy bien a Scarlett Stanton, y no era alguien que se guardara sus opiniones.

«Supongo que es genético».

—Si recuerdo bien —continué—, sí dijo que tenía talento para la descripción y que disfrutaba... las aliteraciones. —Eso fue lo más amable que dijo—. No estaba en contra de su narrativa, solo de sus historias.

Un músculo de su mandíbula se estremeció.

—Pues a mí me gusta la aliteración en las historias de amor. —Empezó a alejarse con ambos libros hacia la caja—. Gracias por la recomendación, señorita…

—Ellsworth —respondí enseguida, haciendo un pequeño gesto cuando la palabra escapó de mis labios; «ya no»—. Disfrute sus libros, señor…

—Morelli.

Asentí y me marché, sintiendo que me seguía con la mirada mientras la señora Rivera registraba sus libros en la caja.

Y yo lo único que quería era un poco de paz. ¿Qué fue lo peor de toda esa esa discusión? Quizá él tenía razón y los libros que la bisabuela escribió eran poco realistas. La única persona que conocí que tuvo un final feliz fue mi mejor amiga, Hazel, y tan solo llevaba cinco años de matrimonio; era difícil dar un veredicto.

Cinco minutos después llegué a nuestra calle y pasé por la cabaña Grantheam, la más cercana de las propiedades en renta de la abuela. Parecía vacía, por primera vez desde… siempre. Como solo estaba a media hora de Breckenridge, las propiedades nunca estaban solas por mucho tiempo en esta zona.

«Mierda. Olvidaste ponerte de acuerdo con el agente inmobiliario». Era probable que fuera una de las docenas de correos de voz que no escuché, o quizá uno de los mil correos electrónicos que no leí. Por lo menos el buzón de voz había dejado de aceptar nuevos mensajes, pero los correos se seguían acumulando. Necesitaba reponerme. Al resto del mundo no le importaba que Damian me hubiera roto el corazón.

Me estacioné frente a la entrada de la casa en la que crecí. Al fondo del sendero semicircular había un coche rentado.

«Mamá debe estar aquí». El constante agotamiento aumentó y me inundó.

Dejé las maletas para más tarde, pero tomé mi bolso y me dirigí a la puerta principal de la casa colonial de setenta años de antigüedad. «Faltan las flores». Aquí y allá florecían plantas perennes, todas un poco secas, pero faltaban las manchas de colores brillantes en los macizos que acostumbraban bordear la entrada en esta época del año.

Los últimos años que Gran estuvo demasiado débil para estar largo tiempo de rodillas, venía a ayudarla a plantar. Damian no me extrañaba… aunque ahora sabía por qué.

—¿Hola? —saludé al entrar al vestíbulo.

Sentí un nudo en el estómago con el olor a ceniza que impregnaba el ambiente. ¿Fumaron en la casa de Gran? Parecía que no habían limpiado el piso de madera desde el invierno; sobre la mesa del recibidor había una gruesa capa de polvo. A la bisabuela le hubiera dado un infarto si viera su casa así. ¿Qué pasó con Lydia? Le pedí a la contadora de Gran que conservara al ama de llaves en la nómina.

Se abrieron las puertas de la sala y mamá salió; llevaba un atuendo elegante. Su sonrisa deslumbrante se esfumó al verme, pero de inmediato volvió a sonreír.

—¡Gigi!

Abrió los brazos y me dio un abrazo de dos segundos con una palmadita en la espalda, algo que definía muy bien nuestra relación. Dios mío, odiaba ese apodo.

—¿Mamá? ¿Qué haces aquí? —pregunté con amabilidad; no quería deprimirla.

Ella se tensó y se apartó. Su sonrisa vaciló.

—Bueno… te he estado esperando, cariño. Sé que para ti fue muy difícil perder a Gran, y ahora perdiste a tu marido; imaginé que quizá necesitarías un lugar tranquilo para serenarte. —Su expresión emanaba simpatía al mirarme de arriba abajo; puso las manos suavemente sobre mis hombros y terminó su escrutinio levantando las cejas—. Definitivamente te ves desconsolada. Sé que ahora es difícil, pero te juro que la próxima vez será más fácil.

—No quiero que haya una próxima vez —admití en voz baja.

—Nunca queremos.

Su mirada se suavizó como nunca.

Dejé caer los hombros; las gruesas defensas que había construido a lo largo de los años se resquebrajaron. Quizá mamá le había dado vuelta a la página y empezaba un nuevo capítulo. Hacía años que no pasábamos un tiempo verdaderamente juntas y tal vez habíamos llegado a un punto en el que podríamos…

—¿Georgia? —preguntó un hombre por la abertura de las puertas francesas—. ¿Él ya está aquí?

Me quedé atónita.

—Christopher, ¿me das un segundo? Mi hija acaba de llegar a casa.

Mamá le lanzó una sonrisa absolutamente encantadora que hubiera cautivado a sus primeros cuatro maridos, luego tomó mi mano y me jaló a la cocina antes de que yo pudiera echar un vistazo a la sala.

—Mamá, ¿qué está pasando? Y no te molestes en mentirme. Por favor, sé honesta.

Titubeó, haciéndome recordar que su capacidad para cambiar planes sobre la marcha solo era desplazada por su incapacidad emocional: en ambos rubros destacaba.

—Estoy cerrando un negocio —dijo despacio, como si estuviera considerando sus palabras—. Nada de qué preocuparse, Gigi.

—No me llames así, sabes que lo odio.

Gigi era una niña que pasaba demasiado tiempo mirando por la ventana los faros traseros de los coches; yo ya había crecido.

—¿Un negocio? —pregunté entrecerrando los ojos.

—Todo surgió mientras esperaba que llegaras a casa. ¿Es tan difícil de creer? Demándame por tratar de ser una buena madre.

Alzó la barbilla y parpadeó rápidamente; apretó los labios como si la hubiera lastimado. No le creía nada.

—¿Cómo sabe mi nombre?

Algo aquí no estaba bien.

—Todos saben tu nombre, gracias a Damian. —Tragó saliva y se ajustó su perfecto chongo francés color ébano. Estaba mintiendo—. Sé que estás dolida, pero en verdad creo que hay una posibilidad de que puedas recuperar a tu marido si jugamos bien nuestras cartas.

Estaba tratando de distraerme. Pasé a su lado y me dirigí a la sala con una sonrisa. Dos hombres se pusieron de pie de un salto. Ambos iban de traje, pero el que se había asomado por la puerta parecía tener unos buenos veinte años más que el otro.

—Disculpen la impertinencia. Soy Georgia Ells... —«Carajo». Me aclaré la garganta—. Georgia Stanton.

—¿Georgia? —repitió el más viejo al tiempo que palidecía—. Christopher Charles —dijo lentamente, lanzando una mirada hacia la puerta por la que entraba mi madre.

Reconocí su nombre: el editor de Gran. Él era el director editorial cuando ella publicó su último libro hace como diez años, cuando tenía noventa.

—Adam Feinhold. Gusto en conocerla, señora Stanton —Se presentó el más joven.

Ambos adquirieron un tono definitivamente ceniciento cuando nos miraron a mi madre y a mí de forma alternativa.

—Y ahora que todos se presentaron, Gigi, ¿tienes sed? Te voy a preparar algo —sentenció mamá apresurándose hacia mí con la mano extendida.

La ignoré y me senté en el gran sillón capitonado que estaba en una posición dominante en la disposición de los asientos y me hundí en su familiar comodidad.

—¿Y qué es exactamente lo que hace el editor de mi bisabuela en Poplar Grove, Colorado?

—Están aquí para hablar del negocio de un libro, por supuesto —respondió mamá al tiempo que se sentaba al borde del sofá más cercano a mí y se alisaba el vestido.

—¿Qué libro? —le pregunté a Christopher y a Adam directamente.

Mamá tenía muchos talentos, pero escribir no era uno de ellos; yo había visto suficientes acuerdos en la industria editorial como para saber que los editores no tomaban aviones solo por diversión.

Christopher y Adam se miraron, confundidos, por lo que repetí mi pregunta.

—¿Qué libro?

—Me parece que no tiene título —respondió Christopher con cautela.

Cada músculo de mi cuerpo se tensó. Hasta donde yo sabía, existía un solo libro que Gran no tituló ni vendió. «Mamá no se atrevería... ¿o sí?».

Él tragó saliva y volteó a ver a mi madre.

—Estamos terminando de firmar unos documentos y nos llevaremos el manuscrito. Como bien sabe, a Scarlett no le gustaban las computadoras y no quisimos arriesgar algo tan valioso como el único original y dejarlo a la suerte de los dioses de paquetería.

Compartieron una risa incómoda y mamá los imitó.

—¿Qué libro?

Esta vez la pregunta iba dirigida a mi mamá; sentía el estómago revuelto.

—Su primero… y último. —La súplica en su mirada era inconfundible y odié la manera en que se las arreglaba para partirme el corazón—. El libro sobre el abuelo Jameson.

Estuve a punto de vomitar ahí mismo, sobre el tapete persa que Gran amaba.

—No está terminado.

—Por supuesto que no, querida. Pero me aseguré de que contrataran al mejor de los mejores para que lo acabara —explicó mamá con un tono meloso que no ayudó a calmar mis náuseas—. ¿No crees que la abuela Scarlett hubiera querido que se publicaran sus últimas palabras?

Me lanzó «la sonrisa», la que a los desconocidos les parecía abierta y bien intencionada, pero que era pura amenaza de un castigo privado si me atrevía a avergonzarla en público.

Me había enseñado tan bien que yo le sonreí igual.

—Creo que si Gran hubiera querido que ese libro se publicara, hubiera terminado de escribirlo, mamá.

¿Cómo se atrevía a hacer esto? ¿Cerrar un trato por ese libro a mis espaldas?

—No estoy de acuerdo —contrarió levantando las cejas—. Dijo que ese libro era su legado, Gigi. Nunca pudo dominar sus emociones para terminarlo y me parece que lo adecuado es que lo hagamos por ella. ¿No crees?

—No. Y puesto que yo soy la única beneficiaria en su testamento, la albacea de su fideicomiso literario, lo único que importa es lo que yo pienso.

Puse las cartas sobre la mesa con la más mínima emoción de la que fui capaz.

Dejó de fingir y me miró con asombro.

—Georgia, sin duda no vas a negar…

—¿Las dos se llaman Georgia? —preguntó Adam con una voz que se agudizó.

Parpadeé conforme las piezas empezaron a encajar y lancé una carcajada.

—Esto es ridículo.

No solo estaba haciendo un trato a mis espaldas, estaba usurpando mi identidad.

—Gigi... —suplicó mamá.

—¿Ella les dijo que era Georgia Stanton? —pregunté, poniendo toda mi atención en los hombres trajeados.

—Ellsworth, pero sí —asintió Christopher, quien se ruborizó al entender.

—No lo es. Ella es Ava Stanton-Thomas-Brown-O'Malley... ¿o sigues siendo Nelson? No recuerdo si te lo volviste a cambiar —dije mirándola con las cejas arqueadas.

Mamá se puso de pie de un salto y exclamó:

—A la cocina. Ahora.

—Si nos disculpan un momento —pausé lanzando una rápida sonrisa a los ingenuos editores y me dirigí a la cocina; necesitaba escuchar su explicación.

—¡No me vas a arruinar esto! —siseó cuando llegamos a la habitación en la que Gran cocinaba todos los sábados.

Sobre la barra había platos desperdigados, y un olor a comida echada a perder impregnaba el aire.

—¿Qué pasó con Lydia? —pregunté señalando el desorden.

—La corrí. Era una metiche —respondió encogiéndose de hombros.

—¿Hace cuánto que vives aquí?

—Desde el funeral. Te estaba esperando...

—No mientas. Despediste a Lydia porque sabías que me diría que buscabas el libro. —Por mis venas corrió una rabia que me tensó la mandíbula—. ¿Cómo pudiste?

Sus hombros se desplomaron.

—Gigi...

24

—Odio ese apodo desde que tengo ocho años. Te lo repito: no me llames así —exijo—. ¿En verdad creíste que te saldrías con la tuya al hacerte pasar por mí? ¡Tienen abogados, mamá! En algún momento hubieras tenido que darles una identificación.

—Pues estaba funcionando hasta que llegaste.

—¿Y Helen? —me burlé—. Dime que no ofreciste el manuscrito sin considerar a la agente de Gran.

—Iba a llamarla tan pronto como hicieran una oferta oficial. Te lo prometo, solo están aquí para llevarse el libro y leerlo con cuidado.

Sacudí la cabeza ante su absoluta... ni siquiera tenía la palabra para describirlo.

Lanzó un suspiro como si fuera yo quien le había roto el corazón y sus ojos se llenaron de lágrimas.

—Lo siento, Georgia. Estaba desesperada. Por favor, haz esto por mí. El adelanto me ayudará a recuperarme...

—¿En serio? —La fulminé con la mirada—. ¿Todo esto es por dinero?

—¡En serio! —Azotó las palmas sobre la barra de granito—. Mi propia abuela me sacó de su testamento para ponerte a ti. ¡Tú tienes todo y a mí me dejó sin nada!

Las fracciones desprotegidas de mi corazón se llenaron de culpa, las pequeñas esquirlas que vivían en negación y que nunca comprendieron el mensaje de que no todas las madres querían ser mamás, y que la mía era una de ellas. Gran la había sacado del testamento, pero no fue por mí.

—No hay nada que pueda darte, mamá. Ella nunca terminó el libro y sabes por qué. Dijo que solo lo había escrito para la familia.

—¡Lo escribió para mi padre! ¡Y yo soy familia! Por favor, Georgia. —Hizo un ademán para señalar a nuestro alrededor—. Tú tienes todo esto. Dame una sola cosa y te juro que lo compartiré contigo.

—No se trata del dinero.

Ni siquiera yo había leído el libro, ¿y ella quería entregarlo?

—Eso dice la mujer que tiene millones.

Sujeté el borde de la barra de la isla de la cocina y respiré varias veces profundamente, tratando de estabilizar mi corazón, de darle sentido a una situación que no lo tenía. ¿Yo poseía estabilidad financiera? Sí. Pero los millones de Gran estaban reservados para obras de beneficencia, de acuerdo con lo que ella estipuló, y mamá no era un caso de caridad.

Pero sí era mi único familiar vivo.

—Por favor, cariño. solo escucha los términos de la oferta. Es todo lo que te pido. ¿No puedes darme al menos eso? —Su voz vaciló—. Tim me abandonó. Estoy… en bancarrota.

Su confesión golpeó mi alma recién divorciada. Nuestros ojos se encontraron, tonos idénticos de lo que Gran había llamado el «azul Stanton». Ella era todo lo que yo tenía, y no importaba cuántos años o terapeutas hubieran ido y venido, nunca pude deshacerme de las ganas de complacerla para probar que yo valía la pena.

Sin embargo, nunca imaginé que el dinero fuera el catalizador, aunque esa era una prueba de su personalidad, no de la mía.

—Solo escucharé.

—Es todo lo que te pido. —Mamá asintió con una sonrisa agradecida—. En serio me quedé por ti —murmuró—. Encontré el libro por casualidad.

—Vamos.

«Antes de que empiece a creerte», pensé.

Los hombres parecían desesperados mientras trataban de explicar los términos que le habían ofrecido a mi madre. Lo podía ver en sus ojos: sabían que la mina de oro que representaba el último libro de Scarlett Stanton se les escapaba de las manos pues, en realidad, nunca lo habían tenido.

—Tengo que llamar a Helen. Estoy segura de que recuerdan a la agente de mi bisabuela —dije cuando acabaron de hablar—. Y los derechos cinematográficos no están a discusión; saben qué era lo que ella pensaba del tema.

Gran odiaba las adaptaciones cinematográficas.

El rostro de Christopher se tensó.

—¿Y dónde está Ann Lowell?

Ella había sido la editora de Gran durante más de veinte años.

—Se jubiló el año pasado —respondió Christopher—. Adam es el mejor editor que tenemos y trajo a su mejor escritor para que terminara lo que, según nos han dicho, ¿será un tercio del libro? —agregó volteando a ver a mi mamá.

Ella asintió. ¿Lo había leído? Un gusto amargo de celos cubrió mi lengua.

—Es el mejor —dijo Adam con efusión y mirando su reloj—. Millones de ventas, una pluma fenomenal, aclamado por la crítica y, lo mejor de todo, un acérrimo admirador de Scarlett Stanton. Ha leído todo lo que ella escribió al menos dos veces y se comprometió los siguientes seis meses en este proyecto para poder avanzar más rápido.

Luego, me lanzó una sonrisa tranquilizadora que no logró su cometido.

Entrecerré los ojos.

—¿Contrató a un hombre para terminar el libro de mi bisabuela?

Adam tragó saliva.

—En verdad es el mejor, lo juro. Y su mamá quería entrevistarse con él para asegurarse de que era la elección correcta, por eso está aquí.

Parpadeé, sorprendida de que mi madre hubiera sido tan meticulosa, y en verdad asombrada de que el escritor... «No».

—No recuerdo cuándo fue la última vez que él tuvo que presentarse para convencer a alguien —se sinceró Christopher con una risa.

Mis pensamientos cayeron como una fila de fichas de dominó. «Imposible».

—¿Está aquí ahora? —preguntó mamá mirando hacia la puerta y alisándose la falda.

—Acaba de estacionarse —indicó Adam señalando su Apple Watch.

—Georgia, quédate sentada. Yo recibiré a nuestro invitado.

Mamá se levantó de la silla y se apresuró a la puerta, dejándonos a los tres en un silencio incómodo que solo rompía el tictac del reloj.

—Conocí a su esposo en una gala el año pasado —agregó Christopher con una sonrisa apretada.

—Exesposo —lo corregí.

—Cierto. —Hizo un gesto—. Me pareció que sobreestimaron su última película.

Todas las películas que Damian había dirigido, salvo la de Gran, estaban sobrevaloradas, pero no entraría en el tema.

Una carcajada profunda y estruendosa estalló en el recibidor y se me pusieron los pelos de punta.

—¡Aquí está! —anunció mi madre con alegría al tiempo que abría las puertas de la sala.

Me puse de pie cuando él entró con mi madre y de alguna manera pude conservar el equilibrio cuando lo vi.

Su sonrisa coqueta se borró y me miró como si hubiera visto a un fantasma.

Mi corazón se desplomó.

—Georgia Stanton, le presento a… —empezó a decir Christopher.

—Noah Harrison, supongo.

Noah, el desconocido de la librería, asintió.

No me importaba lo inmoralmente guapo que fuera ese hombre; la única forma en la que podría poner sus manos en el libro de Gran era sobre mi cadáver.

CAPÍTULO DOS

Noah

Scarlett, mi Scarlett:

Espero que encuentres esta carta hasta que estés a la mitad del Atlántico, demasiado lejos para cambiar tu hermosa y obstinada mente. Sé que lo acordamos, pero pensar en no verte durante meses o años me destroza. Lo único que me mantiene es saber que estarás segura. Esta noche, antes de salir de nuestra cama para escribirte esto, traté de memorizar todo de ti. El aroma de tu cabello y la sensación de tu piel, la luz de tu sonrisa y la manera en la que tus labios se curvan cuando bromeas. Tus ojos, esos hermosos ojos azules, hacen que me arrodille cada vez y no puedo esperar verlos contra el cielo de Colorado. Amor mío, eres fuerte y mucho más valiente de lo que yo seré jamás. Te amo, Scarlett Stanton. Te he amado desde que bailamos aquella primera vez y te amaré el resto de mi vida. Resiste pensando en eso mientras estemos a un océano de distancia. Dale un beso a William de mi parte. Mantenlo seguro, a tu lado, y antes de que siquiera tengas tiempo de extrañarme, estaré en casa contigo, donde no hay sirenas por ataques aéreos ni bombas ni más misiones; donde no hay guerra, solo nuestro amor.

Nos veremos pronto.
Jameson

Stanton. La mujer hermosa y exasperante de la librería era la maldita Georgia Stanton.

Por primera vez en años me quedé mudo. Nunca había vivido ese momento del que tan a menudo escribía, en el que alguien mira a una absoluta desconocida y sencillamente «sabe». Ella volteó con un libro de mi autora favorita en la mano, lo miraba como si este tuviera las respuestas a la tristeza que había en sus ojos, y de pronto, ese momento era yo... hasta que estalló en pedazos cuando me di cuenta de lo que estaba diciendo.

«Nadie escribe una ficción dolorosa y depresiva, disfrazada de historia de amor, como Noah Harrison». Su afirmación anterior quedó grabada en mi mente, con toda la lesión y la agonía que provoca un hierro de marcar.

—¿Noah? —dijo Chris señalando el último asiento vacío en lo que parecía ser una confrontación

—Claro —masculló y avancé hacia Georgia—. Qué gusto conocerla oficialmente, Georgia.

Su apretón de manos era cálido, a diferencia de sus ojos azul cristalino. No podía ignorar ese sentimiento, el golpe de atracción instantánea, aunque supiera quién era en realidad. No podía evitarlo. Sus palabras me habían dejado inusitadamente tartamudo en la librería, y aquí estaba ahora, atragantándome de nuevo.

Era despampanante, exquisita en realidad. Su cabello caía en ondulaciones, tan negro que casi tenía un brillo azulado, y el contraste con su delicada piel color marfil me hizo pensar en un millón de referencias distintas de Blanca Nieves. «No es para ti, Morelli. Ella no quiere tener nada que ver contigo».

Pero la deseaba. Estaba destinado a conocer a esta mujer, lo sentía con cada fibra de mi ser.

—¿En serio compró sus propios libros? —me preguntó arqueando las cejas cuando solté su mano.

Tensé la mandíbula. Por supuesto que era eso lo que recordaba.

—¿Se suponía que debía devolverlos y dejar que pensara que su comentario me hizo cambiar de opinión?

—Lo elogio por su perseverancia —La comisura de su boca, sumamente apetecible, se curvó—, pero eso hubiera hecho que este momento fuera un poco menos incómodo.

—Creo que perdimos esa oportunidad cuando usted dijo que todos mis libros eran iguales.

«Y también dijo que el sexo era insatisfactorio». Solo necesitaba una noche para demostrarle qué tan satisfactorio podía ser.

—Lo son.

Tenía que reconocerlo: se la jugó a doble o nada. Supongo que yo no era el único obstinado.

La otra mujer en la habitación sofocó un gritito, mientras Chris y Adam murmuraron, recordándome que esta no era una visita social.

—Noah Harrison —dije estrechando la mano de la mujer mayor, al tiempo que examinaba sus rasgos, su color de tez, de cabello y de ojos.

Tenía que ser la… ¿madre de Georgia?

—Ava Stanton —respondió con una blanca y enceguecedora sonrisa—. Soy la madre de Georgia.

—Aunque podrían pasar fácilmente por hermanas —añadió Chris con gracia.

Hice un gran esfuerzo por no poner los ojos en blanco.

Georgia no se reprimió y tuve que contener una sonrisa.

Todos tomamos asiento; el mío estaba justo frente a Georgia. Se recargó en su sillón y cruzó las piernas; de alguna manera se las arreglaba para parecer tanto relajada como majestuosa en un par de jeans y una camisa negra ajustada.

«Un momento». En el fondo de mi mente había una suerte de reconocimiento. La había visto en algún lado, no solo en la librería. Por mi cabeza cruzaron imágenes de ella en un evento de gala. ¿Nuestros caminos se habían cruzado alguna vez?

—Entonces, Noah, ¿por qué no le explicas a Georgia, y a Ava, por supuesto, por qué deberían confiarte la obra maestra inconclusa de Scarlett Stanton? —me animó Chris.

Parpadeé.

—¿Perdón?

Había venido aquí para recoger el manuscrito, punto. Esa había sido la única condición por la que casi muero de emoción y acepté. Quería ser el primero en leerlo.

Adam se aclaró la garganta y volteó hacia mí con una mirada suplicante. ¿Era en serio?

—¿Noah? —repitió, y miró a las mujeres de forma significativa.

«Supongo que así es». Me debatía entre estallar a carcajadas o burlarme.

—¿Porque prometo no perderlo?

Mi voz se agudizó al final, haciendo que mi afirmación obvia pareciera una pregunta.

—Eso tranquiliza —agregó Georgia.

Entrecerré los ojos.

—Noah, vamos al recibidor —sugirió Adam.

—¡Yo voy a traer algo de beber! —ofreció Ava, poniéndose de pie enseguida.

Georgia apartó la mirada mientras yo seguía a Adam por las puertas francesas de la sala hasta el recibidor abovedado.

Por lo que sabía de las propiedades de los Stanton, la casa era modesta, pero el labrado de la madera en las molduras de corona y el pasamanos de la escalera curva hablaba tanto de la calidad como del estilo y buen gusto de la antigua dueña. Al igual que su narrativa impecable y cautivadora, era detallada sin caer en la frivolidad; la casa tenía un aspecto femenino sin incurrir en la categoría del espantoso papel tapiz floreado. Era sutil y elegante… me recordaba a Georgia, sin el mal genio.

—Tenemos un problema.

Adam se pasó las manos por el cabello rubio oscuro y me lanzó una mirada que solo le había visto una vez antes: cuando encontraron un error de ortografía en la portada de uno de mis libros que ya se había ido a imprenta.

—Te escucho —respondí cruzando los brazos sobre el pecho.

Adam era uno de mis amigos más cercanos y tan sensato como se puede ser en el medio editorial neoyorquino, así que si pensaba que teníamos un problema, lo teníamos.

—La madre nos hizo creer que era la hija —espetó.

—¿De qué forma?

Por supuesto, ambas mujeres eran hermosas, pero era obvio que Ava era una o dos décadas mayor.

—Nos hizo creer que ella tenía los derechos de este libro.

Mi estómago amenazó con devolver el almuerzo. Ahora tenía sentido: la madre quería que yo terminara el libro… Georgia, no. «Mierda».

—¿Me estás diciendo que el contrato que pasamos semanas negociando está a punto de venirse abajo?

Tensé la mandíbula. No solo había reservado tiempo para este proyecto, había cancelado toda mi vida por él; regresé a casa desde Perú. Quería este maldito libro y pensar que se me escapaba de las manos era inconcebible.

—Si no puedes convencer a Georgia Stanton de que eres el autor perfecto para terminar el libro, entonces eso es precisamente lo que te estoy diciendo.

—Carajo.

Los desafíos eran parte de mi vida; pasaba mi tiempo libre llevando mi cuerpo y mente al extremo para escalar rocas y escribir, y este libro era mi Everest mental, algo que me sacaba de mi zona de confort. Dominar la voz de otro autor, en particular una tan amada como Scarlett Stanton, no era solo una proeza profesional; también tenía intereses personales.

—Estoy de acuerdo —secundó Adam.

—La conocí antes de venir aquí. Odia mis libros.

Lo que no auguraba nada bueno para mí.

—Eso lo entendí. Por favor dime que no te portaste como el imbécil que eres —agregó entrecerrando los ojos.

—Ey, «imbécil» es un término relativo.

—Maravilloso. —Su tono rezumaba sarcasmo.

Me froté el entrecejo mientras mis pensamientos corrían a toda velocidad, tratando de encontrar alguna manera de cambiar la opinión de esta mujer quien, era obvio, tenía un juicio establecido en cuanto a mi prosa mucho antes de que nos conociéramos. No podía recordar la última vez que el trabajo duro o un poco de encanto no me hubieran puesto a mi disposición algo que deseara tanto como esto, y retroceder o darme por vencido no estaba en mi naturaleza.

—¿Qué te parece si tomas uno o dos minutos para organizar tus pensamientos y luego regresas para realizar el milagro?

Me dio una palmada en el hombro y me dejó ahí, en el recibidor, mientras Ava mataba el tiempo en la cocina.

Saqué mi teléfono del bolsillo trasero del pantalón y llamé a la única persona que sabía que me daría un consejo imparcial.

—¿Qué quieres, Noah?

Escuché la voz de Adrienne sobre la cacofonía de sus hijos al fondo.

—¿Cómo convenzo a alguien que odia mis libros que no soy un escritor de mierda? —pregunté en voz baja, volteando hacia la puerta de la oficina.

—¿En serio solo hablaste para que te alimentara el ego?

—No bromeo.

—Nunca te importó lo que pensara la gente. ¿Qué está pasando? —preguntó suavizando la voz.

—Es ridículo y complicado, y tengo como dos minutos para encontrar una respuesta.

—Okey. Bueno, en primer lugar, no eres un escritor de mierda, y como prueba, hay millones que te adoran.

El ruido del fondo se acalló, como si hubiera cerrado una puerta.

—Tienes que decir eso, eres mi hermana.

—Y he odiado al menos once de tus libros —respondió alegre.

Reprimí una risa.

—Ese número es extrañamente específico.

—No hay nada de extraño. Te puedo decir cuáles con exactitud…

—No me estás ayudando, Adrienne.

Examinaba la pequeña colección de fotografías que estaban sobre la mesa, entre una variedad de floreros de cristal. El que tenía la forma de una ola parecía de cristal soplado y estaba al lado de la foto de un niño pequeño, probablemente tomada a finales de los cuarenta. Había otra que parecía ser una fiesta de presentación… ¿quizá de Ava? Y otra de una niña que debía ser Georgia en un jardín. Incluso de niña parecía seria y un poco triste, como si el mundo ya la hubiera decepcionado.

—No sé por qué creo que no me llevará muy lejos decirle a Georgia Stanton que a mi propia hermana no le gustan mis libros —agregué.

—Lo que digo es que odié las tramas, no tu escri… —Adrienne calló—. Espera, ¿dijiste Georgia Stanton?

—Sí.

—Mierda —murmuró.

—Me quedan ya como treinta segundos.

Sentía cada latido como si fuera la cuenta atrás. ¿De qué manera todo se había deteriorado tan rápido?

—¿Qué demonios haces con la bisnieta de Scarlett Stanton?

—¿Recuerdas la parte de «complicado» en esta conversación? ¿Y tú cómo sabes quién es Georgia Stanton?

—¿Cómo no lo sabes tú?

Ava entró al recibidor; llevaba una pequeña charola con unos vasos que parecían contener limonada. Me lanzó una sonrisa y luego cruzó las puertas que estaban entreabiertas.

El tiempo se terminaba.

—Mira, Scarlett Stanton dejó un manuscrito inconcluso, y Georgia, quien odia mis libros, es quien debe decidir si yo lo termino.

Mi hermana contuvo el aliento.

—Di algo —añadí.

—Okey, okey. —Guardó silencio y casi podía ver los engranes que giraban en su veloz intelecto—. Dile a Georgia que, en ninguna circunstancia, Damian Ellsworth podrá dirigir, producir o siquiera husmear la historia.

Fruncí el ceño.

—Esto no tiene nada que ver con los derechos cinematográficos.

De cualquier forma, el tipo era un pésimo director; yo ya lo había descartado en más de una de mis opciones para llevar mis libros a la pantalla grande.

—Oh, vamos, tú vas a terminar un libro de Scarlett Stanton, eso es maravilloso.

No discutía eso. En cuarenta años, Scarlett nunca perdió la portada del *New York Times* cada vez que publicaba un libro.

—¿Qué tiene que ver Damian Ellsworth con las Stanton?

—¡Ah! Sé algo que tú no sabes. Qué extraño… —bromeó.

—Adrienne —refunfuñé.

—Déjame saborearlo solo un momento —canturreó.

—Voy a perder este contrato.

—Si lo pones así…

Imaginé cómo ponía los ojos en blanco.

—Ellsworth es, a partir de esta semana, el exesposo de Georgia. Él dirigió *La novia de invierno*…

—¿El libro de Stanton? ¿El del tipo que estaba atrapado en un matrimonio sin amor?

—Ese mismo. En fin, lo cacharon en un amorío con Paige Parker, es irónico, ¿no? La prueba saldrá en cualquier momento. ¿Nunca vas al supermercado? Georgia ha estado en las primeras planas de todas las revistas sensacionalistas los últimos seis meses. La llaman la Reina de Hielo porque no mostró muchas emociones y, ya sabes, la película.

—¿Hablas en serio?

El libro era una obra ingeniosa, pero cruel, sobre la altanera primera esposa que, si recordaba bien, murió antes de que el héroe y la heroína encontraran su final feliz. «Ni hablar que la vida imita al arte».

—La verdad es que es triste. —Su voz bajó de tono—. Para empezar, casi siempre evitaba los medios, pero ahora… está en todas partes.

—¡Carajo! —Rechiné los dientes.

Ninguna mujer se merecía eso. Mi padre me enseñó que un hombre era tan bueno como su palabra, y los votos matrimoniales eran eso: la palabra definitiva. Esa era una razón por la que nunca me había casado, no hacía promesas que no podría cumplir y nunca había estado con una mujer con la que estuviera dispuesto a renunciar a todas las otras.

—Okey. Gracias, Adrienne.

Crucé las puertas hacia la sala.

—Buena suerte. Espera, ¿Noah?

—¿Sí? —pregunté deteniendo mis dedos en la manija de latón.

—Estoy de acuerdo con ella.

—¿Perdón?

—Esto no se trata de ti, se trata de su bisabuela. Deja tu enorme ego en la puerta de entrada.

—No tengo un…

—Sí, lo tienes.

Lancé una risita. No había nada de qué avergonzarse por saber que era el mejor en lo que hacía, pero la novela romántica no era mi especialidad.

—¿Algo más? —pregunté con sarcasmo.

Nadie como mi hermana para hacer hincapié en los errores.

—Mmm… Deberías hablarle de mamá.

—No.

Eso no iba a suceder.

—Noah, te lo digo, las chicas se vuelven locas por los tipos que aman a su madre lo suficiente como para leerle. Te la ganarás, confía en mí. Pero no trates de coquetearle.

—No estoy coqueteando…

Ella rio.

—Te conozco y te quiero, pero he visto fotografías de Georgia Stanton y está muy por encima de tu estándar.

No podía contradecirla en eso.

—Qué encanto, gracias, y yo también te quiero. Nos vemos el próximo fin de semana.

—¡Nada extravagante!

—Lo que le compre por su cumpleaños a mi sobrina es entre ella y yo. Nos vemos.

Colgué y entré a la sala. Todos, menos Georgia, voltearon a verme, cada uno de con mayor esperanza que el otro.

Me tardé en regresar a mi asiento, haciendo una pausa para mirar la fotografía que había llamado la atención de Georgia.

Era de Scarlett Stanton, sentada detrás de un enorme escritorio con los lentes en la punta de la nariz mientras escribía en la misma vieja máquina de escribir escolar en la que redactó todos sus libros; sentada en el piso, recargada a un lado del escritorio, Georgia leía. Parecía que tenía como diez años.

Ella poseía los derechos del libro de su bisabuela, no su madre, quien era la nieta de Scarlett. Eso significaba que aquí había una dinámica familiar que sobrepasaba mi entendimiento.

En lugar de sentarme, me paré detrás de la silla que me habían asignado, sujetando ligeramente los dos extremos del respaldo y dándole la espalda a la chimenea. Examiné a Georgia como si fuera un acantilado que estaba decidido a escalar; buscaba el camino correcto, el mejor sendero.

—Esta es la cuestión —me dirigí a Georgia ignorando al resto en la habitación—: a usted no le gustan mis libros.

Arqueó una ceja e inclinó un poco la cabeza hacia un lado.

—No importa porque yo amo los libros de Scarlett Stanton —proseguí—. Todos. Cada uno de ellos. No odio el romance como usted piensa. Los he leído todos dos veces, algunos de ellos, más. Tenía una voz única, una prosa increíble y visceral, y una manera de evocar la emoción que me hace alucinar cuando se trata de romance.

Me encogí de hombros.

—En eso estamos de acuerdo —dijo Georgia, pero no había sarcasmo en su tono.

—Nadie se compara con su bisabuela en ese género literario, pero no le confiaría a nadie más su libro, y conozco a muchos otros escritores. Es a mí a quien usted necesita. Soy yo quien le hará justicia a este libro. Cualquier autor que esté al nivel que esta obra requiere querrá distorsionarlo a su antojo o dejar su propia huella en él. Yo no —prometí.

—¿Usted no? —preguntó reacomodándose en el sillón.

—Si me deja terminar este libro, será el libro de ella. Trabajaré sin descanso para asegurarme de que se lea como si ella hubiera escrito la última mitad. No sabrá cuándo su relato termina y el mío empieza.

—El último tercio —corrigió Ava.

—Lo que sea necesario.

Yo no le quitaba los ojos de encima a la mirada inalterable de Georgia. ¿Qué demonios había pensado Ellsworth? Su belleza era dolorosa, como para parar el tráfico; curvas largas y una inteligencia sumamente aguda que correspondía a su lengua afilada. Ningún hombre con un poco de cordura engañaría a una mujer como ella.

—Sé que tiene dudas —añadí—, pero trabajaré hasta conquistarla.

«Concéntrate en el acuerdo».

—Porque usted es así de bueno —dijo con un sarcasmo evidente.

Reprimí una sonrisa.

—Porque, maldita sea, soy así de bueno.

Me estudió con cuidado mientras el reloj marcaba los segundos junto a nosotros; luego negó con la cabeza.

—No.

—¿No?

Quedé boquiabierto; mis ojos lanzaban chispas.

—No. Este libro es sumamente personal, para la familia…

—Para mí también es personal.

«Mierda». Es posible que pierda esta partida. Solté la silla y me froté la nuca.

—Mire —proseguí—, cuando yo tenía dieciséis años mi mamá sufrió un terrible accidente de coche. Pasé ese verano en su cabecera, leyéndole los libros de su bisabuela. —No mencioné que eso era parte de un castigo de mi padre—. Incluso las partes «satisfactorias». —Esbocé una leve sonrisa y ella arqueó las cejas—. Es personal.

Su mirada cambió y por un momento se suavizó, antes de levantar la barbilla.

—¿Estaría dispuesto a que su nombre no saliera en el libro?

El estómago me dio un vuelco. Demonios, esta mujer tiraba directo a matar, ¿o no?

«Deja tu ego». Adrienne siempre había sido la más racional de los dos, pero seguir su consejo en este momento era tan doloroso como pasar mi corazón por un rallador de queso.

¿El sueño de mi vida era que mi nombre apareciera al lado del de Scarlett Stanton? Seguro. Pero era mucho más que eso. No era mentira, la mujer había sido uno de mis ídolos y era, hasta el día de hoy, la autora favorita de mi madre, incluso por encima de mí.

—Si omitir mi nombre del libro es lo que se necesita para asegurarle que estoy aquí por la obra y no por los créditos, lo haré —respondí lentamente, asegurándome de que supiera que hablaba en serio.

Sus ojos brillaron sorprendidos y entreabrió los labios.

—¿Está seguro?

—Sí. —Tensé la mandíbula un segundo, dos. Esto era parecido a no documentar una escalada, ¿cierto? Yo sabría que lo había hecho, aunque nadie más lo supiera. Al menos sería el primero en tener entre mis manos el manuscrito, incluso antes que Adam o Chris—. Pero me gustaría tener el permiso de decírselo a mi familia, puesto que ya lo hice.

Una tímida risa iluminó su cara, pero rápidamente dominó su expresión.

—Si acepto que lo termine, yo daré el visto bueno final.

Sujeté la silla con más fuerza hasta clavar las uñas en la tela. Adam balbuceó. Chris masculló una grosería. La atención de

42

Ava pasaba del rostro de su hija al mío, como si fuera una partida de tenis.

Incluso con todo lo que estaba sucediendo, de alguna manera sentía que Georgia y yo estábamos solos en la habitación. Había una carga entre nosotros, una conexión. Lo sentí en la librería y ahora era más fuerte. Ya fuera el reto, la atracción, la posibilidad de tener el manuscrito u otra cosa, no estaba seguro, pero ahí estaba, tan tangible como una corriente eléctrica.

—Sin duda podemos hablar de posibles correcciones, pero para sus últimos veinte libros Noah cuenta en su contrato con la aprobación final del manuscrito —replicó Adam en voz baja, porque sabía que era uno de los límites en los que yo no cedía.

En el momento en que sabía hacia dónde iba la historia, dejaba que los personajes me llevaran; contra vientos o mareas editoriales.

Pero esta no era mi historia, ¿o sí? Este era el legado de su bisabuela.

—Bien, acepto ser el segundo al mando del barco.

Iba en contra de cada fibra de mi cuerpo, pero lo haría. Tanto Chris como Adam me miraron boquiabiertos.

—Solo esta vez —agregué mirando a mi equipo de editores. Mi agente se pondría como loco si sentara un precedente con esto.

Despacio, muy despacio, Georgia se recargó en el respaldo de su sillón.

—Primero tengo que leerlo, luego hablaré con Helen, la agente de mi bisabuela.

Maldije en mi mente, pero asentí. Adiós a mi esperanza de ser el primero.

—Me estoy quedando en el hostal Roaring Creek, les dejaré la dirección.

—Sé dónde es.

—Claro. Me quedaré hasta el final de la semana. Si firmamos el contrato antes, me llevaré el manuscrito y las cartas a Nueva York, para empezar.

Qué bueno que me gustaba escalar porque había mucho que hacer por aquí en espera de que ella se decidiera. Por mucho que odiara admitirlo, este trato estaba fuera de mis manos.

—De acuerdo —asintió—. Y puede poner su nombre en el libro.

Mi corazón dio un vuelco. Supongo que había pasado la prueba.

Chris, Adam y Ava lanzaron un suspiro colectivo.

De pronto, Georgia abrió los ojos y volteó a ver a su madre.

—Espera.

Todo mi cuerpo se tensó.

—¿Qué cartas? —preguntó.

CAPÍTULO TRES

Julio de 1940
Middle Wallop, Inglaterra

En fin, ese era un problema que debió haber previsto. Scarlett recorrió el andén con la mirada, buscando una última vez y solo para estar segura; su hermana estaba detrás de ella e hizo lo mismo. La estación de tren estaba vacía para ser domingo en la tarde; era obvio que Mary había olvidado recogerlas como había prometido. Decepcionante, aunque predecible.

—Sin duda llegará en un minuto —sugirió Constance, esbozando una sonrisa forzada.

Su hermana siempre había sido la más optimista de todas.

—Veamos afuera —propuso Scarlett, entrelazando el brazo con el de Constance, al tiempo que recogían su pequeña maleta del andén.

Se habían ido solo dos días, pero para Scarlett el tiempo siempre parecía arrastrarse cuando estaba en casa.

Era difícil tener días libres, sobre todo con el puesto que tenía en la Fuerza Aérea Auxiliar Femenina, la WAAF; pero, como siempre, su padre había movido algunos contactos, aunque a ninguna les agradara que lo hiciera. A él le gustaba hacerlo con frecuencia, como si ella y Constance fueran sus marionetas personales.

En cierto sentido, aún lo eran.

Cuando el barón y lady Wright solicitaban la presencia de sus hijas, se esperaba que asistieran, uniformadas o no. Pero esos habían sido los mismos contactos que utilizó para garantizar que sus hijas fueran asignadas al mismo lugar, y Scarlett estaba inmensamente agradecida por ello. Además, escuchar un fin de semana a su madre intentar planear la vida de Scarlett bien valía la pena, si eso significaba que Constance podía ver a Edward. Hacía varios años que su hermana se había enamorado del hijo de un amigo de la familia. Todos habían crecido juntos en los veranos que pasaban en Ashby y se sentía muy contenta por su hermana. Al menos una de ellas podría ser feliz.

Su sombrero le cubría los ojos del sol cuando salieron de la estación, pero no había mucho qué hacer en cuanto al calor sofocante de finales de julio, sobre todo vestidas con el uniforme.

—Es increíble que no pierda la esperanza de que sea un poco más puntual —murmuró Constance en tanto la gente pasaba por las banquetas.

De las dos hermanas, quizá ella era la más reservada en público, aunque nunca se guardaba su opinión cuando estaba con Scarlett. Por su parte, su madre pensaba que Constance sencillamente no tenía opiniones.

—Anoche hubo un baile. —Miró a Constance para advertirle a lo que habrían de atenerse y suspiró—. Más vale que empecemos a caminar si queremos llegar a tiempo.

—Sí.

Tomaron sus maletas y empezaron la larga caminata hacia su estación. Por fortuna, ambas habían empacado pocas cosas; sin embargo, ni siquiera habían llegado a la esquina y Scarlett ya estaba exhausta, agobiada por las noticias que le había dado su madre.

—No me voy a casar con él —anunció alzando la barbilla mientras avanzaban por la calle.

—¿Te sientes mejor? —preguntó Constance arqueando sus negras cejas—. Todo el día has callado tus sentimientos. Me parece que este ha sido el viaje en tren más silencioso que he tenido.

46

—No me voy a casar con él —repitió, haciendo énfasis en cada palabra. Tan solo pensarlo le hacía sentir un nudo en el estómago.

Una mujer mayor que pasaba junto a ellas la miró con reproche.

—Por supuesto que no —afirmó Constance, aunque ninguna se engañaba.

Estos eran los únicos años que les pertenecían y solo porque estaban en medio de una guerra. De no ser así, ya la hubieran casado con el mejor postor, si sus padres se salieran con la suya.

—Él es espantoso —reclamó mientras negaba con la cabeza.

De todas las cosas que sus padres le habían pedido en sus veinte años, esto era lo peor.

—Lo es —suscribió Constance—. No puedo creer que se quedara todo el fin de semana. ¿Viste cuánto comió? Su padre fue aún peor; el racionamiento tiene una razón de ser.

Su tamaño no era lo que más le preocupaba a Scarlett, tanto como lo que hacía con él. Casarse con Henry Wadsworth supondría su muerte. No porque fuera un mujeriego reconocido ni por la vergüenza que sería para ella, eso era de esperarse; pero ni siquiera su madre, quien sabía lidiar muy bien con los escándalos, pudo esconder a Alice, la hija del ama de llaves, con la suficiente rapidez como para que no advirtiéramos esta mañana los moretones en el cuerpo de la joven.

El padre de Scarlett no solo ignoró el descarado abuso, sino que la hizo sentarse al lado de Henry en el desayuno. No es sorprendente que ella no hubiera comido nada.

—No me importa si se quedan sin el maldito título, no me casaré con él.

Apretó la manija de su maleta. No podían obligarla, no legalmente; pero le lanzaban la palabra «deber» como si casarse con ese ogro pudiera salvar de los nazis al mismísimo rey.

Incluso en ese caso, su amor por el rey y por la patria era suficiente para que arriesgara su vida por el bien mayor, pero esto no se trataba ni del rey ni de la patria. Era cuestión de dinero.

—Todo lo que él quiere es el título —Scarlett echaba chispas conforme salían del pueblo y tomaban el camino que llevaba a la Real Fuerza Aérea, la RAF, de Middle Wallop—. Cree que puede comprar su posición.

—Tiene razón. —Constance arrugó la nariz—. Pero todavía no te propone matrimonio, así que tal vez encuentre otro título que comprar para elevar su rechoncho trasero en la escalera social.

Scarlett lanzó una carcajada al imaginarlo trepar algo al tiempo que se alzaba los pantalones hasta el vientre, aunque la risa murió tan rápido como estalló.

—Parece que nada de eso importa ahora, ¿o sí? Hacer planes para un momento que quizá nunca llegue.

Primero tendrían que sobrevivir a este periodo.

Constance negó con un movimiento de cabeza; la luz del sol brillaba en sus lustrosos rizos negro azabache.

—No, no importa. Pero un día importará mucho.

—O quizá… no —dijo—. Quizá todo será diferente.

Scarlett miró el uniforme que había usado durante el último año. En ese tiempo, casi todo en su vida había cambiado. Por más acalorada e incómoda que estuviera, no lo cambiaría por nada.

—¿Cómo? —Constance le dio un empujoncito con el hombro y le ofreció una sonrisa—. Vamos, diviérteme con una de tus historias.

—¿Ahora?

Scarlett puso los ojos en blanco; sabía que lo haría, no había nada que pudiera negarle a Constance.

—¿En qué mejor momento? —Constance señaló el camino largo y polvoriento frente a ellas—. Tenemos por lo menos cuarenta minutos más.

—Tú podrías contarme una historia —bromeó Scarlett.

—Las tuyas siempre son mucho mejores que las mías.

—¡Eso no es cierto!

Antes de que pudiera rendirse, un coche disminuyó la velocidad cuando se acercó a ellas; Scarlett tuvo tiempo suficiente para ver la insignia antes de que el vehículo se estacionara junto a ellas: Mando de Caza número 11.

«Uno de los nuestros», pensó.

—¿Las puedo llevar, señoritas? —preguntó el conductor.

«Estadounidense». Volteó a ver al hombre y alzó las cejas, sorprendida. Sabía que algunos estadounidenses estaban en el escuadrón 609, pero nunca había conocido a ninguno… «Dios mío».

Trastabilló, y Constance la tomó por el codo antes de que hiciera el ridículo.

«Compórtate. Se diría que nunca has visto a un hombre apuesto». En su defensa, él superaba esa descripción; no solo por su cabello castaño claro o ese mechón que caía sobre su frente, rogando que lo pusieran en su lugar. Ni siquiera era ese mentón delineado o la ligera protuberancia en el tabique nasal, que debía ser resultado de una antigua fractura. Lo que la turbó fue la sonrisa que curvaba sus labios y los ojos brillantes verde musgo cuando inclinó su cabeza hacia un lado… como si supiera la manera en que su aspecto influía en los latidos de su corazón.

Tomó aire, pero fue como si se hubiera tragado un rayo, la electricidad secara su boca y luego diera volteretas en su estómago mientras parecía que el corazón le iba a estallar.

—Estamos bien, gracias —Logró responder, volviendo la mirada al frente.

No iba a meter a su hermana en el coche de un desconocido, sin importar la insignia que tuviera… ¿verdad? Lo último que necesitaba era perder el juicio por algo tan efímero como la atracción física. Lo había visto en la mayoría de las mujeres con quienes había trabajado: atracción, luego afecto, luego dolor. Incluso Mary perdió dos amores del escuadrón 609 en los últimos meses. No, gracias.

Constance le dio un empujoncito con el codo, pero Scarlett permaneció callada.

—Vamos, faltan casi cinco kilómetros hasta la estación y, qué... ¿otro kilómetro más hasta las barracas de mujeres? —anotó él, inclinándose sobre el asiento del copiloto y avanzando al ritmo—. Se están derritiendo.

Una gota de sudor surcó la mejilla de Constance como para reforzar sus palabras; Scarlett dudó.

—Ustedes son dos y yo solo soy uno —agregó—. Diablos, las dos pueden sentarse atrás si así se sienten más cómodas.

Incluso su voz era atractiva, grave y ronca como arena áspera en la playa.

Constance le dio otro codazo.

—¡Auch! —exclamó Scarlett poniendo mala cara, luego advirtió las ojeras bajo los ojos de su hermana por la larga noche que pasó con Edward.

Suspiró y le ofreció al estadounidense lo que ella esperaba que fuera una sonrisa natural.

—Gracias. Sería encantador que nos llevara a las barracas de mujeres.

Él sonrió y su estómago dio otro vuelco. «Oh, no». Estaba en problemas... al menos durante los siguientes casi seis kilómetros. Después de eso podía meter a otra chica en problemas, ya no sería su problema.

Se estacionó bien, bajó del coche y se acercó a ellas. Era alto; su espalda ancha se estrechaba de manera agradable hasta la cintura rodeada por el cinturón del uniforme de la RAF. ¡Por Dios!, las alas plateadas y el rango indicaban que era piloto, y ella había escuchado lo suficiente como para saber cómo eran esos chicos. Según otras mujeres, eran imprudentes, apasionados, nómadas y a menudo efímeros.

Él metió el equipaje en la cajuela; Scarlett ignoró descaradamente la sonrisa pícara de Constance, mientras esta miraba al estadounidense por la espalda y luego a Scarlett.

—Ni lo pienses —murmuró Scarlett.

—¿Por qué no? Tú lo estás haciendo y así debería ser.

Constance sonrió con satisfacción al ver cómo el estadounidense cerraba la cajuela.

—Señoritas —exclamó mirando a Scarlett al tiempo que abría la puerta.

Constance entró primero al asiento trasero.

—Gracias, teniente.

Scarlett agachó la cabeza y tomó asiento al lado de Constance.

—Stanton —dijo inclinándose y extendiendo la mano—. Supongo que debería conocer mi nombre. Jameson Stanton.

Scarlett parpadeó y le dio su nombre. Su apretón de manos era firme, pero agradable.

—Oficial adjunta de sección, Scarlett Wright, y ella es mi hermana, Constance, también oficial adjunta de sección.

—Excelente —exclamó con una sonrisa—. Mucho gusto en conocerlas.

Miró a Constance, saludó con un movimiento de cabeza y sonrió, antes de soltar la mano de Scarlett.

Se sintió por completo confundida cuando él cerró la puerta, tomó asiento al volante y encontró su mirada en el espejo retrovisor al tiempo que volvía a tomar el camino.

No sabía cómo definir ese color azul, pero los ojos de Scarlett eran impresionantes y él estaba… impresionado. Eran del mismo tono que el agua cerca de algunas de las playas de Florida que había visto en vacaciones. Más azules que el cielo de su querido Colorado. Si no ponía atención al camino tendrían un accidente. Se aclaró la garganta y se concentró en conducir.

—Al parecer no le sorprendió escuchar que éramos hermanas —comentó Constance.

—¿Alguna vez alguien se sorprende cuando escucha que son hermanas? —bromeó.

Quizá Constance era unos centímetros más baja que Scarlett y tenía los mismos ojos azules penetrantes, pero los de ella carecían del fuego que hacía que mantuviera su mirada en el espejo retrovisor.

—Nuestro padre, supongo —respondió Constance.

Jameson rio.

—Adivine quién es la mayor —sugirió Constance.

—Scarlett —respondió sin dudarlo.

—¿Por qué lo dice? —lo retó Scarlett inclinando un poco la cabeza.

—Porque usted es muy protectora con ella.

Sus ojos se abrieron sorprendidos y sus labios dibujaron una tímida sonrisa.

—Solo es once meses mayor, pero actúa como si fueran once años —bromeó Constance.

El comentario hizo que Scarlett esbozara una gran sonrisa, acompañada por un movimiento de cabeza. Maldita sea, esa chica era un bombón. ¿Quién demonios deja que una mujer como esa camine por la calle? Frunció el ceño.

—¿Qué pasó con su transporte? Supongo que no habían planeado caminar de vuelta a la estación.

—Probablemente ella perdió la noción del tiempo —respondió Scarlett en un tono que lo alegró sobremanera de no haber sido él quien se olvidara de pasar por ellas.

«Entonces, no es un hombre». Registró el hecho.

—Al parecer sobreestimamos la capacidad de nuestra amiga para recordar sus compromisos —agregó Constance—. Su acento es encantador. ¿De dónde es?

—De Colorado —respondió, y sintió una punzada de nostalgia rápida y profunda—. Hace más de un año que no voy, pero sigue siendo mi hogar.

Extrañaba las montañas y el horizonte nítido contra el cielo. Extrañaba la manera en la que el aire se sentía en sus pulmones, ligero y claro. Extrañaba a sus padres y las cenas de los domingos. Pero nada de eso existiría más tiempo si no ganaban esta guerra.

—¿Está en el 609? —preguntó Scarlett en el mismo tono que su hermana, uno que gritaba abiertamente que tenían dinero y educación.

—Desde hace unos meses.

Había ido a Francia y ahí, al llegar, le dijeron que lo necesitaban en Inglaterra; él no fue el único, había algunos estadounidenses en el escuadrón 609 y los británicos los habían recibido con los brazos abiertos cuando demostraron sus habilidades como pilotos.

—¿Y ustedes dos? —preguntó a su vez.

Hizo su mejor esfuerzo por manejar más despacio, hacer que el trayecto durara un poco más para poder ver a Scarlett sonreír de nuevo, aunque sabía que al detenerse para llevarlas ya lo haría llegar tarde a la línea de vuelo. Sintió un nudo en el vientre cuando sus miradas se encontraron en el espejo retrovisor otra milésima de segundo antes de que ella apartara la mirada.

—Las dos trabajamos en las operaciones del sector. —Constance arqueó las cejas y miró a su hermana.

—Hace ya como un año que estamos ahí —agregó Scarlett.

Dos hermanas, ambas oficiales, con el mismo puesto, estacionadas juntas. Jameson podría apostar que su papi tenía dinero o influencias; probablemente ambos. «Un momento... ¿operaciones del sector?». Aumentaría su apuesta por todo un mes de sueldo a que trazaban los movimientos de los aviones militares.

—¿Tienen que mover muchas banderas ahí? —preguntó.

Scarlett alzó las cejas y todo su cuerpo se tensó.

—¿En serio creía que los pilotos no sabemos?

Ellas le salvaban el trasero, eso era seguro. Los registradores daban seguimiento a todos los movimientos aéreos con la ayuda de operadores de radio y radiogoniometría para crear el mapa que le daba a él las coordenadas durante los ataques aéreos. Manejaban información clasificada.

—No me atrevería a decir qué es lo que sabe —respondió Scarlett con una tímida sonrisa.

No solo era despampanante sino también inteligente, y el hecho de que no accediera a decir que él tenía razón, cuando sabía que la tenía, ganó su respeto. Estaba intrigado, se sentía atraído. Se sentía muy desgraciado porque solo le quedaban unos minutos con ella.

En el momento en que cruzaron la reja, sintió un agujero en el estómago y el odómetro empezó a marcar la cuenta atrás. Llevaba casi un mes estacionado aquí y nunca la había visto. ¿Cuáles serían las probabilidades de que la viera de nuevo?

«Invítala a salir».

La idea lo obsesionó mientras se estacionaba frente a las barracas de mujeres; los británicos las llamaban «cobertizos». Toda la estación seguía en construcción, pero al menos estas estaban terminadas.

Las chicas salieron del vehículo antes de que él pudiera abrirles la puerta, aunque no se sorprendió. Las inglesas que había conocido desde que llegó al país habían aprendido a hacer muchas cosas por sí mismas en el último año que el Reino Unido llevaba en guerra.

Sacó las maletas de la cajuela, pero no soltó la de Scarlett cuando ella se inclinó para tomarla. Sus dedos se rozaron y él sintió que el corazón le daba un vuelco. Ella se sobresaltó, pero no retrocedió.

—¿La puedo invitar a cenar? —preguntó antes de perder el valor, que era algo de lo que no había tenido que preocuparse últimamente, pero de alguna manera Scarlett lo dejaba mudo.

Ella abrió mucho los ojos y sus mejillas se sonrojaron.

—Ah, bueno…

Miró rápidamente a su hermana, a quien le costaba mucho trabajo disimular la sonrisa. Scarlett no soltó su maleta; tampoco él.

—¿Eso es un sí? —preguntó Jameson con una sonrisa que hizo que las piernas de Scarlett desfallecieran.

«Problemas». Por primera vez en su vida no quería evitarlos.

—¡Stanton! —Lo llamó otro piloto.

Se acercó a ellos; llevaba a Mary del brazo y tenía el rostro manchado del lápiz labial de ella. Al menos esa incógnita estaba resuelta.

Mary contuvo el aliento y luego hizo una mueca.

—¡Oh, no! ¡Lo siento! ¡Sabía que olvidaba algo!

—No te preocupes. Parece que todo se solucionó para los implicados —dijo Constance con una sonrisita insolente; su anillo de compromiso brilló bajo el sol.

Scarlett miró a su hermana con los ojos entrecerrados hasta que un ligero jalón le recordó que seguía en la banqueta con su maleta suspendida entre ella y Jameson. ¿Qué tipo de nombre era Jameson? ¿Lo prefería a James? ¿O a Jamie?

—Me alegra verte, Stanton. ¿Me puedo ir contigo a la línea de vuelo? —preguntó el otro piloto, liberando a Mary de su abrazo.

—Claro. Tan pronto como ella conteste la pregunta —respondió mirándola directamente a los ojos.

Una sensación de molestia le decía que él siempre había sido así de directo y que, por lo tanto, no debía ceder.

—Scarlett —La exhortó Constance.

—Lo siento, ¿cuál era la pregunta?

¿Habría preguntado algo más mientras ella estaba distraída mirándolo? Sus mejillas se encendieron.

—¿Me permite, por favor, llevarla a cenar? —preguntó de nuevo Jameson—. No esta noche, tengo vuelo, pero ¿alguna noche de esta semana?

Entreabrió los labios. Desde que la guerra había empezado no había salido en una cita.

—Lo siento, pero no acostumbro salir con hombres como usted —respondió con voz ronca.

Constance dejó escapar un suspiro de frustración lo bastante fuerte como para cambiar el clima.

—¿Hombres como yo? —preguntó Jameson en tono divertido—. ¿Estadounidenses?

—Claro que no —respondió con una risita—. Quiero decir, tampoco es que ningún estadounidense me haya invitado, por supuesto.

—Por supuesto.

La sonrisa volvió a aparecer e hizo a sus piernas endebles una vez más. En verdad era demasiado guapo, para la desgracia de ella.

—Quiero decir, pilotos. —Con un movimiento de cabeza señaló las alas en su uniforme—. No salgo con pilotos.

De todos los cargos en la Real Fuerza Aérea, los pilotos eran nómadas en cuanto al lugar donde dormían; y la cuestión geográfica era lo de menos, también morían con una frecuencia que ella no podía tolerar.

—Qué lástima —dijo chasqueando la lengua.

Scarlett jaló un poco su maleta y él la soltó.

—Sin duda, soy yo quien se lo pierde —afirmó ella.

Las palabras le sonaron sinceras a ella misma. No debía ir, pero eso no significaba que no quisiera. El anhelo resonó en ella como la campana de una iglesia que golpea fuerte y alto, solo para volver en ecos más suaves entre más tiempo permanecía ahí, mirándolo.

¿Todos los estadounidenses eran tan apuestos como él? Seguramente no.

—No, quiero decir que es una lástima tener que renunciar a mi trabajo; amo volar. —Las comisuras de los labios de Jameson se extendieron un poco más—. Me pregunto si necesitan más oficiales en el comando del sector.

El otro piloto lanzó una carcajada.

—Deja de coquetear, vamos a llegar tarde.

Scarlett arqueó una sola ceja y miró a Jameson.

—Déjeme llevarla a cenar —pidió de nuevo, esta vez en voz más baja.

—Stanton, en serio tenemos que irnos. Ya vamos tarde.

—Dame un segundo, Donaldson. Vamos, Scarlett, viva un poco.

Sus ojos permanecieron fijos en los de ella y eso acabó con sus defensas.

—En verdad es insistente —Lo acusó irguiéndose en toda su altura.

—Es una de mis mejores cualidades.

—Sin hablar de que debería familiarizarme con las no tan buenas cualidades —masculló.

—Esas también le gustarán —agregó guiñándole un ojo.

«Oh, Dios». Ese solo gesto casi hizo desaparecer el poco razonamiento que le quedaba. Cerró la boca para evitar balbucear y rogó que el calor abrasador en sus mejillas no la delatara.

—¿En verdad va a permanecer ahí parado hasta que acepte cenar con usted?

Pareció considerarlo durante un segundo y ella hizo un gran esfuerzo para no acercarse a él.

—Bueno, usted también está aquí, así que imagino que en realidad sí quiere cenar conmigo.

Era cierto, maldita sea. Quería verlo sonreír de nuevo, pero quizá no sobreviviría a ese guiño una segunda vez.

—¡Stanton! —gritó Donaldson.

Jameson la miró como si fuera una obra de teatro y esperara para saber qué pasaría después.

—Bueno, si tú no quieres, entonces iré yo —intervino Constance, dando un paso adelante para interrumpir la competencia de miradas que sostenía Scarlett.

—Iré a cenar con usted —dijo Scarlett de manera abrupta; en su mente, maldijo la sonrisita pícara de su alegre hermana.

—¿Me hará renunciar antes a mis alas? —preguntó sonriendo.

A Scarlett el estómago le dio otro vuelco y sintió chispas eléctricas.

—¿Lo haría? —lo desafió.

Él inclinó la cabeza hacia un lado.

—Si con eso puedo cenar con usted… bien podría hacerlo.

—Stanton, ¡súbete al maldito coche!

—Será mejor que se vaya —Lo animó Scarlett, reprimiendo una sonrisa.

—Por ahora —admitió, sin dejar de mirarla de tanto en tanto conforme se alejaba—. Nos veremos, Scarlett —añadió lanzándole otra sonrisa antes de desaparecer en el coche.

Se alejaron un segundo después y desaparecieron por el camino hacia el aeródromo.

—Gracias por tu ayuda, querida hermana —dijo poniendo los ojos en blanco hacia Constance al tiempo que avanzaban hacia los «cobertizos».

—No tienes nada que agradecer —respondió con descaro.

—Se supone que tú eres la tímida, ¿recuerdas?

—Bueno, me pareció que tú ocupaste mi lugar durante un momento, así que yo tomé el tuyo. Es divertido ser la audaz, la franca —agregó, sonriendo sobre su hombro mientras entraba bailando por la puerta.

Scarlett reprimió una carcajada y siguió a su hermanita la casamentera y confabuladora.

«Nos veremos, Scarlett». Problemas, sin lugar a duda… si sobrevivía a los vuelos de patrullaje esta noche. Su pecho se estrujó ante la posibilidad tan real de que no fuera así. Cardiff había sido bombardeado la semana pasada y las patrullas se volvían cada vez más peligrosas con el avance nazi. Esta inquietud era precisamente la razón por la que tenía la política de no salir con pilotos, pero no había mucho que pudiera hacer más que ir al trabajo y esperar ver a Jameson de nuevo.

CAPÍTULO CUATRO

Julio de 1940
Middle Wallop, Inglaterra

La luz del sol se filtraba entre las hojas del enorme roble y titilaba sobre Scarlett quien, tendida sobre una gruesa manta a cuadros, disfrutaba al máximo su primer día libre en casi una semana. Le gustaba estar ocupada, el ajetreo cuando estaba en el trabajo le parecía por completo adictivo; sin embargo, este día tenía una frescura encantadora, con su brisa ligera y un buen libro.

—Terminé —dijo Constance agitando una hoja de papel doblada desde su asiento frente a la mesa de pícnic.

—No me interesa —respondió Scarlett pasando una página para seguir con las desventuras de *Emma*.

Su elección literaria era otro de los tantos ejemplos que usaba su madre para afirmar que Scarlett no respondía a las imposibles expectativas de sus padres.

—¿No te interesa lo que mamá tiene que decir?

—No, si tiene algo que ver con lord Trepador Social.

—¿Quieres que te la lea? —Constance se inclinó hacia su hermana, apoyando la mano sobre la banca para evitar caerse.

—¿La verdad? No.

Constance suspiró profundo y se volteó en la banca.

—Está bien.

Scarlett casi pudo palpar la decepción de su hermana.

—¿Por qué no mejor me cuentas sobre la otra, querida?

60

Alzó la mirada del libro y vio que los ojos de Constance se iluminaban.

—Edward dice que le encantó el tiempo que estuvimos juntos y que espera poder coordinar sus días de permiso con los nuestros otra vez.

Scarlett se apoyó en los codos.

—Siempre puedes verlo en Ashby. Sé que los dos aman ese lugar.

Ella también amaba esa propiedad, pero su afecto no era nada comparado con lo que Constance sentía por el sitio donde se había enamorado de Edward.

—Sí, podemos —respondió Constance con un suspiro, pasando los dedos por encima del sobre—. Pero no vale la pena, está muy lejos. Es más fácil verlo en Londres.

Miró a lo lejos como si pudiera ver ahí agrupada a la brigada de Edward. Luego, abrió mucho los ojos y volteó de inmediato a ver a Scarlett.

—Te ves hermosa —añadió de pronto—. Trata de relajarte.

—¿Qué?

Scarlett frunció el ceño y lo hizo aún más cuando su hermana se apresuró a recoger de la mesa las pocas cosas que había llevado.

—Tu cabello, tu vestido, ¡todo está perfecto! —explicó, sosteniendo sus cosas contra su pecho. Pasó las piernas sobre la banca y agregó—: ¡Estaré... en otro lado!

—¿Tú qué?

—Creo que está tratando de darnos un poco de privacidad.

La mirada de Scarlett se movió de inmediato hacia la voz profunda con la que había estado soñando la última semana, y vio que Jameson Stanton se acercaba hasta el borde de la cobija.

Su corazón dio un vuelco y empezó a latir con fuerza. Revisaba todos los días la lista de decesos, pero verlo en persona fue un alivio después de que bombardearon Brighton la noche anterior.

Llevaba el uniforme de piloto, salvo los guantes y el chaleco amarillo de supervivencia; la brisa fresca que ella amaba tanto lo despeinaba. Scarlett se irguió hasta sentarse e hizo un gran esfuerzo por evitar alisarse las arrugas del vestido.

Se trataba de un vestido sencillo azul a cuadros, abotonado, con cinturón, un escote modesto y mangas que casi llegaban al codo; comparado con el uniforme burdo de servicio que llevaba cuando se conocieron, se sentía desnuda. Al menos tenía los zapatos puestos.

—Teniente —Pudo decir como saludo.

—Déjeme ayudarla a levantarse —dijo extendiendo la mano—. O puedo acompañarla —ofreció con una lenta sonrisa que ella sintió en cada centímetro de su cuerpo.

Solo pensarlo la hizo ruborizarse. Una cosa era afirmar frente a su madre que ella era una mujer moderna, otra muy distinta actuar para serlo.

—Eso no será necesario.

Su mano temblaba cuando estrechó la suya. Él la ayudó a ponerse de pie en un solo movimiento, y del ímpetu, ella tuvo que poner la palma contra su pecho musculoso; bajo su mano no había nada blando.

—Gracias —dijo apartándose rápidamente para romper el contacto—. ¿A qué debo el honor?

Se sentía expuesta. Todo en él era excesivo: sus ojos demasiado verdes, su sonrisa demasiado encantadora, su mirada demasiado franca. Scarlett tomó su libro y se lo llevó al pecho como si pudiera ofrecerle algo de protección.

—Esperaba que pudiera cenar conmigo.

Él no se adelantó, pero el aire entre ellos estaba cargado con una corriente que la hacía sentir como si ambos se acercaran; si no tenía cuidado, podrían chocar uno contra otro.

—¿Esta noche? —exclamó con voz aguda.

—Esta noche —repitió él haciendo un gran esfuerzo para mantener su mirada en el rostro de ella y no en las curvas de su cuerpo.

En uniforme, Scarlett era hermosa, pero encontrarla recostada bajo el árbol con ese vestido lo hacía perder la cordura. Llevaba el cabello recogido, pero flojo, igual de lustroso y oscuro que la semana anterior, pero sin el gorro del uniforme que lo cubría. Cuando ella parpadeó en su dirección, sus ojos eran grandes e incluso más azules de lo que recordaba.

—De hecho, ahora mismo.

Él sonrió porque, sencillamente, no podía evitarlo. Al parecer ella tenía ese efecto en él. Había pasado toda la semana sonriendo mientras planeaba esta cena, esperando que Mary, la novia en turno de Donaldson, no se hubiera equivocado y Scarlett estuviera libre.

Sus labios suaves se entreabrieron sorprendidos.

—¿Quiere que vayamos a cenar ahora?

—Ahora —Le aseguró con una sonrisa. Luego miró el libro que ella sujetaba con fuerza—. *Emma* puede venir también, si usted quiere.

—Yo... —titubeó, mirando a la izquierda hacia la vivienda de las mujeres.

—¡Es su día libre! —gritó Constance desde el porche.

Scarlett entrecerró los ojos y Jameson se mordió el labio para no reír.

—¡Pero estará ocupada asesinando a su hermana! —replicó Scarlett.

—¿Necesita ayuda para enterrar el cuerpo? —preguntó Jameson con una sonrisa burlona cuando Scarlett volteó a verlo—. Si tiene la intención de asesinar a su hermana, quiero decir. Por supuesto que preferiría llevarla a cenar, pero si usted insiste, soy capaz de cavar si eso es lo que tengo que hacer para pasar tiempo con usted.

Una sonrisa lenta y reticente cruzó el rostro de Scarlett, y Jameson sintió un hueco en el estómago como si se hubiera echado un clavado.

—¿Quiere ir a cenar vestido así? —preguntó señalando su uniforme de piloto.

—Todo es parte del plan.

Ella inclinó la cabeza hacia un lado, curiosa.

—Está bien, mi tarde es suya, teniente.

Jameson hizo un gran esfuerzo para no levantar los brazos en señal de victoria. Un gran esfuerzo.

—Está loco —dijo Scarlett al tiempo que Jameson sujetaba el cinturón de seguridad del asiento del copiloto en el biplano.

Sus manos se movían rápidamente para apretar el arnés que hacía que su vestido se amontonara de manera incómoda a su alrededor, aunque él cubrió sus muslos y rodillas con una cobija. Por hábil que fuera moviendo las manos alrededor de su cintura, ella tuvo la sensación de que lo había hecho con más de unas pocas mujeres sin esa barrera.

—Fue usted quien se subió —dijo él, cerrando la correa del casco debajo de su barbilla.

—¡Porque la idea era tan ridícula que estaba segura de que bromeaba!

Tenía que ser una broma. En cualquier momento la sacaría de la cabina de mando y se burlaría de su reacción.

—Nunca bromeo cuando se trata de pilotear. Bien, puse la radio en la frecuencia de entrenamiento, así podré escucharla y usted a mí. ¿Todo bien?

—Esto sí es en serio, ¿verdad? —preguntó alzando las cejas.

Jameson detuvo el pulgar sobre la barbilla de Scarlett y abandonó todo sentido del humor.

—Última oportunidad para retractarse. Si quiere bajar, la desabrocharé.

—¿Y si no? —lo retó alzando una ceja.

—Entonces, la llevaré a volar.

Él miró sus labios y ella se ruborizó. Su corazón pedía a gritos una oportunidad.

—Pensé que me llevaría a cenar.

—Para eso es necesario pilotear.

Rozó con el pulgar la piel justo debajo de su labio y ese contacto la hizo estremecerse de placer.

—¿Y qué pasa si nos atrapan? —preguntó.

Sabía que la Real Fuerza Aérea no prestaba los aviones para que los pilotos sacaran a sus novias a pasear; aunque no podría decirse que ella lo fuera.

Él se encogió de hombros con una sonrisa traviesa que hizo que el corazón de Scarlett diera un vuelco.

—En ese caso, supongo que me regresarán a Estados Unidos.

Scarlett reprimió una carcajada.

—¿Y eso sería muy malo? ¿Que lo enviaran a su casa?

Se desconcentró durante un segundo y su expresión se ensombreció.

—Es que no estoy seguro de que me dejen regresar.

—¿Por qué no lo dejarían? —Su espíritu de aventurera flaqueó y sintió un hueco en el estómago.

—Por traición —explicó señalando la insignia de la RAF en su antebrazo—. Y sí, enviarme a casa sería un castigo. Estoy aquí porque quiero, no porque tenga que hacerlo. La pregunta es: ¿y usted? —agregó suavizando la voz.

—Estoy exactamente donde quiero estar.

Ella había olvidado que los yanquis que volaban con ellos arriesgaban su propia nacionalidad. Elegir la guerra era un lujo; sin embargo, Jameson lo hacía.

—Entonces, vámonos antes de que alguien nos vea.

Le lanzó una sonrisa que paralizó su corazón y luego desapareció en el asiento detrás de ella.

Momentos después, el motor se encendió, la hélice comenzó a girar y cada hueso de su cuerpo vibró cuando empezaron a avanzar entre las filas de aviones, hacia la pista. Gracias a Dios que el motor era tan ruidoso que cubría el sonido de los latidos de su corazón.

Aparte de alistarse en la WAAF en contra de los deseos de sus padres, este era el acto más ilícito que había cometido. «Quizá sea la cosa más ilícita que harás jamás en tu vida». Se guardó ese pensamiento, sus manos sujetaban con fuerza el arnés. El avión giró a la derecha.

—¿Está lista? —le preguntó por la radio.

Ella asintió con los labios apretados que formaban una línea nerviosa. Iba a hacerlo, volaría a lo desconocido con un piloto estadounidense que acababa de conocer la semana pasada. Si esa no era la definición de imprudencia, ya no sabía cuál era.

El zumbido del motor aumentó cuando el avión se lanzó a toda velocidad por la pista irregular, ganando velocidad igual que el corazón de Scarlett, y aunque podía ver los campos que pasaban de prisa a ambos lados, era incapaz de determinar dónde terminaba el pavimento. Era una locura estimulante, aterradora. El viento le picó los ojos y ella parpadeó con fuerza y se bajó los lentes de aviador al tiempo que el suelo desaparecía.

Todo su cuerpo, salvo su estómago, dio un salto hacia el cielo; estaba segura de que aquel se había quedado en tierra. Se recompuso conforme ganaron altitud y obligó a su respiración a que se estabilizara y a que sus músculos se relajaran, para tranquilizarse y asimilar todo.

La experiencia consumía los sentidos. Su casco amortiguaba el rugido del motor, aunque no lo silenciaba, y el viento enfriaba su piel; pero el paisaje era lo que le quitaba el aliento. El sol aún colgaba del cielo, pero sabía que pronto se hundiría en el horizonte. Era como si todo debajo de ellos se hubiera vuelto miniatura... o que ellos fueran gigantes. De cualquier forma, era asombroso. Trató de grabar cada una de las sensaciones en su memoria para poder escribirlo todo después, para no correr nunca el peligro de olvidarlo; sin embargo, en cuanto terminó de pensar en las palabras que usaría para describir el paisaje debajo de ellos, ya estaban aterrizando.

—Espéreme —dijo Jameson por la radio.

El corazón de Scarlett latió con fuerza. Manejaba el aeroplano como si fuera parte de él, como si pilotear por los aires fuera tan sencillo como levantar la mano.

La tierra apareció de improviso debajo de ellos y aterrizaron a trompicones sobre el terreno irregular. Ella no estaba familiarizada con este campo, pero había visto una buena parte de los aviones, si las huellas sobre el pasto eran alguna indicación.

El bimotor emitió un sonido sordo cuando el motor se apagó. Jameson apareció a su izquierda, con las mejillas enrojecidas por el viento y pasando los dedos por su cabello.

—¿Le puedo ayudar a deshacerse de todo eso? —Le preguntó señalando el arnés.

—Si digo que no, ¿me dará de cenar en el avión? —bromeó sonriendo.

—Sí —respondió al instante.

Ella tragó saliva, su garganta se secó de pronto bajo la intensidad de su mirada.

—Por favor. Ayúdeme, quiero decir —respondió señalando primero el casco.

—Permítame.

Sus dedos rozaron los de ella con suavidad y ella levantó la cabeza para que él tuviera mejor acceso. Él abrió los broches del casco con unos cuantos movimientos rápidos y ella se lo quitó mientras él comenzaba con el arnés.

—Estoy despeinada —dijo riendo al tiempo que levantaba las manos hacia sus rizos desordenados. Su madre se hubiera muerto de la impresión.

—Está preciosa.

Sintió que el pecho le dolía y sus miradas se encontraron cuando se abrió el último broche del arnés. Era sincero.

El dolor se agudizó. «Dios mío, ¿qué es esto?». El anhelo saturaba el aire y llenaba sus pulmones con cada aliento.

—¿Hambrienta? —le preguntó rompiendo el silencio, pero no la tensión.

—Muero de hambre —respondió.

El pecho de Jameson se tensó con el cruce de miradas, pero volteó hacia otro lado y extendió la mano, dejando que ella se alisara el vestido arrugado por el arnés con toda la privacidad que él podía brindarle.

—Yo la atrapo —prometió.

—Más le vale.

Ella sonrió mientras bajaba por el ala, con una mano apoyada en el fuselaje. Luego cayó justo entre sus brazos y ella puso sus manos sobre los hombros de él.

Él la sostuvo por las curvas de sus caderas mientras la ayudaba a bajar. Se esforzaba por mantener los ojos sobre los de ella, y no en las cavidades y honduras de su cuerpo, pero su pulso se aceleró al sentir lo perfecta que era bajo sus manos, suave y cálida, delgada, pero no frágil. Solo por este momento valía la pena el vuelo, las horas de preparación.

—Gracias —dijo ella con el aliento un poco entrecortado cuando él la soltó.

Su cabello estaba barrido por el viento y en algunas partes estaba aplastado por el casco; esas pequeñas imperfecciones la hacían más tangible, alcanzable. Ya no era la oficial pulida que había llamado su atención; aquí estaba la mujer que bien podría robarle el corazón.

Esa idea lo hizo parpadear; en realidad él no era del tipo que creía en el amor a primera vista, pero sí creía en la atracción, en la química, incluso en eso que llamaban destino, y sentía que los tres eran esto.

—¿Dónde estamos? —preguntó mientras él la guiaba por el sendero de terracería.

—Un poco al norte del pueblo.

La llevó hasta el pequeño claro en el que habían tomado el camión el día anterior.

Scarlett ahogó un grito, se cubrió la boca con las manos y él sonrió. Había una pequeña mesa puesta con tres sillas, lista para una cena temprana. Incluso se las arregló para conseguir un verdadero mantel. La mirada de Scarlett reflejaba placer puro; verla así hacía que valiera la pena todos y cada uno de los favores que ahora le debía a media docena de tipos del 609.

—¿Cómo hizo esto? —preguntó avanzando hacia la mesa.

—Con magia.

Ella lo miró por encima del hombro y él rio.

—Quizá le debo algunos favores a algunas personas. Muchos favores. —Inclinó la cabeza hacia un lado cuando ella volteó a ver la primera silla—. Quizá no tenga otra noche libre durante un tiempo.

—¿Hizo todo esto por mí? —preguntó cuando él tomó la silla para que ella se sentara.

—Bueno, tenía a una o dos chicas en la lista, en caso de que usted me rechazara —bromeó.

—Sin duda odiaría que esto se desperdiciara —respondió impávida, apretando los labios—. Quizá Mary lo hubiera aceptado.

Él se detuvo con una mano en la silla, tratando de valorar el tono en el que habló. Ya llevaba meses volando con los británicos, pero nunca sabía cuándo bromeaban y cuándo no.

—Oh, su expresión es invaluable —dijo ella riendo, y ese sonido era tan hermoso como ella—. Ahora dígame, ¿esperamos compañía? —preguntó señalando la tercera silla.

—Invité a Glen Miller —respondió alejando la silla de la mesa para mostrar su posesión más preciada.

—¿Tiene un fonógrafo? —exclamó boquiabierta.

—Así es.

Abrió la tapa y encendió el fonógrafo portátil; al instante el silencio se llenó con la orquesta de Glen Miller.

Ella lo estudió con una expresión que él hubiera podido llamar asombro, pero sin duda le gustó. Vaya manera de llevar las cosas tranquilas; porque cuando se sentó en la silla frente a ella, su corazón se desbocó como miles de caballos.

Nunca en su vida se había sentido tan nervioso en una cita; tampoco había tenido que pedirla tantas veces.

—No se emocione, es una cena informal.

Extendió el brazo para tomar la canasta en el centro de la mesa.

—¿En serio? ¿No podía esforzarse un poquito más para esta tarde?

Ella apretó los labios, no sabía si hablaba en serio. Se limitó a sonreír y servir a ambos.

Eran carnes frías, quesos y una costosa botella de vino que definitivamente no le dieron con su tarjeta de racionamiento.

—Es usted quien lo hace encantador. El resto es solo un poco de preparación —dijo, y empezaron a comer.

Había ido a fiestas e incluso salió en algunas citas antes de la guerra, pero nada se comparaba a esto. Tan solo el esfuerzo que le había tomado hacerlo era increíble. Scarlett dudó un poco cuando él bromeo sobre tener a una fila de chicas esperando, pero se negaba a obsesionarse y arruinar la velada. No tenía sentido buscar el paracaídas, pues que ya había saltado.

—¿Y cuántos favores debe por el fonógrafo? —preguntó.

Estos aparatos portátiles eran difíciles de conseguir, sin hablar de que eran escandalosamente caros, y ella sabía cuánto ganaban los oficiales de la RAF.

—Tengo que regresar vivo —respondió con tanta naturalidad que ella casi pierde el sentido.

—¿Cómo?

—Mi madre me lo dio cuando salí de casa el año pasado —explicó bajando un poco la voz—. Dijo que había ahorrado un poco para cuando me casara, pero después le anuncié, de manera bastante repentina, eso me lo dejó muy claro, que me iría en lo que mi padre llamó una «misión imposible».

A Scarlett se le estrujó el corazón al ver una sombra que nubló sus ojos.

—¿No lo aprobaba?

—No aprobó cuando mi tío Vernon me enseñó a volar. Odió mi decisión de usar aquí mis habilidades. Pensaba que lo que yo buscaba era pelear —agregó encogiéndose de hombros.

—¿Eso buscaba?

La brisa susurró entre la hierba y soltó un mechón de su cabello que ella rápidamente se pasó detrás de la oreja.

—En parte —admitió Jameson con una sonrisa conciliadora—. Pero imagino que esta guerra se va a extender si no acabamos con ella, y que me parta un rayo si me voy a quedar sentado allá en Colorado sin hacer nada mientras se arrastra hasta nuestra puerta.

Su mano se tensó en el tenedor; Scarlett se inclinó hacia él para salvar el pequeño espacio entre ellos y poner su mano sobre la de él. El contacto le provocó una emoción que recorrió su cuerpo.

—Yo le agradezco que haya decidido venir —dijo.

Esa decisión tan particular le decía más sobre su carácter que mil palabras hermosas.

—Yo solo estoy contento de que haya decidido venir esta tarde —dijo en voz baja.

—Yo también.

Sostuvieron la mirada y él apartó la mano de la de ella con una caricia.

—Cuénteme algo de usted. Lo que sea —pidió.

Arrugó la frente tratando de pensar en algo que mantuviera su interés, ahora que ella había decidido que eso era lo que quería.

—Creo que, algún día, me gustaría ser una novelista.

—Entonces, tiene que serlo —comentó sencillamente, como si fuera tan fácil.

Quizá sí lo era para un estadounidense; ella le envidiaba eso.

—Esperemos —respondió suavizando la voz—. Mi familia no está de acuerdo y tenemos una discusión sobre quién debería decidir mi futuro.

—¿Eso qué significa?

—En pocas palabras, mi padre tiene un título que no quiere soltar. Se niega a ver que el mundo está cambiando.

—¿Un título? —Dos arrugas se marcaron en su entrecejo—. ¿Algo así como un título laboral o algo que heredó?

—Lo heredó. Yo no quiero tener nada que ver con eso, pero él tiene otros planes. Espero poder convencerlos antes de que la guerra termine. —Al parecer, sus palabras seguían confundiéndolo, parecía preocupado—. Tampoco es que les quede mucho. Mis padres han gastado casi todo. El título es menor, y en realidad no importa, se lo juro. ¿Podemos cambiar de tema?

—Claro. —Dejó los cubiertos sobre el plato, puso un disco de Billie Holiday y extendió la mano hacia ella cuando empezó a sonar «The Very Thought of You»—. Baile conmigo, Scarlett.

—Está bien.

Ella no podía resistirse, era magnético, de un atractivo extremo y ridículamente encantador.

Sus brazos la rodearon conforme bailaban en el ocaso al ritmo de la música, y ella se entregó cuando él la acercó a su cuerpo. La cabeza de Scarlett descansaba a la perfección en la cavidad de su cuello; la tela áspera de su overol solo sirvió para recordarle que esto era muy real.

Qué fácil sería abandonarse a este hombre durante un tiempo, olvidar todo lo que se arremolinaba a su alrededor y que acabaría por atraparlos; reclamar algo, a alguien, para sí misma.

—¿Alguien lo espera en casa? —preguntó.

Odió la manera en la que su voz se agudizó al final.

—Nadie en casa, nadie aquí, solo mi pequeño tocadiscos —afirmó riendo entre dientes; su voz resonó en el oído de Scarlett—. Y amo la música, pero difícilmente es una relación monógama.

—Entonces, ¿no lleva en avión a todas las chicas para cenar en el crepúsculo? —preguntó alzando la cabeza hacia él.

Jameson alzó la mano y tomó la barbilla de Scarlett entre el pulgar y el índice.

—Nunca. Sabía que sería un maldito suertudo si acaso tuviera una oportunidad con usted, así que decidí que más me valía hacerlo bien.

Scarlett bajó la mirada hasta los labios de Jameson.

—Lo fue. Lo es.

—Bien. —Asintió lentamente—. Entonces ya tengo todo preparado para la siguiente oficial que me encuentre a un lado de la carretera.

Ella rio y lo empujó por el pecho; él no soltó su cintura, la hizo girar una vez y al acercarla, su boca quedó peligrosamente próxima a la de ella.

«Sí». Ella quería besarlo, probar su sabor, sentir sus labios contra los de ella.

—¿Está lista? —preguntó, presionando su mano en la espalda baja de ella para acercarla.

—¿Lista? —dijo poniéndose de puntas.

—Bueno, es que parece que tiene muy poca experiencia —murmuró inclinándose un poco más sobre ella.

—Es cierto.

Su voz sonó tan apasionada como ella se sentía. Solo la habían besado una vez en su vida; difícilmente podía llamar a eso tener experiencia.

—Está bien, iremos despacio —prometió, tomando su mejilla en la palma de su mano—. No quiero que se asuste cuando le entregue los controles.

Ella ignoró su jerga estadounidense, no sabía qué significaba, y alzó la cabeza, pero él retrocedió. «¿Se alejó?». Ahí quedó ella de pie, como un pez con la boca abierta mientras él sonreía.

—Vamos, aprendiz, hagamos que este pequeño vuelo sea legítimo.

Ella parpadeó varias veces.

—¿Aprendiz?

74

¿Estaba malinterpretando su lenguaje coloquial?

Él se volvió a acercar, acarició su cuello pasó las manos por el cabello de ella al tiempo que acercó sus labios a pocos centímetros de los suyos.

—No tienes idea de cuánto deseo besarte en este momento, Scarlett.

A ella le temblaron las piernas. Ambos deseaban lo mismo.

—Pero si no nos vamos ahora —agregó—, perderemos el horizonte y será tres veces más difícil mantener el nivel del aeroplano mientras lo vuelas.

Ella contuvo el aliento; él le rozó los labios con los suyos, provocándola con la promesa de un beso para que lo deseara aún más.

—Espera, ¿volarlo? —exclamó.

—Pues sí, ¿para qué crees que son los entrenamientos? —Le tomó la mano y la jaló con suavidad—. Anda, te va a encantar. Es adictivo.

—Y mortal.

Él giró y la levantó en brazos para que pudiera subir al ala; las partes donde sus cuerpos se tocaron se estremecieron.

—No voy a dejar que te pase nada —prometió—. Solo confía en mí.

Ella asintió lentamente.

—Está bien, eso puedo hacerlo.

CAPÍTULO CINCO

Georgia

Querida Constance:

Dejarte hoy ha sido lo más difícil que he hecho en mi vida. Si fuera solo por mí, nunca me habría ido; me habría quedado a tu lado hasta el final de la guerra, como lo prometimos. Pero sabemos bien que nunca se trató solo de mí. Mi corazón llora por todo lo que hemos perdido en los últimos días, por toda esta injusticia. Una vez te prometí que nunca permitiría que nuestro padre pusiera las manos en William, y no lo haré.

Desearía mantenerte segura también. Nuestra vida ha resultado ser muy diferente a lo que habíamos planeado. Me gustaría que estuvieras conmigo, que hubiéramos hecho este viaje juntas. Has sido mi brújula todos estos años y no estoy segura de poder encontrar mi camino sin ti; pero como te prometí esta mañana cuando nos despedimos, haré mi mejor esfuerzo. Te llevo conmigo en mi corazón, siempre. Te veo en los ojos azules de William, nuestros ojos, y en su dulce sonrisa. Siempre estuviste destinada a la felicidad, Constance, y lamento que mis elecciones te hayan arrebatado tantas oportunidades para encontrarla. Siempre habrá un lugar para ti conmigo.

Te amo con todo mi corazón.
Scarlett

—Y… eso es todo —le dije a Hazel cuando nos sentamos en su patio trasero; a nuestros pies, veíamos a los niños que chapoteaban en la alberca para bebés—. Y como lectora, es el momento más oscuro, así que ya sabes que debe haber un tercer acto, ¿verdad? Pero yo, su bisnieta… —Negué con la cabeza—. Entiendo por qué nunca pudo escribirlo.

Terminé el manuscrito a las seis de la mañana, pero esperé hasta que el reloj diera las siete para hablarle a Hazel, y fue hasta una hora respetable, a mediodía, que llegué a su casa después de una breve siesta. Ella era mi mejor amiga desde el kínder, el año en que mamá me dejó en la puerta de la casa de Gran por segunda vez, y nuestra amistad había sobrevivido a pesar de los caminos tan distintos que habían tomado nuestras vidas.

—¿El libro está basado en su propia vida? —Se inclinó hacia adelante y meneó el índice hacia su hijo, que estaba en la alberca inflable frente a nosotros—. No, no, Colin, no puedes quitarle la pelota a tu hermana. Regrésasela.

El pequeño travieso, rubio e idéntico a su madre, le regresó a regañadientes la pelota de playa a su hermana menor.

—Sí. El manuscrito acaba justo antes de que ella se viniera a Estados Unidos, al menos, eso es lo que indican las cartas. Y las cartas… —Exhalé lentamente, tratando de inhalar para aliviar el dolor en el pecho. Ese amor no era lo que yo tuve con Damian y empezaba a tener sentido por qué Gran se había opuesto tanto a que me casara con él—. Se amaban tanto. ¿Puedes creer que mi madre encontró una caja llena de la correspondencia de Gran sobre la guerra y nunca me lo dijo?

Estiré las piernas frente a mí y recargué mi pie descalzo en el borde de la alberca.

—Bueno… —Hazel hizo una mueca—. Es tu mamá.

Rápidamente, tomó un sorbo de té helado.

—Cierto.

Sentí que mi suspiro me llegaba a lo profundo de los huesos. Hazel hacía un gran esfuerzo por no mostrarse negativa cuando se trataba de mamá, y la verdad era que, con toda probabilidad, era la única a quien se lo permitía, ya que había estado a mi lado durante lo peor. Eso me pasaba con mi madre: yo podía criticarla, pero no se lo permitía a nadie más.

—¿Cómo se siente regresar a casa? —preguntó—. No es que no esté emocionada, porque lo estoy.

—Estás contenta de tener a alguien en quien confiar para que haga de niñera —bromeé.

—Me declaro culpable. En serio, ¿cómo es?

—Complicado. —Observé el chapoteo de los niños, a quienes el agua les llegaba a media espinilla y pensé en mi respuesta—. Si cierro los ojos, puedo fingir que los últimos seis años no existieron. Nunca me enamoré de Damian. Nunca conocí a la... prometida de Damian.

—¡Nooo! —exclamó Hazel boquiabierta—. ¿Está comprometido?

—Sí, según los diecisiete mensajes de texto que recibí hoy. Cuánto agradezco la función «no molestar»—. La futura señora de Ellsworth era una rubia de veintidós años con senos mucho más grandes que los que llenaban mi saludable copa C—. Me lo esperaba, pues que va a parir en cualquier momento.

No hacía que doliera menos, pero no podía cambiar nada de lo que había pasado.

—Lo siento —murmuró Hazel—. Nunca te mereció.

—Sabes que eso no es cierto, al menos no al principio. —Agité los dedos de mi mano, que ya no tenían anillo, hacia Danielle, su hija de dos años quien me ofreció una gran sonrisa—. Él quería tener hijos. Yo no se los di. Al final, encontró a alguien que podía hacerlo. Duele del ca... —Me avergoncé y me recompuse. Hazel nunca me lo haría olvidar si sus hijos empezaban a maldecir por mi culpa—. ¿Que no esperara que se acabara nuestro matrimonio antes de empezar a buscarse a otra? ¿O que lo pusiera en una de las películas de Gran? Por supuesto, pero ambas sabemos que ella no fue la primera en su tráiler y que no será la última. No la envidio por eso. —Yo había sido el punto de partida de su carrera, solo que no lo admití hasta los últimos años—. Además, también sabemos que hacía mucho tiempo que ya no había amor.

Se había agotado poco a poco por los amoríos de Damian que yo fingía que no sucedían, pero que me vaciaron hasta que solo quedó mi orgullo para aferrarme.

—Muy bien, puedes entonces estar tranquila. Yo ya lo odio lo suficiente por las dos. —Negó con la cabeza—. Si Owen me hiciera algo así… —Su expresión se ensombreció.

—Nunca lo haría —aseguré—. Tu esposo está loco por ti.

—Quizá no esté tan loco por los nueve kilos que sigo arrastrando por el embarazo de Danielle. —Se dio unas palmaditas en el vientre y yo puse los ojos en blanco—. Pero en mi defensa, él ya está trabajando en su panza de papá, así que estamos a mano. Un papá dentista un poco panzón y sexi —agregó con una sonrisa sarcástica.

Lancé una carcajada.

—Pues yo creo que te ves fenomenal, ¡y el centro de aprendizaje está avanzando maravillosamente! Pasé enfrente de camino al pueblo.

Hazel sonrió.

—Ha sido un trabajo de amor que fue posible gracias a un donador muy generoso.

Le dio otro sorbo al té y me miró por encima de sus lentes oscuros.

—Necesitamos más Darcys en el mundo —respondí encogiendo ligeramente los hombros.

—Dice la mujer a quien le encanta Hemingway.

—Me encantan las personas creativas y taciturnas.

—Hablando de creativos y taciturnos, ¡no me dijiste que Noah Harrison está como para comérselo! —exclamó dándome un golpe en el hombro con el dorso de la mano—. ¡No hubiera tenido que buscarlo en internet para saberlo! ¡Quiero detalles!

Era exactamente así de guapo. Entreabrí los labios al recordar la intensidad de aquellos ojos oscuros. Probablemente me evaporaría por la combustión espontánea si alguna vez me tocaba... aunque tocarme no era siquiera una posibilidad remota. Había escuchado más que suficiente sobre Damian en todos esos años como para saber que Noah también era un imbécil arrogante.

—Estaba un poco ocupada asimilando el hecho de que mi madre trató de vender el manuscrito a mis espaldas —repliqué—. Y para ser franca, ese hombre es un arrogante sabelotodo que se especializa en el sadismo emocional. Más de una vez, Damian trató de comprar los derechos de algunos de sus libros.

Aunque a estas alturas, probablemente debería empezar a cuestionarme cualquier cosa que Damian me dijo.

—Bien —refunfuñó—. ¿Por lo menos podemos estar de acuerdo en que es un sádico emocional muy sexi?

Mis labios dibujaron una pequeña sonrisa.

—Podemos porque lo es. Muy sexi. —Sentí que el calor subía por mi cuello tan solo al recordar lo apuesto que era—. Si lo agregamos a su carrera, su ego es casi tan grande que no cabría por la puerta. Debiste oírlo en la librería; pero sí, es imposible y escandalosamente guapo.

No iba a hablarle de la intensidad con la que me había mirado. Ese hombre tenía un ardor en la mirada que había llevado a su perfección.

—Excelente. ¿Le vas a dar los bienes? —preguntó alzando las cejas—. Porque yo le daría cualquier cosa que me pidiera.

Puse los ojos en blanco.

—Si por «bienes» te refieres al manuscrito y las cartas, todavía no lo decido. —Me froté la frente, empezaba a sentir un nudo en la garganta—. Me gustaría poder preguntarle a Gran qué le gustaría que hiciera, pero siento como si ya lo supiera. Si hubiera querido que ese libro se terminara, lo hubiera hecho ella misma.

—¿Por qué no lo hizo?

—Una vez me dijo que era más amable dejar que los personajes contaran con sus posibilidades, pero no hablaba mucho de eso y yo nunca la presioné.

—Entonces, ¿por qué lo estás considerando? —preguntó con dulzura.

—Porque es algo que mamá quiere y que puedo darle.

Sonreí cuando Danielle vertió una taza de agua sobre los dedos de mi pie.

—Si esa afirmación no estuviera cargada de tantas implicaciones… —masculló Hazel con un suspiro—. Lo vas a hacer, ¿verdad?

No había juicio en su tono, solo curiosidad.

—Sí, creo que lo haré.

—Entiendo por qué. Gran también lo entendería.

—La extraño. —Mi voz se quebró cuando la garganta se me cerró—. En estos últimos seis meses la he necesitado tantas veces. Y es como si ella también lo hubiera sabido. Dejó todos esos paquetitos y entregas de flores para mí. —El primero llegó el día de mi cumpleaños, luego en San Valentín, y así sucesivamente—. Pero todo se ha venido abajo desde que murió: mi matrimonio, la compañía productora, mi trabajo de beneficencia… todo.

Dejar la compañía productora fue difícil. Damian y yo la habíamos empezado juntos, pero renunciar a ella era la única manera de avanzar. Perdí el trabajo de beneficencia, la fundación, ahora era descaradamente obvio que necesitaba encontrar algo que llenara mis días. Un trabajo, voluntariado, algo. No podía limpiar la casa tantas veces, sobre todo porque Lydia había regresado a ayudar.

—Ey —chasqueó Hazel, obligando a que mi mirada encontrara la suya, para después continuar con voz más dulce—. Entiendo lo de dejar la compañía productora. Odiabas todo lo que tenía que ver con la cinematografía, pero la beneficencia era más que tus relaciones. ¿La sangre, sudor y lágrimas que te llevó? Todo eso era tuyo y ahora tu futuro es tuyo, para que hagas con él lo que quieras. Vuelve a esculpir, haz vidrio soplado. Sé feliz.

—Los abogados están redactando los papeles para que pueda empezar a hacer trabajar ese dinero.

La única advertencia en el testamento de mi bisabuela en lo que se refería a su fortuna era que podía darlo a las beneficencias que me parecieran convenientes.

—Y han pasado años desde que hice algo artístico con vidrio —agregué.

Mis dedos se crisparon sobre mi regazo. Dios, extrañaba el calor, la magia que provenía de tomar algo que está derretido, en su estado más vulnerable, y moldearlo hasta convertirlo en algo singularmente hermoso. Pero cuando me casé renuncié a todo eso para empezar la productora.

—Solo digo que sé que Gran no tiró tus pinzas al bote de la basura...

—Se llaman tenacillas.

—¿Ves? No ha pasado tanto tiempo. ¿Dónde está la chica que pasó un verano en Murano, que entró a la escuela de arte que eligió y montó su propia exhibición en Nueva York?

82

—Una exhibición —dije levantando el índice—. Mi pieza favorita se vendió esa noche. Fue justo antes de la boda, ¿recuerdas? La que me llevó meses hacer. —Seguía en el vestíbulo de un edificio de oficinas en Manhattan—. ¿Alguna vez te dije que iba a visitarla? No muy a menudo, solo los días en los que sentía que la vida de Damian había engullido la mía. Me sentaba en la banca y solo la miraba, tratando de recordar cómo se sentía toda esa pasión.

—Pues haz otra. Haz cien. Ahora tú eres la única persona que puede poner exigencias a tu tiempo; tampoco me opondría si alguna vez quieres venir a hacer voluntariado al centro.

—No tengo un horno, ni un bloque ni un taller. —Callé un momento al recordar que la tienda del señor Navarro estaba en venta y sacudí la cabeza—. Aunque sin duda podría ir de voluntaria para el programa de lectura, solo dime cuándo.

—Trato hecho. Sí tienes claro que Noah Harrison va a hacer que ese libro sea una verdadera agonía, ¿verdad? —preguntó frunciendo el ceño.

—Cuento con eso.

No podía ser de otra manera.

Tres días después sonó el timbre de la puerta y casi se me sale el alma. Era el momento.

—¡Yo abro! —gritó mamá al tiempo que se dirigía con rapidez a la puerta.

Por mí estaba bien, puesto que el temor me mantenía pegada a la silla de la oficina de Gran, cuestionando mi decisión por milésima vez desde que le dije a Helen que enviara el contrato final.

Tres días. Eso fue todo el tiempo que llevó concluir los detalles del trato. Helen me aseguró que era más que justo y que no estábamos renunciando a nada a lo que Gran no hubiera renunciado, incluidos los derechos cinematográficos; esos solo se los vendió a Damian, y que un rayo me partiera si obtenía uno más. De hecho, era el mejor contrato en toda la carrera de Gran y esa era una de las razones por las que tenía revuelto el estómago.

La otra razón acababa de entrar a la casa.

Escuché su voz cerca de la puerta, profunda, segura, teñida de emoción. Entre más pensaba en este acuerdo, más me daba cuenta de que en realidad él era el único que podía hacerlo. Se había ganado su ego en ese rubro. Era un especialista en finales desgarradores y sin duda esta historia tenía uno.

—Está en la oficina de Gran —dijo mamá cuando abrió una de las puertas dobles de cerezo macizo que separaba a Gran del resto del mundo mientras escribía.

Noah Harrison abarcaba toda la entrada, pero parecía que consumía la habitación. Tenía ese tipo de presencia por la que otros hombres pagaban miles de dólares en clases de actuación para tratar de entrar en una de las películas de Damian. La personalidad que aquellos actores debían tener porque representaban a los personajes que Gran había escrito en sus libros.

—Señora Stanton —saludó en voz baja, metiendo las manos en sus bolsillos. Sus ojos miraban mucho más de lo que yo hubiera querido.

Desvié la mirada, pasé un mechón suelto detrás de mi oreja y acallé la parte de mi cerebro que estuvo a punto de corregirlo.

«Ya no eres la señora Ellsworth. Acostúmbrate».

—Supongo que si va a escribir la historia de Gran puede llamarme Georgia.

Alcé la cabeza para verlo a los ojos y me di cuenta, para mérito suyo, que no observaba los estantes de libros raros o incluso la famosa máquina de escribir en medio del escritorio, a la que Gran le tenía tanta fe. Sus ojos seguían fijos en mí.

«En mí». Como si yo fuera algo igual de único y valioso, como los tesoros que abarrotaban esta habitación.

—Georgia —pronunció lentamente, como si degustara mi nombre—. Entonces, tienes que llamarme Noah.

—En realidad es Morelli, ¿cierto?

Ya conocía la respuesta, junto con casi todo lo que tenía que ver con su carrera hasta hoy. La información que tenía en el momento de nuestro desafortunado encuentro en la librería había sido enriquecida gracias a Helen. Hazel continuó con la instrucción en cuanto a todas las mujeres que habían desfilado en su vida.

—Es Morelli. Harrison es mi seudónimo —admitió con un ligero temblor en los labios.

«Como para comérselo». La descripción de Hazel resonó en mi cabeza y mis mejillas se enrojecieron. ¿Cuánto tiempo había pasado desde que sentí una atracción real por un hombre? ¿Y por qué demonios tenía que ser con este?

—Bueno, siéntate, Noah Morelli; solo estoy esperando que envíen el contrato.

Hice un gesto para señalar ambos sillones orejeros de piel que estaban enfrente del sillón en el que yo estaba sentada.

—Firmé mi parte antes de venir, así que probablemente lo están aceptando en este momento.

Eligió el sillón de la derecha.

—¿Alguno de los dos quiere tomar algo? —ofreció mamá desde el umbral, en su mejor tono de anfitriona.

Dios la bendiga, la mujer se había comportado de la mejor manera desde el lunes: atenta, cariñosa. Casi irreconocible. Incluso prometió quedarse hasta Navidad, sin dejar de jurar que yo había sido la razón por la que vino a Poplar Grove.

—Ten cuidado, todo lo que sabe preparar es martini con soda —murmuré.

—Te escuché, Georgia Constance Stanton —fingió regañarme mamá.

—No estoy seguro. La última vez me sirvió una horrible limonada —dijo Noah entre risas que dejaban a la vista sus alineados, naturales y blancos dientes.

Tenía que admitir que, en este momento, buscaba cualquier imperfección. Incluso su incapacidad para ver el desarrollo de lo romántico hasta su final feliz era una señal a su favor, lo que significaba que sí lo buscaba con seriedad.

—Y puedo hacerla otra vez —dijo mamá.

Hace diez años hubiera dicho que la actitud alegre y maternal de mamá era todo lo que siempre había deseado. Ahora solo servía para recordarme todos los esfuerzos que ambas teníamos que hacer para siquiera tratar de actuar normal cuando estábamos juntas.

—Eso sería encantador, Ava —respondió Noah sin dejar de mirarme.

—Yo también, mamá. Gracias.

Le ofrecí una sonrisa rápida que desapareció tan pronto como ella cerró la puerta.

—La verdad es que me importa muy poco la limonada, pero parecía que estabas a punto de molerte los dientes hasta hacerlos polvo. —Puso el tobillo sobre la otra rodilla y se hundió en el sillón, descansando su barbilla entre el pulgar y el índice cuando se recargó sobre el codo—. ¿Siempre estás tan tensa cuando estás cerca de tu mamá? ¿O se trata del contrato?

Era observador, igual que Gran lo había sido. Quizá era algo de los escritores.

—Ha pasado… una semana. —Para ser franca, había pasado un año. Desde el diagnóstico de Gran hasta su rechazo del tratamiento y el entierro, luego enterarme de que Damian…—. Entonces, es Morelli —agregué para poner fin a la constante espiral negativa de mis pensamientos que amenazaba con hundirme—. Me gusta más —admití.

Le quedaba bien.

—Francamente, a mí también.

Su sonrisa pública destelló, la que todos en Nueva York llevaban a eventos a los que en realidad no querían asistir, pero en los que era necesario que los vieran.

Aquellas sonrisas hermosas eran solo una de las muchas razones por las que abandoné la ciudad: a menudo empezaban chismes horribles en el momento en el que les dabas la espalda.

Su expresión se suavizó, como si hubiera advertido que levantaba mis defensas.

—Pero mi primer agente pensó que Harrison sonaba más…

—¿Estadounidense?

Di unos golpecitos sobre el panel táctil de mi laptop, esperando que el contrato apareciera en mi correo electrónico antes que cualquiera de los dos tuviera la oportunidad de ser sarcástico, como lo fuimos en la librería.

—Fácil de vender. —Se inclinó hacia adelante—. Y no voy a mentir, el anonimato a veces puede salvar vidas.

Hice una mueca.

—O puede llevar a discusiones en una librería.

—¿Eso es una disculpa?

La suya era definitivamente una sonrisa sarcástica.

—Difícilmente —dije burlona—. Me mantengo firme sobre cada palabra que dije, solo que no hubiera ofrecido mi opinión de manera tan libre si hubiera sabido con quién estaba hablando.

En sus ojos hubo un destello de placer.

—Honestidad, eso es agradable.

—Siempre he sido honesta. —Volví a apretar la tecla de actualización—. Las únicas personas que se molestaban en escuchar están muertas, y todos los demás escuchan lo que quieren. Ah, mira, ya llegó —anuncié en un suspiro de alivio y abrí el correo electrónico.

Me había vuelto muy buena en esto desde que Gran puso todos sus derechos en un fideicomiso literario y me nombró su albacea, hace unos cinco años, así que solo me tomó unos minutos revisar a vuelo de pájaro todo lo que no era texto estándar. No había ningún cambio a lo que Helen les había enviado para su aprobación.

Cuando llegué al renglón de firma debajo de la de Noah, tomé el lápiz óptico, pero me detuve. No solo le estaba entregando una de sus obras, estaba ofreciéndole su vida.

—¿Sabes que escribió setenta y tres novelas? —pregunté.

Noah alzó las cejas.

—Sí, y todas, menos una, en esa máquina de escribir —agregó señalando con un gesto de cabeza el pedazo de metal de la Segunda Guerra Mundial que abarcaba gran parte del lado izquierdo del escritorio. Cuando incliné la cabeza hacia un lado, continuó—: se descompuso en 1973, mientras escribía *La fortaleza de dos*, así que usó el modelo más parecido que pudo encontrar mientras esta viajaba a Inglaterra para que la repararan.

Me quedé boquiabierta.

—Puedo responder a todas tus preguntas de conocimientos generales, Georgia, te lo dije —comentó al tiempo que descansaba la barbilla sobre las yemas de sus dedos, con media sonrisa que era mucho más peligrosa y atractiva que su sonrisa deslumbrante—. Soy su fan.

—Cierto.

Mi corazón retumbaba cuando miré el lápiz óptico. En ese momento, la elección aún era mía, pero en el segundo en el que firmara en esa línea, la historia de Gran se convertiría en la de él.

«Tú conservas la aprobación final».

—Entiendo el valor de lo que me estás entregando —dijo en voz baja, con voz grave y seria.

Mi mirada saltó hacia la suya.

—También sé que no te caigo bien, pero no te preocupes. Ganarte se ha convertido en mi misión personal.

Una sonrisa de autodesprecio se materializó en el espacio de una fracción de segundo que borró al instante, al pasar los dedos sobre sus labios al tiempo que miraba el escritorio con franca admiración.

La energía en la habitación cambió y alivió un poco la tensión de mis hombros conforme él levantó lentamente sus oscuros ojos hacia mí.

—Haré esto bien —prometió—. Y si no lo hago, entonces lo cancelas. Tienes la decisión final.

Solo un ligero tic en su mentón puso en evidencia sus nervios.

—Y también puedes anular el contrato si decides que el libro no te convence.

Hubiera apostado que era un excelente jugador de póquer, pero desde los ocho años había aprendido a advertir un *bluf* a un kilómetro de distancia: suerte para él pues decía la verdad. Honestamente creía que podía terminar el libro.

—No lo haré. Cuando me comprometo, me comprometo.

Solo por esta vez me permití sentirme aliviada por la confianza de otra persona. «Arrogancia. Lo que sea».

Miré la única fotografía que Gran tenía en su escritorio, a la derecha del pisapapeles que le hice en Murano. Era de ella y el bisabuelo Jameson, ambos en uniforme, tan embelesados uno con otro que el pecho me dolió por lo que habían tenido… y perdido. Yo nunca amé a Damian de esa manera. Ni siquiera estaba segura de que Gran hubiera amado así al bisabuelo Brian.

Ahí estaba la verdad, justo ahí.

Firmé el contrato e hice clic en «Enter» para enviarlo al editor; en ese momento, mamá entró con las bebidas, sonriendo de oreja a oreja.

Nos dio la limonada y yo saqué dos posavasos del cajón del escritorio, aunque no hubiera mucha condensación a los dos mil cuatrocientos metros de altura a los que estábamos; pero igual, no iba a poner en riesgo este escritorio.

—¿Lo firmaste? —El tono de mamá era tranquilo, pero se restregaba las manos hasta que sus nudillos se pusieron blancos.

Asentí y relajó los hombros.

—Ah. Bien. Entonces, ¿ya todo está hecho?

—La editorial tiene que firmar, pero sí —respondí.

—Gracias, Georgia.

Su labio inferior temblaba un poco cuando me tomó el hombro y me acarició con el pulgar antes de soltarme con dos palmaditas.

—Claro, mamá. —Sentí un nudo en la garganta.

—Espero que no te importe, pero me gustaría esperar unos minutos más —intervino Noah—. Charles me dijo que lo habían firmado de inmediato y preferiría que el trato esté finalizado antes de que me lleve el manuscrito.

—Naturalmente —respondió mamá avanzando hacia la puerta—. Noah, te diré que te ves bien en el escritorio de Gran. Es agradable tener de nuevo un genio creativo como el tuyo.

«¿Genio creativo como el tuyo?», mi estómago dio un vuelco.

—Bueno, es un honor estar en la oficina de Scarlett Stanton —dijo sobre su hombro—. Estoy seguro de que ambas han sacado mucha inspiración de este lugar.

Mamá frunció el ceño.

—Qué curioso que lo menciones; de hecho, Georgia asistió a una escuela de arte en la costa este. Aunque no usa su título, todos estamos muy orgullosos.

Sentí que el calor subía por mi cuello hasta encender mis mejillas, al tiempo que mi estómago revuelto caía a mis pies.

—No era cualquier escuela de arte, mamá. Era la Escuela de Diseño de Rhode Island; es la escuela de arte de Harvard —Le recordé—. Y quizá no use mi título, pero mi concentración en medios y tecnología definitivamente ayudaron a que mi compañía productora despegara.

Carajo, ¿tenía cinco años otra vez? Porque sin duda así me sentía.

—Oh, no era mi intención decirlo así, solo creo que te ganabas la vida regalando dinero —agregó con una sonrisa para tranquilizarme.

Apreté los labios y asentí. Este no era ni el momento ni el lugar para pelearnos. «Dirigía una beneficencia de veinte millones de dólares, carajo. En fin».

Cerró la puerta al salir y Noah me miró alzando las cejas.

—¿Es algo que quiero saber?

—No.

Hice clic para actualizar mi bandeja de entrada con más fuerza de la necesaria mientras evitaba mirarlo a los ojos.

—No dudes en mirar alrededor para familiarizarte con la habitación —le ofrecí haciendo clic de nuevo.

—Gracias.

Recorrió la oficina de Gran en silencio los siguientes diez minutos mientras yo hacía clic en la tecla de actualización, el ratón sonaba como si enviara un clave morse.

—Estás en muchas de estas fotografías —dijo inclinándose hacia la galería de fotos de Gran.

—Ella me crio.

Era la explicación más simple para las dos preguntas, la que había hecho y la que no hizo.

Me estudió durante un momento incómodo y continuó.

—Ah, gracias a Dios —masculló, abriendo la notificación de que el contrato había sido aceptado. Tomé la USB que había pasado los últimos días preparando, me levanté y se la di—. Aquí está. El trato está hecho.

—¿Qué es esto? —pregunto frunciendo el ceño.

—Es el manuscrito, las cartas y algunas fotografías —respondí poniéndosela en la mano—. Ahora tienes todo.

Apretó el puño alrededor del dispositivo de memoria y todo su cuerpo se tensó.

—Quiero el verdadero manuscrito.

—Qué bueno porque ahí está —expliqué señalando su mano—. Escaneé todo. Antes de que empieces a discutir, las probabilidades de que salgas de aquí con los originales de mi bisabuela son cero y cero. Incluso ella acostumbraba hacer una copia antes de enviarlo al editor.

—Pero yo no soy el editor. Soy el escritor que va a terminar el manuscrito original.

El mentón le tembló y tuve la sensación de que no estaba acostumbrado a perder.

Nunca.

—¿Estabas pensando escribirla en esta cosa también? —pregunté haciendo un gesto hacia la máquina de escribir de Gran—. ¿Para mantener la autenticidad?

Entrecerró los ojos.

—Solo para confirmar. Los originales se quedan, punto. O, ¡y no dudes en usar esta máquina de escribir!

Los originales nunca salían de la casa y él no sería la excepción solo porque era apuesto. Nuestras miradas se enfrentaron en una discusión silenciosa, pero acabó por asentir.

—Empezaré a leer esta noche y te llamaré con mis ideas cuando termine. Cuando nos pongamos de acuerdo en la dirección de la trama empezaré a escribir.

Lo acompañé a la puerta, incapaz de deshacerme de los nervios que me apretaban el pecho.

—Dijiste que conocías el valor de lo que te acabo de dar.

—Así es.

Nuestras miradas chocaron, la electricidad, la química, la atracción, lo que fuera, fluía entre nosotros lo suficiente como para ponerme la piel de gallina.

—Gánatelo.

Sus ojos oscuros se agrandaron con el desafío.

—Les daré el final feliz que se merecen.

Mi mano apretó con fuerza el picaporte.

—Ah, no. Eso es lo único que no puedes hacer.

CAPÍTULO SEIS

El corazón de Scarlett se estrujó al ver que Jameson hacía girar a Constance en la pequeña sala de baile del bar local. La cuidaba, pues sabía cuánto la quería Scarlett, y eso solo hacía que le gustara más.

Mucho, demasiado pronto, demasiado rápido... era todo eso y más, pero ella no podía ir más lento.

—Te estás enamorando de él, ¿verdad? —preguntó uno de los amigos estadounidenses de Jameson, Howard Reed, si recordaba bien, del otro lado de la mesa; abrazaba a Christine, otra oficial de sección que vivía en el mismo «cobertizo» que Scarlett.

Christine la miró sobre el borde del periódico que estaba leyendo. Los titulares eran más que suficientes para convencer a Scarlett de apartar la vista.

—Yo... no sé —respondió Scarlett, aunque el calor que encendió sus mejillas la delató.

Estaba con Jameson cada momento libre que tenían, y entre las horas de vuelo de él y el horario de ella, no contaban con mucho.

Solo habían pasado tres semanas desde que lo conoció, sin embargo, no podía recordar cómo era el mundo para ella antes. Ahora había dos épocas en su vida: antes de Jameson y ahora.

Archivó lo de «después de Jameson» en la misma categoría que «después de la guerra». Ambos eran conceptos bastante oscuros y ella se negaba a perder el tiempo examinando cualquiera de ellos, sobre todo ahora. Desde la Batalla de Inglaterra, como Churchill la llamó, que empezó unas semanas antes y los alemanes comenzaron a bombardear varios campos aéreos en toda Inglaterra, su tiempo juntos había adquirido un tinte nítido e innegable de desesperación, una urgencia por aferrarse a lo que tenían mientras pudieran.

El trabajo también había aumentado, sus horarios eran extenuantes. Scarlett empezó a marcar las rondas de Jameson en el mapa para señalar su ubicación real, mientras contenía el aliento cuando las noticias llegaban, minuto a minuto, de los operadores de radio. Estaba al tanto cada vez que se movía una bandera del escuadrón 609, incluso si no sucedía en la sección que estaba a su cargo en el tablero general.

—Sí, bueno, él también te quiere —comentó Howard con una sonrisa.

La canción terminó, pero no había banda a la cual aplaudirle, solo un disco por cambiar.

Jameson acompañó a Constance entre la marea de uniformes hasta la mesa.

—Baila conmigo, Scarlett —dijo, ofreciendo su mano y una sonrisa que derribó sus defensas.

—Por supuesto.

Le cedió el asiento a su hermana y se deslizó entre los brazos de Jameson cuando empezó una melodía más lenta.

—Me alegra haber podido verte esta noche —le dijo él al oído.

—Odio que solo sean unas horas —respondió. Descansó la mejilla en el pecho de él y aspiró su aroma. Siempre olía a jabón, a loción para después de afeitar y a un olor característico de metal que parecía colgar a su piel, incluso entre patrullajes.

—Siempre aceptaré, aunque solo sean unas horas contigo un miércoles en la noche, cada que tenga la oportunidad —prometió con voz suave.

Los latidos en su pecho eran fuertes y regulares mientras se balanceaban. Últimamente, este era el único lugar donde se sentía segura o tenía certeza de algo. No había nada en este mundo que se comparara a lo que le hacían sentir sus brazos alrededor de ella.

—Me gustaría quedarme aquí, así —dijo Scarlett en voz baja, dibujando con los dedos unos círculos sobre el hombro del uniforme de Jameson.

—Podemos.

Extendió la mano en la parte baja de la espalda, sin aventurarse a ir a territorios más al sur, a diferencia de lo que hacían muchos otros soldados a su alrededor con sus parejas.

Jameson era respetuoso hasta el punto en que era por completo frustrante. No la había besado, no en verdad, aunque a menudo se acercaba lo suficiente como para aumentar los latidos del corazón de Scarlett, y luego presionaba sus labios sobre la frente de ella.

—Quince minutos más —murmuró—. Luego tendrás que salir a patrullar.

—Y tú tienes trabajo, si no me equivoco.

Ella suspiró y luego apartó la vista de la pareja que estaba junto a ellos, cuando su baile se convirtió en un beso apasionado.

—¿Por qué no me has besado? —preguntó Scarlett en un murmullo.

Él perdió el ritmo un segundo y tomó su barbilla entre el pulgar y el índice para alzar su rostro con dulzura hacia el de él.

—Todavía.

Ella frunció el ceño.

—¿Por qué no te he besado todavía? —aclaró.

—No juegues con las palabras.

—No lo hago. —Acarició su labio inferior con el pulgar—. Solo me estoy asegurando de que sepas que hay un «todavía».

Ella puso los ojos en blanco.

—Está bien, entonces ¿por qué no me has besado todavía?

A su alrededor, el mundo cambió tan rápido que ella no sabía qué esperar el próximo minuto. Las bombas caían, los aviones se estrellaban; sin embargo, él actuaba como si tuvieran años, en tanto que ella no estaba segura de que siquiera tuvieran días.

Jameson miró a la pareja a la izquierda. No había que asombrarse de que Scarlett se cuestionara que fuera tan lento.

—Porque tú no eres una chica más en un bar —dijo cuando retomaron el baile, sosteniendo su mejilla con suavidad en su palma—. Porque solo hemos estado solos una vez y el primer beso no es algo que quiero hacer frente a una audiencia.

No, si la iba a besar como él quería hacerlo.

—Ah —exclamó ella alzando las cejas.

—Ah —repitió él.

Una lenta sonrisa se dibujó en el rostro de él. Si ella supiera la mitad de los pensamientos que pasaban por su cabeza cuando se trataba de ella, solicitaría su traslado.

—También sé que tu mundo tiene un montón de reglas más que el mío, así que estoy haciendo mi mejor esfuerzo por no romper ninguna de ellas.

—La verdad no son tantas.

Scarlett se mordió el labio inferior como si necesitara pensarlo.

—Querida, eres una verdadera aristócrata en uniforme.

Por lo que él había podido descifrar entre lo poco que ella le contó sobre su familia y los detalles que Constance estaba más que dispuesta a compartir, la vida que Scarlett llevaba como oficial de la WAAF era muy diferente a su estilo de vida antes de la guerra, tanto que no era posible compararlas.

Ella parpadeó.

—Mis padres lo son.

Él rio.

—¿Y cuál es la diferencia?

—Bueno, no tengo hermanos, así que el título está en prórroga hasta la muerte de mi padre —respondió encogiéndose de hombros—. Constance y yo somos iguales ante la ley, así que al menos que una de nosotras lo rechace, ninguna lo heredará. Ambas decidimos no rechazarlo; si lo piensas bien, es una idea genial.

Su media sonrisa reservada hizo que él deseara estar solo con ella y lejos de tanta gente.

—¿Decidiste pelear por él?

Los títulos nobiliarios en Inglaterra le eran tan desconocidos que no fingió entender.

—No.

Scarlett deslizó la mano por el brazo, hasta el hombro y sobre el cuello de su uniforme hasta tocar su nuca. Él sintió su tacto en cada nervio de su cuerpo.

—Decidimos no pelear por él, sencillamente al no rechazarlo. Ninguna de las dos lo quiere. Constance está comprometida con Edward, quien heredará el suyo, y eso alegra a mis padres, y yo no quiero tener nada que ver con él. —Negó con la cabeza—. Hicimos la promesa cuando éramos más jóvenes. ¿Ves? —Levantó la mano para mostrarle una ligera cicatriz en la palma—. Fue todo muy dramático.

Él inclinó un poco la cabeza mientras asimilaba sus palabras.

—¿Y qué es lo que quieres, Scarlett?

Cambiaron el disco y la cadencia se aceleró, pero ellos permanecieron igual, meciéndose despacio al borde la pista, al ritmo de su propia balada.

—Ahora solo quiero bailar contigo —respondió acariciando su cuello.

—Eso te lo puedo conceder.

Dios, esos ojos podían abrumarlo cada vez que los veía. Podría pedirle la luna y él volaría su Spitfire hasta la estratósfera solo para que ella lo mirara como lo hacía ahora.

Cuando la canción terminó, salieron de la pista con renuencia tomados de la mano y se dirigieron a la mesa.

—Siete y cuarto —dijo Constance con una pequeña mueca—. Ya es hora de irnos, ¿no?

Se puso de pie y le dio su sombrero a Scarlett.

—Lo es —aceptó ella—. Sobre todo porque tenemos que pasar por el aeródromo para dejar a Jameson y a Howard. Volteó a ver a Christine, quien seguía ocupada en el periódico—. ¿Christine?

Ella se sorprendió.

—Ah, perdón. Estaba leyendo sobre el bombardeo en Sussex.

Sin duda, eso calmó los ánimos. Los dedos de Jameson se tensaron un poco alrededor de los de Scarlett.

—Supongo entonces que yo conduciré y tú leerás —dijo Jameson con una sonrisa tensa.

Christine asintió y todos se dirigieron al coche. Esta noche, ni él ni Howard pudieron conseguir un coche de la compañía, pero Scarlett sí.

—¿No te molesta dejarnos en el aeródromo? —le preguntó al abrir la puerta del copiloto para ella.

—Para nada —respondió, pasando la mano por su cintura cuando se metió al automóvil—. Me dará diez minutos más contigo y quién sabe cuándo vuelva a tener eso.

Él asintió, cerró la puerta cuando ella se subió; hubiera deseado que manejara Constance, Christine o incluso Howard para poder acurrucarse a su lado en el asiento trasero. En vez de eso, él tomó el volante y empezó a conducir hacia el aeródromo. Este siempre era el momento en el que el ánimo cambiaba entre ellos, cuando ambos estaban mentalmente preparados para lo que sus noches les tenían preparado mientras estaban separados.

El sol empezaba a caer más temprano en esta época, ahora que estaban a mediados de agosto, pero aún había una buena cantidad de luz para despegar en una hora.

—¿Un poco de música? —propuso Constance rompiendo el silencio.

—La radio de este coche está descompuesta —explicó Scarlett—. Parece que uno de nosotros tendrá que cantar.

Jameson sonrió y sacudió la cabeza. La chica tenía un sentido del humor sutil y eso le encantaba.

—Está bien, voy a leer. ¿Puedo? —preguntó Howard. Jameson escuchó cómo el periódico cambiaba de manos—. Puedo apostar cinco dólares a que, con esto, todos se duermen antes de que lleguemos al aeródromo. —Jameson vio cómo Howard alzaba las cejas—. Excepto tú, Stanton. Más te vale que te quedes despierto.

—En eso estoy —respondió Jameson al tiempo que entraba a la estación.

Cuando cruzaron la reja, tomó la mano de Scarlett y negó con la cabeza por el tono mundano que usaba Howard para leer un artículo sobre la escasez de suministros.

—Sí podría hacerme dormir —murmuró Scarlett.

Jameson le apretó la mano.

—«El jefe de Transportes de Wadsworth, George Wadsworth, sale en ayuda de nuestras tropas» —leyó Howard.

Scarlett se tensó.

—«…quien tiene más de una unión para celebrar con una fuente confirmada que afirma que su hijo mayor, Henry, se va a comprometer con la hija mayor del barón y lady Wright…».

Scarlett ahogó un grito y se cubrió la boca con la mano que él no sostenía.

—Oh, Dios —murmuró Constance.

Jameson sintió que la tierra a sus pies se movía y que su estómago se le hacía nudo. «No puede ser».

La mirada seria de Howard encontró a la de Jameson en el espejo retrovisor, sabía que era ella.

—Bueno, seguramente hay más de un Wright en el país —masculló Christine, arrebatándole el periódico a Howard—. «Henry va a comprometerse con la hija mayor del barón y lady Wright, Scarlett…» —Christine guardó silencio y miró a Scarlett.

—Por favor, lee el resto —espetó Jameson.

¿Qué demonios? ¿Ella se había burlado de él? ¿O él había sido un tonto todo este tiempo?

—Mmm… «Scarlett —siguió leyendo—, que actualmente presta servicio en la Fuerza Aérea Auxiliar Femenina de Su Majestad. Las dos hijas Wright se unieron a la fuerza aérea el año pasado y fueron comisionadas como oficiales». —El periódico crujió—. El resto habla de municiones —dijo bajando la voz, justo en el momento en el que se estacionaban al borde del terreno frente al sendero estrecho que llevaba a los tres hangares.

—Parece que perdiste cinco dólares, Howard, porque todos estamos bien despiertos —dijo Jameson. Apagó el motor y abrió la puerta.

Ella ya tenía una relación y estaba a punto de comprometerse, mientras él se enamoraba de ella. Lo había estado utilizando, ¿para qué? ¿Una pequeña distracción? Miró la pista a su izquierda, estaba listo para despegar, para abandonar el suelo durante unas cuantas horas.

Jameson azotó la puerta y el sonido sacó a Scarlett de su estupor. Ella salió apresurada del automóvil, pero él ya había recorrido la mitad del camino al hangar cuando ella lo alcanzó.

—¡Jameson, espera!

¿Cómo podían hacerle esto? ¿Cómo podían decirle al *Daily* que ella y Henry iban a comprometerse cuando ella le dijo con firmeza a su madre que no lo haría? Eran ellos quienes estaban detrás de esto, no solo George. A leguas se veía la interferencia de sus padres. Y que un rayo la partiera si eso le costaba a Jameson.

—¿Esperar qué, Scarlett? —espetó avanzando a grandes zancadas. Esos ojos cálidos y oscuros tan suyos la miraron con frialdad y le partieron el corazón—. ¿Esperar a que te cases con un tipo rico de sociedad? ¿Por eso querías saber por qué no te había besado todavía? ¿Te preocupaba quedarte sin tiempo hasta que me diera cuenta de la verdad?

No disminuyó el paso, con cada zancada, esas largas piernas lo alejaban cada vez más de ella.

—¡Eso no es lo que está pasando! ¡No estoy comprometida! —gritó corriendo hasta alcanzarlo—. ¡Escúchame! —repitió poniéndole las manos en el pecho, obligándolo a que se detuviera, de lo contrario la arrollaría.

Él se detuvo, pero la forma en la que la miró la aplastó de igual manera.

—¿Se van a comprometer?

—¡No! —exclamó negando enfática con la cabeza—. Mis padres quieren que me case con Henry, pero no lo voy a hacer. Están tratando de obligarme.

Nunca los perdonaría por eso. Nunca.

—¿Obligarte? —preguntó, su mandíbula temblaba.

Scarlett buscaba en su mente las palabras para hacerle entender.

—¡Sí! —No le importaba que los escucharan ni dónde estaban los demás. No le importaba quién oyera lo que ella decía, siempre y cuando él lo hiciera—. No es verdad.

—¡Está en el periódico!

Jameson se alejó de ella y entrelazó ambas manos sobre su gorra.

—¡Porque piensan que publicarlo como un hecho me obligará a aceptar, por vergüenza o por deber! —repuso.

—¿Y te obligará? —la desafió.

—¡No! —Su pecho se oprimió ante la posibilidad de que no le creyera.

Él no la miró, era evidente que estaba destrozado. Ella no podía culparlo, sus padres y los Wadsworth la habían metido en un maldito enredo.

—Jameson, por favor. Te juro que no me voy a casar con Henry Wadsworth.

La muerte era preferible.

—Pero ¿tus padres quieren que lo hagas?

Ella asintió.

—Y este tipo, Wadsworth, ¿quiere que lo hagas?

—Henry cree que el título y un escaño en la Casa de los Lores serán suyos si nos casamos; y aunque no fuera así, entonces para nuestro primer hijo varón, algo que no será porque…

—¿Su primer hijo barón? —Él entrecerró los ojos—. ¿Ahora vas a tener hijos con este tipo?

Al parecer, eso no era lo que tenía que decir para hacerlo entender.

—¡Claro que no! ¡Nada de eso importa porque no me voy a casar con él! —Un zumbido sordo le resonaba en la cabeza como si su propia mente se cerrara para impedir lo que le parecía una gran pena de amor—. Si crees esta farsa, los dejas ganar. Yo no lo haré.

—Es fácil perder una guerra cuando no sabes que estás en ella.

Por lo menos la miraba otra vez, pero la acusación en sus ojos casi hizo que le brotaran lágrimas. Parecía que lo habían traicionado y, de cierto modo, así había sido.

—Debí decirte —dijo en un murmullo.

—Sí, debiste decirme —afirmó—. ¿Qué tipo de padres tratan de obligar a su hija a casarse cuando ella no quiere?

Pasó las manos por su nuca, como si necesitara tenerlas ocupadas.

—El tipo de padres que han vendido casi todas sus propiedades y han llegado a la ruina financiera. —Sus brazos cayeron a los costados y Jameson abrió mucho los ojos—. Los títulos no necesariamente significan cuentas bancarias generosas.

El zumbido aumentó.

—¡Stanton! ¡Reed! ¡Tenemos que irnos! —gritó alguien detrás de ellos.

—Ruina financiera. —Jameson negó con la cabeza—. ¿Me quieres decir que tus padres te están vendiendo?

—Están tratando, sí.

Esa era la horrible realidad y su rostro lo mostró. Ella se enfureció.

—No me mires así —agregó—. Ustedes los estadounidenses creen que han escapado del sistema de riqueza heredada, pero en lugar de rey y nobleza, tienen a los Astor y los Rockefeller.

—No vendemos a nuestras hijas —exclamó arqueando las cejas.

—Podría nombrar al menos a tres herederas estadounidenses que se han casado con la nobleza, solo en la última década —dijo Scarlett cruzando los brazos frente a su pecho.

104

—Entonces, ¿defiendes esto? —repuso Jameson mientras Howard corría hacia él, volteando para correr en reversa.

—¡Stanton! ¡Ahora! —gritó Howard moviendo el brazo.

—No, ¡no es eso lo que quiero decir! —balbuceó Scarlett.

El zumbido cambió y se hizo más grave. «Se aproxima un avión». La patrulla a la que Jameson iba a relevar regresaba, eso quería decir que tenía solo segundos valiosos.

—Jameson, no voy a casarme con Henry. Lo juro —agregó.

—¿Por qué no? —preguntó; luego alzó la vista hacia el cielo y entrecerró los ojos antes de que ella respondiera.

—Entre otras razones, porque te quiero a ti, ¡maldito yanqui!

Dios, se había vuelto loca, cómo podía discutir así en público; pero no podía detenerse y este hombre ya ni siquiera la estaba escuchando.

—¿Esos son nuestros? —preguntó Howard señalando en la misma dirección en la que Jameson ya estaba concentrado.

El escuadrón rompió filas entre las nubes bajas y el estómago de Scarlett se hizo nudo. Esos no eran Spitfires.

Las sirenas de ataque aéreo sonaron en advertencia, pero ya era muy tarde. El extremo final de la pista estalló con un sonido ensordecedor que ella sintió en todo el cuerpo. El humo y los escombros llenaron el aire con el siguiente bombardeó, un segundo después, más fuerte y más cerca.

—¡Al suelo! —gritó Jameson cubriéndola con su cuerpo; dio la espalda a la explosión y la jaló al piso.

Las rodillas de Scarlett golpearon el pavimento. El hangar que estaba cuarenta y cinco metros frente a ellos estalló en pedazos.

CAPÍTULO SIETE

Noah

Querida Scarlett:

Te extraño, amor mío. El sonido de tu voz en el teléfono no se compara con tenerte entre mis brazos. Solo han pasado pocas semanas desde que me trasladaron, pero me parecen una eternidad. Buenas noticias: creo que logré conseguirnos una casa cerca de aquí. Sé que, para ti, mudarte ha sido un infierno, y si decides que prefieres quedarte cerca de Constance, podemos adaptarnos a tus planes. Ya has sacrificado tanto por mí; sin embargo, aquí estoy pidiéndote que lo hagas de nuevo. Te prometo que cuando esta guerra termine, te compensaré. Te juro que nunca te pondré en una posición en la que tengas que sacrificarte otra vez por mí.

Dios, extraño tu piel contra la mía en las mañanas, y ver tu hermosa sonrisa cuando cruzo la puerta por las noches. En este momento, solo Howard me da la bienvenida, aunque no está mucho aquí desde que conoció a una chica local. Antes de que lo preguntes, no, no hay chicas locales para mí, solo existe una belleza de ojos azules que tiene mi corazón y mi futuro en sus manos, y difícilmente podría llamarla local, puesto que está a horas de distancia.

No puedo esperar a tenerte de nuevo entre mis brazos.
Con amor,
Jameson

El ritmo que martilleaba en mis audífonos correspondía con el golpeteo de mi pie contra los senderos de Central Park conforme me abría paso entre los turistas. Ese viernes del fin de semana del Día del Trabajo, el 2 de septiembre, los había sacado a la calle, riñoneras y todo. Era un día húmedo, el aire estaba pegajoso y denso, pero al menos estaba cargado de oxígeno marino.

Mi tiempo por kilómetro absorbió toda la semana que pasé en Colorado. El tiempo que viví en Perú para hacer una investigación, estuve aproximadamente a dos mil ciento treinta y cinco metros, salvo las veces que salía a escalar. La altura en Poplar Grove es setecientos metros más alta; sin embargo, tengo que admitir que a pesar de la falta brutal de oxígeno, el aire de las Montañas Rocosas se sentía mucho más ligero, era más fácil moverse. No es que Colorado le ganara a Nueva York en cualquier otra área. Cierto, las montañas eran hermosas, pero también lo era el horizonte de Manhattan; además, nada podía compararse con vivir en el centro mismo del mundo. Este era mi hogar.

El único problema era que mi mente no estaba aquí; no lo había estado desde que había regresado hace más de dos semanas. Se encontraba dividida entre la Segunda Guerra Mundial en Gran Bretaña y la época moderna en Poplar Grove, Colorado, incluso sin oxígeno. El manuscrito terminaba en un momento crucial de la trama, en el que la historia bien podía acabar en un desamor cataclísmico o recobrarse de las profundidades de la duda para llegar hasta un clímax en el que el amor lo vence todo, que incluso convertiría hasta al desgraciado más insensible en un romántico.

Aunque me agradaba jugar el papel del insensible, Georgia había llegado para robarme el puesto; yo quedaba como un romántico poco común. ¡Demonios!, y esta historia lo requería. La correspondencia entre Scarlett y Jameson también.

107

Encontraron el verdadero amor en medio de la guerra. No soportaban estar separados siquiera unas cuantas semanas. Yo no estaba seguro de haber estado con una mujer más de unas pocas semanas seguidas, me gustaba tener mi espacio.

Alcancé los diez kilómetros y no me encontraba más cerca de comprender la necia exigencia de Georgia, de lo que estaba cuando salí de su casa dos semanas antes; o bien de entender a esa mujer. Normalmente corría hasta que mis pensamientos se aclaraban o hasta que se me ocurría una trama literaria, pero como había sucedido cada dos días durante las últimas dos semanas, disminuí la velocidad, seguí caminando y me arranqué los audífonos, completamente frustrado.

—Ah, gracias a Dios. Pensé que… —dijo Adam jadeando—, …ibas a seguir… un kilómetro más… y yo hubiera tenido… que darme por vencido.

Hablaba al tiempo que se esforzaba por respirar cuando llegó hasta mi lado.

—Ella no quiere que tenga un final feliz —refunfuñé apagando la música de mi teléfono.

—Eso me dijiste —dijo Adam, llevándose las manos a la cabeza—. De hecho, creo que has mencionado el tema casi todos los días desde que regresaste.

—Y voy a seguir diciéndolo hasta que pueda hacerme a la idea.

Llegamos hasta una banca cerca de una bifurcación en el camino y me detuve para estirarme un poco, como era nuestra rutina.

—Perfecto. Muero de ganas de leerlo cuando lo hagas —comentó.

Se inclinó hacia adelante, apoyando las manos sobre las rodillas, y engulló el aire a bocanadas.

—Te dije que teníamos que correr más seguido.

Solo corría conmigo una vez a la semana.

—Y yo te dije que tú no eres mi único escritor. Entonces, ¿cuándo vas a enviar la parte de Stanton del manuscrito? Tenemos que hacer esto y el tiempo es limitado.

—Tan pronto como lo termine. —Esbocé media sonrisa—. No te preocupes, lo tendrás en la fecha de entrega.

—¿En serio? ¿Me vas a hacer esperar tres meses? Qué crueldad, me lastimas —dijo llevándose una mano al corazón.

—Sé que sueno como un niño, pero quiero ver si te das cuenta cuándo termina la prosa de Scarlett y empieza la mía.

No me había sentido tan emocionado sobre un libro en los últimos tres años y en ese periodo había escrito seis. Pero con este tenía ese «presentimiento», y Georgia me tenía atado de manos.

—Se equivoca, ¿sabes? —agregué.

—¿Georgia?

—No entiende cuál era el sello de marca de su bisabuela. Scarlett Stanton es garantía de un final feliz. Es algo que sus lectores esperan. Georgia no es escritora, no lo entiende y se equivoca.

Si algo había aprendido los últimos doce años era a no defraudar las expectativas de los lectores.

—Y tú estás convencido de que tienes razón porque… ¿eres infalible?

Su comentario era mucho más que una insinuación de sarcasmo.

—Cuando se trata de crear tramas, sí. No me incomoda decir que soy jodidamente infalible y no empieces a hablar de mi ego. Puedo respaldarlo, así que se trata más de una suerte de confianza.

Me incliné para estirarme y sonreí.

—Odio tener que controlar tu «confianza», pero si ese fuera el caso, no necesitarías un editor, ¿o sí? Y sin duda tú me necesitas, así que no.

Ignoré la obvia verdad de su argumento.

—Al menos lees mis libros antes de sugerir cambios. Ella ni siquiera me deja que le cuente cuál es mi idea.

—Bueno, ¿y ella tiene una?

Parpadeé.

—¿Se lo preguntaste? —agregó alzando las cejas—. Quiero decir, yo con gusto ofrecería algunas sugerencias, pero como ni siquiera me has enseñado la parte que sí existe…

—¿Por qué se lo preguntaría? A ti nunca te pido tus comentarios antes de que haya terminado.

Eso arruinaba el proceso, y mis instintos nunca me habían fallado.

—No puedo creer que firmé un contrato en el que le otorgaba la aprobación final a alguien que ni siquiera está en la industria —añadí.

Sin embargo, lo volvería a hacer solo por el desafío.

—Aunque hayas salido con tantas chicas como lo has hecho, en realidad no entiendes a las mujeres, ¿verdad? —preguntó Adam negando con la cabeza.

—Entiendo bien a las mujeres, créeme. Además, tú has tenido, ¿cuántas? ¿Una relación en la última década?

—Porque me casé con ella, imbécil —exclamó mostrándome su anillo de bodas—. No estoy hablando de acostarte con todo Nueva York; la leche que tengo en el refrigerador tiene más tiempo que el promedio que duras en una relación, y todavía le falta para caducar. Es más difícil conocer y comprender realmente a una mujer que seducir a miles en miles de noches. También es más gratificante. —Miró su reloj—. Necesito regresar a la oficina.

Esa idea me hizo sentir incómodo.

—No es cierto, la parte de la relación.

Cierto que la relación más larga que había tenido duró seis meses, implicó mucho espacio personal y acabó como empezó:

110

con afecto mutuo y el acuerdo de que no nos distanciaríamos. No vi ninguna razón como para enredarme emocionalmente con alguien con quien no podía ver un futuro juntos.

—Bien, voy a ser claro. Creo que no entiendes a Georgia Stanton —dijo, sonriendo burlón y haciendo un estiramiento de pantorrillas—. Tengo que admitir que me divierte ver cómo te rompes la cabeza con una mujer que no cae de inmediato a tus pies.

—Las mujeres no caen a mis pies. —Solo tenía suerte de que las que a mí me interesaban en general sentían lo mismo por mí—. ¿Y qué es lo que no entiendo? Desde mi punto de vista, se trata de una mujer con derecho a regalías que se convierte en la esposa de un famoso de Hollywood solo para que la abandonen por una modelo más joven y embarazada, y que regresa a casa con sus millones para firmar otro contrato que le dará más millones.

¿Que era exquisitamente hermosa? Por completo. Pero también me parecía que todos los obstáculos que me ponía eran solo para divertirse. Empezaba a entender que lidiar con Georgia podría ser más desafiante que escribir el libro.

—¡Guau! Estás tan lejos de la verdad que casi es gracioso —dijo estirándose; luego se irguió, esperando que yo hiciera lo mismo—. ¿Sabes mucho de su ex? —preguntó inclinando la cabeza hacia un costado y con una mirada penetrante.

—Claro. Damian Ellsworth, el «aclamado» director y residente de Soho, si no me equivoco. —Me detuve en un puesto de comida y compré dos botellas de agua—. Siempre me ha parecido falso y repugnante.

Estaba seguro de que el tipo era un imbécil pretencioso.

—¿Y sabes por qué es más conocido? —preguntó Adam tras agradecerme el agua y abrir la botella.

—Quizá por *Las alas de otoño* —respondí conforme retomamos nuestro camino.

De pronto comprendí y me paralicé. Adam miró sobre su hombro y se detuvo.

—Eso es. Sigue —dijo haciendo un gesto para que avanzáramos, y continué.

—Scarlett nunca vendió sus derechos cinematográficos —dije lentamente—. No hasta hace seis años.

—Lotería. Y entonces, solo vendió los derechos de diez libros por casi nada a una productora nueva, sin reputación, que es propiedad de...

—Damian Ellsworth. No me jodas.

—No te preocupes, no eres mi tipo. Pero ¿ya entiendes?

Llegamos al borde del parque y tiramos las botellas vacías en el bote de reciclaje antes de llegar a la banqueta abarrotada.

Ellsworth era más de diez años mayor que Georgia, pero solo había logrado cruzar el umbral de Hollywood... «Mierda». Fue más o menos cuando se casaron.

—Utilizó su matrimonio con Georgia para llegar a Scarlett.

«Cabrón».

—Eso parece —asintió Adam—. Esos derechos le extendieron la alfombra roja y todavía le quedan por hacer otras cinco películas. Ya se estableció. Y cuando fue claro que las visitas a la clínica de fertilidad no iban a funcionar, se encontró a alguien más.

Volteé de inmediato hacia Adam; sentí náuseas.

—¿Estaban tratando de tener hijos y él embarazó a alguien más?

—Según el *Celebrity Weekly*. No me mires así. A Carmen le gusta leerlo y yo me aburro cuando remojo mis piernas en la tina, unas piernas a las que tú haces sufrir tanto, si puedo agregar.

«Maldición». Ese era otro nivel de perversión. Ella había lanzado la carrera del tipo y él no solo la engañó, sino que la aniquiló emocional y públicamente.

112

—Ya me parece más claro por qué no está a favor de los finales felices en este momento.

—Y lo peor es que ella era copropietaria de la productora, pero cedió todo en el divorcio —agregó Adam cuando cruzamos la calle—. Le dejó todo.

Fruncí el ceño. Se trataba de una cantidad ingente de dinero.

—¿Todo? Pero fue culpa de él.

Era injusto. Adam se encogió de hombros.

—Se casaron en Colorado, es un estado donde no se atribuye culpabilidad y ella le dio todo voluntariamente, o eso leí.

—¿Quién hace eso?

—Alguien que quiere salirse de la situación lo más pronto posible —explicó.

Cruzamos la última calle y llegamos a la cuadra donde estaba el edificio de mi editorial, pero Adam se detuvo frente al inmueble adyacente.

—Y como casi todo, salvo una pequeña parte, el patrimonio de Scarlett va a un fideicomiso literario asignado a la beneficencia; esos millones que mencionaste no son exactamente de Georgia. Sé que te gusta hacer tus viajes de investigación, pero deberías buscar en Google con mayor frecuencia.

—¡No lo puedo creer!

El estómago me dio un vuelco al entender lo equivocado que estaba en mis suposiciones. Adam me dio una palmadita en la espalda.

—Te sientes como un idiota, ¿verdad? —preguntó con una sonrisa.

—Quizá —admití.

—Espera hasta que te des cuenta de que el libro que estás terminando no está clasificado en el fideicomiso literario...

—Lo miré fijamente— ... y que, aun así, le pidió a Contabilidad que transfiriera todo el adelanto a la cuenta de su madre —agregó, sonriendo con suficiencia.

—Okey, ahora sí me siento como un idiota.

Me froté el rostro con las palmas. Ella no recibiría nada de este acuerdo.

—Excelente. ¿Qué tal una cosa más? Sígueme.

Me hizo entrar al edificio. El vestíbulo estaba abovedado hasta el segundo piso y las escaleras eléctricas bordeaban los extremos antes de la fila de elevadores, dejando el centro abierto, donde se exhibía una enorme escultura vertical de vidrio.

En la parte baja era azul oscuro y se extendía en hilillos ondulantes que formaban burbujas en los bordes, como si rompieran en una playa oculta. Cada vez más arriba, el azul se transformaba en aguamarina, antes de que los bordes perdieran su textura áspera, como de espuma. Después, la aguamarina se convertía en tonos de verde, donde el vidrio se arremolinaba para formar ramas que se estrechaban conforme la escultura se hacía más alta, hasta alcanzar el doble de mi estatura.

—¿Qué te parece? —preguntó Adam con una sonrisa engreída en el rostro.

—Es espectacular. La iluminación también es ingeniosa. Realza el color y la destreza —respondí, mirándolo de reojo.

Sabía que este pequeño desvío significaba algo.

—Mira la cédula —agregó reforzando esa sonrisa.

Me adelanté y leí, abriendo los ojos con sorpresa.

—Georgia Stan… ¿Qué demonios?

¿Georgia hizo esto? Alcé la vista para mirarla con ojos nuevos; incluso yo podía admitir que me dejaba boquiabierto.

—Solo porque no es escritora eso no significa que no sea creativa. ¿Te sientes más humilde? ¿Un poquito?

Adam se paró a mi lado.

—Solo un poco —acepté lentamente—. Quizá mucho.

Observé la cédula de nuevo y vi la fecha. «Hace seis años».

¿Coincidencia o patrón?

—Bien, mi trabajo aquí está hecho.

No solo cursó la escuela de arte. Era una artista.

—Ella no me va a escuchar a mí, Adam. Las dos veces que le llamé me colgó. Estoy tratando de establecer la trama para poder profundizar, pero en el momento en el que empiezo a pensar en el final es un callejón sin salida. Ella no quiere colaborar, solo quiere salirse con la suya.

—Suena como a alguien que conozco. ¿Cuánto has escuchado tú? —Me retó—. Esta vez no solo se trata de tu libro, amigo; es de ella, y para alguien que ama las fuentes originales, estás ignorando la única que tienes frente a las narices: ella es tu residente experta en todo lo que se refiere a Scarlett Stanton.

—Buen punto.

—Vamos, Noah. Nunca he visto que le huyas a un reto; por Dios, tú los buscas. Toma el teléfono y usa tu legendario encanto para poner el pie en el umbral proverbial y luego empieza a escuchar, amigo. Ahora tengo que ir a bañarme antes de mi junta —dijo, y se dirigió a la puerta giratoria.

—¡Ya intenté el encanto!

No me había llevado a nada, algo que era muy molesto tanto en un nivel profesional como personal… bueno, frustrante, sobre todo si consideraba la manera en la que seguía sintiéndome atraído por ella, aunque estuviéramos a miles de kilómetros de distancia.

—Si solo le has llamado dos veces, no es así.

—¿Cómo supiste siquiera que esto estaba aquí? —grité hacia el otro extremo del vestíbulo.

—¡Google! —respondió; agitó dos dedos en señal de despedida y salió del edificio, dejándome con la prueba de que yo no había sido el único genio creativo ese día en la oficina de Scarlett.

Luego, empecé mi investigación; no sobre la Batalla de Inglaterra, sino sobre Georgia Stanton.

Miré alternativamente entre mi teléfono, inofensivo en medio de mi escritorio, y el número de teléfono que había garabateado en el bloc de notas junto a él. Estaba una semana más cerca de la fecha de entrega y aunque ya había establecido la trama que me parecía correcta para los personajes, no había empezado a escribir. No tenía caso si Georgia me iba a pedir que cambiara todo.

«Utiliza tu encanto legendario...».

Marqué el número y giré para pararme frente a las enormes ventanas de la oficina de mi casa; miré Manhattan a mis pies, mientras el teléfono sonaba. ¿Ella contestaría? Esa preocupación en particular era nueva para mí, tratándose de mujeres; no porque era un hecho que contestaban, sino porque en realidad nunca me importó.

«Pregúntale sobre su bisabuela. Pregúntale sobre ella. Deja de gritarle y empieza a tratarla como una socia. Solo piensa que es como una de tus amigas de la universidad y no alguien del trabajo o alguien en quien estás interesado». Ese había sido el consejo de Adrienne, seguido por una broma sarcástica de que nunca había tenido un socio en toda mi vida porque era un controlador obsesivo.

Odiaba que tuviera razón.

—Noah, ¿a qué debo el honor? —saludó Georgia.

—Vi tu escultura.

«Aún faltaba mucho para romper el hielo».

—¿Cómo?

—La del árbol que se eleva al océano. La vi. Es impresionante.

Apreté el teléfono con más fuerza. De acuerdo con internet, también fue la última que hizo.

—Ah. —Calló un momento—. Gracias.

—No sabía que eras escultora.

—Mmm... sí, lo era. Hace mucho tiempo. «Era» es la palabra adecuada. —Forzó una risa—. Ahora paso los días en la oficina de Gran, clasificando una montaña de papeles.

Tema cerrado. Anotado. Me resistí a las ganas de saber más... por ahora.

—Ah, papeleo. Mi manera favorita de pasar una tarde —bromeé.

—Pues aquí estarías en el paraíso, porque esto es un caos. Es demasiado, demasiado papeleo —refunfuñó.

—Uy, me encanta cuando me dices cochinadas.

«Carajo». Hice un gesto y en mi mente calculé cuánto tendría que pagar por una demanda de acoso sexual. ¿Qué demonios me pasaba?

—Mierda. Perdón, no sé qué me pasó —agregué.

Y yo que iba a tratarla como a una amiga de la universidad.

—Está bien —respondió con una risa que me golpeó en el pecho como un tren de carga. Su risa era hermosa y me hizo sonreír por primera vez en días—. Bueno, ahora que ya sé lo que te prende... —bromeó, y escuché un crujido al fondo que reconocí: se había reclinado en el sillón—. En serio, está bien, te lo prometo —dijo sin dejar de reír un poco—. ¿Necesitabas algo? Porque en el momento en el que digas «final feliz», regreso al papeleo.

Me avergoncé, me quité los lentes y empecé a hacerlos girar de una de las patas.

—Mmm... podemos llegar a eso después —propuse—. Estaba tratando de agregar algunos detalles personales, me preguntaba si tu bisabuela tenía una flor favorita.

Cerré los ojos con fuerza. «Eres el más estúpido de los estúpidos, Morelli».

—Ah. —Su voz se suavizó—. Sí, amaba las rosas. Tiene un enorme jardín detrás de la casa lleno de rosas de té. Bueno, supongo que debí decir «tenía un jardín». Perdón, todavía no me acostumbro.

—Lleva tiempo. —Dejé de hacer girar los lentes y los puse en el escritorio—. A mí me llevó como un año cuando mi papá murió y, honestamente, a veces me sorprendo cuando me olvido de que ya no está. El jardín sigue ahí, solo que ahora es mío.

Miré la foto de papá conmigo, de pie junto a un Jaguar 1965 que pasamos restaurando un año: siempre sería de papá, aunque ahora estuviera a mi nombre.

—Cierto. No sabía que tu papá había muerto, lo siento.

—Gracias. —Me aclaré la garganta y desvié mi atención al horizonte—. Fue hace unos años y me esforcé mucho para que la prensa no explotara el tema. Todos siempre están indagando mis antecedentes para saber si hay alguna razón por la que todas mis historias tienen… —«No lo digas»—. Finales conmovedores.

—¿Y hay una razón? —preguntó en voz baja.

Me habían hecho esa pregunta al menos cien veces en todos estos años y casi siempre respondía con algo como «Creo que los libros deben reflejar la vida real», pero esta vez me tomé un segundo.

—Ninguna tragedia, si es eso lo que preguntas. —En mi rostro se dibujó una sonrisa—. Una familia típica de la clase media. Papá era mecánico. Mamá sigue siendo maestra. Crecí entre carnes asadas, partidos de los Mets y una hermana molesta que he llegado a apreciar. ¿Decepcionada?

La mayoría se decepcionaba; imaginaban que tenía que ser huérfano o algo igual de horrible.

—Para nada. De hecho, me parece perfecto —murmuró.

—Cuando escribo, entro a la historia y lo primero que veo en un personaje son sus defectos. Lo segundo es cómo esos defectos lo llevarán a la redención... o a la destrucción. No puedo evitarlo. La historia ronda en mi cabeza y eso es lo que llega a la página. —Retrocedí y me recargué en el escritorio—. Trágico, alentador, conmovedor... sencillamente, es lo que es.

—Mmm...

Casi podía verla considerar mi afirmación, con esa pequeña inclinación de cabeza. Sus ojos un poco entrecerrados; luego asentiría como si hubiera aceptado mis ideas.

—Gran acostumbraba decir que veía a los personajes como personas de carne y hueso con pasados complicados en una trayectoria de colisión. Veía sus defectos como algo que debían superar —explicó.

Asentí como si me pudiera ver.

—Claro. Generalmente ella usaba cualquiera que fuera el defecto para hacerlo más humilde al tiempo que probaba su devoción de la manera más inesperada posible. Dios, ella era la mejor para hacer eso.

Era una habilidad que yo aún no había dominado: la humillación exitosa. El gran gesto. Mis historias siempre se quedaban cortas y, antes de tener la oportunidad, esa perra llamada destino la hacía a un lado.

—Lo era. Amaba... el amor.

Hice una expresión de asombro.

—Claro, por eso esta historia necesita preservar eso —espeté y luego hice una mueca. Se hizo un largo silencio —. ¿Georgia? ¿Sigues ahí?

Me colgaría en un segundo.

—Así es —dijo sin ninguna rabia en la voz, aunque tampoco flexibilidad—. Esta es una historia de amor, el más profundo, pero no es un romance. Esa es la razón por la que te la di a ti, Noah, tú no escribes novelas románticas, ¿recuerdas?

Parpadeé, al fin me daba cuenta de la brecha tan ancha que nos dividía.

—Pero te dije que escribiría este libro como un texto romántico.

—No, tú me dijiste que Gran era mejor que tú para escribir romance —replicó—. Prometiste hacerlo bien. Sabía que necesitaba un final desgarrador, así que acepté que fueras el hombre para el trabajo. Pensé que tú eras el mejor para capturar lo que ella en realidad tuvo que vivir después de la guerra.

—Carajo.

Esto no era el Everest, era la Luna, y toda la situación era un malentendido. Nuestros objetivos nunca habían sido los mismos.

—Noah, ¿no crees que si hubiera querido que esta novela fuera romántica le hubiera pedido a Christopher que buscara a uno de sus escritores románticos?

—¿Por qué no me dijiste eso en Colorado? —pregunté rechinando los dientes.

—¡Lo hice! —espetó a la defensiva—. En el vestíbulo te dije que lo único que no podías hacer era darles un final feliz y tú no escuchaste, solo me lanzaste un gesto engreído como si dijeras «mira cómo lo hago» y te marchaste.

—¡Porque pensé que me estabas retando!

—¡Pues no lo hacía!

—¡Ahora lo sé! —Me apreté la nariz en busca de una forma de salir de una situación que me parecía un callejón sin salida—. ¿En serio crees que la historia de tu bisabuela es triste y melancólica?

—Ella no estaba triste. ¡Y esta no es una historia romántica!

—Debería serlo. Podríamos darle el final que se merece.

—¿Con qué, Noah? ¿Quieres terminar la verdadera historia de su vida con un relato feliz de ficción en el que corren uno hacia otro en un campo vacío, con los brazos extendidos?

—No exactamente. —«Aquí vamos». Esta era mi oportunidad—. La imagino caminando en un sendero de tierra sinuoso bordeado de pinos, recorriendo de nuevo el camino en el que se conocieron y el momento en el que él la ve a ella…

Lo veía todo en mi mente.

—Santa madre de Dios, eso es un cliché.

—¿Cliché? —Casi me atraganta la palabra. Que pensara que era un imbécil era mejor que «cliché»—. Sé lo que estoy haciendo. ¡Déjame hacerlo!

—¿Sabes por qué no dejo de colgarte?

—Ilumíname.

—Porque nada de lo que yo diga te importa y los dos perdemos el tiempo.

«Clic».

—¡Carajo! —grité, poniendo con cuidado mi teléfono en el escritorio para no arrojarlo al suelo.

Sí me importaba lo que dijera. Yo estaba haciendo un pésimo trabajo al tratar de ponerla en primer lugar; de nuevo, era un problema que al parecer solo me sucedía con esta mujer en particular.

Escribir era mucho más fácil que lidiar con personas reales. Quizá la gente no terminaba de leer mis libros (como si me colgaran el teléfono, en un sentido literario), pero nunca sabía si alguien dejaba de leerme antes de llegar al punto, porque al menos ya había tenido la oportunidad de hacerlo. Aunque lo azotaran enfurecidos, no lo hacían frente a mí.

Me froté el rostro con las palmas y dejé escapar un gruñido de pura ira. Al fin había conocido a alguien con más problemas de control que yo.

—¿Algún consejo, Jameson? —le pregunté a las páginas del manuscrito y la correspondencia que imprimí—. Claro, tú de alguna manera supiste mantener la comunicación en zona de guerra, pero que me parta un rayo si tuviste que derribar los muros de Scarlett por teléfono, ¿verdad que no?

Me permití un momento para entrar en la historia, para reflexionar en realidad en lo que Georgia me pedía; pero imaginar que Scarlett aprendía a renunciar y seguía adelante, condenarla en la ficción a una vida a medio vivir, incluso a mí me parecía insoportable.

Tres meses. Era todo lo que me quedaba, no solo para convencer a Georgia de que Scarlett y Jameson necesitaban terminar su historia juntos y felices, sino también para escribir este maldito texto en el estilo y la voz de la autora. Miré el calendario y me di cuenta de que en realidad eran menos de tres meses y maldije. En voz alta.

Debía cambiar la táctica, de lo contrario existía una verdadera posibilidad de no cumplir la fecha de entrega por primera vez en mi carrera.

CAPÍTULO OCHO

Agosto de 1940
Middle Wallop, Inglaterra

El calor azotó el rostro de Jameson cuando el segundo hangar estalló en llamas. La explosión los aventó hacia atrás como si fueran de papel, pero él logró mantener sus brazos alrededor de Scarlett. Su espalda recibió el impacto y le sacó el aire de los pulmones cuando Scarlett aterrizó encima de él. Giró en un intento por cubrirla con su cuerpo lo mejor posible conforme se abalanzaba una bomba tras otra en un estruendo, en segundos. Había visto al menos a dos docenas de pilotos caer en los últimos meses, sus muertes no eran más que otra fotografía pegada a una pared.

«Scarlett no. Scarlett no».

Maldijo. Al fin la guerra había hecho exactamente lo que trató de evitar al venir a Europa: quería llevarse a alguien importante para él. Nunca había tenido tantas ganas de derribar a un avión enemigo.

Los oídos le zumbaban al incorporarse sobre los codos para buscar los ojos azul cristalino debajo de él cuando, a su parecer, cayó la última bomba a una distancia no muy lejana.

—¿Estás bien?

Era muy probable que hubiera un nuevo ataque, en particular porque el hangar uno y el tres seguían de pie.

Scarlett parpadeó y asintió.

—¡Tienes que irte! —exclamó ella.

Ahora fue él quien asintió.

—¡Vete! —lo apremió.

Podía hacer mucho más para protegerla volando en su avión que actuando como su escudo en tierra; se puso de pie y la ayudó a levantarse. Una figura se movió a la izquierda y el alivio lo invadió al ver que Howard se ponía de rodillas y se incorporaba. El hombre aún llevaba el gorro puesto.

—¡Vete al hangar uno! —gritó Jameson.

Howard asintió y empezó a correr.

Jameson tomó el rostro de Scarlett entre sus manos. Había tanto que decir y no tenía tiempo para hacerlo.

—¡Ten cuidado, Jameson! —le pidió Scarlett; su mirada hacía eco de esa súplica.

Presionó sus labios sobre la frente de ella en un beso intenso y cerró los ojos con fuerza. Luego miró por encima de su cabeza para asegurarse de que el automóvil no hubiera sufrido daños y respiró un poco más aliviado al ver que Constance estaba al volante y Christine a su lado.

—Tú cuídate —le ordenó a Scarlett mirándola a los ojos por última vez; se apartó y salió corriendo al hangar número uno, antes de que empezara a preocuparse por su seguridad.

A Scarlett le temblaban las rodillas mientras observaba cómo Jameson rápidamente avanzaba entre las llamas que fueron el hangar número dos. Su miedo por la seguridad de él era mayor que la inquietud sobre la propia, pero sí se podía comparar a la que sentía por su hermana. «Dios mío, Constance».

Scarlett dio media vuelta y salió corriendo hacia el coche; estuvo a punto de caer una o dos veces sobre los escombros.

Constance le hacía señas para que se apresurara, agitando las manos al tiempo que miraba hacia el cielo. Estaba viva. Jameson estaba vivo. Eso era lo único de lo que podía estar segura en este momento.

Scarlett abrió la puerta de un tirón y se lanzó al asiento trasero; luego la cerró rápidamente.

Constance no necesitaba instrucciones; ya había metido la reversa del coche.

—¡Dime que estás bien! Gritó sobre el hombro al tiempo que hacía girar el coche para luego avanzar hacia adelante.

—Estoy bien. ¿Ustedes dos? —preguntó Scarlett.

Sus manos empezaron a temblar. Las presionó con fuerza sobre sus rodillas y lanzó un quejido: sus palmas se mancharon de sangre.

—¡Estamos tan bien como se puede estar! —respondió Christine con una sonrisa temblorosa.

—Bien —dijo Scarlett.

Miró la parte baja de su falda que estaba manchada de sangre, maldijo en voz baja y se limpió las manos con la tela de su uniforme.

—Maneja más rápido, Constance. Jameson va a estar en el tablero —agregó.

Scarlett no estaba cansada después de la primera guardia, así que tomó la segunda para reemplazar a otra oficial de sección que no había llegado. Constance se negó a apartarse de su lado, pero el agotamiento era visible, así que Scarlett la llevó a un camastro que estaba en la sala de descanso para que reposara. En cuatro horas ambas estarían de nuevo de servicio.

Regresó al tablero que estaba cubierto de marcadores que daban seguimiento a los ataques que en este momento asaltaban los campos aéreos de la RAF en todo Gran Bretaña, incluido el que se llevó a cabo en su propio terreno. Los movimientos frenéticos y rápidos de las trazadoras se realizaban en silencio, mientras los oficiales de control, en la galería encima de ellos, tomaban decisiones de posicionamiento, dictaban órdenes y hablaban directamente con los pilotos.

Scarlett escuchó durante horas la voz en sus audífonos que trazaban las rutas donde debían poner los marcadores, número de código, dimensión estimada del ataque, altura, coordenadas, defensa aérea avanzada.

Cada cinco minutos se actualizaban las ubicaciones y se establecía una nueva ruta de defensa que marcaba la dirección de un ataque, y cambiaba dependiendo de la designación de color que estaba en servicio.

Rojo. Azul. Amarillo.

Rojo. Azul. Amarillo.

Rojo. Azul. Amarillo.

Se mantuvo concentrada en su tarea; sabía que si se distraía, no podría realizar bien su trabajo. Sin ella y sin las mujeres a su alrededor, los oficiales de control no podían transmitir las coordenadas a los pilotos que estaban en el aire.

Sin ella, Jameson volaba a ciegas. Trató de observar las banderas amarillas del escuadrón 609 sobre los marcadores de incursión que señalaban en qué ataques intervenían, pero no tenía tiempo para ninguna otra sección del tablero, más que la suya.

A la cuarta hora debió tomar un descanso, pero su reemplazo no había llegado y trató de no pensar en cuál sería la razón.

La octava hora era el final de ese descanso. Cuatro horas en servicio, cuatro horas de reposo, esa era la regla. A la novena hora, Constance reemplazó la sección que estaba a la derecha de Scarlett.

A la hora diez, Constance empujó un marcador hacia la sección de Scarlett, como había hecho innumerables veces antes, conforme los vuelos se desplazaban sobre el mapa. Pero esta vez se tomó unos segundos para hacer contacto visual con su hermana.

El marcador tenía la bandera del 609.

Jameson.

A Scarlett se le encogió el corazón. Sin hablar con él desde el hangar, esperaba que él hubiera hecho su vuelo, regresado y que quizá descansara ahora; pero el hueco en el estómago le decía que estaba con su escuadrón, luchando contra una flota estimada de treinta aviones alemanes.

Cada cinco minutos volvía a ese marcador; lo movía a lo largo de la costa y cambiaba la ruta de defensa para asignarla el color siguiente. Cada cinco minutos se permitía elevar una ferviente plegaria: que él sobreviviera a esa noche. Aunque él decidiera no creerle sobre Henry, aunque nunca volviera a verlo. Necesitaba saber que estaba bien.

Afortunadamente no la asignaron con el oficial de control, donde podía escuchar las voces de los pilotos por la radio. Se hubiera vuelto loca al escuchar el reporte de las bajas.

Para la decimosegunda hora sus brazos temblaban de agotamiento. La bandera del 609 había desaparecido de su sección conforme la actividad en el tablero general disminuyó. Sin duda se volvería a llenar al caer la noche. Las incursiones llegaban en oleadas; cada una un poco más devastadora de lo que ellos podían permitirse.

Ya habían perdido dos estaciones de radiogoniometría. Scarlett había perdido la cuenta de cuántas bases de la RAF habían sido bombardeadas. ¿Cuántos ataques más soportarían los campos aéreos? ¿Cuántos combatientes más perderían? ¿Cuántos pilotos más…?

—¿Estás lista? —preguntó Constance cuando salieron de la sala de monitoreo aéreo.

—Sí —respondió con la voz ronca por la falta de uso.

—Tus pobres rodillas —comentó Constance frunciendo el ceño.

Scarlett bajó la mirada hacia la falda limpia que su oficial de sección insistió en que se cambiara, ya que la suya estaba rasgada y ensangrentada, y vio sus rodillas cubiertas de costras.

—No es nada.

—Vamos a que te des un baño —propuso Constance con una sonrisa vacilante, tomándola del brazo—. Christine, ¿te molestaría conducir?

—No.

—¿Oficial adjunta de sección Wright? —Una voz aguda femenina la llamó del otro lado del pequeño vestíbulo.

Ambas mujeres voltearon a ver cómo la oficial de sección avanzaba hacia ellas a grandes zancadas.

—Scarlett —aclaró la oficial haciendo una seña con la mano.

Scarlett le dio una palmadita en el hombro a su hermana y fue a encontrarse con la oficial de sección Gibson en medio del vestíbulo.

—¿Señora?

—Quería felicitarte por mantener la calma esta noche. No muchas chicas hubieran podido trabajar durante doce horas seguidas, mucho menos después de… haber estado en un ataque —dijo apretando los labios, pero la mirada de la mujer mayor era cálida.

—Solo cumplo con mi deber, señora —respondió Scarlett.

Había hombres que hacían mucho más que ella en circunstancias mucho peores. Hacer su mejor esfuerzo era lo mínimo que les debía.

—Así es.

La despidió con un asentimiento de cabeza, pero con una leve sonrisa antes de dar media vuelta y alejarse.

Alcanzó a Constance en la puerta y ambas caminaron bajo la luz matinal. Scarlett parpadeó, la luz hizo que sus ojos le ardieran a pesar de llevar puesto el gorro: las ocho de la mañana nunca habían sido tan brutales.

Contuvo el aliento ante la figura alta que estaba de pie en medio del pavimento, vestido con uniforme de servicio.

—Jameson —murmuró.

Sus piernas casi desfallecieron del alivio.

Él cubrió la distancia entre ambos, devorándola con la mirada. Estaba bien. Él había volado en dos misiones anoche, descansando solo para reabastecerse de combustible y comer antes de volver a despegar; todo ese tiempo estuvo preocupado por ella.

—El problema de que trabajes en Servicios Especiales es que nadie puede confirmar que llegaste al trabajo.

Su voz salió ronca como lija, pero no le importó.

—Cierto, no lo hacen.

Lo examinó de arriba abajo con la mirada como si necesitara la misma seguridad que él; ambos estaban vivos.

Su hermana los miró.

—Te espero en el coche.

—Yo la llevaré a casa —ofreció Jameson, incapaz de quitarle a Scarlett los ojos de encima—. Bueno, si tú quieres.

Scarlett asintió y Constance se marchó.

Unos cuantos centímetros los separaban y él sabía que sus siguientes palabras podrían disminuir o aumentar esa brecha, así que las eligió con cuidado. La tomó de la mano y la guio desde la banqueta hasta el pasto, donde quedaron ocultos a la vista y resguardados por las pesadas ramas de un roble gigante.

Esos ojos azules estaban cargados de preocupación cuando lo miraron. Preocupación y alivio, y el mismo deseo que él sentía cada vez que la veía.

Quizá las palabras correctas no eran palabras.

Tomó la cabeza de Scarlett entre sus manos y la besó.

«Por fin». Le pareció que había estado esperando toda una vida a este hombre, este beso, este momento, y al fin lo tenía. Ella no dudó, no contuvo el aliento de sorpresa cuando él tocó sus labios con los suyos en un beso suave.

Deslizó las manos sobre el pecho de él hasta dejarlas justo sobre su corazón. Luego le devolvió el beso, parándose de puntas para presionar su boca contra la de él. Era como si hubieran lanzado un cerillo a un montón de yesca: estalló en llamas.

Él hizo que el beso fuera más intenso, deslizó la lengua por el labio inferior de ella y lo succionó. «Sí». Scarlett quería más: entreabrió los labios y él metió la lengua para acariciar la suya, aprendiendo las curvas de su boca.

Jameson sabía lo que hacía.

El calor descendió por su columna, encendió su piel y abrasó su sentido común que le aconsejaba apartarse. Las manos de Scarlett se aferraron al uniforme de Jameson y se dejó llevar por el beso, pegándose a él al sentir que ambos retrocedían. Golpeó el tronco del árbol con la espalda y ni siquiera parpadeó. Sabía a manzanas y a algo más profundo, más misterioso. Más. Quería más.

Quería besar a Jameson todos los días, durante el resto de su vida.

En el momento en el que exploró su boca como él había hecho con ella, sintió la entrepierna de él contra su cuerpo y le mordió ligeramente el labio inferior.

—Scarlett —murmuró una maldición contra sus labios.

Luego tomó su boca, una y otra vez, moviendo la mano hacia su cintura para acercarla a él.

Ninguna distancia era lo suficientemente cerca. Ella quería sentir cada aliento, cada latido, quería vivir dentro de ese beso donde no había bombas, no había ataques, nada que pudiera alejarlo de sus brazos.

Scarlett subió las manos hasta el cuello de él y arqueó la espalda conforme sus labios se deslizaron por la curva de su mentón. Una necesidad pura, insistente, invadió su vientre; le clavó las uñas en la piel y la sensación la dejó sin aliento. Jameson siguió bajando por el cuello en besos calientes y húmedos; ella inclinó la cabeza hacia un lado para ofrecerle mejor acceso.

Él la sujetó por el cuello de su uniforme y, con un gemido, volvió a besarla en la boca. El beso se salió de control y ella se abandonó. Nunca se había sentido tan consumida por otra persona en toda su vida; nunca había estado tan dispuesta a dar tanto de sí misma. En su abandono, se topó con la verdad que había dudado tanto y con la que había sido tan cautelosa en admitir hasta ahora: Jameson era el único a quien desearía de esta manera.

Él la tomó por las caderas con manos fuertes, luego hizo que el beso fuera más lento, hasta que ya no hubo nada más que los roces suaves de sus labios contra los de ella.

—Jameson —murmuró Scarlett cuando él puso su frente contra la de ella.

—Cuando vi que las explosiones se acercaban a nosotros no supe cómo protegerte —dijo sujetándola con más fuerza.

—No puedes —respondió en voz baja mientras le acariciaba la nuca con suavidad —. No hay nada que ninguno de los dos pueda hacer para mantener al otro vivo.

—Lo sé, y me mata.

Scarlett sintió un nudo en el estómago.

—No me voy a casar con él. Necesito que lo sepas. Pasé toda la noche observando las oleadas de ataques y la idea de perderte, tú allá arriba, pensando Dios sabe en qué... —Sacudió la cabeza—. No voy a casarme con él.

—Lo sé. —Le dio otro beso suave, ligero—. Debí dejarte explicarme. Es solo que la sorpresa me destrozó.

—Habrá más —afirmó—. Si mis padres llegaron tan lejos, habrá más rumores, más artículos, más presión. Siempre y cuando tú sepas la verdad, yo puedo manejarlos.

Jameson asintió y tragó saliva, el dolor cruzó su mirada antes de verla de nuevo. La intensidad que ella vio en sus ojos le robó el aliento.

—Te amo, Scarlett Wright. He hecho todo lo posible para combatirlo, para ir más despacio, para darte el tiempo y el espacio que necesitas. Pero esta guerra no va a darnos ese respiro y, después de anoche, ya no voy a esconderlo más. Estoy enamorado de ti.

Un dolor dulce empezó a pulsar en su pecho.

—Yo también te amo.

¿De qué servía evitarlo, no ceder, cuando ninguno de los dos sabía si estarían vivos mañana?

La sonrisa que iluminó su rostro se reflejó en el de ella quien, por primera vez, sentía que era para siempre y se permitió sentir que la felicidad la inundaba, que se impregnaba en cada fibra de su ser. Pero ahora que ambos lo habían admitido, ¿qué harían con eso?

—Hay rumores de que los estadounidenses van a tener su propio escuadrón —murmuró Scarlett.

Otro escuadrón significaba un traslado.

—Eso escuché —dijo con un temblor en el mentón.

—¿Qué vamos a hacer? —Su voz se quebró en la última palabra.

—Vamos a enfrentar todo conforme suceda. Tus padres, la guerra, toda la Real Fuerza Aérea —respondió con una sonrisa resplandeciente—. Lo haremos juntos. Tú eres mía, Scarlett Wright, y yo soy tuyo, y a partir de este momento, no tenemos secretos.

Ella asintió y lo besó con dulzura.

—Okey. Ahora llévame a casa antes de que hagamos algo que nos ponga frente a un consejo de guerra.

—Sí, señora —respondió con una sonrisa.

Ella sabía que lo que les esperaba bien podría hacer añicos este nuevo sentimiento, tan violento que hacía que su pecho rebosara, pero por el momento estaban seguros, estaban juntos y estaban enamorados.

CAPÍTULO NUEVE

Georgia

Queridísimo Jameson:

Henos aquí de nuevo, escribiéndonos cartas. Daría cualquier cosa para llegar hasta ti por este medio, atravesar los largos kilómetros entre nosotros solo para tocarte, para sentir los latidos de tu corazón. ¿Cuántas veces más podrá separarnos esta guerra antes de que sencillamente tengamos el permiso de ser felices? Sé que tenemos suerte, que hemos estado estacionados juntos más tiempo que muchos otros, pero soy avara cuando se trata de ti y no hay nada comparable con la sensación de tus brazos cuando me sostienen. Pero no te preocupes, mis brazos solo rodean al otro señor Stanton y él hace que cada día que estamos separados sea un poco más luminoso...

Miré mi teléfono por billonésima vez esa semana. Justo cuando pensé que Noah podría entender, que quizá en verdad comprendería el simple hecho de que no me echaría para atrás, llamaba de nuevo y sugería alguna conclusión cursi para la historia de Gran, y cada una era peor que la anterior.

Como ahora.

—Lo siento... ¿acabas de decir que él sale de una caja de regalo de Navidad? —Alejé el teléfono de mi oreja y miré la pantalla para asegurarme de que sí era Noah al otro extremo. Sí, ese era su teléfono, su voz grave y sexi, aunque tenga que admitirlo a rega-ñadientes, lanzándome una fábula por completo ridícula.

—Exacto. Solo imagina…

—Te volviste loco y es posible que me hagas enloquecer a mí también en el proce… —De eso se trataba. Estreché los ojos—. Ese no es el verdadero final, ¿cierto? Ninguno de todos esos.

—No tengo idea de lo que estás hablando. Es una alegre ce-lebración de amor y esperanza.

Era bueno. Incluso parecía ofendido.

—Ajá. Me estás proponiendo finales descaradamente malos y trillados para cansarme y que no pierda la idea que en verdad tienes en mente, ¿no es así?

Terminé de servirme el té endulzado y me dirigí a la oficina de Gran… a mi oficina.

—De hecho, también tenía una idea más desgarradora.

Escuché un sonido como de algo que crujía un poco, como si se hubiera aventado al sofá o a la cama. No es que estuviera pensando en su cama, porque no era así.

—Está bien. Por favor, dime.

Puse la taza sobre un portavasos y encendí mi computadora. Había pospuesto todo durante el divorcio, lo que significaba que tenía seis meses de trabajo de los bienes inmobiliarios de Gran que poner en orden, pero ya casi había hecho todo.

—Están en un barco de pasajeros en medio del Atlántico, pensando que lo han logrado, y ¡pum!, un submarino alemán los hunde.

Me quedé boquiabierta.

—Bueno, eso es… siniestro.

Al menos sí había pensado en mi perspectiva, ¿cierto?

—Espera. Cuando el barco se está hundiendo, consiguen un bote salvavidas, pero no hay espacio suficiente, y Scarlett no puede decidirse entre tomar el último asiento para la seguridad de William o debatirse entre la multitud en pánico para conseguir otro bote.

Fruncí el ceño. «Espera un segundo».

—Un poco de acción para tener al lector en ascuas, pero al final, son solo ellos dos en el agua: Jameson empuja a Scarlett hacia lo que queda del naufragio…

—Oh, Dios mío, ¡no me vas a dar el final de *Titanic*! —Mi voz se agudizó tanto que hice un gesto.

—Oye, querías algo triste.

—Increíble. ¿Siempre es tan difícil trabajar contigo?

—No lo sé porque no trabajo con nadie más que con Adam, quien ni siquiera puede empezar a corregir esta novela hasta que la haya terminado. —Su tono se animó—. Entonces, ¿estás lista para hablar de las verdaderas opciones?

—¿Como cuáles? ¿Aterriza su avión a media calle, frente a su casa? No, espera, ya sé, ¿la persigue en el puerto en un acceso de locura para atraparla antes de que suba al bote en una escena infernal de refrito de comedia romántica con un toque de la década de los cuarenta? —Golpeé con fuerza las teclas de mi laptop para escribir mi contraseña—. Nada de eso va a pasar.

—En realidad estaba pensando más en un cachorro con una llavecita en su collar.

Había pasado al sarcasmo.

—¡Puaj!

Colgué el teléfono.

Mamá se asomó por la puerta con una sonrisa.

—¿Está todo bien?

—Sí, solo lidiando con… —Mi teléfono volvió a sonar—. Noah —dije en total exasperación cuando su nombre apareció en la pantalla—. ¿Qué? —grité al responderle.

—¿Tienes idea de lo infantil que es colgarle el teléfono a alguien con quien decidiste asociarte? —preguntó con una voz tan suave y despreocupada que solo me irritó más.

—La satisfacción que me brinda bien vale que me perciban como inmadura.

O quizá sencillamente demostraba que podía colgarle. Que no estaba a disposición ni a expensas de nadie por primera vez en seis años.

—A ese respecto, ¿qué tal si terminamos en un hermoso vergel, donde están recolectando…

—Noah —advertí.

—Para que a Jameson lo pique una abeja, no, docenas de abejas a las que es alérgico…

—¡No es *Mi primer beso*!

Mamá alzó las cejas.

—Tienes razón, entonces hablemos de cómo darles un verdadero final feliz que entusiasme a los lectores.

—Adiós, Noah. —Colgué.

—¡Georgia! —exclamó mamá.

—¡Qué! —Me encogí de hombros—. Le dije adiós. No te preocupes, llamará mañana y todo volverá a empezar. Llevamos ya semanas dándole mil vueltas a esto.

—¿Todo va bien con el libro? —preguntó mamá al tiempo que se sentaba en el mismo sillón que Noah había ocupado cuando estuvo aquí.

La relación entre nosotras seguía siendo incómoda, pero imaginaba que siempre sería así y, tenía que admitirlo, era más que agradable tenerla aquí. Saber que pensaba quedarse hasta Navidad alivió mi tensión y me dio un poco de esperanza de que pudiéramos encontrar algunas bases. Después de todo, ahora que Gran ya no estaba solo nos teníamos la una a la otra.

Me froté el entrecejo.

—Seguimos peleando sobre el final.

—¿Eso es lo que está deteniendo todo?

Abrí los ojos y vi que observaba la fotografía enmarcada de Gran y su hijo, el abuelo William, cuando él tenía veintitantos años. Nunca lo conocí, murió cuando mamá él tenía dieciséis años.

Yo nací menos de un año después.

—Bueno, es evidente que eso lo retiene porque se niega a empezar hasta que estemos de acuerdo en cómo debería ser el final. —Nunca había estado tan agradecida por una cláusula de un contrato en toda mi vida—. Si se saliera con la suya, serían todo corazones y arcoíris.

Mamá me miró y su frente se llenó de arrugas.

—Como el resto de sus libros.

—Prácticamente.

Un vistazo a mi reloj me hizo saber que tenía veinte minutos antes de la llamada que había acordado con mis abogados.

—¿Y crees que eso es malo?

Giré sobre el sillón de escritorio y tomé la carpeta de cinco centímetros de espesor que mi equipo legal había pasado la noche redactando la semana pasada.

—Me parece que no es lo correcto para esta historia.

—Pero ¿él no…? —Mamá apretó los labios.

—Dilo —espeté abriendo la carpeta.

—Bueno, él es el experto, Gigi. Tú… no.

Cuando usó ese apodo me detuve a media página.

—Bien podrá ser el experto para elaborar su propia historia, pero si es entre Noah Harrison y yo, cuando se trata de Gran, entonces diría que yo soy la experta.

Pasé la página.

—Solo pienso que es un poco ridículo tener todo el contrato en pausa por sus diferencias creativas. ¿No crees? —Cruzó las piernas y más arrugas de preocupación se dibujaron en su frente—. ¿No es mejor terminar con todo esto para que tú puedas dedicarte a tu vida?

—Mamá, el contrato está hecho. Hace ya más de un mes que lo firmamos.

Salió en todas las noticias; para lo que sirvió mantenerlo en secreto. Helen estaba recibiendo docenas de llamadas sobre derechos de sublicencia. Nunca me había alegrado tanto estar fuera de la ciudad de Nueva York en mi vida. Al menos aquí podía reenviar correos electrónicos o rechazar llamadas de personas que sabía que solo querían acceso al manuscrito.

En Nueva York hubiera sido imposible ir al baño o a una fiesta sin que alguien de la industria se acercara a mí para hablar de Gran. Pero claro, antes siempre estaba con Damian, quizá era solo que asistía a las fiestas incorrectas.

—Entonces, esta pequeña... diferencia de opinión que tienes con Noah Harrison no es lo que tiene al proceso en pausa, ¿o sí? —preguntó inclinándose hacia adelante.

—No. El trato está hecho.

—Entonces, ¿por qué no han enviado el anticipo?

La miré de inmediato.

—¿Qué?

Se removió en su asiento con el rostro marcado por la preocupación.

—Pensé que la editorial pagaría el adelanto cuando firmaras.

—Claro, pero no pagan todo enseguida. A ellos les lleva tiempo.

Sentí un nudo en el estómago, pero lo ignoré. Mamá estaba haciendo su mejor esfuerzo y tenía que darle una oportunidad. Sacar conclusiones erróneas solo serviría para retroceder en nuestra relación.

—¿Qué quieres decir con que no pagan todo enseguida?

Escuché señales de alarma en mi cabeza, pero no encontré nada en su mirada, salvo genuina curiosidad. ¿Quizá al fin se estaba interesando?

—Se divide en tres partes. Firma, pago y publicación.

—Tres partes. —Mamá alzó las cejas—. Qué interesante. ¿Siempre es así?

—Depende del contrato —respondí encogiéndome de hombros—. La primera parte deberá llegar a tu cuenta en estos días, así que asegúrate de que llegue. Si no es así, avísame y le pediré a Helen que investigue.

—Estaré al tanto —prometió poniéndose de pie—. Parece que estás lista para empezar a trabajar, así que no te molesto más. Voy a ver qué nos dejó Lydia para cenar.

Me removí en la silla, incómoda.

—¿Mamá?

—¿Sí? —preguntó dando media vuelta en el umbral.

—Me da gusta que estés aquí. —Tragué saliva, esperando expulsar el nudo en mi garganta.

—Claro, Gi… —Hizo una mueca—. Georgia. Ya sabes, a mí me ayudó estar con la familia después de mi primer divorcio. —Su sonrisa vaciló—. Ese me llevó un tiempo valioso y fue Gran quien me ayudó a recuperarme a nivel emocional y me recordó quién soy: una Stanton. Te diré que esa fue la última vez que uní nuestros apellidos con un guion. —Sus nudillos emblanquecieron sobre el pomo de la puerta—. Nunca más vuelvas a renunciar a tu apellido, Georgia. Ser una Stanton te da poder.

Mi teléfono se iluminó con una llamada entrante. «El equipo legal».

—¿Tu apellido? —pregunté—. ¿Eso fue lo que te quitó el primero?

«Dime. Dime que yo fui el precio que tú tuviste que pagar».

—No. Fui yo la ingenua que lo cedió, pero tenía veinte años. Se llevó mi esperanza. —Señaló mi teléfono—. Será mejor que contestes.

Agitó un poco los dedos y se marchó.

«Claro».

Deslicé el dedo sobre la pantalla para responder y me lo llevé al oído.

—Georgia Stanton.

Dos días después, Hazel y yo salíamos del Poplar Pub después de un almuerzo que solo picoteé. Ya nada me sabía bien, de cualquier forma, era sustento.

—¿Cuántas veces van ya? —preguntó Hazel cuando caminábamos por la banqueta de la calle Main. Ahora que terminaba la temporada turística, que había calma y los niños habían regresado a la escuela, había una tranquilidad pacífica que no gozaríamos de nuevo hasta que la temporada de esquí quedara en el olvido durante dos semanas, antes de las vacaciones de verano.

—No llevo la cuenta exacta.

Noah hablaba. Noah discutía. Yo colgaba. Era así de simple.

—Apenas tocaste tu comida —comentó, mirándome sobre sus lentes de sol, al tiempo que pasaba un rizo detrás de su oreja.

—No tenía mucha hambre.

—Mmm. —Entrecerró los ojos—. Estaba pensando que fuéramos a Margot's por un pedicure, aprovechando que me ayudaste a organizar en el centro de la librería los nuevos cuadernos de ejercicios en un tiempo récord, y que la mamá de Owen se queda con los niños esta tarde. ¿Qué dices? Tienes que hacerlo, definitivamente. Mereces que te consientan.

Me moví a la derecha para que la señora Taylor y su esposo pudieran pasar y les sonreí. Extrañaba ese sencillo gesto de reconocer a alguien en la calle. Nueva York estaba siempre en ebullición, con los peatones que se movían en oleadas constantes y resueltas de desconocidos.

—Tú también.

—Ah.

Pasamos frente a mi heladería favorita y la panadería Grove Goods, que olía exquisito; era jueves, rollos de canela. Mi coche estaba solo una cuadra más adelante.

—Georgia… —Lanzó un suspiro y me tomó del codo cuando nos detuvimos frente a la librería—. Hoy estás un poco más apagada que lo normal.

No tenía caso ocultarle nada a Hazel.

—Estoy bien cuando estoy ocupada, y lo he estado hasta ahora. La mudanza, limpieza, todo lo del libro, organizar los papeles de los inmuebles me han mantenido concentrada en lo que está justo frente a mí, pero ahora… —Suspiré y eché un vistazo alrededor del pueblo que adoraba—. Todo en este lugar es igual. Parece igual, huele igual…

—¿Eso es bueno?

Hazel se subió los lentes de sol a la cabeza.

—Es muy bueno. Es solo que yo ya no soy la misma, así que tengo que averiguar cuál es mi lugar. Es difícil explicar… es como si estuviera ansiosa, preocupada.

—¿Sabes qué te ayudaría? —preguntó con una sonrisa traviesa.

—Que Dios me ayude, si dices que un pedicure…

—Deberías acostarte con Noah Harrison.

Resoplé.

—Sí, claro.

Mi temperatura se elevó solo de pensarlo… «Basta».

—¡Lo digo en serio! Vete a Nueva York el fin de semana, discutan sobre los detalles del libro y acuéstate con él. —Sonrió cuando Peggy Richardson se quedó boquiabierta, era obvio que nos había escuchado al pasar—. Es como si hicieras varias cosas al mismo tiempo. ¡Qué gusto verte, Peggy! —Hazel incluso la saludó con una seña con la mano.

Peggy se ajustó la correa de la bolsa y siguió su camino.

—Eres increíble —exclamé poniendo los ojos en blanco.

—¡Ay, por favor! Si no lo haces por ti, hazlo por mí. ¿Viste esa fotografía suya en la playa que te envié ayer? Puedes lavar ropa en el abdomen de ese hombre.

Entrelazó su brazo con el mío y continuamos por la calle a paso muy lento, indulgente.

—He visto las tres docenas de fotos que me enviaste.

Ese hombre tenía un abdomen espectacular y su piel se estiraba sobre los músculos del torso; también tenía la espalda deliciosamente tatuada. Según el artículo que Hazel me envió, tenía uno por cada libro que había escrito.

—¿Y aun así no te quieres animar? Porque si no quieres, entonces yo lo voy a agregar a mi lista de posibles licencias. Incluso sacaría a Scott Eastwood por ese hombre.

—Nunca dije que no quería… —Hice una mueca y cerré los ojos con fuerza—. Mira, aunque Noah quisiera, nunca me ha gustado tener aventuras y no voy a meterme con el tipo que está acabando el libro de Gran solo por despecho. Punto.

Sus ojos brillaron.

—Pero quieres hacerlo. Y por supuesto que él también, eres muy sexi. Estás divorciada y no olvides que sé muy bien que Damian no te excitaba.

—¡Hazel! —exclamé entre dientes; de inmediato miré sobre mi hombro, pero no había nadie.

—Es la verdad, y yo solo quiero que estés bien. Sé que te gustan los hombres creativos y taciturnos. ¿Viste esos tatuajes? Es el clásico chico malo, ¿cuántos chicos malos conoces que sean autores?

—Hay muchos chicos malos en el mundo que son autores.

—¿Como quién?

Parpadeé.

—Mmm. ¿Hemingway?

Mal ejemplo.

—Está muerto. Fitzgerald, también. Qué lástima —dijo poniendo los ojos en blanco.

—Me haré un pedicure en este momento si olvidas el tema.

—Okey. —Sonrió—. Por ahora, pero sigo pensando que deberías animarte.

Negué con la cabeza ante su idea pésima y ridícula; en ese momento vi a Dan Allen al otro lado del escaparate de la tienda del señor Navarro.

—¿Dan sigue siento agente inmobiliario?

«Él debe tener ese local en su catálogo».

—Sí. Él nos ayudó a encontrar nuestra casa el año pasado —respondió Hazel, saludando a Dan con un gesto con la mano cuando él se dio cuenta de que lo mirábamos.

—¿Te importa si nos tomamos unos minutos antes del pedicure?

Miré de nuevo los escaparates que se extendían a ambos lados de la puerta, imaginando cómo se iluminarían en unas horas con el sol de la tarde.

—No hay problema.

Abrí la pesada puerta de vidrio y entré a la tienda. Ya no había acuarios gigantes ni pacas de heno para los nidos de los hámsteres. Incluso los estantes habían desaparecido. El espacio estaba vacío, salvo por Dan, quien nos saludó con su carismática sonrisa que no había cambiado desde preparatoria.

—¡Georgia, hace siglos! Sophie mencionó que te vio cuando llegaste al pueblo —saludó y avanzó para estrechar mi mano; luego hizo lo mismo con Hazel.

—Hola, Dan. —Miré alrededor de su figura desgarbada, hacia el espacio al fondo de la tienda—. Disculpa la intromisión, pero sentía curiosidad por la tienda.

—¡Ah! ¿Estás buscando un espacio comercial en el mercado? —preguntó.

—Solo... curiosidad.

¿Me interesaba? ¿Siquiera era práctico?

—Tiene curiosidad —intervino Hazel con una sonrisa.

Dan se lanzó en modo bienes raíces y nos contó todo sobre la amplitud en metros cuadrados, al tiempo que nos mostraba el lugar, pasando frente al único elemento fijo que quedaba: el mostrador de vitrina donde yo pagué por mi primer pez.

—Entonces, ¿por qué no se ha vendido? —pregunté abriendo la puerta del fondo que llevaba a lo que debió ser el almacén—. El señor Navarro se fue hace cuánto... ¿un año?

—Se puso en el mercado hace casi seis meses, pero el almacén... bueno, por aquí, te lo enseño. —Encendió la luz y lo seguimos hasta un espacio enorme sin terminar.

—¡Guau!

Había dos grandes puertas de garaje, piso y paredes de cemento, y unas cuantas hileras de luces fluorescentes que colgaban del techo alto.

—Hay más almacén que tienda, algo que agradaba al señor Navarro porque aquí tenía su pasatiempo, los coches clásicos, en lugar de tenerlos frente a la casa de la señora Navarro.

«Magnífico». Era el lugar perfecto para el horno. Aunque quizá solo para un horno de día. Y otro para recalentar, por supuesto. El nicho también era perfecto para poner un horno de recocido. Después examiné el techo. Era alto, pero algunas buenas ventilaciones no estarían de más.

—Conozco esa mirada —dijo Hazel a mi espalda.

—Ninguna mirada —respondí, imaginando ya el mejor lugar para la mesa de trabajo y el bloque.

—¿Cuánto piden por él? —preguntó Hazel.

El preció me sacó los ojos de las órbitas. Si a eso añadía los costos de arranque, me quedaría sin un centavo de todos mis ahorros. Era ingenuo siquiera pensarlo, aunque aquí estaba yo, haciendo eso exactamente. Después de pedirle a Dan que me llamara si le presentaban alguna oferta, nos dirigimos al pedicure.

Hazel le envió un mensaje de texto a su mamá para que nos alcanzara, y yo hice lo mismo con la mía, pero no respondió. Era cierto que últimamente hacía muchas siestas.

Las uñas de mis pies estaban pintadas de color rosa coral cuando me estacioné en el garaje; el hemisferio lógico de mi cerebro ya libraba batalla contra el creativo, enumerando cada una de las razones por las que ni siquiera debería soñar en comprar la tienda. Habían pasado años desde que estuve en un taller. Empezar un negocio era arriesgado. ¿Y si fracasaba en eso de manera tan espectacular como lo hice en mi matrimonio? «Por lo menos nadie lo publicaría en la prensa sensacionalista».

Mis llaves tintinearon cuando las aventé sobre la barra de la cocina.

—¿Eres tú, Gigi? —preguntó mamá desde el recibidor.

Puse los ojos en blanco al escuchar el apodo y me dirigí hacia ella.

—Soy yo. Tengo una locura en mente. Ah, y te mandé un mensaje antes sobre un pedicure...

Mamá sonrió; su peinado y maquillaje estaban perfectos. A su lado, sus maletas se alineaban en el recibidor como patos formando fila. Su bolso de diseñador le colgaba del hombro.

—¡Ah, bien! Esperaba verte antes de irme.

—¿Irte adónde?

Crucé los brazos sobre mi pecho y froté mis brazos para mantener a raya los poros abiertos que brotaban en mi piel. Para el acceso repentino de náuseas no había cura.

—Bueno, es que Ian llamó y resulta que se metió en un problemita, así que voy rápido a Seattle para ayudarlo.

Sacó su teléfono del bolsillo.

Ian. El marido número cuatro, al que le gustaba apostar. Las piezas que a propósito evité comprender, empezaron a encajar en el rompecabezas.

—Ya recibiste el adelanto, ¿verdad?

Sonaba mezquino... yo me sentía mezquina.

—Qué bueno que preguntaste, ¡porque así fue! —exclamó mamá, feliz—. No quería preocuparte por nada, así que le dije a Lydia que se asegurara de que hubiera suficiente comida en la casa.

Comida, claro.

—¿Cuándo regresas?

Era una pregunta ridícula, pero tenía que hacerla. Mamá apartó la mirada de su teléfono y me miró con culpa.

—No vas a volver —agregué. Era una afirmación, no una pregunta.

El dolor destelló en los ojos de mi madre.

—Eso fue cruel.

—¿Regresarás?

—Bueno, no de inmediato. Ian va a necesitar que lo cuide y esta podría ser una verdadera oportunidad para reavivar las cosas. Siempre ha habido esa chispa entre nosotros, nunca se apagó. —Jugueteó con su teléfono—. Llamé a un Uber. En este lugar tardan años.

—Es un pueblo pequeño.

Miré hacia la entrada, a las puertas francesas que daban a la sala y las fotografías enmarcadas sobre las paredes. Cualquier cosa para evitar mirarla a ella. Saboreé la bilis en mi garganta y mi corazón lanzó un alarido cuando se saltaron las frágiles puntadas que había cosido sin tanto esmero.

—Lo sabré yo —comentó negando con la cabeza.

—¿Qué pasó con la Navidad?

—Los planes cambian, querida. Pero ahora ya estás bien y tan pronto como sientas que estás lista para enfrentar al resto del mundo, regresarás a la ciudad de Nueva York, Gigi. Aquí te vas a estancar, todos se estancan. —Deslizó el dedo sobre las aplicaciones de su teléfono—. Ah, bien. Siete minutos.

—No me llames así.

—¿Qué? —espetó mirándome a la cara.

—Te dije que odio ese apodo. Deja de usarlo.

—Uy, perdóname, solo soy tu madre —respondió abriendo los ojos en señal de sarcasmo.

—Sabes que él solo va a vaciar tu cuenta y luego te abandonará otra vez, ¿verdad?

Eso es precisamente lo que hizo la primera vez, que fue cuando Gran la sacó del testamento. Su madre entrecerró los ojos hasta que solo parecían dos rendijas.

—Eso no lo sabes. No lo conoces.

—Pero tú deberías.

La mandíbula me temblaba y acepté la furia que rebosaba en mi pecho, acogiéndola como fibra de aramida alrededor de mi corazón que se desangraba. Le había creído como lo haría una niña ingenua de cinco años; creí que esta vez se quedaría a mi lado, aunque solo fuera unos meses más.

—No entiendo por qué eres tan desagradable —dijo negando con la cabeza como si fuera yo quien soltara los golpes aquí—. Me quedé por ti, te cuidé y ahora merezco ser feliz, igual que tú.

—¿Igual que yo? —Me froté el rostro con las palmas—. No soy en nada parecida a ti.

148

Su expresión se suavizó.

—Ay, corazoncito. Te fuiste a la universidad, ¿y qué encontraste? A un hombre mayor solo para que te cuidara. Quizá te graduaste, pero no te mientas, no fuiste ahí por tu educación sino a buscar marido, igual que yo a tu edad.

—No es cierto —espeté—. Conocí a Damian en el campus cuando él estaba buscando locaciones para su película.

Lástima… Dios mío, en sus ojos había lástima.

—Querida, ¿y no crees que el hecho de que tu apellido sea Stanton tuvo algo que ver?

Alcé la barbilla.

—Él no lo sabía. No cuando nos conocimos.

—Sigue creyéndolo. —Volvió a consultar su teléfono.

—¡Es verdad!

Tenía que serlo; de lo contrario, los últimos ocho años de mi vida habrían sido una mentira.

Mamá respiró hondo y alzó la mirada al techo como si le rogara paciencia a Dios.

—Querida, querida Georgia. Entre más pronto aceptes la verdad, más feliz serás.

Un destello pasó por la ventana de vidrio. Su coche había llegado.

—¿Y qué verdad es esa, mamá?

Se marcharía de nuevo. ¿Cuántas veces había pasado? Ya había dejado de llevar la cuenta cuando llegué a la decimotercera ocasión.

—Cuando tienes a alguien como tu bisabuela en la familia es casi imposible deshacerse de ese tipo de sombra. —Inclinó la cabeza—. Él lo sabía. Todos lo sabían. Tienes que aprender a usarlo en tu provecho.

Su tono suave no coincidía con sus duras palabras.

—Yo no soy tú —repetí.

—Quizá todavía no —admitió, tomando la primera maleta—, pero lo serás.

—Deja tu llave.

Nunca más. Esta era la última vez que entraba así a mi vida solo para desaparecer cuando obtenía lo que quería.

Ella contuvo el aliento.

—¿Dejar mi llave? ¿La de la casa de mi abuela? ¿La casa de mi padre? Eres muchas cosas, Georgia, pero cruel no es una de ellas.

—No estoy bromeando.

—¿Sabes cómo me haces sentir? —preguntó llevándose la mano al pecho.

—Deja-tu-llave.

Parpadeó para reprimir las lágrimas al tiempo que sacaba la llave del llavero; luego la dejó caer en el florero de cristal que estaba en la mesita del recibidor.

—¿Contenta?

—No —murmuré agitando la cabeza.

No estaba segura de alguna vez volver a ser feliz. Ahí me quedé, paralizada en el mismo recibidor en el que me había abandonado tantas veces en el pasado y observé cómo lidiaba con sus maletas, sin ofrecerle ayuda.

—Te quiero —dijo, esperando mi respuesta en el umbral.

—Que tengas buen vuelo, mamá.

Resentida, cerró la puerta. Luego la casa quedó en silencio.

No sé cuánto tiempo estuve ahí, mirando la puerta que, por experiencia, sabía que solo volvería a abrirse cuando fuera conveniente para ella. Sabía que nunca sería lo que ella quería y me maldecía por haber bajado la guardia y creer lo contrario. El reloj de pie marcaba los segundos en la sala; de alguna manera estabilizaba los latidos de mi corazón. Era un marcapasos de cien años de antigüedad.

Cada una de las demás veces que se había marchado, los brazos de Gran fueron los que me sostuvieron. «Sola» no era una palabra lo suficientemente dura para describir cualquier cosa que fuera esto.

Me calmé y di media vuelta para ir a la cocina, pero me detuve cuando llamaron a la puerta. Quizá era ingenua, pero no había nacido ayer. Mamá olvidó algo, y no era a mí. No había abandonado sus planes, no había cambiado de manera de pensar. Sin embargo, al abrir la puerta aún sentía en el pecho esa maldita esperanza.

Un par de ojos más oscuros que el pecado me miraban perplejos; poco a poco, mis labios dibujaron una sonrisa irónica.

Noah Harrison estaba en la puerta de mi casa.

—Trata de colgarme ahora, Georgia.

Azoté la puerta en su hermosa cara engreída y propensa al romanticismo.

CAPÍTULO DIEZ

Septiembre de 1940
Middle Wallop, Inglaterra

Jameson había nacido para volar el caza Spitfire. El avión era ágil, respondía bien y se movía como si fuera una extensión de su cuerpo, algo que quizá constituía la única ventaja que tenía en combate.

¿Gran Bretaña estaba produciendo aviones a un ritmo sin precedentes? Sí. Pero lo que necesitaban eran pilotos con más de doce horas en la cabina dispuestos a entrar en combate aéreo.

Los pilotos alemanes eran más experimentados, con más horas de vuelo, más expertos y más muertes confirmadas en general. Gracias a Dios, las capacidades nazis de gran alcance eran una porquería, de lo contrario la RAF hubiera perdido la Batalla de Inglaterra hace más de un mes.

Sin embargo, seguían en guerra.

Hoy había sido la más difícil de todas. Apenas había descansado entre despegues y eso había sucedido en aeródromos que no eran el suyo. Londres estaba siendo atacada. Demonios, toda la isla lo estaba. Fue la semana anterior, pero hoy el cielo estaba denso por el humo y los aeroplanos. El asalto nazi parecía interminable. Una oleada tras otra de cazabombarderos y sus escoltas de combate los estaban aniquilando.

La adrenalina recorrió su cuerpo cuando tuvo en la mira una aeronave enemiga en algún lugar al sureste de Londres, mientras se acercaba, estable, a la cola del caza. Entre más cerca, más fácil era acertar el blanco. También era más fácil caer con él. El enemigo empezó un ascenso empinado hasta hacer que quedaran casi en vertical, mientras Jameson lo perseguía entre una capa compacta de nubes. Su estómago cayó en picada.

Tenía algunos segundos, no más.

El motor ya había empezado a perder aceleración, potencia. Si daba un giro completo perdería todo. A diferencia de ese Messerschmitt, él no tenía inyección de combustible bajo el capote. Existía una verdadera posibilidad de que el carburador de su pequeño Spitfire fuera su ruina.

—¡Stanton! —gritó Howard por la radio.

—Vamos… vamos —masculló Jameson con el pulgar sobre el gatillo. En el momento en el que el caza apareció en su punto de mira, Jameson disparó.

—¡Sí! ¡Le di! —gritó cuando el Messerschmitt empezó a echar humo; su propio motor trastabilló, en una advertencia final.

Dio un giro violento hacia la izquierda, evitando apenas el fuselaje del caza enemigo que se desplomaba. Conteniendo el aliento, se niveló y luego descendió entre las nubes; dejó que el motor y los latidos de su corazón se recuperaran. Un segundo más y el propulsor se hubiera ahogado; se hubiera reunido con el Messerschmitt en un cráter en la campiña inglesa.

Dos muertes confirmadas. Tres más y sería un as.

Un aeroplano llegó a su nivel y él vio a su izquierda que Howard negaba con la cabeza.

—Le voy a decir a Scarlett lo que hiciste —le advirtió por la radio.

—No te atrevas —espetó Jameson, mirando la fotografía que había pegado en el marco del altímetro. Era Scarlett, a media carcajada, a quien fotografiaron después de que las hermanas se alistaron en la WAAF. Constance se la había dado cuando Scarlett se negó, diciendo que él sabía muy bien qué aspecto tenía sin tener que llevar una fotografía al combate. Por supuesto, sabía cuál era su aspecto, por eso le gustaba mirarla tanto.

—Entonces, no vuelvas a hacerlo —advirtió Howard.

Jameson rio, sabía que hablarían de eso cuando fueran a tomar unas cervezas. Scarlett tenía suficientes preocupaciones como para sumarle su manera de pilotear. En lo que a él respectaba, siempre y cuando regresara a casa con ella, lo que hiciera no tenía la más mínima importancia.

Sobre todo porque debía irse de la RAF de Church Fenton en unos días y tenía que pensar en una manera de llevarla con él. El escuadrón Águila, conformado por otros pilotos estadounidenses que prestaban servicio en la RAF, era una realidad. Lo iban a reubicar.

—Líder Sorbo, aquí comando de combate. —La llamada entró en la radio—. Cuarenta y cinco más se acercan a Kinley en ángeles trece. Vector 270.

—Recibido —respondió el comandante de ala.

Regresaban a la batalla.

Dos días. Ese era el tiempo que había pasado desde que Scarlett tuvo noticias de Jameson por última vez. Sabía que el escuadrón había reabastecido combustible en otro lugar durante lo que habían sido los dos días más largos de su vida. Los ataques aéreos del día 15 la habían dejado exhausta, tanto en la sala de monitoreo aéreo como en el corazón.

Sabía de al menos dos docenas de aviones caza que llevaron a la tumba a sus pilotos.

Los bombardeos de ayer la hicieron pasar la mayor parte del día en el refugio antiaéreo. Cuando no estaba de guardia, solo pensaba en Jameson. ¿Dónde se encontraba? ¿Estaba seguro? ¿Quizá lesionado... o peor?

Lo esperaba hoy y no estaba sola. Había quizá una docena de mujeres que formaban un pequeño grupo, todas novias de pilotos, todas reunidas a lo largo de la banqueta entre los coches estacionados y los dos hangares que aún había en pie en el aeródromo. Era aproximadamente el mismo lugar en el que ella y Jameson estuvieron cuando el hangar, ahora demolido, había estallado un mes antes.

El zumbido de los motores llenó el aire y los latidos de su corazón se dispararon. Habían llegado.

Se irguió en toda su estatura cuando los Spitfire aterrizaron; hubiera deseado llevar su uniforme en lugar del vestido azul a cuadros. Una mujer en uniforme tenía que guardar la compostura y en este momento sentía todo, menos eso. Estaba al borde de un ataque de nervios.

Pasaron al menos otros veinte minutos antes de que los primeros pilotos avanzaran por el pavimento, vestidos aún con el traje de vuelo. Reconoció a algunos, sobre todo a los otros tres estadounidenses que se irían con Jameson en tan solo dos días. Debió estar preparada para su orden de traslado, Dios sabía que la RAF era la fuerza más móvil en Gran Bretaña, pero la noticia fue como un golpe.

Sintió un nudo en el estómago conforme aparecieron cada vez más pilotos.

En ese momento lo vio.

Corrió por la hierba para evitar la aglomeración de personas. Él la vio y salió de la multitud justo antes de que ella llegara hasta él y la cargó con facilidad cuando ella se arrojó en sus brazos.

—Scarlett, mi Scarlett —murmuró contra el cuello de ella, levantándola por la cintura hasta que sus pies quedaron colgando sobre el piso.

—Te amo —dijo ella.

Sus brazos temblaban un poco al abrazarlo con fuerza, un alivio total recorrió su cuerpo en oleadas de emoción.

—Dios mío, te amo.

Puso un brazo alrededor de su espalda, y con la otra mano tomó su rostro y se apartó lo suficiente para mirarla a los ojos.

—Moría de miedo por ti.

La verdad salió de sus labios con tanta facilidad, incluso después de que evitara decirle esas mismas palabras a su hermana los últimos dos días.

—No había razón —dijo sonriendo y besándola en los labios.

Ella se abandonó en sus brazos y le devolvió el beso, a pesar del público a su alrededor. Hoy no le importaría siquiera que el mismo rey los observara.

Él la abrazó con suavidad, pero la besó apasionadamente durante un largo tiempo hasta que, al final, rozó sus labios con los suyos y se apartó. Para su deleite, él no la bajó. Era la única persona que lograba hacerla sentir delicada sin disminuirla.

—Cásate conmigo —propuso él; sus ojos le brillaban de felicidad.

—¿Perdón? —preguntó asombrada.

—Cásate conmigo —repitió, sonriendo con los ojos y la boca—. Me dediqué toda la semana pasada a pensar cómo podemos permanecer juntos y esa es la solución. Cásate conmigo, Scarlett.

Un momento, ¿acababa de proponerle matrimonio? Sin importar cuánto lo amara, era demasiado pronto, demasiado imprudente y se parecía mucho a un acuerdo comercial. Abrió y cerró la boca unas cuantas veces, pero durante unos segundos vergonzosos no pudo pronunciar las palabras.

—Bájame.

Así estaban las cosas.

Él la sujetó con más fuerza.

—No puedo vivir sin ti.

—Solo has vivido conmigo dos meses.

Scarlett apretó los labios al tiempo que sermoneaba a su tonto corazón para que se calmara.

—Quisiera haber vivido contigo dos meses —murmuró, su voz bajó a ese tono grave, ronco, que a ella le hacía papilla las entrañas.

—Oh, sabes lo que quiero decir —dijo, entrelazando sus dedos detrás la nuca de Jameson; estaba muy consciente de que él todavía tenía que bajarla, como ella se lo pidió.

—Podríamos vivir juntos el resto de nuestra vida —agregó en voz baja—. Una sola casa, una mesa de comedor... una cama.

—No puedes sugerir en serio que nos apresuremos a casarnos porque quieres meterme en tu cama.

Arqueó una ceja. No es que ella no hubiera pensado en Jameson de esa manera, lo había hecho, y con frecuencia. Con demasiada frecuencia, de acuerdo con sus preceptos morales; pero no lo suficiente, según las chicas con las que vivía.

Los ojos de Jameson brillaron con cierto toque de humor.

—Bueno, no, pero me encanta que hayas pensado en ese mueble. Si solo quisiera meterte a mi cama, ya lo sabrías. —Su mirada se posó en los labios de Scarlett—. Quiero casarme contigo porque es el resultado inevitable. No importa si seguimos así otro año, Scarlett, vamos a acabar casándonos.

—Jameson.

Sus mejillas se sonrojaron, aunque le molestaba lo bien que le hacía escuchar esas palabras.

—Si lo hacemos ahora, no estaríamos separados.

—No es tan sencillo.

Su corazón estaba en conflicto con su mente. Había algo por completo romántico en escaparse para casarse con este hombre del que estaba locamente enamorada y con quien estaba desde hacía solo dos meses. También había algo ingenuo en esa idea.

—Lo es —le aseguró.

—Dice el hombre que no va a perder su trabajo.

Podía pensar en una docena de razones por las que la sugerencia era horrible, pero esta era la de mayor peso.

Él parpadeó, absolutamente confundido, luego la bajó lentamente al suelo.

—¿Qué quieres decir?

Ella tomó su mano y avanzaron hacia el coche.

—No hay un puesto para mí en la RAF de Church Fenton. Créeme, he preguntado, y si me caso contigo… —Una pequeña sonrisa iluminó su rostro—. No puedo garantizar que me reasignen, seguiríamos separados a menos que renunciara a la WAAF por razones familiares.

El rostro de Jameson se ensombreció.

—Lo único que me gustó de todo lo que acabas de decir es «si me caso contigo».

—Lo sé.

Tenía que admitirlo, a ella también le gustó eso.

Su situación estaba condenada. Aunque pensara que podía hacer algo tan imprudente, nunca podría abandonar a Constance. Habían acordado estar juntas hasta el final de la guerra, pero si Scarlett estaba dispuesta a buscar el traslado…

—Amas tu trabajo, ¿verdad? —preguntó Jameson, como si aceptara la derrota.

—Sí, es importante.

—Lo es —admitió—. Entonces, ¿qué hacemos? —preguntó, tomando la mano de Scarlett para darle un beso en el dorso—. En dos días voy a estar al otro extremo de Inglaterra.

—Entonces, supongo que tenemos que disfrutar el tiempo que nos queda —propuso con dolor en el pecho, tanto por lo mucho que lo amaba como por la agonía que le esperaba.

—No voy a dejarte. —Volteó y la levantó en brazos—. Quizá no esté aquí físicamente, pero eso no significa que no estemos juntos. ¿Entiendes?

Ella asintió.

—Entonces espero que ambos seamos buenos para escribir cartas.

De todos los lugares a los que le hubiera gustado irse de permiso, como Church Fenton, pasar el fin de semana en la casa de sus padres en Londres era el último de la lista. Para ser franca, ni siquiera entraba en la lista.

La única razón por la que accedió a ir fue porque le prometieron dejar de inventar historias sin sentido para la prensa y porque era el cumpleaños de su madre.

Entre más veces iba a casa, más se daba cuenta de que no era la misma chica que salió de ahí. Quizá la hija solícita y obediente que era al inicio de esta guerra fue otra baja de la Batalla de Inglaterra.

Habían ganado y los alemanes habían detenido sus ataques sin cuartel tras aquellos terribles días de mediados de septiembre, aunque los bombardeos aéreos seguían siendo aterradores y muy frecuentes.

Hacía más de un mes que Jameson se había ido, y aunque le escribía dos veces a la semana, lo extrañaba con tanta violencia que no tenía palabras para describirlo. Le dolía la cabeza cada vez que pensaba en él. Lógicamente, había tomado la decisión correcta. Pero la vida era tan... incierta, y partes de ella misma maldecían esa lógica y la urgían a que se subiera al tren.

«Reúnete conmigo en Londres el mes que entra. Estaremos en habitaciones separadas. No me importa dónde durmamos siempre y cuando pueda verte. Me estoy muriendo aquí, Scarlett». Las palabras de su última carta hacían eco en su cabeza.

—Lo extrañas —dijo Constance mientras bajaban las escaleras.

—De modo insoportable —admitió.

—Debiste decirle que sí. Debiste huir y casarte con él. De hecho, podrías irte ahora, en este momento —sugirió, alzando las cejas hacia Scarlett.

—¿Y dejarte? —preguntó tomando del brazo a su hermana—. Nunca.

—Me casaría con Edward si pudiera, pero después de Dunquerque... bueno, él quiere seguir esperando a que acabe la guerra. Además, prefiero verte feliz.

—Seré muy feliz el próximo mes, cuando pase mis cuarenta y ocho horas de permiso para reunirme con él en Londres —murmuró. La emoción era demasiada como para que se lo guardara—. Bueno, no aquí. No creo que nuestros padres lo aprobaran.

—¿Qué? —exclamó Constance abriendo los ojos y esbozando una sonrisa—. ¡Eso es genial!

—¿Y tú qué? ¿Eso que vi no era otra carta de Edward? —preguntó Scarlett arqueando las cejas, dándole un empujoncito a la cadera.

—¡Lo era!

—Niñas, siéntense —les indicó su madre cuando entraron al comedor donde la iluminación era tenue.

Todas las ventanas estaban perfectamente cubiertas para bloquear la luz que pudiera filtrarse en la noche, como ordenaba la Ley Blackout, pero también servía para hacer que los días fueran igual de deprimentes.

—Sí, madre —respondieron al unísono.

Cada una tomó su lugar en la mesa que, de tan larga, era obscena.

Su padre entró, vestido con un traje planchado, inmaculado, y les sonrió a sus hijas, luego a su mujer, antes de tomar asiento en la cabecera. Como siempre, todo estaba tranquilo y la plática era amable.

—Niñas, ¿están disfrutando su permiso? —preguntó su padre cuando terminaron el plato fuerte.

El pollo había sido una sorpresa inesperada, debido al racionamiento.

—Por completo —respondió Constance con una sonrisa.

—Definitivamente —intervino Scarlett.

Las chicas compartieron una sonrisa cómplice. Sus padres no sabían de Jameson. En algún momento tendría que hablar con ellos, pero no en el cumpleaños de su madre.

—Me gustaría que estuvieran más en casa —dijo su madre; su sonrisa no pudo ocultar la tristeza en su tono—. Pero al menos las volveremos a ver el mes que entra.

—De hecho, quizá no podamos venir a visitarlos tan seguido —admitió Scarlett.

A partir de ahora pasaría cada momento de sus permisos para ver a Jameson.

Su madre volteó a verla de inmediato.

—Ah, pero debes hacerlo. Tenemos mucho que organizar antes del verano.

Scarlett sintió un nudo en el estómago, pero pudo levantar el vaso de agua y darle un sorbo. «No saques conclusiones apresuradas».

—¿Organizar? —preguntó.

Su madre se echó un poco hacia atrás, como si estuviera sorprendida.

—Las bodas tienen que organizarse, Scarlett; no solo suceden. A lady Vincent le tomó un año planear la boda de su hija.

Scarlett parpadeó en dirección a Constance. ¿Les habría hablado de la propuesta de Jameson? Constance negó ligeramente con la cabeza y se hundió un poco en su silla.

Dios mío. ¿Sus padres seguían intentando presionarla para que se casara con Henry?

—¿Y quién se va a casar? —preguntó Scarlett irguiéndose.

Sus padres compartieron una mirada reveladora y Scarlett sintió que el corazón se le caía a los pies.

Su padre se aclaró la garganta.

—Mira, ya dejamos que te divirtieras. Cumpliste tu deber por el rey y por la patria, y aunque sabes lo que pienso de esta guerra, respeté tu decisión.

—¡La conciliación no era la solución a las hostilidades alemanas! —espetó Scarlett.

—Si tan solo hubieran negociado un acuerdo aceptable… —Su padre negó con la cabeza, luego suspiró profundamente; su mentón temblaba.

—Es momento de que cumplas tu deber con la familia, Scarlett.

Su voz no daba lugar a malentendidos o debate.

Una rabia helada recorrió sus venas.

—Solo para aclarar, padre, ¿relacionas mi deber con la familia con el matrimonio?

La manera de pensar de sus padres era obsoleta.

—Por supuesto. ¿Qué más podría significar? —respondió su padre alzando las cejas plateadas.

Constance tragó saliva y puso las manos sobre su regazo.

—Es lo mejor, querida —intervino su madre—. No te faltará nada una vez que los Wadsworth…

«No».

162

—Me faltaría amor —exclamó Scarlett tomando su servilleta del regazo y poniéndola en la mesa—. Pensé que lo había dejado muy claro en agosto, cuando les pedí que dejaran de decir mentiras a los periódicos.

—Quizá fue prematuro, pero sin duda no eran mentiras —dijo su madre echándose hacia atrás, como si se sintiera insultada.

—Permítanme aclararlo: no me casaré con ese monstruo. Me niego.

—¿Qué? —Su madre quedó boquiabierta— ¡Te vas a casar este verano!

—Sí, pero no será con Henry Wadsworth.

Incluso el nombre tenía un gusto infame en su boca.

—¿Tienes a alguien más en mente? —preguntó su padre, sarcástico.

—Así es —respondió levantando la barbilla. Al diablo el cumpleaños, esto no podía esperar. No podían seguir planeando su vida—. Estoy enamorada de un piloto, un estadounidense, y si elijo casarme será con él. Tendrán que encontrar su entrada de dinero en otra parte.

—¿Un yanqui?

—Sí.

—¡Absolutamente no!

Los platos repiquetearon cuando su padre azotó las palmas en la mesa, pero Scarlett no hizo ningún gesto. Constance sí se encogió por el miedo.

—Haré lo que me plazca. Soy una mujer adulta. —Se puso de pie—. Y una oficial de la Fuerza Aérea Auxiliar Femenina. Ya no soy una niña a la que pueden ordenarle qué hacer.

—¿Harías eso? ¿Nos arruinarías? —La voz de su madre se quebró—. Varias generaciones han hecho sacrificios, ¿y tú no lo harás?

Sabía exactamente cómo lastimar a sus hijas, pero Scarlett hizo a un lado la culpa. Casarse con Henry solo retrasaría lo inevitable. El estilo de vida al que se aferraban sus padres se estaba desintegrando. Ella no podía hacer nada para evitarlo.

—Si hay alguna ruina, no tengo problema en afirmar que yo no soy la causa. —Respiró hondo, esperando que hubiera algo que pudiera rescatar de esto, una manera de hacerlos entender—. Amo a Jameson. Es un buen hombre, un hombre honorable…

—¡Que me parta un rayo si este título, el legado de nuestra familia, pasa a los vástagos de un maldito yanqui! —gritó su padre poniéndose de pie.

Scarlett mantuvo la cabeza en alto y los hombros erguidos; agradecía haber pasado el último año trabajando en el entorno más estresante imaginable, perfeccionando el arte de mantenerse tranquila durante una tempestad.

—Te equivocas si piensas que deseo tener algo que ver con tu título. No aspiro a riquezas ni a la política. Te aferras a algo que a mí no me interesa. —Su voz era suave, pero fría.

Su padre empezó a sonrojarse hasta adquirir un tono rojo encendido; los ojos se le salían por las órbitas.

—Te lo juro por Dios, Scarlett, si te casas sin mi permiso ya no te reconoceré como mi hija.

—¡No! —exclamó su madre.

—Hablo en serio. No heredarás nada —amenazó, agitando el índice hacia ella—. Ni Ashby, ni esta casa. Nada.

No se le rompió el corazón, eso hubiera sido muy sencillo; se le desgarró, destrozó las fibras de su alma. En realidad, ella significaba muy poco para él.

—Entonces, estamos de acuerdo —dijo en voz baja—. Soy libre de hacer lo que me plazca siempre y cuando esté dispuesta a aceptar tus consecuencias, lo que incluye no heredar lo que ni siquiera deseo.

—¡Scarlett! —exclamó su madre.

Pero Scarlett no bajó la mirada ni cedió ni un milímetro cuando su padre trató de rebajarla con la mirada.

—Y si tengo un hijo —continuó—, él también estará libre de esta ancla de obligación que atesoras más que la felicidad de tu hija.

Su padre alzó las cejas, sorprendido. Lo único que siempre quiso era tener un hijo varón, ella nunca le daría el suyo.

—Scarlett, no hagas esto. Tienes que casarte con el chico Wadsworth —exigió—. Cualquier hijo que salga de esa unión será el siguiente barón Wright.

Al parecer, había olvidado que si Constance también tenía hijos varones la situación no sería tan clara.

—Eso suena a una orden —dijo Scarlett.

Empujó su silla y la sujetó por el respaldo.

—Lo es. Tiene que serlo.

—Solo obedezco órdenes de mis oficiales superiores y, según recuerdo, tú elegiste no participar en una guerra que nunca aprobaste. —El hielo en sus venas impregnaba su tono.

—Esta visita terminó —declaró él entre dientes.

—Estoy de acuerdo. —Besó a su madre en la mejilla antes de salir del comedor—. Feliz cumpleaños, madre. Lamento no poder darte lo que deseas.

Se fue a su habitación, donde se puso rápidamente el uniforme y empacó su vestido en la maleta.

Cuando bajó las escaleras encontró a Constance, quien la esperaba en el umbral, vestida igual que ella y con maleta en mano.

—No nos hagas esto —le rogó su madre al salir de la sala.

—No me casaré con Henry —repitió Scarlett—. ¿Cómo puedes pedirme eso? ¿Me casarías con un hombre al que aborrezco? Un abusador de mujeres, todo el mundo lo sabe, ¿y para conservar qué? —preguntó suavizando la voz.

—Es lo que quiere tu padre, lo que la familia necesita. —Su madre alzó el rostro—. Hemos reducido al personal, vendido gran parte del terreno en Ashby. Estos últimos años hemos economizado. Todos hacemos sacrificios.

—Pero, en este caso, me quieres sacrificar a mí y no lo voy a permitir. Adiós, madre.

Salió de la casa y respiró, temblorosa.

Constance la siguió y cerró la puerta tras ella.

—Supongo que tenemos que comprar otros boletos de tren porque los nuestros eran para mañana.

No se merecía a su hermana. La abrazó.

—¿Qué te parece si solicitamos un traslado?

CAPÍTULO ONCE

Noah

Scarlett, mi Scarlett:

Esta noche te extraño más de lo que mis palabras pueden expresar. Desearía volar hasta ti, aunque fuera por solo unas horas. El único pensamiento que me hace venir aquí es saber que pronto estarás conmigo. En noches como esta, me escapo imaginándonos en las Rocosas, en casa y en paz. Le enseñaré a William a acampar y a pescar. Tú podrás escribir, hacer cualquier cosa que quieras. Y seremos felices. Tan felices. Nos merecemos un poco de tranquilidad, ¿no crees? No lamento haberme prestado como voluntario en esta guerra, después de todo, me llevó hasta ti...

Me cerró la puerta en la nariz. Azotó la puerta en mi cara.

Respiré hondo y advertí ese ardor particular en los pulmones que siempre sentía en las grandes altitudes. De todas las situaciones que imaginé durante el vuelo, esta no había sido ninguna de ellas.

Pensé en la solución mientras estaba releyendo las cartas de Scarlett y Jameson. Él había sido capaz de hacer que ella bajara sus defensas porque había estado ahí, aferrado a esa maleta en Middle Wallop, así que empaqué la mía y me subí a un avión.

Me calmé, levanté la mano y toqué de nuevo. Para mi sorpresa, abrió.

—Como estaba diciendo, trata de colgarme...

Las palabras se atoraron en mi garganta.

Algo estaba muy mal aquí. Georgia parecía... distraída, como si le acabaran de dar una de esas noticias que hay que escuchar sentado. No es que no fuera tan hermosa como siempre, pero estaba pálida, su expresión era vaga, y sus ojos, esos exquisitos ojos azules, estaban vacíos.

Miró hacia mí un segundo como si yo no estuviera ahí.

—¿Qué quieres, Noah?

Algo estaba absolutamente mal.

—¿Puedo pasar? Prometo no hablar del libro.

Mi pecho se tensó con un deseo inmediato, abrumador, de solucionar lo que fuera que estuviera mal.

Georgia frunció el ceño, pero asintió y abrió la puerta.

—Te prepararé algo de beber.

¿Tendría esto algo que ver con Damian?

Ella asintió de nuevo y me guio por el recibidor hasta la amplia cocina. Tuve que hacer un gran esfuerzo para no poner mi mano en la parte baja de su espalda u ofrecerle un abrazo. «¿Un abrazo?».

Nunca había entrado hasta aquí, pero la cocina se adaptaba a lo que ya había visto. Era estilo toscano, con ebanistería oscura y barras de granito más oscuras. El trabajo de carpintería estaba decorado, pero no con exageración. Los electrodomésticos eran profesionales. Lo único que parecía fuera de lugar eran unas obras de arte descoloridas que estaban pegadas a un tablero en la pared.

—¿Por qué no te sientas? —sugerí señalando los bancos que se alineaban frente a la isla de la cocina.

—¿No se supone que eso lo tengo que decir yo? —preguntó, evitando mi mirada.

—Finjamos que nuestros papeles son intercambiables por el momento.

Me acerqué a la estufa y vi la tetera en el quemador del fondo. Para mi alivio, Georgia se sentó y puso los antebrazos sobre el granito.

Eché las llaves del automóvil rentado en mi bolsillo derecho, llené la tetera con agua, la volví a poner sobre la estufa y encendí el quemador. Luego empecé mi búsqueda.

Abrí tres gabinetes antes de encontrar el que buscaba.

—¿Tienes algún favorito?

Georgia miró hacia la dotación de té cuidadosamente organizada.

—Earl Grey —respondió.

Junto al té había un frasco compresible de miel en forma de osito y, por instinto, también lo puse sobre a barra.

—¿Tú no vas a tomar nada? —preguntó mirando hacia el singular paquete de té.

—Me gusta más el chocolate caliente —admití.

—Pero estás haciendo té.

—Parece que lo necesitas.

Dos arrugas marcaron su ceño.

—Pero, por qué tendrías que… —Se interrumpió y negó con la cabeza.

—¿Por qué tendría que qué? —pregunté, apoyando las palmas sobre la isla, al otro lado de donde ella estaba sentada.

—Olvídalo.

—¿Por qué tendría que qué? —repetí—. ¿Por qué tendría que cuidarte?

Parpadeó en mi dirección.

—Porque a diferencia de la creencia popular, no soy un completo imbécil, y por tu aspecto, parece que tu perro se hubiera muerto. —Inclinó la cabeza hacia un lado—. Y tanto mi madre como mi hermana me patearían el trasero si no lo hiciera.

Me encogí de hombros. Sus ojos brillaron sorprendidos.

—Pero ellas nunca lo sabrían.

—Trato de vivir la mayor parte de mi vida como si mi madre siempre supiera lo que hago. —Esbocé media sonrisa—. La verdad es que generalmente sí se entera y los sermones duran horas. Horas. Y por las otras cosas… bueno, no necesitas saberlo. —Fruncí el ceño cuando me di cuenta del enorme silencio en la casa—. ¿Dónde está tu madre? Es ella quien casi siempre se asegura de que estés hidratada.

Georgia rio.

—Se aseguraba de que tú estuvieras hidratado. Tiene muy claro que yo puedo arreglármelas por mí misma. —Entrelazó los dedos frente a ella y sus nudillos se pusieron blancos—. Además, es probable que ya esté a medio camino rumbo al aeropuerto.

Sentí un vacío en el estómago. Por el tono en el que lo dijo, hubiera podido apostar que Ava era la razón por la que Georgia parecía tan conmocionada.

—¿Un viaje planeado?

Georgia rio, pero no había ninguna felicidad en su voz.

—Sí, diría que estaba planeado con mucha anticipación.

Antes de que pudiera preguntarle, la tetera empezó a silbar. La levanté de la estufa y en ese momento me di cuenta de que no había sacado una taza.

—El gabinete de la izquierda, segundo estante —dijo Georgia.

—Gracias.

Saqué una taza y dejé infusionar el té.

—Soy yo quien te debería dar las gracias.

Arqueé una ceja.

—Intercambio de papeles, ¿recuerdas?

Me regaló una sonrisa. Leve, apenas duró una fracción de segundo, pero era genuina.

—¿También lo tomas con leche? —pregunté deslizando la taza y la miel sobre la isla en su dirección.

—Dios, no. —Volteó el frasco de miel y apretó hasta que salió una cucharada de líquido ámbar que cayó en el té—. Gran te diría que es un sacrilegio.

—¿Sí? —pregunté esperando que se explayara.

Georgia asintió, bajó del banco, rodeó la isla y abrió un cajón que estaba a mi espalda.

—Lo haría. —Sacó una cuchara del cajón, regresó a su asiento y revolvió el té—. Aunque en realidad prefería azúcar. La miel solo era para mí. No importaba cuánto tiempo estuviera fuera, ella siempre tenía miel para mí, un lugar para mí.

Una mirada de nostalgia cruzó por su rostro.

—Debes extrañarla.

—Todos los días. ¿Tú extrañas a tu papá?

—Por supuesto. Ha mejorado con el tiempo, pero daría cualquier cosa por tenerlo de regreso.

Ahora que lo pensaba, solo había escuchado hablar de las mujeres Stanton.

—¿Y tu papá? —agregué.

—No tengo uno —respondió con tanta indiferencia que me hizo parpadear—. Tengo uno, o tuve uno, por supuesto. No soy producto de la inmaculada concepción ni nada parecido —añadió mientras llevaba la cuchara a la lavadora de trastes para meterla ahí. Él y mi mamá estaban en preparatoria cuando yo nací y ella nunca me dijo quién era.

Otra pieza del rompecabezas que era Georgia Stanton encajó en su lugar. Nunca conoció a su padre. Scarlett la crio. ¿Dónde quedaba Ava en esto?

—¿Estás seguro de que no quieres beber nada? —preguntó—. Es un poco extraño no darte algo cuando tú me hiciste el té —dijo, y me miró esperando mi respuesta.

—No todo es *quid pro quo* —dije en voz baja.

Georgia se enderezó y me dio la espalda para acercarse al refrigerador.

—En mi experiencia, siempre es *quid pro quo*. —Sacó una botella de agua del refrigerador y lo cerró—. De hecho, hay muy pocas personas que no quieren algo de mí. —Puso la botella de agua sobre la barra enfrente de mí y volvió a sentarse—. Así que, por favor, toma agua. Después de todo, no volaste hasta Colorado porque tus sentidos arácnidos te dijeron que necesitaba una taza de té.

«Tú también quieres algo».

Sus ojos lo decían, aunque su boca no lo hiciera y, ¡demonios!, tenía razón. Sentí que mi estómago caía a un pozo sin fondo.

Asentí una vez y ambos bebimos.

—¿Por qué estás aquí? No es que no te agradezca el té o la distracción, porque lo hago, solo que no te esperaba.

Se inclinó hacia adelante y calentó sus manos con la taza.

—Prometí que no hablaría del libro.

Libro o no, estaba contento de estar ahí, contento de verla de una manera que no tenía nada que ver con algo profesional. Hacía ya un mes que tenía a esta mujer en la cabeza, de una manera u otra.

—¿Siempre cumples tus promesas? —preguntó entrecerrando los ojos en especulación.

—Sí. De lo contrario, no haría la promesa.

Había sido una lección que me salió muy cara.

—¿Incluso a las mujeres de tu vida? —Inclinó la cabeza hacia un lado—. He visto algunas fotos.

—¿Me espías?

«Por favor, di que sí». Dios sabía que el historial de mi motor de búsqueda estaba lleno de Georgia Stanton.

—Mi mejor amiga no deja de enviarme fotografías y artículos. Piensa que debería acostarme contigo —explicó encogiéndose de hombros.

«¿Piensa qué?». Apreté la botella de agua con tal fuerza que la aplasté.

—¿En serio?

Mi voz se apagó, alejando cada una de las imágenes que esa oración había puesto en mi cabeza, o al menos eso traté de hacer.

—Es chistoso, ¿verdad? Sobre todo por el desfile de mujeres a quienes les haces promesas —dijo con una sonrisa dulce, parpadeando.

Reí y negué con la cabeza.

—Georgia, las únicas promesas que les hago a las mujeres son a qué hora voy a recogerlas y lo que pueden esperar cuando están conmigo. Días. Noches. Semanas. Me parece que evita muchos malentendidos y mucho drama si todos saben a qué se enfrentan, y a pesar de lo que piensas de mi prosa, nunca he tenido una queja por «insatisfacción».

Tapé la botella vacía, manteniendo mis pensamientos muy alejados de lo que quería prometerle a ella.

—Qué romántico —dijo poniendo los ojos en blanco, pero se sonrojó.

—Nunca dije que lo fuera, ¿recuerdas? —Sonreí con satisfacción y me recargué contra la barra.

—Ah, sí, la librería. Anotado. ¿Así que nunca has roto una promesa? —Su voz se agudizó con incredulidad.

Mi rostro se ensombreció.

—No desde que tenía dieciséis años y olvidé llevar a mi hermana pequeña, Adrienne, a tomar helado después de que le dije que lo haría —expliqué haciendo una mueca al recordar los pitidos de los monitores del hospital—. Mi mamá la llevó y tuvieron el accidente del que te hablé.

Georgia abrió los ojos.

—Adrienne, mi hermana, estaba bien, pero mamá… bueno, tuvo muchas cirugías —expliqué—. Después de eso me aseguré de nunca comprometerme a menos que estuviera seguro de que podía cumplir.

También escribí el borrador de mi primer libro el verano siguiente.

—¿Nunca has faltado a una fecha de entrega?

—No.

Aunque eso podría cambiar si no empezábamos a comunicarnos sobre este libro en particular.

La curiosidad brilló en sus ojos azul cristalino. Podría escribir toda una novela dedicada a ellos. En cierto sentido, supongo que ya lo estaba haciendo, dado que ella y Scarlett tenían eso en común.

—¿Nunca has incumplido una resolución de Año Nuevo?

Sonreí.

—Nunca las hago —admití como si fuera un secretito sucio.

Se mordió el labio inferior. «Carajo», cuánto me gustaría chuparlo. La botella crujió en mi mano.

—¿Nunca dejaste plantada a una mujer en una cita?

—Siempre digo que haré mi mejor esfuerzo para llegar y lo hago. Nunca le prometo a una mujer que la veré a menos que ya esté ahí.

Cualquier mujer que salía conmigo sabía que si estaba absorto en una historia, lo probable era que recibieran un mensaje de texto en el que cancelaba la cita. Cierto que los mandaba con horas de anticipación, pero la historia era lo primero. Siempre.

—No soy exactamente el tipo del que se puede depender cuando tengo que entregar un libro. A menos que seas mi editor —agregué.

—Entonces, contigo es cuestión de semántica —agregó y tomó un sorbo.

Casi escupo la bebida de la risa.

—No, conmigo es más cuestión de definir expectativas y cumplirlas o excederlas.

Nos miramos a los ojos y ese golpe de electricidad tangible volvió a recorrer mi cuerpo.

—Ajá. —Chasqueó la lengua—. ¿Sigues cenando con tu mamá?

—Una vez a la semana. A menos que esté en alguna gira de libro, un viaje de investigación, vacaciones o algo parecido. —Luego pensé un poco—. A veces es ella quien cancela y lo hacemos cada quince días —agregué haciendo un puchero.

—¿Ella te cancela?

—Lo hace —asentí—. Preferiría que pasara menos tiempo en su casa, y más buscando a una esposa.

Georgia se asombró y casi escupe el té.

—Una esposa —repitió dejando la taza sobre la barra—. ¿Y cómo va ese asunto?

—Te mantendré informada —dije serio.

—Por favor. No me gustaría no estar enterada cuando se trata de tu vida amorosa.

Reí y negué de nuevo con la cabeza. Era increíble.

—A Gran le hubieras caído bien —murmuró—. No era aficionada a tus libros, eso es cierto. Pero tú le hubieras agradado. Tienes la combinación justa de arrogancia y talento que ella hubiera apreciado. Además, no molesta que seas guapo. Le gustaban los hombres guapos.

Georgia se frotó la nuca. Era larga, elegante, igual que el resto de ella.

—Crees que soy guapo —dije sonriendo y alzando las cejas.

Ella puso los ojos en blanco.

—Mucho más que eso, eres el ejemplo de lo guapo.

—Bueno, si dijeras sexi, apuesto, bien dotado o con un cuerpo de Dios me encantaría ser el ejemplo de eso, pero no lo hiciste, así que solo aprovecho lo que tengo.

Tiré la botella de agua en el bote de reciclaje que estaba en un extremo de la isla.

Sus mejillas se sonrojaron un poco más.

Misión cumplida. Había estado pálida por un tiempo y me empezaba a preguntar si vería ese fuego otra vez.

—Difícilmente puedo atestiguar por las dos últimas.

Llevó su taza al lavaplatos.

—Supongo que tu amiga no te enseñó todos los artículos —bromeé.

Me gustaba que fuera limpia; no es que fuera importante que me gustara algo de ella y eso incluía la manera en la que sus shorts se ajustaban a su muy agradable trasero, pero ahí estaba yo, haciéndolo de cualquier manera. ¿Cómo pudo ese trasero escapar a mi atención la última vez que estuve aquí? ¿O esas piernas tan largas? «Tienes otras cosas más importantes en la cabeza».

—Entonces, ¿las dos primeras sí cuentan? —pregunté mirando la curva de su nuca cuando regresó a sentarse.

—Depende de cuánto me fastidies en el momento —respondió alzando un hombro.

—¿Y en este momento?

Me recorrió de pies a cabeza con la mirada, deteniéndose en mis bermudas cargo y la camiseta de la NYU. «De haber sabido que estaría a prueba, me hubiera puesto mi Armani».

—Diría que eres un siete —De nuevo, lo dijo con una expresión seria.

«Muy bien», levanté una ceja.

—¿Y cuando te fastidio?

—Bajas en la escala hasta los números negativos.

Reí. Demonios, ¿hace cuánto tiempo que una mujer no me hacía reír tantas veces en pocos minutos?

Juntó las manos sobre la isla y su energía cambió.

—Dime por qué estás aquí, Noah —preguntó.

—Prometí...

—Entonces, ¿qué? ¿Te vas a quedar parado en mi cocina y hacerme té? —Alzó la barbilla—. Sé que estás aquí por el libro.

La examiné con cuidado; advertí que le subía el color en las mejillas y el brillo en sus ojos. Había recuperado casi por completo ese aspecto que yo consideraría «normal», pero para ser franco, no tenía una referencia; cuando se trataba de Georgia Stanton volaba a ciegas.

—¿Quieres salir? —pregunté.

—¿Qué tienes en mente? —Parecía más que escéptica.

—¿Cómo está tu seguro de vida?

—No —dijo media hora después al ver hacia arriba la pared de la roca que se extendía a treinta metros sobre nosotros.

—Es divertido —dije, señalando a un par de personas que, con una gran sonrisa, empacaban su equipo—. Ve, ellos piensan que es divertido.

—Estás loco si crees que voy a escalar eso.

Se levantó los lentes oscuros y se los puso sobre la cabeza para que yo pudiera ver que hablaba en serio.

—No dije que tenías que escalar todo —agregué—. Por allá hay un camino menos difícil.

Ese solo era aproximadamente de diez metros y mi sobrina podía hacerlo fácilmente, aunque no era algo que le iba a decir a Georgia.

—¿Estás tratando de matarme? —murmuró cuando otros escaladores pasaron por el sendero.

—Tenemos el equipo —expliqué dando una palmadita a la correa de la mochila que colgaba de mi hombro—. Traje un arnés adicional. —Miré su calzado—. Tus zapatos no son exactamente lo que yo recomendaría, pero servirán hasta que encontremos unos buenos.

Entrecerró los ojos.

—Cuando dijiste «ponte ropa deportiva y vamos a hacer senderismo», pensé, ¡cómo se me pudo ocurrir!, que sí haríamos senderismo —dijo señalando su cuerpo cubierto de ropa Lululemon.

—Sí hicimos senderismo —Me defendí—. Subimos casi un kilómetro para llegar hasta aquí desde el punto de partida.

—¡De nuevo, semántica! —exclamó llevándose las manos a sus hermosas caderas.

«Deja de mirar sus malditas caderas».

—¿De qué tienes miedo?

Volteé mi gorra de los Mets sobre mi cabeza y me subí los lentes de sol.

—¡De caerme de la montaña! —exclamó apuntando la pared de la roca—. Es un miedo bastante realista cuando piensas en escalarla.

—Piénsalo como senderismo vertical —propuse encogiéndome de hombros.

—No es realista —respondió agitando el dedo en mi dirección.

—Bromeaba con el comentario del seguro de vida. No te dejaré caer.

«Nunca». Ya la habían defraudado demasiadas veces.

Soltó una risita.

—Okey, está bien. ¿Y cómo exactamente vas a evitarlo? —preguntó escéptica.

—Yo seré tu amarre de seguridad y controlaré la cuerda en caso de que caigas. Mira, nos ponemos los arneses en…

—¿Por qué demonios tienes un arnés adicional? ¿Andas por todo el país esperando encontrar a una mujer que escale contigo? —preguntó cruzando los brazos sobre el pecho.

—No.

Aunque no podía evitar preguntarme si esa idea la motivaba o no. Claro, me ponía como un imbécil, pero pensar que Georgia se sentía celosa era muy sexi.

—Es mi arnés de repuesto en caso de que el mío se rompa. Me gusta escalar, por eso llevo mi equipo siempre que voy a algún lado donde hay montañas… ya sabes, como Colorado.

—¿Cómo te enteraste de este sitio? —preguntó con la misma hostilidad.

—Lo encontré la última vez que vine.

Ella inclinó la cabeza hacia un lado.

—En los días en los que esperé a que decidieras si yo era lo suficientemente bueno para… —añadí.

—¡Lo prometiste! —exclamó agitando el índice de nuevo.

Apreté los labios, respiré por la nariz y conté hasta tres.

—Georgia, no voy a obligarte a que escales esa roca…

—Como si pudieras.

—Pero te prometo que si decides escalar, no dejaré que te caigas de la montaña.

La miré directamente a los ojos para asegurarme de que supiera que hablaba en serio. «Mi mejor amiga piensa que debería acostarme contigo». Mi cerebro se parecía bastante a un disco rayado después de que escuché eso.

—¿Porque tú controlas la gravedad? —preguntó parpadeando.

Nunca había conocido a una mujer tan frustrante en mi vida.

—Porque voy a…

Volvió a alzar la ceja. Yo suspiré.

—Si quisieras escalar, yo iría primero y engancharía la soga. Exploré la primera vez que vine aquí.

Bajó las cejas.

—¿Y qué impide que tú te caigas?

Me quité la mochila de los hombros y la agité un poco.

—Me engancharía. Esto no es Yosemite, se ha explorado bien. Entonces, conforme tú escalas estarías sujeta y aunque te resbalaras, solo quedarías colgando hasta que encontraras pie.

Se quedó boquiabierta.

—¿Tú qué?

Levanté un poco la mochila.

—Estarías atada al otro extremo de la cuerda y yo tendría el otro.

Ella se apartó.

—Estarás segura —le prometí.

Negó con la cabeza y apretó los labios. Empecé a comprender algo.

—Georgia, si no quieres subir porque te asustan las alturas o porque no quieres rasparte las manos, o si sencillamente no quieres, está bien.

—Eso lo sé.

Sus ojos decían que no lo sabía. ¿Qué? como si yo fuera a obligarla a subir la montaña mientras ella me rogaba no hacerlo.

—Bien. —El pecho me dolía—. Pero si no quieres subir porque piensas que te voy a dejar caer, entonces esa es otra historia muy diferente. Te prometo que no te soltaré. —Mantuve la voz firme y baja, esperando que escuchara la verdad en mis palabras—. Soy muy bueno en esto.

Tragó saliva, luego miró la mochila.

—Apenas te conozco.

—¿Ves? Más artículos que tu mejor amiga no vio. Puedes buscar en Google sobre mi historial de escaladas si aquí tienes señal. Está muy bien documentado que soy un ávido escalador y no solo hablo de las fáciles.

Frunció el ceño.

—Nunca dije que no lo fueras.

Mi estómago dio un vuelco.

—Entonces no es mi capacidad lo que te preocupa —dije despacio.

Apartó la mirada y se removió un poco.

—Podrías ser un asesino en serie —sugirió con tono sarcástico al tiempo que alzaba las manos.

«Evasión. Usa el humor como evasión».

—No lo soy.

—Matas a mucha gente en tus libros. Solo digo.

Miró la pared de la roca y alzó la cabeza.

—No por homicidio. ¿Quién está hablando ahora de libros?

Una sonrisa afloró en sus labios.

—Además, ahí hay otros tres escaladores —añadí, señalando a un grupo que iba a la mitad—. Estoy muy seguro de que me echarían de cabeza si te asesinara en plena luz del día.

Ella miró a los otros escaladores en silencio.

—No vas a subir, ¿verdad? —pregunté en un murmullo.

Ella negó con la cabeza, apretando los labios mientras observaba a los escaladores. Su rechazo me dolió. No debía ser así, y lo sabía, pero sí dolió.

—¿Quieres que caminemos el resto del sendero?

Volteó a verme sorprendida.

—Tú puedes escalar. Yo puedo mirar.

—No vine aquí por mí.

La había traído esperando que el aire fresco ayudara a aclarar lo que fuera que la deprimía. Hizo una mueca.

—No me gustaría que te lo perdieras. Hazlo, yo estoy bien —dijo, asintiendo con una sonrisa tan falsa que casi era cómica.

—Preferiría caminar contigo. Vamos —propuse señalando con un movimiento de cabeza el sendero y me llevé la mochila al hombro.

—¿Estás seguro? —Entrecerró los ojos.

—Por completo.

—No eres tú. —Respiró profundo y volvió a mirar la pared de la roca—. El último hombre que me prometió mantenerme segura me dejó caer a plomo —dijo en voz baja—. Pero estoy segura de que eso ya lo sabes. Todo el mundo lo sabe.

Si yo hubiera sido el asesino en serie del que bromeó, Damian Ellsworth hubiera sido mi primera víctima.

—Y después de hoy… —continuó negando con la cabeza; las comisuras de sus labios temblaban—. Hoy no es un buen día para todo esto de la confianza. Así que vámonos.

Forzó otra sonrisa y empezó a avanzar por el sendero.

«No confía en ti». Maldije entre dientes y me di cuenta de que esa era la misma razón por la que no me dejaría terminar el libro que yo quería.

Todo se reducía a la confianza.

Me recompuse antes de ir tras ella, maldiciendo la ironía. Había pasado la mayor parte de mi vida asegurándome de vivir como pensaba y ahora me cuestionaba una mujer tan hastiada que ni siquiera yo podía sacar nada del agujero en el que alguien más la había metido.

Supongo que era bueno que fuera un escalador experto.

—¿Cuánto tiempo te vas a quedar? —preguntó mientras caminábamos.

—Hasta que acabe el libro. —Los pulmones me quemaban conforme avanzábamos por el sendero—. Y puesto que mi fecha de entrega es en dos meses y medio, supongo que me quedaré ese tiempo.

—¿Qué? ¿En serio?

—En serio.

Dos pequeñas arrugas surcaron su entrecejo.

—¿Y dónde te estás quedando?

—Renté una casita junto a la carretera —respondí con una sonrisa engreída.

—Ah.

—Sí. Se llama la cabaña Grantham.

Se detuvo a medio camino; yo giré y seguí avanzando hacia atrás, saboreando la sorpresa y el horror en su rostro.

—Como te dije —continué—, cuélgame ahora, vecina.

Su expresión hizo que la molestia de encontrar una casa en renta valiera por completo la pena.

CAPÍTULO DOCE

Noviembre de 1940
Kirton-in-Lindsey

Era diferente estar rodeado de otros estadounidenses ahora que Jameson estaba en el escuadrón Águila 71. Era casi como estar de vuelta en casa, salvo que no estaban ni remotamente cerca.

—Todos son tan jóvenes —masculló Howard mientras veían a los nuevos reclutas cuando salieron por cervezas la primera vez.

Era una tradición inglesa que les alegraba honrar, puesto que no solo se trataba de camaradería; ahí era donde se resolvían las disputas cuando era necesario.

—La mayoría tienen la misma edad que nosotros —intervino Andy, recargándose contra la pared de la nueva sala de descanso. Habían tenido mucha suerte de hacerse de una colección de sofás que se combinaban con las sillas duras de mimbre que estaban desperdigadas en ese espacio, pero los tres pilotos se distinguían en más que solo lo físico.

—En realidad, no —dijo Jameson—. No de la manera que importa.

Los tres habían estado en combate. La guerra ya no era algo romántico ni algo que glorificar. Estos chicos nuevos solo eran eso, chicos. Todos acababan de llegar a través de Canadá, habían escapado de Estados Unidos con la esperanza de integrarse a las Águilas.

184

De la noche a la mañana, quienes, como Jameson, se consideraban novatos en la Batalla de Inglaterra, eran ahora los veteranos. Los nuevos estadounidenses eran todos pilotos, pero la mayoría, de líneas comerciales. Habían volado con suministros o incluso con gente, rociaban cultivos, se habían exhibido frente a multitudes.

Nunca le habían disparado a otro hombre en el cielo. Unos cuantos lo habían hecho y ahora ya habían perdido a uno que se fue al escuadrón número 64. Jameson no le echaba la culpa; los habían sacado de las misiones diarias para darles entrenamiento durante seis semanas, y la frustración por su ineptitud empezaba a aumentar. Era necesario que entraran en acción.

Estas eran sandeces.

—Quizá Art tuvo razón en irse —masculló Howard antes de vaciar la mitad de su cerveza.

—Me lees la mente.

James miró su vaso medio lleno. No era tan satisfactorio como había sido antes, cuando hacían esto después de una misión. Se sentía… falso, como si estuvieran jugando a ser pilotos de combate.

Al menos la unidad se había trasladado a Kirton-in-Lindsey la semana pasada. Era un paso más cerca a ser operacional; por desgracia, con ellos también transfirieron a los Búfalos.

El avión de caza estadounidense no tenía un buen rendimiento en altitudes elevadas, y ese era el menor de sus problemas. El motor se sobrecalentaba con frecuencia, los controles de la cabina de mando no eran confiables y carecía del armamento del que habían llegado a depender. Claro, a los nuevos les gustaba la cabina abierta y ventilada, pero nunca habían volado un Spitfire.

Jameson extrañaba su Spitfire casi tanto como extrañaba a Scarlett. Dios, cuánto extrañaba a Scarlett. Habían pasado casi dos meses desde que la vio por última vez y se estaba volviendo loco. De no ser por la movilización de su unidad, ya hubiera hecho el viaje a Middle Wallop; así de desesperado estaba por mirar esos ojos azules. Ella había pasado su permiso de octubre con sus padres; eso era comprensible, pero según su carta, no le había ido bien. Odiaba la presión que tenía que soportar por amarlo. No era justo que la obligaran a elegir entre su familia y Jameson, pero mentiría si no admitiera su felicidad porque él fuera el elegido.

Sin misiones de combate aéreo, tenía más tiempo libre. Eso significaba que pensaba en ella constantemente. Sus cartas aumentaron de dos a tres veces por semana y en ocasiones hasta cuatro. Las escribía como si le estuviera hablando a ella, como si ella estuviera ahí con él, escuchando cuánto la extrañaba, cuánto la deseaba. Le contaba historias de su infancia y hacía un gran esfuerzo para hacerle un retrato de su vida en su pueblito natal.

Incluso ahora sonreía al pensar en llevarla a Poplar Grove. Su madre la amaría. Scarlett siempre era exactamente lo que pretendía ser; nunca se andaba con rodeos ni jugaba juegos. Tampoco era evasiva ni coqueta. Cuidaba sus emociones de la misma manera en la que protegía a su hermana: solo le daba acceso a las personas que demostraban que valían la pena.

A veces, él sentía que seguía probando su valor.

—¡Oye, Stanton! —llamó uno de los hombres con un acento claramente bostoniano—. ¿Es cierto que tienes una novia inglesa?

—Sí —respondió Jameson apretando su vaso con más fuerza.

—¿Y dónde puedo encontrar una? —preguntó alzando las cejas.

Algunos de los chicos nuevos estallaron en carcajadas.

—No dejes que te moleste —intervino Howard entre dientes.

—La recogí en la orilla del camino —respondió Jameson inexpresivo.

—¿Tiene amigas? —insistió el novato—. A todos nos gustaría tener un poco de compañía amable, si entiendes lo que quiero decir.

—Okey, ahora ya puedes dejar que te moleste —dijo Howard dándole una palmada en el hombro.

—¿Y cómo está Christine? —preguntó Jameson, apretando ligeramente los labios.

—Lejos. Muy lejos.

—Ella tiene amigas —continuó Jameson en voz alta para que ese imbécil pudiera escucharlo—. Ninguna de ellas estaría interesada en conocerte, pero sí las tiene.

—¡Oh! —exclamaron los hombres.

El tipo se sonrojó.

—Bueno, sus estándares no pueden ser muy altos si está contigo, Stanton.

«Bien, estos tipos siguen en la etapa "a ver quién la tiene más larga"». Andy puso los ojos en blanco y Howard terminó su cerveza.

—Sin duda está fuera de mi liga, chicos —agregó Jameson, asintiendo pensativo—. Pero ella te masticaría y te escupiría antes de que siquiera te dejara acercarte, Boston.

Howard estuvo a punto de ahogarse con la cerveza que se le escapó de entre los labios y cayó en el suelo frente a ellos. Todos voltearon a verlo mientras limpiaba los restos de la bebida que tenía en la barbilla y señalaba hacia la puerta al otro extremo de la habitación.

—Y también está aquí.

Jameson volteó de inmediato hacia la entrada y su corazón se detuvo. Scarlett estaba de pie en el umbral, llevaba el saco doblado sobre un brazo. Era como una aparición.

Llevaba el cabello negro lustroso recogido hacia atrás y apenas rozaba el cuello de su uniforme. Tenía las mejillas rosadas, los labios curvos dibujaban una sonrisa contenida y, demonios, podía ver sus ojos azules desde ahí. Estaba aquí, en su base, en su sala de descanso. Estaba aquí.

Antes siquiera de pensar en moverse ya se encontraba a media habitación, abandonando su cerveza en la mesa más cercana que estaba en su camino. Unas cuantas zancadas y estaba en casa, aspirando con su aliento la calidez de su piel, mientras ponía una mano en su nuca y la otra en su cintura.

—Estás aquí —murmuró, deslumbrado cuando ella le sonrió. No era un sueño. Ella era real.

—Aquí estoy —respondió en el mismo tono.

La mirada de Jameson descendió a la boca de ella y la sujetó con más fuerza cuando el deseo amenazó con consumirlo. Necesitaba besarla más de lo que necesitaba el próximo aliento, pero no lo haría aquí. No frente al imbécil que había sugerido que necesitaba «compañía».

—¿Cuánto tiempo? —preguntó Jameson.

Su estómago dio un vuelco al pensar que lo más probable serían solo unas horas. Se hubiera reunido con ella a medio camino si le hubiera dicho. Quería tener el mayor tiempo posible con ella.

—Hablando de eso… —Su sonrisa se volvió juguetona—. ¿Tienes un minuto?

—Toda una vida.

Una que él le había ofrecido… y ella había rechazado, pero hacía un gran esfuerzo para no pensar en eso.

—Perfecto.

Sonrió, se deshizo de su abrazo y tomó sus manos entre las suyas. Luego volteó y miró alrededor de la habitación.

—Boston, ¿cierto? —preguntó.

—Mmm… sí —respondió poniéndose de pie y se frotó la nuca al tiempo que se sonrojaba.

—Ah. Bien, esperemos que nunca integren a la WAAF a las fuerzas de Su Majestad. Sería una lástima que yo fuera su superior, oficial piloto —dijo con una sonrisa amable que Jameson conocía muy bien como para reconocer como su expresión «vete al infierno», pero pudo reprimir la risa.

La sonrisa de Scarlett cambió a una genuina cuando vio a Howard.

—Qué gusto verte, Howie —saludó.

—Igualmente, Scarlett.

Jameson la guio por el pasillo y abrió la puerta de una sala de juntas que estaba vacía. La jaló al interior y cerró la puerta con llave, luego aventó el abrigo de Scarlett sobre el escritorio más cercano y empezó a besarla con pasión.

Scarlett se entregó; cobraba vida bajo su tacto. Envolvió el cuello de Jameson con sus brazos y arqueó la espalda para buscar tanto contacto como pudiera, mientras sus lenguas se entrelazaban. Él gimió en su boca y la besó con más pasión, borrando con cada roce de su lengua y cada contacto de sus dientes, las semanas de agonía por su separación.

Solo con Jameson se permitía sentir. La necesidad, la nostalgia, el dolor, la aflicción abrumadora del amor en su corazón: se rendía a todo esto. Todo lo demás en su vida estaba bajo control. Jameson hacía añicos las reglas bajo las que ella se había criado y la llevaba a un mundo de emoción igual de vivo y colorido que él.

Una necesidad urgente pulsaba en ella. «Más, más cerca, más profundo».

Como si él percibiera la avidez al interior de ella o la sintiera él mismo, la tomó por el trasero para levantarla, pegarla contra su cuerpo y mantenerla al mismo nivel que él. Scarlett pasó los dedos por el cabello de él mientras se dirigían a la mesa, en cuyo borde la hizo sentarse sin jamás interrumpir el beso.

Nunca se había sentido tan agradecida de llevar una falda pues facilitaba que él se acomodara entre sus muslos; los hacía arder. Contuvo el aliento al contacto y él le levantó la cabeza para tomar su boca como si necesitara reclamarla de nuevo, como si pudiera desaparecer en cualquier momento.

—Te extrañé —dijo Jameson contra la boca de Scarlett.

—Yo también te extrañé —jadeó, el corazón le latía con fuerza.

Aunque solo compartieran este momento, todo lo que ella había hecho para llegar hasta aquí había valido la pena.

Sus labios bajaron por el cuello de ella y chupó su piel con delicadeza, justo encima de cuello de la camisa. Scarlett inhaló con fuerza cuando él entrelazó su lengua con la de ella. Piedad, qué bien se sentía eso. Estremecimientos de placer recorrieron su espalda y se concentraron en la parte baja de su vientre; sintió que estallaba en llamas. Él incendiaba el frío de noviembre que se había pegado a su piel desde que había llegado esta mañana. En los brazos de Jameson nunca tenía frío.

Él desabotonó el uniforme de ella y deslizó las manos al interior para acariciar su cintura sobre la suave blusa blanca. Sus pulgares acariciaban las costillas de Scarlett, jugueteaban solo centímetros bajo sus senos; ella se meció contra él, instándolo aún más.

Volvió a besarla y la acercó más a él. Ella contuvo el aliento al sentir que él se endurecía a través de las capas de tela que cubrían ambos cuerpos; la deseaba. En lugar de apartarse, empujó con insolencia sus caderas contra las de él. Le pudo haber pasado cualquier cosa en las últimas siete semanas, o a ella. Ahora lo tenía y estaba harta de negarse, harta de luchar contra la imprudente rapidez o la intensidad de su relación. Lo tomaría de cualquier manera en la que él quisiera entregarse.

—¿Cuánto tiempo te voy a tener? —preguntó Jameson, excitando su oreja con su aliento y luego con los labios.

—¿Cuánto tiempo te gustaría tenerme? —replicó sujetándose con más fuerza a su cuello.

—Para siempre.

Flexionó las manos sobre su cintura al tiempo que rozaba con los dientes la carne delicada del lóbulo de su oreja.

Dios mío, cuando hacía eso le era difícil pensar.

—Qué bueno, porque me trasladaron aquí —logró decir.

Jameson se paralizó; luego, lentamente, se apartó con los ojos enormes de incredulidad.

—¿Estás molesto? —preguntó; su pecho se tensó al pensar en esa posibilidad.

¿Había sido una tonta? ¿Y si las cartas no significaron nada para él? ¿Y si él ya había pasado a otra cosa pero no tuvo corazón para decírselo? Todas las chicas en Middle Wallop le habían dejado claro que con mucho gusto tomarían su lugar, y sabía que aquí debía ser igual.

—Tú, aquí como… ¿aquí, aquí? —inquirió, buscándola con la mirada.

—Sí —asintió—. Constance y yo solicitamos que nos transfirieran y lo aprobaron hace solo unos días. No quería darte falsas esperanzas en caso de que lo rechazaran, y cuando no fue así, imaginé que yo llegaría antes que la carta. ¿Estás decepcionado? —repitió, su voz se agudizó al final.

—¡Dios, no! —exclamó sonriendo. La tensión de Scarlett desapareció—. Estoy… sorprendido, ¡pero es una sorpresa magnífica! —Le dio unos besos sonoros—. Te amo, Scarlett.

—Y yo te amo a ti. Gracias a Dios porque no puedo regresar y solicitar otro traslado a Middle Wallop.

Trató de permanecer seria, pero sencillamente no pudo. ¿Alguna vez había sido tan feliz en su vida? Creía que no.

—No sé cuánto tiempo estará aquí el 71 —admitió Jameson, acariciando las mejillas de Scarlett con los pulgares—. Los escuadrones se mueven todo el tiempo y ya hay rumores de que nos van a estacionar en otro lugar.

Tan solo pensarlo hacía que se le desplomara el alma. El traslado de Scarlett aquí era un vendaje temporal sobre una herida sangrante, pero estaba muy agradecido por el tiempo que tuvieran.

—Lo sé. —Tomó su mano y le besó la palma—. Estoy preparada para eso.

—Yo no. Estos meses sin ti han sido insoportables. —Pegó su frente a la de ella—. No sabía cuánto te amaba hasta que tuve que despertar, día tras día, sabiendo que no había ninguna posibilidad de verte sonreír o de escuchar tu risa o, demonios, oír cómo me gritas.

Había estado incompleto; pensaba siempre en ella sin importar lo que hiciera. Había estado tan distraído que le sorprendía no haber chocado un avión; aunque por supuesto podía volar uno de esos Búfalos con los ojos cerrados.

—Ha sido horrible —admitió Scarlett mirándolo a los labios y luego hacia abajo, por las líneas de su uniforme—. Extrañaba tus brazos alrededor de mí y la manera en la que mi corazón salta cada vez que te ve. —Pasó los dedos sobre los labios de él—. Extrañaba tus besos, incluso la manera en la que bromeas.

—Alguien tiene que hacerte reír —dijo mordisqueando la yema de su pulgar.

—Lo haces bastante bien. —Su rostro se ensombreció—. No quiero pasar otro mes así, mucho menos dos.

Jameson tensó el rostro.

—¿Cómo vamos a evitarlo en unos meses, cuando decidan que el 71 es necesario en otro lugar?

—He pensado en eso. —Entrecerró los ojos, especulando—. Pero necesito que tú me digas otra vez qué piensas —agregó mordiéndose los labios.

Él parpadeó.

—¿Lo que pienso? Te pedí que te ca... —Quedó boquiabierto—. Scarlett, ¿estás diciendo...?

Buscó su mirada con ansias.

—No diré nada hasta que me lo preguntes.

Sintió una opresión en el pecho; rogaba que no hubiera cambiado de opinión, que ella no hubiera apostado toda su felicidad y arrastrado a su hermana por todo Inglaterra solo para que la rechazaran.

Los ojos de Jameson destellaban.

—Espérame aquí —dijo apartándose y señalándola con el índice—. No muevas un músculo.

Luego, salió corriendo de la habitación. Scarlett tragó saliva, juntó las piernas y se acomodó la falda. Seguramente él no se había referido a esos músculos. Dios sabía que cualquiera hubiera podido entrar a la habitación.

El tictac mecánico del reloj eran su única compañía en el silencio e hizo un esfuerzo por estabilizar el latido de su corazón.

Jameson regresó a la habitación, se apoyó en el marco de la puerta y dio un giro. Luego recuperó el equilibrio y cerró la puerta detrás de él para acercarse a ella.

—¿Estás mejor? —preguntó Scarlett.

Él asintió, pasó los dedos, nervioso, por su cabello y se dejó caer sobre una rodilla frente a ella, sosteniendo un anillo entre el pulgar y el índice.

Scarlett contuvo el aliento.

—Sé que cuando pensaste en matrimonio yo no era lo que imaginabas. No tengo título, en este momento no tengo siquiera un país. —Hizo una mueca—. Pero lo que sí tengo es tuyo,

Scarlett: mi corazón, mi apellido, mi ser… todo es tuyo. Y prometo que pasaré cada día de mi vida ganándome el privilegio de tu amor, si me lo permites. ¿Me harías el honor de ser mi esposa?

Frunció un poco el ceño, pero había tanta esperanza en su mirada que para ella era casi doloroso verlo, saber que le había hecho cuestionarse cuál sería su respuesta.

—Sí quiero —respondió, esbozando una sonrisa temblorosa—. ¡Sí quiero! —repitió asintiendo, emocionada.

Ahora sabía cómo era la vida sin él y no quería volver a sentir esa pérdida de nuevo. Su trabajo, su familia, esta guerra… ambos lidiarían juntos con cualquier cosa que tuvieran que enfrentar.

—Gracias, Dios mío —exclamó Jameson poniéndose de pie y tomándola en sus brazos—. Scarlett, mi Scarlett —dijo contra su mejilla.

Ella lo abrazó con fuerza y se permitió asimilar este momento. De alguna manera, lo harían durar.

Él la ayudó a bajar y le puso el anillo en el anular izquierdo. Era hermoso, con un solitario engarzado en filigrana de oro y le quedaba a la perfección.

—Jameson, es magnífico. Gracias.

—Qué bueno que te gusta. Lo compré cuando estábamos en Church-Fenton, esperaba hacerte cambiar de opinión. —La besó suavemente y luego tomó su mano—. Si nos apresuramos, aún podemos alcanzar al comandante.

—¿Qué? —preguntó mientras Jameson tomaba su abrigo y la guiaba hacia el pasillo.

—Necesitamos el permiso del comandante. El del capellán también.

Sus ojos brillaban de emoción.

—Bueno, hay mucho tiempo para eso —comentó, riendo.

—Oh, no. No voy a arriesgarme a que cambies de opinión otra vez. Espérame aquí un segundo.

La dejó en el pasillo y entró a otra habitación, esforzándose por no estallar en carcajadas. En cuestión de un segundo estaba de vuelta con su propio saco y gorro.

—No nos vamos a casar esta noche —dijo Scarlett rápidamente.

Eso sería una completa y absoluta locura.

—¿Por qué no? —preguntó con expresión sombría.

Ella le acarició la mejilla.

—Porque me gustaría desempacar el vestido que compré. No es mucho, pero me gustaría usarlo.

—Ah, claro —asintió pensando en sus palabras—. Por supuesto que sí. ¿Y tu familia?

Scarlett se sonrojó.

—Constance es ahora mi única familia.

—No por mucho tiempo —dijo acercándola a él—. Me tendrás a mí, a mi mamá y mi papá, y también a mi tío.

—Y eso es todo lo que necesito. Además, necesitamos encontrar dónde dormir. Es seguro que no quiero pasar mi noche de bodas con el 71 durmiendo a nuestro lado —explicó con una mirada mordaz.

Jameson palideció.

—Demonios, no. Podemos ir a ver al comandante y al capellán mañana, si para ti está bien.

Ella asintió.

—Desempacaré mi vestido, pero no mucho más.

La emoción por la anticipación hizo vibrar todo su cuerpo.

—Encontraré un lugar para que estemos solos —prometió poniendo su frente contra la de ella.

—Y luego nos casaremos —murmuró.

—Y luego nos casaremos.

CAPÍTULO TRECE

Georgia

Queridísimo Jameson:

Te extraño. Te necesito. Nada aquí es lo mismo sin ti. Constance piensa que podríamos mover el rosal, pero yo no estoy segura de que deberíamos hacerlo. ¿Para qué desenraizar algo que es feliz justo donde está? A diferencia de mí, que me marchito aquí sin ti. Me mantengo ocupada, por supuesto, pero nunca estás lejos de mi pensamiento. Por favor, mantente seguro, mi amor. No puedo respirar en este mundo sin ti. Ten cuidado. Antes de que lo sepas, estaremos juntos de nuevo.

Con todo mi corazón,
Scarlett

—¿Qué quieres decir con que simplemente apareció? —preguntó Hazel por completo asombrada, sus ojos verdes grandes como platos.

—Después de todo lo que te conté que sucedió ayer, ¿eso es lo que te sorprende? —La miré, inquisitiva, sobre mi café.

—A pesar de todo lo que te amo, que Ava se haya largado en el momento en que le pagaron el adelanto es su *modus operandi*. ¿Que si yo esperaba que cumpliera su promesa y se quedara? Por supuesto. Me hubiera gustado que pasara la página, pero quizá tenga que pasar todo un libro completo a estas alturas. Solo pensé que me llamarías cuando... Colin, cariño, no toques eso.

Se apresuró al antecomedor, donde sus hijos estaban sentados, jugando, y cerró la puerta del primer gabinete.

—Está bien —le aseguré—. Gran siempre tenía esos gabinetes llenos de juguetes por esa razón.

La mayoría de los juguetes eran más viejos que yo.

—Lo sé, pero no quiero que... —empezó a decir, pero se interrumpió cuando vio cómo la miraba—. Cierto. Ese gabinete está bien, pero vamos a dejar los otros en paz, ¿okey? —Abrió la puerta y volvió a la isla para sentarse en el banco junto a mí—. Te juro que solo quería pasar para saber cómo estabas, no para saquear tu casa.

—Por favor. —Puse los ojos en blanco—. Me alegra que lo hicieras. No es que tenga muchas cosas que hacer ahora.

Una sonrisa afloró en mis labios y me incliné un poco hacia atrás para verlos jugar.

—Entonces, ¿está aquí? —preguntó Hazel levantando su taza de café.

—Rentó la cabaña Grantham.

—¿Que hizo qué?

Su taza golpeó el granito cuando la dejó, olvidándose de darle un sorbo.

—Lo que oíste.

Yo le di otro sorbo para tomar fuerzas. Toda la cafeína en el mundo no me ayudaría hoy, pero estaba dispuesta a intentarlo.

—Eso es como... —Se inclinó como si alguien pudiera escucharnos— ... en la puerta de junto.

—Sí —asentí—. Incluso llamé al fideicomisario anoche. Me confirmaron que el administrador de la propiedad lo rentó según mis instrucciones. —Arrugué la nariz—. Le pregunté si podía revocar el arrendamiento y me respondió que el hecho de que Noah no me cayera bien no era una razón legal.

Hazel me miró boquiabierta.

—Por favor, ¿puedes decir algo? —le pedí a Hazel cuando el silencio se volvió dolorosamente incómodo.

—Claro. Perdón.

Sacudió la cabeza y miró a los niños.

—Tranquila, no irán a ningún lado.

—No tienes idea de lo rápido que se mueven. Te juro que le tomé el tiempo a Dani ayer: kilómetro y medio en tres minutos. —Cruzó las piernas y me examinó—. Entonces, el sexi vive en la puerta de junto.

—El escritor está… bueno, prácticamente en la puerta de junto, en la cabaña.

Básicamente está dentro de la propiedad, así de cerca estaba; esa era una de las razones por las que Gran nunca la vendió. Decía que era mejor elegir a tus vecinos que verte endosado con un metiche insufrible.

Hazel entrecerró los ojos.

—De hecho, se supone que llegará en cualquier momento para empezar nuestro juego superdivertido: discutir. Literalmente se mudó aquí para poder discutir conmigo. ¿Quién hace eso?

Tomé otro sorbo de mi café.

—Alguien que te reconoce como lo obstinada que…

—Oye, oye —le advertí.

—Sabes que es cierto. Al menos gana puntos por haber subido a un avión en lugar de presionar el marcado automático —dijo encogiéndose de hombros—. Además, eso hace que mi sugerencia de antes, que «ejercitaras» tu frustración con él, «en» él, sea más fácil.

Traidora.

—¿Del lado de quién estás?

—Del tuyo. Siempre del tuyo. Ni siquiera puse al hombre en mi lista de posibles licencias.

—Bien. Entonces no se merece puntos. No hay puntos que dar.

Terminé mi café y llevé la taza al fregadero. Cuando volteé, Hazel tenía la cabeza inclinada hacia un lado, como si me examinara.

—¿Qué? —pregunté.

—Te gusta —respondió dando un sorbo a su café.

—¿Per... perdón? —balbuceé al sentir un agujero en el estómago.

—Dije lo que dije.

—¡Retráctate! —espeté, como si tuviéramos de nuevo siete años.

—Estás bien vestida. Jeans, una blusa que planchaste y te dejaste el cabello suelto. Te gusta.

Una sonrisa iluminó su rostro.

—Estoy empezando a arrepentirme de haberte dejado cruzar la puerta.

Mi teléfono vibró y lo tomé de la barra antes de que Hazel pudiera ver la pantalla. Era un mensaje de Noah.

Noah:
Salgo para allá. ¿Necesitas algo?

Hubiera sido infantil responder que necesitaba que se llevara ese trasero maravilloso e insistente de vuelta a Nueva York. De cualquier forma, pensé hacerlo.

—No me gusta —le dije a Hazel. Luego escribí un mensaje.

> **Georgia:**
> Entra, la puerta está abierta.

—Y ya viene en camino —agregué, recargando mi cadera contra la barra.

Solo porque me desperté y me sentí… humana, eso no quería decir que me gustara. Más bien me preparé para una reunión de negocios. Mi teléfono vibró de nuevo.

—Niños, tenemos que irnos. Va a venir un amigo de la tía Georgia —gritó Hazel hacia Oliver y Dani.

> **Noah:**
> No puedes dejar las puertas abiertas.
> No es seguro.

Lancé una risita. No es seguro, ajá.

> **Georgia:** Dice el hombre que escala
> montañas.

Puse el teléfono en la barra y suspiré hacia mi mejor amiga.

—No me gusta —repetí.

—Está bien —dijo asintiendo ligeramente y llevando su taza al fregadero—. Pero necesitas saber que no hay problema si es lo contrario.

Hice una mueca. No era así.

—¡Regrésamelo! —gimió Oliver.

—¡Es mío! —gritó Danielle.

Tanto Hazel como yo giramos de inmediato, pero Danielle pasó corriendo con Oliver a los talones.

—¡Carajo! —masculló Hazel viendo hacia el cielo y ya en movimiento.

—No puedes dejar tu puerta… ¡ups! —La voz como un rugido de Noah llegó desde la entrada.

Antes de que pudiéramos salir de la cocina, Noah ya entraba, con un niño debajo de cada brazo y muertos de risa. No había advertido el verdadero tamaño de esos bíceps. No. No lo había advertido. Tampoco había puesto atención en la curva de su boca o en el franco *sex appeal* de su sonrisa. Era inhumano verse tan bien, tan temprano en la mañana.

—¿Ves lo que pasa cuando dejas la puerta abierta? —preguntó agitando un poco a los niños—. Todo tipo de criaturas salvajes pueden entrar.

Dani gritó y eso solo hizo que la sonrisa de Noah se ensanchara.

«No. No. No. No te abandones, no suspires, nada. Nada».

—¡Ey!, se supone que no deben ser amables con los desconocidos —los regañé.

—¿No es tu amigo, tía Georgia? —repuso Oliver.

Dios mío, líbrame de los pueblos pequeños. Los niños nunca habían visto a un desconocido.

—Sí, tía Georgia, ¿estás diciendo que no somos amigos? —me retó Noah, abriendo los ojos con sarcasmo.

Puse los ojos en blanco; él bajó a los niños y extendió la mano hacia Hazel.

—Hola. Noah Morelli. Supongo que estos hermosos niños son tuyos.

Exageró el encanto y funcionó, a juzgar por la sonrisa de Hazel.

«Se presentó con su verdadero nombre».

—Hola, Noah, soy Hazel, la mejor amiga de Georgia —dijo estrechándole la mano—. Eres bueno con los niños —agregó arqueando las cejas.

—Gracias a mi hermana. Mejor amiga, ¿eh? —Me lanzó una sonrisa taimada—. ¿La de los artículos?

«Que me trague la tierra».

—Yo soy la culpable —dijo Hazel; su sonrisa se ensanchó aún más.

—Entonces, ¿podrías darme algunos consejos para que ella me deje hablar? —preguntó señalándome con un movimiento de cabeza.

—¡Claro! Solo tienes que dejarla… —Me vio a los ojos y se enderezó—. Perdón, Noah, sin puntos, soy del equipo de Georgia. Chicos, ya tenemos que irnos.

«Perdón», sus labios dibujaron la palabra en mi dirección al tiempo que apuraba a los niños en el antecomedor.

—No te preocupes por el desorden —dije sobre mi hombro. Ya tenía suficiente sin tener que recoger mi casa. Tampoco era que tuviera mucho que hacer hoy y ella necesitaba un respiro—. Además, ¿no tienes que ir a abrir el centro?

—No quiero… ¡Dios mío! ¡Voy a llegar tardísimo! —Tomó a un niño en cada mano y se fue casi derrapando, solo deteniéndose para darme un beso en la mejilla—. Gracias por el café.

—Que tengas un bonito día en el trabajo, querida —canturreé, metiendo un plátano en su enorme bolsa.

—¡Gusto en conocerte, Noah! —grito sobre su hombro al cruzar la puerta a toda carrera.

—¡Igualmente!

La puerta se cerró con un sonoro ¡pam!

—¿Un plátano? —preguntó Noah alzando las cejas.

—Siempre recuerda darles de desayunar a sus hijos, pero está muy ocupada para desayunar ella —respondí encogiéndome de hombros.

Mi teléfono vibró.

Hazel:
Ganó como doce puntos con esa maniobra con los niños.

—Traidora —dije entre dientes, poniendo el teléfono en el bolsillo trasero de mi pantalón, sin responder.

—Entonces… —dijo Noah metiendo las manos en los bolsillos delanteros.

—Entonces —repetí—. Nunca había hecho cita para una pelea.

El aire entre nosotros hubiera podido chisporrotear con toda la electricidad anticipatoria a nuestro alrededor.

—¿Así le llamas a esto? —preguntó con una sonrisa sarcástica.

—¿Cómo lo llamarías tú? —pregunté mientras ponía las tazas en el lavaplatos.

Lo pensó un momento.

—Un recorrido premeditado con el fin de descubrir un rumbo mutuamente benéfico para que podamos resolver nuestras diferencias personales y profesionales y así lograr una sola meta —dijo—. Si tuviera que improvisar.

—Escritores —mascullé—. Entonces, recorramos el camino hasta la oficina.

Sus ojos brillaron de placer.

—Tengo una idea mejor. Vayamos a caminar por el arroyo —propuso.

Arqueé una ceja.

—Nada de escalar —exclamó levantando las manos—. Hablo del arroyo detrás de tu jardín, el de las cartas, ¿cierto? Pienso mejor cuando estoy de pie. Además, saca de la ecuación cualquier objeto que pueda romperse, en caso de que quieras arrojarme algo.

Puse los ojos en blanco.

—Bien, voy por mis zapatos.

Cuando regresé a la cocina, calzada con botas para caminar y una camiseta mucho más adecuada, él ya había limpiado el desorden que los hijos de Hazel habían dejado; hasta yo tuve que admitir a regañadientes que estaba ganando puntos.

¿Un escritor taciturno? Palomeado.

¿Endemoniadamente sexi? Palomeado.

¿Bueno con los niños? Palomeado.

Sentí una opresión en el pecho. Esto no estaba nada bien.

—No tenías que hacerlo, pero gracias —dije cuando salimos de la cocina por la puerta del patio.

—No es nada… ¡guau!

Se detuvo de pronto, admirando el enorme jardín que Gran amaba tanto.

—Es un jardín inglés, por supuesto —expliqué cuando tomamos el sendero entre los arbustos cuidados.

El otoño había llegado, cubriendo todo de naranja y oro, salvo el invernadero.

—Por supuesto —repitió mirándolo todo; su atención iba de una planta a otra.

—¿Lo estás memorizando? —pregunté.

—¿Qué quieres decir?

—Gran me decía que ella memorizaba los lugares. Su aspecto, su olor, los sonidos que lo envolvían; registraba los detalles más pequeños para incluirlos en una historia con el fin de que el lector sintiera que estaba ahí. ¿Eso es lo que estás haciendo?

—Nunca lo había pensado de esa manera, pero sí —asintió—. Esto es hermoso.

—Gracias. Ella lo amaba, aunque se quejara de que no podía hacer crecer algunas de sus plantas favoritas en esta altitud.

Llegamos a la reja trasera donde un cerco de arbustos de hoja perenne nos separaba de la naturaleza de Colorado. Giré la manija de hierro forjado y cruzamos.

—Decía que la hacía sentirse más cerca de su hermana —añadí.

—Constance le enseñó, ¿verdad?

—Sí.

Era extraño, aunque reconfortante, que alguien más que hubiera leído el manuscrito de Gran supiera esa parte de su vida de manera tan íntima como yo.

—Uf, qué diablos. Esto también es hermoso —dijo mirando el álamo temblón que estaba frente a nosotros.

—Es mi hogar.

Respiré profundo, sintiendo que mi alma se tranquilizaba de la manera en la que siempre hacía frente a este paisaje particular. Estábamos anidados en el Valle de los Ciervos que se elevaba frente a nosotros y cuyas cimas ya estaban cubiertas de las primeras nieves.

La pradera detrás de la casa de Gran estaba coloreada de tonos oro bruñido tanto en la hierba alta que se había rendido al ciclo del otoño y nos llegaba hasta las rodillas, como las hojas de los álamos que flanqueaban ambos lados.

—Esta es mi estación favorita del año. No es que no extrañe el otoño en Nueva York, porque sí lo hago, pero aquí los colores no se amotinan. Los árboles no están en guerra para mostrar cuáles tienen las hojas más brillantes. Aquí, las montañas se vuelven oro, como si todas estuvieran de acuerdo. Se está en paz.

Le mostré el camino que se había formado en la pradera mucho antes de que yo naciera.

—Puedo entender por qué regresaste —admitió Noah—. Aunque yo soy fanático del otoño en Nueva York.

—Sin embargo, aquí estás y vives justo al final del camino.

Llegamos al arroyo que corría por la propiedad de Gran, ahora mi propiedad. No era mucho para los estándares de la Costa Este, tendría quizá tres metros de ancho y medio metro de profundidad a lo sumo, pero el agua era diferente en las Rocosas. Su caudal no era constante y no era tranquilo o predecible.

Aquí podía ser solo un hilillo y, cuando menos lo esperabas, enviaba una pared de agua en una inundación súbita que destruía todo a su paso. Era como todo lo demás en las montañas: peligrosamente hermoso.

—Hice lo que tenía que hacer —dijo encogiéndose de hombros; luego volteó para caminar por la ribera del arroyo—. ¿No extrañas Nueva York?

—No.

—Una respuesta rápida.

—Una pregunta fácil. —Metí los pulgares a mis bolsillos traseros—. ¿Supongo que es ahora que empezamos a pelear por el libro?

—No soy yo quien dice que debe haber una pelea. Empecemos tranquilos. Hazme una pregunta personal. La que quieras. —Se remangó sin dejar de caminar, poniendo al descubierto una línea de tinta que bajaba por su antebrazo; parecía la punta de una espada—. Yo responderé a una si tú haces lo mismo.

Eso parecía fácil.

—¿Cualquier cosa?

—Cualquier cosa.

—¿Cuál es la historia de ese tatuaje? —pregunté señalando su antebrazo.

Él siguió mi mirada.

—Ah, ese fue mi primero.

Se levantó la manga hasta donde la tela se lo permitió para mostrarme la hoja de una espada que servía como la aguja de una brújula. Había visto suficientes imágenes para saber que cubría su hombro, aunque ahora solo podía ver la base.

—Me lo hice la semana antes de que se publicara *El declive de Avalon*. Dibujé la parábola del rey Arturo en su búsqueda por...

—Su amor perdido. Lo leí.

Casi me tropiezo cuando me ofreció una pequeña sonrisa; tuve que concentrarme en el camino.

—¿Tienes tatuajes para todos tus libros? —agregué.

—Una. Esas son dos preguntas, y sí, pero los otros son más pequeños. Cuando se publicó Avalon pensé que ese sería mi único libro. Mi turno.

—Es lo justo.

«Ahí viene la pregunta sobre el último romance de...».

—¿Por qué dejaste de esculpir?

«¿Qué?». Empecé a caminar un poco más lento y él se adaptó a mi paso.

—Damian me pidió que lo pusiera en pausa para ayudarlo a lanzar Ellsworth Productions; tenía sentido. Estábamos recién casados y pensé que estaba ayudando a construir nuestro futuro. Seguía siendo arte, solo que era su arte, ¿cierto? —expliqué encogiéndome de hombros ante las ideas ingenuas de una chica de veintidós años—. Y luego esa pausa se convirtió en una parada y parte de mí sencillamente... —Nunca he podido encontrar palabras correctas cuando hablo de este tema—. ... se atenuó. Se apagó como una fogata que olvidé cuidar. Las llamas disminuyeron con tanta lentitud que no me di cuenta hasta que solo quedaron brasas y en ese momento el resto de mi vida fue el que se incendió. No queda mucho espacio para la creatividad cuando estás concentrado en respirar.

Podía sentir su mirada, pero no fui capaz de verlo a los ojos. En su lugar, respiré hondo y forcé una sonrisa.

—Aunque creo que está regresando —agregué—. Poco a poco. —Pensé en la tienda del señor Navarro y en lo que en verdad costaría hacerlo—. En fin, esa es una pregunta y te debo otra. Hazla.

—¿Por qué no confías en mí para escribir la historia?

Me erguí en toda mi estatura.

—No confío en nadie y Gran tampoco lo hizo. No es fácil cuando sabes que alguien va a novelar lo que en verdad pasó en tu familia. Para mí no es solo una historia.

—Entonces, ¿para qué venderlo? ¿Solo para que tu madre estuviera contenta? —Bajó la mirada—. ¿En verdad esa es la única razón por la que accediste?

¿Lo era? Miré el caudal del arroyo y pensé en su pregunta. Había ganado otro punto porque no insistió en que le respondiera.

—Mitad y mitad —acabé por decir—. Quería hacer feliz a mi madre. Quería ser capaz de darle algo que ella quería desde... no sucede con frecuencia.

Me miró perplejo.

—Tenemos una relación complicada —expliqué—. Digamos que mientras tú comes con tu familia una vez al mes, mamá y yo cenamos juntas... quizá una vez al año. —Y era mucho decir, pero esto no era una sesión de terapia—. Pero, por otra parte, yo vi a Gran trabajar en ese libro de manera intermitente hasta el invierno en el que me casé.

—¿Dejó de hacerlo en ese momento?

—No estoy segura porque me mudé a Nueva York, pero venía a casa cada dos meses aproximadamente y nunca la vi trabajar en él de nuevo. —Negué con la cabeza—. William, mi abuelo, era la única persona a la que le permitía leerlo y eso fue en los sesenta, antes de que escribiera los últimos capítulos. Después de que él murió en un accidente de coche —agregué como una explicación rápida—, no lo tocó durante una década. Pero para ella era importante, así que al final volvió a sacarlo. Quería hacerlo bien.

—Déjame hacerlo bien —dijo bajando la voz cuando nos acercamos a la curva del arroyo.

—Esperaba que lo hicieras, pero entonces empezaste a sugerir todos esos finales felices...

—¡Porque esa es su marca! —Se puso rígido a mi lado—. Los autores tienen un acuerdo con sus lectores una vez que llegan al punto al que llegó tu bisabuela. Escribió setenta y tres novelas que le brindan a su público la alegre recompensa de un final feliz. ¿Francamente piensas que ella hubiera cambiado el guion para esta?

—Sí —asentí enfática—. Creo que la verdad de lo que pasó fue demasiado dolorosa para que ella la escribiera y la fantasía que tú quieres crear lo era mucho más porque solo le recordaba lo que no pudo tener. Incluso los años que estuvo casada con el bisabuelo Brian no fueron... bueno, ya leíste lo que ella tuvo con el bisabuelo Jameson. Fue algo único. Tan singular que, ¿cada cuándo puede ocurrir? ¿Una vez cada generación?

—Quizá —admitió en voz baja—. Ese es el tipo de amor del que se escriben historias, Georgia. El tipo que le hace creer a la gente que también debe existir para ellos.

—Entonces, pregúntale al bisabuelo Jameson cómo acaba. Ella dijo que solo él lo sabría y es un poco difícil encontrarlo. —Volteé hacia el sendero a nuestra espalda. El arroyo empezaba su curva suave, siguiendo la geografía de mi jardín trasero—. ¿Has pensado en cómo lo van a catalogar? —pregunté, tratando de tomar otra perspectiva para que considerara mi punto de vista.

Alzó las cejas, asombrado.

—¿Qué quieres decir?

—¿Saldrá con tu nombre o con el de ella?

Me detuve y él se puso frente a mí. La luz del sol caía en su cabello y lo hacía brillar en ciertas zonas.

—Con el de ambos, como tú dijiste. ¿Quieres saber también del presupuesto para marketing? —bromeó.

Lo fulminé con la mirada.

—¿En serio estás dispuesto a abandonar la ficción general para que te cataloguen en la... —Tragué saliva— ... sección de novela romántica? Porque el tipo que conocí en la librería el mes pasado, definitivamente no lo estaba.

Parpadeó y se apartó un poco.

—Mmm. No habías pensado más allá de la mesa de novedades, ¿verdad? —pregunté.

—¿Eso importa? —repuso, pasando las manos por su barba incipiente; su frustración era obvia.

—Sí. Lo que te estoy pidiendo hacer te mantiene en la sección que no es para... —Incliné la cabeza hacia un lado—. ¿Cómo dijiste? ¿Sexo y expectativas ingenuas?

Una maldición apagada se escapó de sus labios.

—Nunca me lo perdonarás, ¿verdad?

Apartó la mirada hacia los árboles y balbuceó algo que me pareció que decía «insatisfactorio».

—No. ¿Quieres seguir hablando sobre ese final romántico? Porque ahí es donde te van a catalogar si lo escribes. Su nombre tiene más peso que el tuyo. Es posible que seas muy bueno, pero no eres Scarlett Stanton.

—Me importa un comino cómo cataloguen el libro.

Nos miramos a los ojos durante un momento tenso.

—No te creo.

—No me conoces —respondió bajando la cabeza.

El calor subió a mis mejillas, mi corazón empezó a latir con fuerza y, más que nada en el mundo, hubiera querido tener esta discusión por teléfono para así poder terminarla y dar rienda suelta a las emociones exasperantes que Noah siempre me provocaba.

Me gustaba la insensibilidad. Ser insensible era seguro.

Noah era muchas cosas, pero «seguro» no era una de ellas.

Aparté mi mirada de la suya.

—¿Qué es eso? —preguntó al tiempo que se inclinaba un poco y entrecerraba los ojos.

Miré en la misma dirección.

—El kiosco.

El viento arreció un poco y me pasé unos mechones de cabello detrás de las orejas; avancé hacia la arboleda de álamos. Espacio. Necesitaba espacio.

Las pisadas que crujían a mi espalda me decían que me seguía, así que continué. Aproximadamente a quince metros, justo en el centro de la arboleda, había un kiosco construido con troncos de álamos. Subí los escalones, acariciando cariñosamente con los dedos los barandales que con los años habían sido lijados y reemplazados, igual que el piso y el techo. Pero los soportes eran los originales.

Noah subió y se paró a mi lado; giró lentamente para poder ver todo el espacio. Era apenas del tamaño del comedor de mi casa, pero en forma de círculo. Lo observé con cuidado, preparándome para escuchar su juicio que sin duda sería una crítica del pequeño lugar rústico, mi favorito cuando era niña.

—Esto es magnífico. —Su voz se apagó cuando se acercó a uno de los barandales y miró sobre él—. ¿Hace cuánto tiempo que está aquí?

—Gran lo construyó en los cuarenta, con el papá y el tío del bisabuelo Jameson. Lo terminaron antes del Día de la Victoria en Europa —respondí, recargándome contra uno de los troncos—. Cada verano, Gran hacía que le trajeran un escritorio para poder escribir aquí y yo jugaba mientras ella trabajaba.

El recuerdo me hizo sonreír. Él volteó a verme; su expresión se había suavizado y su mirada rebosaba de tristeza.

—Aquí es donde lo esperaba.

Crucé los brazos sobre mi cintura y asentí.

—Yo acostumbraba pensar que su amor estaba incrustado en él. Por eso ella siempre lo mandaba reparar, aunque nunca reconstruir.

—¿Tú ya no lo haces? —preguntó colocándose a mi lado, lo suficiente cerca para que sintiera el calor de su cuerpo contra mi hombro.

—No. Creo que en él construyó su pena, su anhelo. Ahora que soy más grande, tiene sentido. El amor no dura, no como este lugar. —Mi mirada pasó de un tronco a otro a otro, al tiempo que un millón de recuerdos juguetearon en mi mente—. Es muy delicado, muy frágil.

—Entonces es pasión, no amor —dijo en un murmullo.

Otro destello de emoción, esta vez de nostalgia, encendió una flama dentro de mi pecho.

—Sea lo que sea, nunca está al nivel del ideal, ¿o sí? Solo fingimos que así es, bebemos a lengüetadas la arena cuando nos topamos con un espejismo, pero este lugar es fuerte, sólido. La tristeza, la nostalgia, el dolor que te consume después de una oportunidad perdida... esos son buenos soportes; esas son las emociones que resisten la prueba del tiempo.

Sentí de nuevo su mirada, pero seguía sin poder mirarlo; no, con toda esa verborrea que acababa de lanzarle encima.

—Lamento que él no te haya amado como tú lo mereces.

Hice una mueca.

—No creas todo lo que lees en la prensa sensacionalista.

—No leo prensa sensacionalista. Sé lo que significan los votos matrimoniales y he aprendido bastante sobre ti como para saber que tú los tomas en serio.

—No importa.

Volví a echarme el cabello detrás de la oreja sin siquiera pensarlo, su mirada calentaba mi piel como si hiciera contacto físico.

—¿Sabes que nuestro cerebro está biológicamente programado para recordar mejor los acontecimientos dolorosos? —preguntó.

Negué con la cabeza; un escalofrío recorrió mi cuerpo ahora que estábamos bajo la sombra. Noah se acercó a solo unos centímetros de mí, compartiendo su calor. Si su brazo era un indicio, ese hombre era un horno.

—Es cierto —siguió—. Es nuestra manera de protegernos; recordar algo doloroso para no repetir el mismo error.

—Un mecanismo de defensa —murmuré.

—Exacto. —Volteó a verme—. Eso no significa que no deberíamos hacer otra vez lo que eso haya sido, solo que tenemos que superar el dolor que nuestro cerebro no quiere olvidar.

—¿Qué piensas de la definición de locura? —pregunté alzando un poco el rostro para poder verlo a los ojos—. ¿Hacer lo mismo una y otra vez, esperando un resultado diferente?

—Nunca es lo mismo. Hay un millón de variaciones en cualquier situación. No existen dos personas iguales. El más mínimo cambio en cualquier encuentro nos daría resultados diferentes. Me gusta pensar en las posibilidades como un árbol. Quizá empiezas en un camino… —Dio un golpecito al tronco más cercano—, pero el destino arroja todas las ramas y lo que parecía una decisión menor, a la izquierda o a la derecha, se convierte en otra y en otra hasta que las posibilidades de lo que pudo haber sido son infinitas.

—Algo así como que… si no me hubiera dado cuenta de que Damian me engañaba ¿aún estaría con él? Bueno, tal vez como no hubo un bebé… —Mi voz se apagó y dejé de pensar en eso.

—Tal vez. Pero ahora estás en otra rama porque lo hiciste. Y quizá esa otra rama existe en el ámbito de posibilidades de ficción, pero en este, estás aquí conmigo. —Su mirada bajó a mis labios y volvió a subir—. Lamento que él lo haya jodido todo, pero no lamento que te enteraras. Mereces algo mejor.

—Gran nunca quiso que me casara con él. —Me removí en mi sitio, pero no me separé de él—. Quería para mí lo que ella tuvo con el bisabuelo Jameson. No es que no amara al bisabuelo Brian, porque sí lo quiso.

—Le llevó cuarenta años superarlo. ¿Al final fue feliz?

Asentí.

—En verdad lo fue por lo que ella decía; aunque nunca la presioné para que hablara de eso. Parecía que siempre era muy doloroso. Damian lo hizo una o dos veces, pero él siempre fue un imbécil entrometido. Sin embargo, aun casada con el bisabuelo Brian ella escribía aquí, como si todavía esperara a Jameson después de todos esos años.

—Era la romántica por excelencia. Mira este lugar... —dijo examinando el kiosco—. ¿No puedes sentirlos aquí? ¿No puedes verlos felices en otro reino de posibilidades de ficción, en otra rama en la que la guerra no los destroza?

Tragué saliva mientras pensaba en Gran, no como yo la recordaba, sino en la manera en la que se veía en la fotografía: extremada e imprudentemente enamorada.

—Yo sí puedo —continuó Noah—. Los veo despejando una pequeña pista en la pradera para que él pudiera volar su avión, y los veo con media docena de hijos. Veo la manera en la que él la mira, como si ella fuera el motivo de que las estaciones cambiaran y el sol saliera hasta que tuvieran ciento un años.

Eso era un año más de los que Gran había vivido, y aunque sabía que era codicioso de mi parte, quería lo mismo para mí. De todos los años en que había estado viva, este era en el que más la había necesitado.

Noah giró para ocupar el espacio frente a mí, era tan intenso que tuve que esforzarme para no mirar hacia otro lado. Veía mucho, me hacía sentir demasiado expuesta. Pero sin duda a mi cuerpo no le molestaba su cercanía. Mi corazón estalló, mi aliento flaqueó, mi sangre se calentó.

—Los veo caminando tomados de la mano en el crepúsculo para poder evadirse unos minutos; después de meter a los niños a la cama, por supuesto. A ella la veo alzando la vista desde su máquina de escribir para verlo pasar, sabiendo que, si termina su trabajo del día, él estará esperando. Los veo reír y vivir y pelear... siempre apasionados pero equitativos. Son cuidadosos entre ellos porque saben lo que tienen, saben lo excepcional que es la suerte que tuvieron de sobrevivir a todo con ese amor intacto. Siguen siendo magnéticos, siguen haciendo el amor como si nunca fuera suficiente, siguen siendo abiertos, francos, honestos, sin dejar de ser tiernos.

Levantó la mano para poner su palma cálida, firme, sobre mi mejilla. Contuve el aliento y mi corazón se aceleró con su tacto.

—Georgia, ¿no lo ves? —preguntó—. Está en cada centímetro de este lugar. Este no es un mausoleo, es una promesa, un altar a ese amor.

—Es una historia hermosa —murmuré, deseando que ese hubiera sido su destino... o el mío.

—Entonces, permite que lo tengan.

Me hice a un lado para apartarme de su contacto y crucé el kiosco para tomar un poco de perspectiva. Él tejía sus palabras en un mundo en el que yo quería vivir, pero ese era su talento, su trabajo. No era real.

—No era lo que ella quería, de lo contrario lo hubiera escrito así, lo hubiera terminado como todos sus otros libros —sentencié—. Tú sigues pensando que es una historia con personajes que te hablan y que eligen sus propias ramas. No es así. Es lo más parecido a una autobiografía y tú no puedes cambiar el pasado. —La presión en el pecho se volvió dolor—. Lo que describes es la razón por la que eres tan bueno en lo que haces, pero no es lo que ella quería.

Caminé hasta donde el barandal se dividía, bajé los escalones y miré las copas de los árboles.

—¿Lo que ella quería o lo que tú quieres, Georgia? —preguntó desde lo alto de los escalones, la frustración se marcaba en las arrugas de su frente.

Cerré los ojos y respiré hondo para calmarme, luego volví a hacerlo antes de voltear y mirarlo de nuevo.

—Lo que yo quiero solo le ha importado a una persona y ahora está muerta. Esto es todo lo que puedo darle a ella, Noah, el regalo de honrar lo que tuvo que vivir, lo que perdieron.

—¡Estás tomando la salida fácil y tú no eres así!

—¿Qué demonios te hace pensar que me conoces? —espeté.

—¡Esculpiste un árbol que surge directamente del agua!

—¿Y? —lo reté cruzando los brazos sobre mi pecho.

—Ya sea consciente o inconsciente, hay partes de mí en cada historia que relato y apuesto que es lo mismo para ti con tus esculturas. El árbol no está anclado a la tierra. Debería ser imposible que creciera, pero lo hace. Y no creo haber omitido la iluminación. Brillaba justo a través de él para hacer énfasis en las raíces. ¿Por qué otra razón lo hubieras llamado *Voluntad indomable*?

¿Recordaba el nombre de la obra? Negué con la cabeza.

—No se trata de mí. Se trata de ella. De ellos. Envolver todo esto con un moño para regalo, ya sea una reunión triste en una estación de tren o ella que se apresura al lado de su lecho, abarata lo que tuvo que vivir. Aquí termina el libro, Noah, justo en este kiosco, con Scarlett esperando a un hombre que nunca volvió a ella. Punto.

Miró al cielo como si suplicara paciencia, y el fuego de sus ojos disminuyó hasta ser una pequeña chispa cuando volvió a mirarme.

—Si impones eso será inevitable que la novela tenga pésimas críticas y que sus seguidores se sientan decepcionados; me quemarán en la hoguera por joder el legado de Scarlett Stanton. Eso es lo que la gente recordará, no su historia de amor, no los cientos de otros libros que yo podría escribir en mi vida.

Me enfurecí. «Su carrera». Claro.

—Pues usa la opción que tienes de anular el trato y márchate.

Eso fue exactamente lo que yo hice, sin molestarme en mirar atrás conforme avanzaba por el sendero.

He visto suficientes miradas de decepción en mi vida como para agregar esta a la lista.

—Lo más lejos que me puedo marchar es de vuelta a mi casa. Me quedo aquí los siguientes dos meses y medio, ¿recuerdas?

—¡Buena suerte para cruzar el arroyo con esos zapatos! —grité sobre mi hombro.

CAPÍTULO CATORCE

Noviembre de 1940
Kirton-in-Lindsey, Inglaterra

El *pub* estaba abarrotado de uniformes desde la barra hasta la puerta. A Jameson le había llevado una semana encontrar una casa cercana; sin embargo, por una buena parte de su sueldo, desde ayer tenían un lugar que era de ellos. Al menos durante el tiempo que el 71 permaneciera en Kirton.

A partir de esta tarde, Scarlett era su esposa.

«Esposa». No era que no se diera cuenta de lo imprudentes que habían sido al casarse tan rápido, solo que a ella sencillamente no le importaba. Ese hombre apuesto de sonrisa deslumbrante e innegable encanto era ahora su marido.

Su aliento se hizo irregular cuando se miraron a los ojos en esa habitación repleta. «Marido». Miró el reloj y se preguntó cuánto tiempo más tenían que quedarse en el banquete de bodas porque ella solo tenía hambre de él.

Y por fin estaban casados.

—Estoy tan contenta por ti —dijo Constance, apretando un poco la mano de su hermana bajo la mesa.

—Gracias. —La sonrisa de Scarlett medía un kilómetro; así había sido desde que llegaron a Kirton—. Está muy lejos de ser lo que imaginamos de niñas, pero ahora no podría imaginarlo de otra manera.

La boda esa tarde había sido pequeña; asistieron solo sus amigos más íntimos y unos cuantos pilotos del 71, pero había

218

sido absolutamente encantadora. Constance consiguió un pequeño ramo y, aunque el vestido de Scarlett no era la reliquia de familia que ella siempre supuso que usaría, la manera en la que Jameson la miraba le decía que aun así estaba hermosa.

—Así es —asintió Constance—. Pero podría decir lo mismo de todo en nuestra vida. Nada es como lo habíamos imaginado hace dos años.

—No lo es, pero quizá en cierto sentido sea mejor.

Scarlett entendía muy bien a su hermana y aunque extrañaba los días antes de la guerra, antes de los bombardeos, el racionamiento y la muerte como lugar común, no podía arrepentirse de ninguna de las decisiones que la llevaron hasta Jameson.

De alguna manera había encontrado el milagro en medio de la vorágine y quizá le llevó un momento comprender lo que tenía, pero ahora que lo hacía, pelearía con todas sus fuerzas para conservarlo, para conservarlo a él.

—Lamento que mamá y papá no hayan venido —murmuró Constance—. Tuve la esperanza hasta el último momento.

La sonrisa de Scarlett flaqueó, aunque no mucho. Siempre supo que su carta no tendría respuesta.

—Oh, Constance, siempre tan romántica. Tú fuiste quien debió fugarse para casarse, no yo.

Scarlett miró al otro lado del *pub*, maravillada de que Jameson fuera suyo. Qué ironía que la más práctica de las dos hubiera sido quien se escapara para casarse. Apenas podía creerlo; no obstante, ahí estaba, celebrando su boda en un *pub*, de entre todos los lugares.

Cierto, no era en ningún sentido lo que había imaginado de niña, pero era mucho mejor. Además, ¿quién se creería para negarse al destino cuando fueron necesarios un millón de acontecimientos para llegar hasta Jameson?

—Quizá soy una idealista —dijo Constance encogiéndose de hombros—. Es solo que no puedo creer que no quieran verte feliz. Siempre pensé que sus amenazas solo eran eso, amenazas vacías.

—No te enojes con ellos —dijo Scarlett con dulzura—. Están luchando por el único modo de vida que conocen. Si lo piensas, son como un animal herido. Y me niego a estar triste hoy. Ellos se lo pierden.

—Sí que se lo pierden —admitió Constance—. Nunca te había visto tan feliz, tan hermosa. El amor te sienta bien.

—¿Tú estarás bien? —Scarlett volteó un poco sobre su silla para ver a su hermana de frente—. Nuestra casa está a solo unos minutos del aeródromo, pero...

—Basta —interrumpió Constance alzando las cejas—. Estaré perfectamente.

—Lo sé. Es solo que no recuerdo la última vez que estuvimos separadas durante cierto tiempo.

—Nos veremos en el trabajo.

—No es eso a lo que me refiero —dijo Scarlett en voz baja.

Ahora que estaba casada, seguiría a Jameson cuando el 71 se marchara inevitablemente de Kirton. El entrenamiento de los nuevos pilotos no podía durar para siempre.

—Bueno, ya veremos qué hacemos cuando llegue el momento. Por ahora, lo único que cambia es dónde duermes... —Inclinó la cabeza a un costado—. Ah, y dónde comes y pasas tu tiempo libre, y por supuesto con quién vas a dormir —agregó con una mirada pícara.

Scarlett puso los ojos en blanco, pero sintió que sus mejillas se encendían cuando vio que Jameson se acercaba a ellas, vestido con su uniforme. Con el pulgar hizo girar el anillo nuevo alrededor de su dedo para asegurarse de que no había sido un sueño: lo habían hecho posible.

—Ese fue el último —dijo Jameson con una sonrisa.

Su mirada recorrió la larga línea del cuello de Scarlett hasta el inicio del sencillo y elegante vestido que había elegido. Él se hubiera casado con ella vestida de uniforme o incluso en bata, no le importaba. Hubiera aceptado a esta mujer de cualquier manera que pudiera tenerla.

—Juro que he tenido en la mano la misma cerveza la última hora y media, esperando que nadie se diera cuenta —agregó, colocando el vaso sobre la mesa.

—Pudiste beber más de una. Supongo que es lo que se espera.

El vaso de Scarlett seguía lleno.

—Quiero tener la mente despejada.

Sus labios dibujaron una sonrisa. No iba a emborracharse la primera vez que pudiera tocarla. Diablos, anoche casi la lleva cargando sobre el hombro a su nueva casa, pero era mejor esperar. La anticipación lo estaba matando de la manera más dulce que pudiera imaginar.

—Ah, ¿sí?

Dios, esa sonrisa suya casi lo hace desfallecer.

—¿Qué dice si la llevo a casa, señora Stanton? —preguntó extendiendo la mano hacia ella.

—Señora Stanton —repitió Scarlett con una chispa de alegría en los ojos, al tiempo que rozaba con sus dedos la mano de él.

—De eso puedes estar segura.

Tan solo escucharla decirlo hacía que su corazón saliera disparado.

Se despidieron y solo fue cuestión de minutos para que Jameson estacionara el vehículo del escuadrón frente a la que ahora era su nueva casa.

La alzó en brazos en el borde de la banqueta.

—Eres mía.

—Y tú, mío —respondió entrelazando sus dedos en su nuca.

La besó con suavidad, rozando con sus labios los de ella mientras cruzaba la banqueta; solo levantó la cabeza cuando llegaron a los escalones.

—Mi baúl... —dijo Scarlett.

—Iré por él después —le prometió—. Quiero que veas la casa.

Ella estaba de guardia cuando él la encontró el día anterior. De pronto sintió un nudo en el estómago.

—No es a lo que estás acostumbrada —agregó.

Había aprendido lo suficiente sobre su familia para saber que este pequeño hogar compartido probablemente cabría en uno de los comedores de la mansión de los Wright.

Ella lo besó en respuesta.

—A menos que me pidas compartirlo con otras once mujeres, es mucho mejor que cualquier otra cosa que haya tenido el último año.

—Dios, te amo.

—Qué bueno porque ahora estás atorado conmigo.

Jameson rio; de alguna manera se las arregló para abrir el cerrojo y la puerta sin dejarla caer y así cruzar el umbral con ella en brazos.

—Bienvenida a casa, señora Stanton —celebró, ayudándola a ponerse de pie.

«Señora Stanton». Nunca se cansaría de decirlo.

La mirada de Scarlett hizo un recorrido rápido en el interior. La casa se abría a una sala modesta que, afortunadamente, estaba amueblada. Una escalera dividía el espacio con el comedor a la derecha, que incluía una pequeña mesa y sillas, y la cocina justo después, al fondo.

—Es encantadora —dijo Scarlett mirándolo todo—. En realidad, es perfecta.

Caminó y pasó la mano sobre la mesa del comedor, Jameson la siguió hasta la cocina.

Scarlett palideció y su sonrisa desapareció cuando su mirada pasó del horno a una pequeña mesa y a las barras; de cada rasgo de su rostro emanaba el horror.

—¿Qué pasa? —preguntó Jameson al tiempo que sentía que su estómago se desplomaba.

¿Faltaba algo? Carajo, debió esperar hasta encontrar algo mejor. Ella volteó a verlo y lo miró a los ojos, los suyos bien abiertos.

—Quizá este no sea el momento más oportuno para decírtelo, pero no sé cocinar.

Él parpadeó.

—No sabes cocinar —repitió lentamente, solo para asegurarse de que había oído bien.

Ella negó con la cabeza.

—Nada. Estoy segura de que podré arreglármelas para prender el horno, pero no mucho más.

—Okey. Pero ¿la cocina es aceptable?

Trató de entender la relación entre la angustia en sus ojos y su confesión, pero no entendía nada.

—¡Por supuesto! —Asintió—. Es encantadora, solo que no sé qué hacer en ella. Nunca aprendí a cocinar en mi casa y desde entonces ha sido el comedor de los oficiales —explicó mordiéndose el labio inferior.

El alivio fue tan intenso y dulce que Jameson no pudo evitar reír al tiempo que la envolvía en sus brazos.

—Oh, Scarlett, mi Scarlett. —La besó en la cabeza y respiró su aroma—. No digo que pueda preparar una cena de cinco platillos, pero sé freír huevos con tocino sobre una hoguera; creo que soy capaz de mantenernos alimentados mientras lo resolvemos.

—Si pudiéramos obtener huevos de verdad —murmuró abrazándolo por la cintura.

—Muy cierto.

Como era piloto, una dieta de huevo y tocino aumentaba las probabilidades de sobrevivir un amerizaje. Lo alimentaban con eso con tanta frecuencia que casi había olvidado lo escasos que eran.

—El último año aprendí a planchar mi propia ropa y a lavar, pero no mucho más en lo que se refiere a labores domésticas —dijo pegada contra su pecho—. Me temo que saliste perdiendo al casarte conmigo.

Le levantó la barbilla y la besó con ternura.

—Tengo más de lo que hubiera podido soñar al casarme contigo. Juntos lo solucionaremos todo.

«Juntos». A Scarlett le dolía el pecho de tanto que lo amaba.

—Enséñame el resto de la casa.

La tomó de la mano y la guio por la pequeña escalera hasta el segundo piso.

—El baño —dijo señalando por la puerta abierta—. El dueño lo llamó el «armario», pero no estoy seguro de qué quería decir, puesto que es más como un rectángulo.

Scarlett lanzó una carcajada y miró al interior de la pequeña habitación vacía.

—Es solo una segunda recámara, más pequeña.

En ese espacio solo cabía una cama individual, una cómoda... o una cuna.

—Es para un niño... —agregó en voz más baja.

Jameson la miró a los ojos, ligeramente enardecido.

—¿Tú quieres? ¿Hijos?

Su corazón vaciló.

—No había... —Se aclaró la garganta y volvió a empezar—: si me estás preguntando si quiero tener hijos ahora, la respuesta

224

es no. Hay mucha incertidumbre por el momento y llegarían a un mundo en el que no podemos garantizarles su seguridad.

Los niños habían sido evacuados de casi todos los blancos militares, Londres incluido, y pensar en la posibilidad de perder un hijo en un ataque aéreo era más de lo que podía soportar.

—Estoy de acuerdo —suscribió acariciando con su pulgar el dorso de la mano de Scarlett. Quiso tranquilizarla, pero la preocupación arrugaba su entrecejo.

Ella levantó la mano y tocó la mejilla de él.

—Pero si me preguntas si quiero tener algún día a tus hijos, entonces mi respuesta es rotunda: sí.

Cuando todo esto acabara, no habría nada mejor que una niñita o niñito de ojos verdes con su sonrisa.

—Después de la guerra —dijo Jameson, inclinándose para besar su palma, lo que la hizo sentir un sobresalto de placer en el brazo.

—Después de la guerra —repitió ella en un murmullo, añadiendo una cosa más a la cada vez más larga lista de lo que haría en el futuro, aunque no tenía certeza de que este llegara.

—Pero sí sabes que siempre hay una posibilidad, ¿verdad?
—El músculo de su mandíbula se tensó.

—Lo sé. —Bajó los dedos por el cuello de Jameson—. Es un riesgo que estoy dispuesta a correr si eso significa que puedo tocarte.

Siguió la línea de su cuello hasta el nudo de la corbata y bajó hasta el primer botón de su saco.

Los ojos de él se oscurecieron cuando la tomó por la cintura para acercarla a sí.

—He esperado toda mi vida para tocarte.

—Falta que me enseñes una habitación —murmuró.

La recámara. Su recámara.

Su corazón latía a toda velocidad y su cuerpo se calentó contra el de él. Aunque fuera virgen, las historias que había escuchado de las chicas con quienes trabajó en el último año eran más que suficientes para que supiera qué pasaría esta noche.

Sintió como si toda su vida hubiera esperado este momento, esta noche, a este hombre. Él era su recompensa por haber sido paciente, por ignorar a todos y cada uno de los otros pilotos que le hicieron propuestas con sonrisas traviesas. Podría decir que su moralidad fue la que le impidió cruzar esa línea, pero al mirar a Jameson, sencillamente supo que lo aguardaba a él.

—Ahí está —dijo mirando sus labios—. Quiero que sepas que solo haremos lo que tú quieras. Aunque me muera por tocarte, no lo haré hasta que te sientas cómoda. No quiero que te asustes y el único estremecimiento que deseo sentir en mis manos es el de tu deseo, no el de tu miedo…

El miedo era lo más alejado a lo que ella sentía cuando se paró de puntas y lo besó para callarlo con un beso. Ya habían esperado demasiado.

—No tengo miedo. Sé que nunca me lastimarías. Te deseo —dijo en un murmullo, entrelazando sus dedos detrás de la nuca de Jameson.

Él la besó con pasión, la acarició y deslizó su lengua contra la de ella en una exploración lenta y exhaustiva de su boca que la dejó colgada a él en busca de más. Tomó sus labios como si tuviera toda la noche y ningún otro objetivo, como si el beso fuera la culminación y no el preámbulo.

Cada vez que ella trataba de acelerar el ritmo, él disminuía la intensidad del beso, sosteniéndola con fuerza contra su cuerpo con manos firmes y seguras.

—Jameson —susurró, abriendo el primer botón.

—¿Impaciente? —preguntó sonriendo contra su boca.

Levantó la mano para tomarla por la nuca, entrelazando los dedos entre su cabello.

—Mucho.

Abrió el siguiente botón.

—Estoy tratando de hacerlo despacio por ti —dijo entre besos que hacían que Scarlett arqueara la espalda en busca de unos más profundos, al tiempo que lo jalaba por el cinturón del uniforme.

—No lo hagas —dijo, presionando sus labios contra el cuello de Jameson.

Él gimió y la besó con fuerza; pasó el brazo alrededor de su cintura y la levantó contra él. Toda pretensión de provocarla ya había quedado atrás. El beso era abiertamente carnal, descaradamente posesivo y todo lo que ella había deseado desde que estuvieron frente al capellán.

Recorrieron el corto camino por el pasillo hasta su recámara sin dejar de besarse. Una vez ahí, con un solo movimiento dejó que se deslizara pegada a su cuerpo hasta tocar el piso.

—Si hay algo que quieras cambiar… —dijo señalando la habitación.

Ella miró alrededor. Los muebles eran funcionales y las cortinas azul claro hacían juego con la colcha limpia que cubría la cama.

—Es perfecto.

No había terminado la frase y ya lo besaba de nuevo.

Él entendió el mensaje y se quitó el saco que aterrizó en algún lugar, aunque ella no se molestó en ver dónde. Sus manos ya estaban ocupadas deshaciendo el nudo de la corbata de Jameson, deslizando la tela de la misma manera en la que ella lo hacía con su propio uniforme todos los días.

Con suavidad, Jameson entrelazó sus dedos en el cabello de Scarlett y jaló su cabeza hacia atrás para dejar expuesto su cuello a su boca. El calor recorrió el cuerpo de ella y aumentaba con cada caricia de sus labios. Cuando llegó al cuello de su vestido, justo encima de la clavícula, Scarlett jadeaba.

Ella empezó a desabotonar su camisa al tiempo que él encontraba la hilera de botones en la espalda del vestido; sin apartar su boca de la de ella, comenzó a desabrocharlos uno por uno. Luego, con suavidad, la hizo girar para besarle la línea de su columna, acariciando cada centímetro de la piel que él iba dejando al descubierto. Al llegar a la parte baja de la espalda, volvió a hacerla girar.

Ella lo vio arrodillado; tenía la camisa abierta hasta la cintura y la miraba hacia arriba con los ojos velados por el mismo deseo que recorría las venas de Scarlett. Los nervios casi se apoderan de ella, pero los apartó y se deshizo del vestido pasando un brazo y luego el otro. Durante algunos segundos, sostuvo la tela justo encima de su pecho hasta que reunió el valor para soltarlo.

El vestido cayó en un revuelo de satén, dejándola ahí, de pie, con nada más que la ropa interior y las medias de seda para las que había ahorrado dos meses de sueldo. La expresión en el rostro de Jameson le indicaron que ese sacrifico bien había valido la pena.

—Eres… —La admiró con una mirada tan cálida que enardeció su piel—. Eres exquisitamente hermosa, Scarlett.

Parecía aturdido, asombrado… y ávido.

Ella sonrió. Él la tomó por las caderas y la jaló para besar la piel sensible de su vientre. Tras un año de vestirse con la ropa oficial que la hacía como cualquier otra pieza de engranaje, idéntica en una enorme maquinaria, ahora se sentía completa y absolutamente femenina. Lo tomó por el cabello con ambas manos para guardar el equilibrio mientras la boca de Jameson recorría su cuerpo hacia arriba.

Él se puso de pie y se quitó la camisa y la camiseta de algodón suave que llevaba debajo.

A Scarlett se le hizo agua la boca al ver su pecho desnudo, la piel tersa que se tensaba sobre sus músculos fuertes. Su vientre se endureció cuando ella trazó con las yemas las líneas que corrían a ambos lados; Scarlett quería memorizar su geografía.

Lo miró a los ojos y advirtió que él la miraba perplejo, como si este hombre tuviera algo de qué preocuparse. Estaba labrado como las estatuas que ella había visto, pero caliente bajo sus manos.

—¿Y bien? —preguntó Jameson alzando las cejas.

—No estás mal —respondió inexpresiva, apretando los labios para no sonreír.

Jameson reprimió una carcajada y besó su cabeza, como si besara cada uno de sus pensamientos. Sus manos se agitaron en una ráfaga inquisitiva hasta que la ropa restante cayó al piso con cada paso que daban hacia la cama. Scarlett contuvo el aliento cuando Jameson tomó su seno en la palma de su mano; luego rozó su pezón rígido con el pulgar y Scarlett sintió que se derretía.

—Perfecto —murmuró él contra los labios de Scarlett, dirigiéndola para recostarla en la cama.

Cuando se colocó encima, ella lo devoró con la mirada; su cabello caía al frente, rozando las cejas. Cada parte de él era inmejorable. Era mucho más grande que ella e infinitamente más fuerte; nunca se había sentido tan amada.

—Te amo, Jameson.

Echó los mechones de Jameson hacia atrás, solo para verlos caer de nuevo. De todas las sensaciones que asaltaban su cuerpo, desde los muslos fuertes entre los de ella, que eran más pequeños, hasta la brisa fresca que rozaba sus senos expuestos, lo que más resplandecía en su pecho era la intensidad de su amor, el deleite sin restricciones.

—Yo también te amo —dijo—. Más que a mi propia vida.

Scarlett arqueó la espalda y lo besó, inhalando ávidamente cuando sus cuerpos se tocaron por completo. Él rozó con los labios la piel debajo de su oreja y, poco a poco, bajó por su cuerpo para explorar metódicamente sus curvas con la boca y las manos.

Cuando succionó sus pezones, ella lo sujetó con fuerza del cabello; su lengua la volvía loca. Cada parte de su cuerpo que él tocaba parecía incendiarse: la curva de su cintura, el arco de sus caderas, la parte superior de sus muslos. Él la convertía en una flama viviente, avivaba en ella un deseo del que nunca se creyó capaz. Sus manos la hacían sentir tan bien que todo su cuerpo empezó a anhelarlo.

Él volvió a besarla en la boca; a falta de palabras, ella vertió todo lo que sentía en ese beso. Sus manos acariciaron la espalda ancha y él la besó con más pasión, gimiendo en su boca hasta que se apartó, jadeando igual que ella.

—Olvido cómo me llamo cuando me tocas —dijo Jameson, soportando su peso en un codo mientras con la otra mano le acariciaba el vientre.

—A mí me pasa lo mismo.

Sus dedos temblaban ligeramente cuando los subió hasta la nuca de él.

—Qué bueno. —La miró directo a los ojos y, con cuidado, metió la mano entre los muslos de Scarlett—. ¿Estás bien?

Scarlett contuvo el aliento y asintió; sus caderas empezaron a mecerse contra el cuerpo de él en busca de presión, de fricción, cualquier cosa que aliviara ese anhelo.

Jameson respiró profundo y los músculos de sus hombros se tensaron. Sus dedos estaban «ahí», deslizándose en ella, acariciando la entrada en donde se centraba su deseo. La primera caricia lanzó una descarga de placer tan intenso que recorrió todo su cuerpo hasta la yema de los dedos. La segunda fue aún mejor.

—¡Jameson! —exclamó, clavando las uñas en su piel conforme él regresaba a ese lugar una y otra vez, frotando, provocando, abrumando sus sentidos.

—Eres increíble. —La besó de nuevo—. ¿Estás lista para más?

—Sí.

Si todo lo que él hacía se sentía como esto, siempre querría más.

Sus dedos se deslizaron por esa entrada mientras el pulgar permanecía en el borde, aumentando la tensión en su interior hasta el límite. Luego, introdujo un dedo. Sus músculos se afianzaron a su alrededor y gimió, el apremio movía sus caderas ligeramente.

—¿Estás bien? —preguntó Jameson; su rostro mostraba preocupación y control.

—Más. —Lo besó.

Él gimió y un segundo dedo que se unió al primero la hizo estirarse. El placer compensaba con creces el ligero escozor que le producía a medida que su cuerpo se acostumbraba. Después, esos dedos se movieron en su interior, acariciaban y se deslizaban al tiempo que el pulgar se movía más rápido y la elevaba cada vez más, hasta que se sintió tan tensa que supo que se quebraría o se haría añicos si él se detuviera.

—Yo... yo...

Apretó los muslos cuando la tensión en su interior creció como una ola.

—Sí, ahí. Dios, qué hermosa eres, Scarlett.

De alguna manera, su voz la hizo aterrizar, aunque hubiera perdido por completo el control sobre su cuerpo.

Él cambio la presión, curvó los dedos y esa ola llegó a su punto más alto, fragmentándola en un millón de pedazos resplandecientes. Scarlett voló, lo llamó por su nombre, el placer era tan enceguecedoramente dulce que el mundo a su alrededor desapareció, inundándola una y otra vez hasta que sus músculos se relajaron y quedó sin fuerzas debajo de él.

Todo su cuerpo rebosaba de satisfacción cuando él alejó la mano para presionar la cabeza entre los muslos de ella.

—Eso... —No encontraba la descripción adecuada—. Eso fue extraordinario.

—Solo estamos empezando. —Sonrió, pero era evidente la tensión en su mentón.

«Claro». Scarlett levantó las rodillas para que él pudiera acomodarse mejor entre sus muslos.

Él la tomó por la cadera y la sostuvo posándose sobre ella, inmóvil; la miró con atención.

—Estoy bien —le aseguró Scarlett.

Estaba mejor que bien. Él se relajó un poco y luego la besó apasionado, usando la mano para encender de nuevo ese fuego; jugueteaba con su pezón, exploraba su cintura hasta encontrar el lugar hipersensible entre sus muslos. Ese mismo deseo en espiral volvió a apoderarse de ella. Le devolvió el beso, acarició sus hombros y pecho, y movió su cuerpo al ritmo que él marcaba.

—Dime si te lastimo —jadeó entre dientes al tiempo que apoyaba su frente contra la de ella.

—Puedo soportarlo —respondió Scarlett. Deslizó los dedos por sus costillas y caderas hasta la curva firme de sus nalgas, y las apretó con fuerza contra su cuerpo—. Hazme el amor.

—Scarlett —gimió; sus músculos se contrajeron bajo los dedos de Scarlett.

—Te amo, Jameson.

—Dios mío, te amo.

Flexionó las caderas y se introdujo en ella; la tomó centímetro a centímetro en movimientos ondulantes, hasta que la llenó por completo. Luego se movió una vez más; ella se estiró, tenerlo por completo en su interior era casi doloroso.

Ambos jadeaban cuando él dejó de moverse para darle tiempo a su cuerpo a que se adaptara.

—¿Estás bien? —preguntó con una voz tan áspera como la grava.

—Estoy perfecto —respondió; su sonrisa temblaba conforme el escozor disminuyó y sus músculos se relajaron.

—Se siente como si fuera el paraíso, pero mejor. Más caliente —murmuró.

Ella se movió un poco para sentirlo adentro de ella.

—Dios, Scarlett. No hagas eso —suplicó, frunciendo el ceño como si le doliera—. Date un momento.

—Estoy bien —repitió sonriéndole y se movió de nuevo.

Jameson gimió, retirándose lentamente para volver a deslizarse al interior. Aún sentía el escozor, pero nada comparado con el indescriptible placer de sentirlo moverse dentro de ella.

—Otra vez —dijo.

Él esbozó una sonrisa traviesa e hizo exactamente lo que ella le pidió; esta vez, ambos gimieron. Luego estableció el ritmo, tomándola con movimientos lentos y profundos que hacían que la tensión en su interior aumentara. Cada embestida era mejor que la anterior.

Se movieron juntos como una sola alma en dos cuerpos; compartían el mismo espacio, el mismo aire, el mismo corazón.

—Jameson.

Scarlett sintió que la ola aumentaba de nuevo y se tensó; alzó las caderas para encontrar las de él, conforme sus embestidas se hicieron más rápidas, más firmes.

—Sí —murmuró él contra sus labios.

Acercó de nuevo su boca a la de Scarlett y la llevó más allá del límite, lanzándola en un caleidoscopio de éxtasis y color cuando se consumió de nuevo entre sus brazos.

Ella seguía sumida en su orgasmo cuando sintió que él la penetró con desenfreno; la sujetó contra su cuerpo conforme se tensaba sobre ella, gritando su nombre cuando por fin se abandonó.

Eran una maraña de miembros sudorosos y completa euforia. Jameson giró hacia un costado llevándola con él, mientras se esforzaban por recuperar el aliento. Trazó círculos lentos sobre la espalda de Scarlett hasta que los latidos de su corazón se calmaron.

Estaba agotada, y absoluta y completamente saciada; sus labios esbozaron una sonrisa.

—Si hubiera sabido que eras capaz de eso, habría acabado con la espera.

Él rio y el sonido retumbó desde su pecho hasta el de ella.

—Me alegra que esperáramos. Este ha sido el mejor día de mi vida, señora Stanton.

—El mío también —Su corazón dio un vuelco al escuchar su nuevo nombre. Era por completo suya—. Solo me hubiera gustado tener más tiempo para la luna de miel.

Tal como estaban las cosas, ambos estaban de servicio la mañana del día siguiente.

—Cada noche de nuestra vida será nuestra luna de miel —dijo acariciando su mejilla—. Pasaré el resto de mi vida haciéndote maravillosa y deliciosamente feliz.

—Ya lo haces —respondió mirando sus dedos conforme acariciaban los músculos definidos del brazo de Jameson—. ¿Cuándo podemos hacerlo otra vez?

Su deseo por él solo había aumentado.

—¿Estás adolorida? —preguntó preocupado.

—No.

Un poco sensible, pero no adolorida.

—Entonces, ahora mismo.

La besó y empezaron de nuevo.

CAPÍTULO QUINCE

Noah

Scarlett, mi Scarlett:

¿Cómo estás, corazón? ¿Crees que podrías traer los rosales aquí? Odio pensar que tú y Constance trabajaron tanto solo para que lo dejen atrás. Te prometo que cuando llegues a Colorado te construiré un jardín que nunca tendrás que mover y una sombra donde sentarte y escribir los días de sol. Construiré tu felicidad con mis dos manos. Dios, te extraño. Espero encontrar casa para nosotros en los próximos días porque estoy perdiendo la cordura aquí sin ti. Besa a nuestro dulce niño de mi parte.

Te amo con toda el alma.
Jameson

«Usa la opción que tienes de anular el trato».

Eso no iba a suceder. Firmé un contrato para terminar el libro y eso haría. Sin embargo, cumplir mi palabra significaba acercarme a la única mujer a quien anhelaba besar apasionadamente, al tiempo que me sacaba de quicio.

Este era territorio peligroso, pero no podía dejar que me importara. Georgia me tenía tan confundido como el maldito libro. Ambos estaban tan estrechamente entretejidos que no podía separarlos. Ella era tan obcecada como Scarlett lo fue la primera vez que Jameson la conoció, pero a diferencia de Jameson, yo no tenía a Constance para ayudarme. Y a diferencia de Scarlett, a Georgia ya la habían traicionado y roto el corazón.

En lo que concernía a Georgia, yo iba perdiendo dos a cero; en cuanto al libro, me encontraba en un callejón sin salida.

Georgia tenía razón: Scarlett no era un personaje, era una persona real que la había amado mucho. Por lo que había visto de su madre y del imbécil del ex, quizá ella fue la única persona en el mundo que la amó de forma real e incondicional.

En eso pensaba cuando estaba en el porche de Georgia con un último discurso y una buena dosis de lo que yo esperaba fuera buena voluntad. Llevaba dos semanas en Colorado, había escalado fácilmente dos montañas de más de cuatro mil metros y, desde ayer, contaba con dos tramas listas para redactar. En unos días solo me quedarían dos meses para la fecha de entrega.

—Hola —saludó Georgia con una sonrisa incómoda al abrir la puerta.

—Gracias por recibirme.

Algún día me acostumbraría a que esos ojos me dejaran aturdido, pero hoy no era el día. Llevaba el cabello recogido y podía ver la larga línea de su cuello. Sentí el deseo de recorrerla con los labios y luego… «Ya basta».

—No hay problema, pasa.

Se hizo a un lado y crucé el umbral.

—Esto es para ti —dije ofreciéndole la parte de la raíz cuidadosamente cubierta de muselina para que no se picara con las espinas de la planta—. Es una rosa de té inglesa llamada, con acierto, Scarlett Knight. Pensé que te gustaría para el jardín.

Quizá era el regalo más extraño que jamás había hecho; sin embargo, se lo ofrecía porque de alguna manera sentía que incluso una cajita azul de terciopelo no conmovería a esta mujer.

—¡Ah! Gracias —dijo; su sonrisa era real y genuina cuando tomó la planta y la apreció con ojos de jardinera. Conocía bien esa mirada, mi madre la tenía—. Es encantadora.

—De nada.

Mi mirada pasó por la mesa del recibidor y el florero llamó mi atención. Los bordes del cristal tenían la misma textura espumosa que la obra de Nueva York.

—Tú hiciste ese, ¿verdad?

Su atención cambió del rosal al florero.

—Sí. Justo después de que regresé de Murano. Pasé un verano como aprendiz ahí después del primer año de universidad.

—¡Guau! Es extraordinario.

¿Cómo era posible que alguien capaz de hacer algo así sencillamente no lo hiciera más? ¿Y qué tipo de hombre se casaba con una mujer con tanto fuego para luego apagarlo sistemáticamente?

—Gracias. Me gusta mucho.

Una expresión nostálgica cruzó su rostro.

—¿Lo extrañas? ¿Esculpir?

—Últimamente —asintió—. Encontré el lugar perfecto para un estudio y taller, pero creo que no le llego al precio.

—Deberías hacerlo. Estoy seguro de que no tendrías problema para vender tu obra. Diablos, yo sería tu primer cliente.

Sus ojos buscaron los míos de inmediato y ahí estaba otra vez: la indescriptible conexión que me mantenía despierto por las noches, pensando en ella.

—Debería poner esta en el invernadero.

—Te acompaño —propuse, tragando la bola de nervios que había subido hasta mi garganta como si tuviera de nuevo dieciséis años.

—Okey.

Cruzamos la cocina y salimos por la puerta trasera, pero en lugar de ir directamente al jardín, giró a la izquierda por un patio hasta el invernadero.

El golpe de humedad casi me pone melancólico y la seguí al interior de la estructura de cristal. Tanto el tamaño como la variedad de las flores que había aquí era impresionante. El suelo era de adoquín y piedra, y en el centro había una pequeña fuente que ocultaba el ruido del mundo exterior con el chorro constante de agua.

—¿Tú te ocupas de esto personalmente? —pregunté mientras ella llevaba el rosal hasta una mesa donde había macetas.

—Uy, no —respondió con una risita—. Sé una o dos cosas de plantas, pero la jardinera era Gran. Contraté a un profesional hace como cinco años, cuando ella empezó a perder vitalidad.

—A los noventa y cinco —agregué.

—Era imparable.

Sonrió de inmediato y ese gesto actuó como una abrazadera alrededor de mi pecho.

—También se enojó conmigo —continuó—. Dijo que estaba haciendo conjeturas sobre su salud. Le dije que solo le ayudaba a liberar tiempo para que ella pudiera regar.

—Estabas haciendo conjeturas sobre su salud —afirmé con una sonrisa.

—Tenía noventa y cinco años, ¿me lo puedes reprochar? —Puso el rosal sobre la mesa—. La plantaré en una maceta después.

—No me importa esperar.

O retrasar lo que estaba a punto de proponerle. De alguna manera, Georgia había logrado imponerme lo que la universidad o las fechas de entrega jamás pudieron: me convirtió en alguien que pospone.

—¿Estás seguro?

—Seguro. No soy nadie para decirte nada sobre los rosales, pero pensé que este era del tipo que se siembran en el exterior, ¿no?

Al menos así parecía por la fotografía de internet.

—Bueno, sí, normalmente. Pero ya casi es octubre. No quiero plantarlo afuera y tener la esperanza de que su pequeña raíz pueda desarrollarse lo suficiente antes de la primera helada.

Abrió un gran armario que estaba junto al cobertizo y sacó un contenedor y varias bolsas pequeñas.

—Entonces, me estás diciendo que fue un mal regalo —dije medio en broma.

«Carajo». ¿Por qué no lo pensé?

Se sonrojó.

—No, estoy diciendo que tiene que vivir en el invernadero hasta la primavera.

—¿Puedo ayudar?

—¿No te importa ensuciarte? —preguntó mirando mis pants deportivos y la camiseta de manga larga de los Mets.

—Me gusta cuando es sucio —respondí encogiéndome de hombros con una sonrisa.

—Toma la tierra abonada —dijo poniendo los ojos en blanco al tiempo que se remangaba.

Hice lo mismo con mi camiseta y fui al armario que era mucho más profundo de lo que pensé. Había al menos tres bolsas diferentes en la parte inferior.

—¿Cuál es?

—La que dice «tierra abonada».

—Todas dicen «tierra abonada».

Observé su mirada provocadora y arqueé las cejas. Se inclinó a mi lado y rozó mi brazo al señalar la bolsa azul a la izquierda.

—Esa, por favor.

Nos miramos a los ojos y los centímetros entre nosotros se cargaron de electricidad. Estaba tan cerca que hubiera podido besarla; por supuesto que no haría algo tan audaz, pero, demonios, ¡cuántas ganas tenía!

—La tengo.

Bajé la mirada hasta sus labios.

—Gracias.

Se alejó, sonrojada del cuello hasta las mejillas. Yo tampoco le era indiferente, pero eso lo supe en el momento en el que nos vimos en la librería; sin embargo, no significaba que ella quisiera que pasara algo.

Tomé la bolsa y la abrí por la parte superior; luego la vacié en el contenedor que ella me indicó.

—Así esta perfecto —exclamó al tiempo que agregaba puños de tierra de otras bolsas más pequeñas y mezclaba todo.

—Parece muy complicado.

Era fascinante verla elegir los distintos tipos de tierra para mejorarla.

—No lo es —respondió encogiéndose de hombros; empezó a plantar el rosal con las manos desnudas—. Las plantas son mucho más fáciles que las personas. Si sabes con cuáles estás trabajando, entonces sabes cuál tiene que ser el pH de la tierra, si debe drenar bien o saturarse, si prefiere nitrógeno o un aumento de calcio. ¿Le gusta el sol, media sombra, sombra? Las plantas te dicen de inmediato lo que necesitan; si se los das, crecen. En ese sentido, son predecibles.

Niveló con cuidado la tierra y luego se lavó las manos en el fregadero junto a la mesa.

—Las personas también pueden ser predecibles —dije al tiempo que llevaba la bolsa, ahora medio vacía, al cobertizo—. Si sabes cómo dañaron a alguien, tienes una buena idea de cómo reaccionará en una situación dada.

240

—Cierto, pero ¿con qué frecuencia conocemos el daño de la persona antes de empezar la relación? No es como si todos anduviéramos por ahí con etiquetas de advertencia en la frente.

Me recargué contra la mesa mientras ella llenaba la regadera de agua.

—Me gusta la idea. Advertencia: narcisista. Advertencia: impulsivo. Advertencia: escucha a Nickelback.

Georgia rio y sentí una punzada en el pecho; necesitaba escuchar ese sonido de nuevo.

—¿Qué diría el tuyo? —preguntó.

—Tú primero.

—Mmm... —Cerró la llave, levantó la regadera y regó el rosal—. Advertencia: problemas de confianza —agregó alzando las cejas en mi dirección.

Tenía todo el sentido del mundo.

—Advertencia: siempre tiene la razón.

Lanzó una carcajada y terminó de regar.

—Hablo en serio —agregué—. Tengo muchos problemas para admitir que me equivoco. También soy un maniático del control.

—Bueno, llevas una camiseta de los Mets, por lo menos escogiste al equipo neoyorquino correcto.

Sonrió y puso la regadera sobre la mesa.

—Crecí en el Bronx, no hay otro equipo. Siempre se me olvida que viviste en Nueva York.

Las fotografías que había visto de ella en internet la mostraban como una Georgia elegante y refinada, no como jardinera con un chongo mal hecho y jeans rotos. No era que estuviera viendo sus jeans o la manera en la que se ajustaban a su trasero... aunque, sí.

—De hecho, desde el día en que me casé hasta el día en que te conocí. —Su sonrisa desapareció y cruzó los brazos sobre el pecho—. Bien, ¿qué era exactamente lo que querías hablar conmigo? Porque sé que no te tomaste la molestia de pedir ese rosal solo para traérmelo. Vi la etiqueta.

En fin, allá vamos.

—Sí. —Me rasqué la nuca—. Quiero hacer un trato.

—¿Qué tipo de trato? —preguntó entrecerrando los ojos.

Eso fue rápido.

—Del tipo en el que, a fin de cuentas, yo obtengo más que tú, lo reconozco —expliqué apretando los labios.

Sus ojos brillaron de sorpresa.

—Bueno, por lo menos lo admites. Okey, dime.

—Creo que ambos necesitamos salir de nuestra zona de confort cuando se trata de lidiar con el otro y con este libro. No estoy acostumbrado a que nadie me dicte el final de mis libros, sin hablar de la historia completa, ya que dos tercios ya están escritos; y tú no confías en mí en lo absoluto.

Ladeó la cabeza, pero no se molestó en negarlo.

—¿Qué tienes en mente?

—Pasaré un tiempo conociendo a Scarlett, no solo al personaje que ella escribió de sí misma en el libro, sino a la mujer real, y luego escribiré dos finales. Uno será el que yo quiero y el otro será por lo que soy conocido, lo que tú quieres. Puedes escoger entre ambos.

Hice una bolita con el ego que me ahogaba para mantenerlo a raya.

—Y yo tengo que… —Arqueó la ceja sin continuar la frase.

—Ir a escalar. Conmigo. Es una cuestión de confianza.

«Despacio, muy despacio».

—Quieres que ponga mi vida en tus manos —dijo removiéndose en su sitio, claramente incómoda.

—Quiero que pongas la vida de Scarlett en mis manos y creo que eso empieza con la tuya.

Porque ella valoraba más la de Scarlett; eso fue lo que me enseñaron la visita al kiosco y la información en internet. Era implacable cuando se trataba de proteger a su bisabuela, en tanto que había permitido que su esposo acabara con el matrimonio con pocas o ninguna consecuencia.

—¿Y la decisión final sigue siendo mía? —aclaró arrugando la frente.

—Cien por ciento, pero tienes que aceptar leer los dos finales antes de decidir.

La conquistaría, de una u otra forma; solo tenía que lograr que lo leyera a mi manera.

—Trato hecho.

CAPÍTULO DIECISÉIS

Febrero de 1941
Kirton-in-Lindsey, Inglaterra

—¡Buenos días! —saludó Scarlett a Constance al llegar a su guardia matinal.

—Qué ruidosa —exclamó Eloise haciendo una mueca, al tiempo que revolvía la cocoa en su taza; llevaba solo un mes estacionada en Kirton.

—Alguien se quedó hasta tarde con los chicos anoche —explicó Constance y le ofreció a Scarlett una taza de café humeante.

Lo mismo podría decirse casi de la mayoría del escuadrón 71 y de la WAAF esa mañana, así como de un buen porcentaje de las chicas civiles y solteras de Kirton. Scarlett tampoco había dormido mucho, pero por razones muy diferentes. Después de lo que ambos consideraron un tiempo aceptable, Jameson la había llevado a la casa para su propia celebración, aunque la manera de hacerle el amor a Scarlett tenía motivos más claros y desesperados.

A partir del día de ayer, el 71 estaba oficialmente preparado para actividades defensivas. El entrenamiento y los momentos dichosos de relativa seguridad habían terminado. Lo único que ella podía celebrar era que por fin la unidad contaba con Huracanes, en lugar de los voluminosos Búfalos que Jameson odiaba tanto, aunque aún extrañara su Spitfire.

Scarlett le ofreció a Eloise una sonrisa compasiva.

—Más agua, menos cocoa.

Terminó de guardar sus cosas y entrelazó su brazo con el de Constance cuando ambas se dirigieron a la puerta.

—¿Cuánto tiempo estuvieron afuera, querida? —le preguntó a Constance.

—Lo suficiente para asegurarme de que algunas de las chicas regresaran a casa —respondió lanzando una mirada significativa a Eloise, quien las seguía detrás.

—Algo por completo innecesario —intervino la bonita rubia—. ¿Qué si me divertí? Sin duda, pero no soy tan tonta como para acabar en ninguno de esos cuartos oscuros con un piloto. No quiero que me rompan el corazón cuando... —Hizo una mueca—. No digo que seas tonta, claro, Scarlett. Tú estás casada.

Scarlett se encogió de hombros.

—Sí y para mí también era una tontería. Ambos sabemos que no hay garantías. Cada vez que Jameson pilotea, me preocupo, y estos últimos meses solo ha estado en entrenamiento, pero ahora...

El corazón se le cayó a los pies, pero se obligó a sonreír.

—Va a estar bien —dijo Constance, apretando su mano.

Caminaron hacia la sala de reuniones. Scarlett asintió, pero sentía un vacío en el estómago. Todos los días daba seguimiento a aviones que habían perdido el radar y acababan estrellándose porque no podían ver lo cerca que estaban de llegar a un lugar seguro. Marcaba en el mapa los ataques y las pérdidas; cambiaba las cifras, pero sabía que muy pronto sería Jameson quien entraría al combate.

—Y no te preocupes por esta —dijo Eloise haciendo una seña hacia Constance—. Está loquita por ese capitán suyo de la armada. Pasa casi todas las noches escribiendo una carta tras otra.

Constance se ruborizó.

—¿Cuándo exactamente tendrá permiso Edward otra vez? —preguntó Scarlett con una sonrisa.

Nada sería mejor que ver a Constance instalada y feliz, como ella.

—En unas semanas —respondió Constance con nostalgia, suspirando en el umbral de la sala de reuniones que ya estaba medio llena.

—¿Mary? —preguntó Scarlett con asombro al ver a una de las ocupantes.

Mary volteó de inmediato.

—¿Scarlett? ¿Constance?

Tanto Scarlett como Constance se apresuraron a rodear la larga mesa para abrazar a su amiga. Hacía cuatro meses desde que se vieron en Middle Wallop; sin embargo, parecía como si hubiera pasado toda una vida.

—¡Las dos están estupendas! —exclamó Mary recorriendo a sus amigas con la mirada.

—Gracias —respondió Scarlett—. Tú también.

No era mentira, pero había algo… raro en Mary.

El brillo en su mirada estaba apagado y le vendrían bien algunas noches de descanso. Sintió un peso en el pecho; cualquiera que fuera la razón por la que su amiga estaba aquí, no era buena.

—Debería estar prácticamente resplandeciente, puesto que ahora está casada —dijo Constance dándole un pequeño codazo a su hermana—. ¡Enséñale!

—Uf, está bien —dijo Scarlett poniendo los ojos en blanco y extendiendo la mano con el menor aspaviento posible, sin dejar de concentrarse en Mary.

—Dios mío —exclamó Mary, su mirada pasó del anillo a los ojos de Scarlett—. ¿Casada? ¿Con quién? —No había terminado de hacer la pregunta cuando abrió los ojos y agregó—: ¿Stanton? El escuadrón Águila sigue aquí, ¿cierto?

—Sí y sí —respondió Scarlett, incapaz de evitar sonreír.

La expresión de Mary se suavizó.

—Estoy feliz por ti. Ustedes dos están hechos el uno para el otro.

—Gracias —contestó amable sin dejar de sentir que había una razón para el aspecto de Mary—. Ahora dime, ¿qué diablos haces aquí?

El rostro de Mary se ensombreció.

—Ah. Michael… era un piloto con quien empecé a salir desde que las transfirieron a ustedes dos… —Parpadeó rápidamente y alzó la barbilla—. Cayó en un ataque la semana pasada —explicó con voz temblorosa.

—Oh, no, Mary, lo siento —dijo Constance poniendo una mano sobre el hombro de la mujer.

Scarlett trago saliva y fue doloroso. Era el tercer amante que Mary perdía en los últimos… Se tensó.

—No te… —Negó con la cabeza. Seguramente no habrán sido tan crueles.

—¿Me tildaron de traer la mala suerte y me transfirieron? —preguntó Mary con una ligera sonrisa; luego se aclaró la garganta—. ¿Qué más podían hacer?

—Cualquier cosa menos eso —espetó Constance negando con la cabeza—. No es tu culpa.

—Por supuesto que no lo es —agregó Scarlett, guiándola hasta una silla vacía frente a la mesa—. Son unos malditos supersticiosos. Lamento que lo hayas perdido.

—Es el riesgo que corremos al enamorarnos de ellos, ¿cierto?

Mary cruzó sus manos sobre el regazo y miró fijamente al frente cuando Scarlett tomó el asiento a su lado y Constance a su izquierda.

—Cierto —murmuró Scarlett.

—Buenos días, señoritas. Empecemos —anunció la oficial de sección Cartwright al entrar apresurada a la sala con su uniforme inmaculadamente planchado—. Tomen asiento.

Las sillas chirriaron sobre el piso conforme las mujeres se reunían alrededor de la mesa de conferencias. En Middle Wallop, Scarlett hubiera conocido, si no a todas, a la mayoría. Pero vivir con Jameson significaba que solo había conocido a muy pocas mujeres aquí en Kirton. Ya no participaba de los chismes de «cobertizo», no más ráfagas de emoción antes de ir a bailar, no más pláticas hasta altas horas de la noche.

Seguía siendo parte de ellas, aunque de alguna manera extraña, estaba separada. Nunca renunciaría a Jameson, por nada del mundo, pero extrañaba mucho la compañía de otras mujeres.

—El correo —ordenó Cartwright.

En ese momento, una joven asistente se paró en la cabecera de la mesa de conferencias; empezó a nombrar a la gente, al tiempo que lanzaba los sobres que se deslizaban a lo largo de la mesa pulida.

—Wright.

Tanto Scarlett como Constance voltearon a ver a la asistente cuando el sobre se deslizó en su dirección.

«Stanton, no Wright», tuvo que recordar Scarlett cuando vio que la carta estaba dirigida a Constance. De cualquier manera, nadie le enviaría correspondencia. Sus padres seguían sin dignarse a responder cuando ella les escribió sobre su matrimonio; sin embargo, su hermana seguía recibiendo correspondencia regular de su madre.

Los hombros de Constance se abatieron un centímetro mientras abría el sobre con el mayor silencio posible.

—Es de mamá.

Scarlett le dio un ligero apretón en la mano.

—Quizá habrá una mañana.

Sabía muy bien qué se sentía esperar una carta del hombre amado.

Constance asintió y bajó el sobre debajo de la mesa.

Scarlett ajustó un poco su asiento para bloquear a Constance de la mirada de halcón de Cartwright, para que no la sorprendieran leyendo durante la sesión informativa.

—Ahora que ya se repartieron todas —empezó Cartwright—, seguramente ya leyeron las nuevas normas que les proporcionaron en la sesión de la semana pasada. Me alegra decir que ni una sola persona de la WAAF ha llegado tarde a su guardia desde que entró en vigor la política de la media hora. Bien hecho. ¿Tienen preguntas sobre los cambios a las políticas de la semana pasada?

—¿Es cierto que trasladarán al 71? —preguntó una chica al final de la mesa.

El corazón de Scarlett se detuvo. «No. No tan pronto». Su mente empezó a girar en busca de todas las posibilidades. No habían tenido suficiente tiempo y ella ya no tenía muchos favores que cobrar para que la reasignaran con Jameson; si siquiera lo reubicaban a una estación que tuviera un centro de operaciones.

La oficial de sección Cartwright suspiró, claramente frustrada.

—Suboficial Hensley, no creo que eso tenga nada que ver con el cambio de políticas de la semana pasada.

La joven se sonrojó.

—Eso… ¿cambiaría el origen de los aviones en el tablero?

Se escucharon murmullos colectivos.

—Buen intento, pero no —respondió Cartwright recorriendo los rostros alrededor de la mesa; hizo una breve pausa en Scarlett—. Si bien entiendo que muchas de ustedes han fomentado lazos afectivos, en contra de mis advertencias, con miembros del escuadrón Águila, debo recordarles que, con toda franqueza, no nos incumbe a dónde enviarán a la unidad ahora que son totalmente operativos.

Una docena de suspiros desolados se escuchó en la sala de conferencias, pero Scarlett no fue una de ellas. Estaba demasiado ocupada tratando de vencer la devastación emocional como para suspirar, como si su sufrimiento fuera solo un enamoramiento pasajero.

—Chicas —advirtió Cartwright—, si bien podría usar esto como una oportunidad para recordarles su responsabilidad en cuanto a un comportamiento virtuoso, no lo haré.

Sin embargo, con ese comentario sin duda lo hacía.

—Lo que sí les voy a decir es que los rumores son rumores —agregó—. Si creyéramos o nos aferráramos a cada «quizá» que escuchamos, ahora estaríamos a medio camino rumbo a Berlín, y espero que ustedes...

Constance empezó a hiperventilar al lado de Scarlett; sujetaba la carta con tanta fuerza que sus uñas hubieran podido atravesar el papel.

—¿Constance? —murmuró Scarlett al ver el horror en los ojos de su hermana.

El alarido de Constance invadió la sala; el sonido desgarró el pecho de Scarlett y le heló el corazón. Tomó a su hermana por la muñeca, pero el grito ya se había transformado en un gemido plañidero, entrecortado por sollozos desgarradores que agitaban sus hombros.

—¿Querida? —preguntó Scarlett en voz baja, haciendo girar con cuidado el rostro de Constance hacia ella.

Las lágrimas no solo surcaban su rostro, sino que fluían de manera continua, como si sus ojos se vaciaran.

—Está muerto. —Las palabras de Constance salieron en gritos jadeantes—. Edward está muerto. Un bombardeo.

Dejó caer la cabeza y los sollozos se hicieron más rápidos, más fuertes.

«Edward». Scarlett cerró los ojos un momento. ¿Cómo era posible que el chico de ojos azules que había crecido con ellas estuviera muerto? Había sido un elemento constante a lo largo de sus vidas, tanto como sus padres.

Era el alma gemela de su hermana.

Scarlett envolvió a Constance entre sus brazos.

—Lo siento, querida; lo siento tanto.

—Oficial adjunta de sección Stanton, ¿necesita sacar a su hermana de la sala o puede controlarse? —espetó Cartwright.

—La atenderé en privado, si nos lo permite —dijo resentida.

Sin embargo, la despreciable e insensible mujer tenía razón: una muestra como esta no era tolerada, por justificada que fuera. A Constance la tacharían de histérica y no confiable. Varias chicas habían sido reubicadas cuando no pudieron reprimir sus emociones y nunca se les volvió a ver.

Cartwright entrecerró los ojos, pero asintió.

—Aguanta un segundo más —le rogó Scarlett a su hermana en un murmullo, pasando su brazo sobre el hombro de Constance para ayudarla a ponerse de pie—. Camina conmigo —murmuró.

Tan rápido como pudo, evitando que trastabillaran, Scarlett sacó a Constance de la sala de reuniones. Por fortuna, el pasillo estaba tranquilo, pero no lo suficientemente privado.

Abrió una puerta que daba a una habitación más pequeña, el almacén de suministros; metió a su hermana, cerró la puerta, se recargó contra la única pared vacía y abrazó con fuerza a Constance. Cuando sus rodillas desfallecieron, Scarlett se deslizó hasta el piso con ella, meciéndola suavemente mientras Constance sollozaba con jadeos roncos contra su hombro.

—Te tengo —murmuró con el rostro hundido entre el cabello de su hermana.

Si hubiera algo que pudiera hacer para evitarle el dolor, lo haría. ¿Por qué ella? ¿Por qué Constance, cuando era el amor de Scarlett quien arriesgaba su vida todos los días? Su mirada se nubló.

Esto era algo de lo que no podía proteger a su hermana; no podía hacer más que abrazarla. De sus ojos se derramaron lágrimas que dejaban surcos húmedos y fríos a su paso.

Un tiempo después, Constance recuperó el aliento suficiente para hablar.

—Su madre le dijo a la nuestra —explicó, sin dejar de estrujar la carta en su mano—. Sucedió el día después de que me escribió la última vez. ¡Lleva muerto casi una semana! —Sus hombros se desplomaron y se acurrucó aún más contra Scarlett—. No puedo… —agregó negando con la cabeza.

—Quédate aquí —le ordenó Scarlett a su hermana.

Se puso de pie rápidamente, se enjugó las lágrimas y se apresuró hacia la puerta. Al encontrar a la oficial de sección Cartwright al otro lado, alzó la barbilla y salió al pasillo, cerrando la puerta para darle a Constance la mayor privacidad posible.

—¿Quién se murió? —preguntó Cartwright en ese tono contundente que los militares apreciaban tanto.

—Su prometido.

Evitó todas las emociones que se aferraban a su garganta. Ya tendría tiempo para sentir; más tarde, cuando estuviera acurrucada en los brazos de Jameson y pudiera llorar por el amigo que había perdido, por el amor que le habían negado a su hermana. Más tarde… no ahora.

—Lamento su pérdida —dijo Cartwright tragando saliva. Volteó hacia un extremo y otro del pasillo como si ella también necesitara calmarse y luego alzó la barbilla—. Si bien las circunstancias de su nacimiento les otorgan ciertas... indulgencias, sería negligente si no les advirtiera que no se puede permitir otro arrebato parecido.

—Entiendo.

No lo entendía, pero había escuchado suficientes sermones sobre la estabilidad emocional como para saber que esto no era personal; sencillamente, así era.

—Jamás —agregó Cartwright alzando las cejas, pero con un tono más suave.

—No volverá a suceder —prometió.

—Bien. Para trabajar frente al tablero se necesitan manos firmes y corazones resueltos, oficial adjunta de sección. La vida de hombres está en riesgo. No podemos permitirnos abandonar a uno porque estamos desconsoladas por haber perdido a alguien. ¿La Sección Mayor debería...?

—No volverá a suceder —repitió Scarlett, haciendo énfasis en cada palabra. Se irguió en toda su estatura y miró a su superiora a los ojos.

—Bien. —Miró hacia la puerta, donde los suaves sollozos de Constance se abrían paso a través de la pesada madera—. Llévela al cuartel, o mejor aún, a su casa. Haré que Clarke y Gibbons cubran sus guardias. Asegúrese de que esté tranquila antes de volver a su puesto.

Esta muestra de compasión era la más generosa que Scarlett jamás había visto en Cartwright, y aunque no era suficiente, lo tomó como era: una cuerda salvavidas.

—Sí, señora.

—Encontrará a otro. Siempre lo hacemos —añadió antes de dar media vuelta y alejarse a grandes zancadas por el pasillo.

Scarlett regresó al almacén de suministros, cerró la puerta y se sentó en el suelo para envolver a su hermana entre sus brazos.

—¿Qué voy a hacer?

Constance le rompía el corazón con cada sollozo, con cada lágrima.

—Respira —respondió Scarlett, acariciando la espalda de Constance—. Los siguientes minutos vas a respirar. Eso es todo.

Si ella hubiera perdido a Jameson... «No pienses así. No te lo puedes permitir».

—¿Y luego qué? —gimió Constance—. Lo amo. ¿Cómo se supone que viviré sin él? Duele tanto.

Scarlett hizo una mueca de dolor y se esforzó por mantener el control, por reunir la fortaleza que Constance necesitaba.

—No lo sé. Pero estos minutos vamos a respirar. Después, ya veremos qué sigue.

Quizá para entonces tendría la respuesta.

—¿Es cierto?

Un mes más tarde, Scarlett lanzaba su abrigo sobre una de las sillas de la cocina.

—Qué gusto verte, querida —respondió Jameson con una sonrisa al tiempo que echaba las papas en una sartén.

—Hablo en serio —agregó cruzando los brazos sobre el pecho.

Estuvo a punto de mandar las papas al demonio y, en su lugar, comerse a su esposa para la cena, pero la expresión en sus ojos lo hizo detenerse. Le preguntaba algo que era más que solo un rumor. Ella sabía. Jameson masculló una maldición. Demonios, las noticias viajaban rápido.

—¿Puedo considerar eso como un sí? —preguntó Scarlett.

Sus ojos echaban chispas por la furia; él casi esperaba que lanzaran flamas en cualquier momento.

Quitó las papas de la hornilla y volteó para enfrentar a su hermosa y furiosa esposa.

—Primero dame un beso.

—¿Perdón? —preguntó asombrada.

Él la envolvió en sus brazos y la apretó con fuerza contra él, disfrutando el roce de su cuerpo. Llevaban cinco meses casados, cinco meses increíblemente felices, casi normales, como si eso fuera posible en medio de una guerra, y todo estaba a punto de cambiar. Todo salvo lo que sentía por ella.

Amaba a Scarlett más que el día en que se casó con ella. Era amable, fuerte, con una ágil inteligencia y cuando la tocaba, ambos se consumían por las llamas. Pero esto... a lo que se aferraba desesperadamente, esta nueva normalidad que ambos habían construido.

—Bésame —le ordenó de nuevo inclinando la cabeza—. Apenas te he visto los últimos días. No hemos cenado juntos en una semana debido a nuestros horarios. Ámame primero.

—Te amo siempre —dijo con una mirada más dulce y acercó sus labios a los de él para besarlo suavemente.

El corazón de Jameson dio un vuelco, así le sucedía siempre. La besó lenta, profundamente, pero se controló; no estaba tratando distraerla con sexo, de cualquier forma, ella no caería con eso. Un momento más, eso era todo lo que necesitaba.

Se apartó un poco y levantó la cabeza para poder verla a los ojos.

—Nos reubican en Martlesham-Heath.

Esos ojos azul cristalino que tanto amaba brillaron con incredulidad.

—Pero eso es...

—El grupo 11 —terminó la frase por ella—. Somos operacionales. Ahí nos necesitan.

Era donde se llevaba a cabo gran parte de la actividad. Jameson tomó su rostro entre las manos y luchó contra la sensación que desgarraba su corazón; era muy similar a la que sintió en Middle-Wallop cuando se vieron obligados a separarse.

—Nos las arreglaremos.

—Mary me contó que Howard dijo que los reubicarían, pero...

Negó con la cabeza; de pronto cobró vida y se alejó de él, dejándolo con las manos en el aire.

«Carajo, Howard».

—Scarlett, querida...

—¿Nos las arreglaremos? —preguntó, sujetando el respaldo de la silla de la cocina y respiró profundo—. ¿Cuándo?

—Cuestión de semanas —respondió bajando los brazos.

—No, ¿cuándo lo supiste? —agregó entrecerrando los ojos.

—Esta mañana. —En su mente maldijo a Howard por haberle dicho a Mary antes de que él hubiera visto a Scarlett—. Sé que es complicado, pero busqué viviendas para parejas casadas en la estación antes de mi vuelo...

—¿Qué?

Alzó la voz, algo que era tan bueno como una llamada de auxilio cuando se trataba de mal genio. Scarlett casi nunca, o nunca, perdía esa calma y temperamento ecuánime tan suyo.

—Sé que es mucho suponer que estarás dispuesta a pedir otro traslado, sobre todo ahora que Constance...

«Apenas respira». Su cuñada se había convertido en un verdadero fantasma desde que perdió a Edward y no había manera en que Scarlett la dejara ni garantía de que Constance quisiera irse.

—En fin —continuó—, las viviendas están llenas, así que tendríamos que vivir fuera de la estación, como lo hacemos ahora, pero puedo empezar a buscar casa.

—¿Dispuesta a pedir otro traslado? —repitió Scarlett echando fuego por los ojos—. ¿Qué te hace pensar que puedo reubicarme ahí, Jameson? No hay... no puedo...

Se frotó el puente de la nariz.

Ella no podía explicárselo, su cargo tenía un nivel de autorización superior. Claro que él sabía en qué consistía su trabajo, no era tan ingenuo, pero eso no significaba que ella divulgara dónde estaban las otras salas de intercepción de control aéreo o las estaciones de radar. Demasiado conocimiento era peligroso para un piloto que podía caer fácilmente en manos enemigas. No había problema en que supiera dónde trabaja por el momento; las operaciones de sector estaban... «Demonios, eso era».

—No hay operaciones de sector en Martlesham —murmuró Jameson.

Ella negó con la cabeza como toda respuesta.

—Lo que Constance y yo hacemos, la capacitación que implica... —Lo miró, y el dolor que vio en sus ojos rasgaron su alma—. El comando no nos dejará partir para usarnos como choferes o mecánicos. Somos lo que somos.

Ella era esencial para la misión, quizá mucho más que él.

—Eres maravillosa.

Sintió un hueco en el estómago; sabía que una situación que ya era difícil estaba a punto de volverse imposible. Solo pensar en despertar sin ella, en no reír juntos mientras quemaban la comida que trataban de cocinar o quedarse dormido sin tenerla en sus brazos durante semanas, era suficiente para hacer que su corazón gritara en protesta. ¿Cómo demonios sería la realidad?

—No tanto —respondió ignorándolo—. Solo estoy altamente capacitada y tengo manos ágiles, y nada de eso juega a nuestro favor por el momento. Martlesham está a horas de distancia. Han anulado prácticamente todos los permisos y tú tampoco tendrás muchos. No podremos vernos nunca.

Sus hombros se desplomaron y bajó la cabeza. El corazón de Jameson casi se rompe al acortar la distancia entre ellos y apretarla contra su pecho.

—Lo resolveremos. Mi amor por ti no desfalleció cuando media Inglaterra nos separaba. Unas cuantas horas no es nada.

Pero era todo. Tendrían que olvidar el permiso para dormir fuera del cuartel, estaba demasiado lejos para hacerlo, a menos que se tomara cuarenta y ocho horas; y ella tenía razón, los días en los que obtenían permisos fácilmente era cosa del pasado. Podrían pasar meses entre las visitas, dependiendo de cómo se desarrollara la guerra.

Lanzó otra maldición entre dientes. Habían estado tan cerca de perderse durante el ataque en Middle Wallop y si algo le pasara a ella ahora… La bilis ascendió por su garganta.

—Podrías irte a Colorado.

Scarlett se tensó en sus brazos y lo miró como si hubiera perdido el juicio.

—Sé que no lo harás —agregó en voz baja, pasando detrás de la oreja un mechón de su cabello que se había soltado de los broches—. Sé que tu sentido del deber no te lo permite y que no dejarás a Constance, pero yo sería un pésimo esposo si al menos no te pidiera que te marcharas, que estuvieras segura.

—No sé si te has dado cuenta, pero no soy estadounidense.

Scarlett levantó las manos sobre su pecho; él tenía puesta una camiseta porque ninguno de los dos cocinaba con el uniforme. Ya habían aprendido esa lección en su matrimonio, para detrimento de dos sacos que habían estado en perfectas condiciones.

—No sé si te has dado cuenta, pero tampoco ya eres completamente británica.

Afortunadamente, la WAAF no tenía problema para aceptar a extranjeros.

—Parece que ambos estamos entre dos países por el momento —agregó.

Ella soltó una risita.

—¿Y cómo exactamente esperas meterme a tu país? ¿Vamos a ir volando y en Colorado me arrojas del avión? —bromeó, presionando sus labios contra la barbilla de Jameson para besarlo.

—Ahora que lo mencionas... —dijo con una sonrisa; amaba la manera en la que ella siempre aligeraba la situación.

—En serio, eliminemos esa posibilidad porque no es factible. Ni siquiera tú puedes ahora regresar a tu propio país sin que te arresten.

—De hecho... —Ladeó la cabeza como si los pensamientos arrasaran su mente—. Nunca renuncié a mi ciudadanía. Nunca le juré lealtad al rey, así que no soy un traidor. ¿Infringí las leyes de neutralidad? Sí. ¿Me enviarían a la cárcel si regresara a casa? Probablemente. Pero sigo siendo estadounidense. —Miró el saco de su uniforme que estaba colgado en el respaldo de una de las sillas de la cocina; el águila brillaba en el hombro derecho—. Tú no infringiste ninguna ley y eres mi esposa. Tienes derecho a la ciudadanía estadounidense, solo tenemos que sacarte una visa.

En el pecho sintió un destello de esperanza. Tenía una manera de sacarla de esta guerra, de asegurarse de que sobreviviera a ella.

Scarlett lanzó una carcajada y lo empujó para escapar de su abrazo.

—Claro, y eso lleva un año o más, por lo que he leído en los periódicos. Es posible que la guerra haya terminado mucho antes de que eso suceda. Además, tienes razón: no abandonaré mi país cuando me necesita, aunque técnicamente ya no sea mío, y tampoco abandonaré a Constance. Juramos salir juntas de esta guerra, y lo haremos. —Tomó su mano y besó su anillo de bodas—. Y nunca te abandonaré a ti, Jameson. No si puedo evitarlo. Unas cuantas horas no son nada comparado con los miles de kilómetros al otro lado del océano.

—Pero estarías segura…

—No. Podemos hablar de esto de nuevo cuando la guerra haya terminado o nuestras circunstancias hayan cambiado drásticamente. Hasta entonces, mi respuesta es no.

Jameson suspiró.

—Claro, tenía que tocarme la chica obstinada.

Sin embargo, no la amaría si fuera diferente.

—Con la chica obstinada y testaruda —lo corrigió con una pequeña sonrisa—. Si vas a citar a Austen, hazlo bien. —Apretó los labios—. ¿Qué tan lejos puedes vivir de la estación sin perder el permiso para dormir fuera del cuartel?

—Depende del comandante de estación.

Algunos eran comprensivos y creían que las tripulaciones de vuelo tendían a ser más confiables si vivían con su familia, dentro o fuera de la estación; a otros no les importaba y no daban permisos.

—¿Y tú?

—Ya es mucho que me den el permiso ahora. Todas las otras mujeres viven en los «cobertizos» o en las antiguas barracas para matrimonios —respondió frunciendo el ceño.

—Ninguna de las otras mujeres está casada con alguien asignado a la misma estación —explicó.

Muy pronto sería igual que los otros pocos que llevaban anillo de bodas: casados pero obligados a vivir separados.

Scarlett se mordió el labio inferior; era obvio que estaba pensando en algo.

—¿Qué sucede en esa maravillosa mente tuya, Scarlett Stanton?

Ella volteó a verlo.

—No puedo ir contigo, pero hay una pequeña posibilidad de que puedan reubicarme más cerca de ti.

Por más que intentó no tener esperanzas, no lo logró.

—Aceptaré incluso la más mínima posibilidad, antes que soportar pasar meses sin verte.

—Si tan solo los puestos dependieran de ti, esposo mío. Ahora mi padre no me reconoce como su hija, no puedo utilizar las conexiones a las que recurrí para venir aquí —entrelazó sus dedos detrás de la nuca de Jameson—, pero lo intentaré.

El alivio aflojó el nudo que sentía en la garganta, pero no lo hizo desaparecer.

—Dios mío, te amo.

—Si no me pueden reubicar y todo lo que nos queda son semanas, entonces debemos aprovecharlas. —Hizo un gesto con la cabeza hacia la estufa y sus contenidos olvidados—. Saltémonos la cena y llévame a la cama.

—No necesitamos una cama.

Con un beso apasionado, la levantó y la llevó hasta la mesa de la cocina. Tenía razón, si solo les quedaban semanas, no iba a desperdiciar ni un segundo.

CAPÍTULO DIECISIETE

Georgia

Jameson:

Oh, amor. Nunca podría arrepentirme de haberte escogido. Eres el aire de mis pulmones y el latido de mi corazón. Tú fuiste mi elección incluso antes de que supiera que debía elegir. Por favor, no te preocupes. Cierra los ojos e imagínanos en ese lugar del que me hablaste, donde el arroyo forma una curva. Estaremos ahí pronto, incluso antes me acogeré de nuevo en tus brazos. Hasta entonces, aquí estoy, esperándote. Siempre esperando. Siempre tuya.

Scarlett

—¡Es la peor idea en la historia de las ideas! —le grité a Noah, cuatro metros y medio por encima de él, colgando de una pared en la que no tendría que estar.

Él había esperado una semana antes de obligarme a cumplir mi parte del trato, pero eso no lo facilitaba más.

—Eso me has dicho cada cinco minutos desde que empezaste a escalar —gritó a su vez—. Ahora, mira a la izquierda, ese asidero morado.

—Te odio —espeté, alcanzando el asidero.

Me había llevado a un rocódromo a media hora de distancia, así que no era que colgara de la pared de una montaña, pero aun así. Aunque estuviera sujeta por el arnés, él sostenía el otro extremo de la cuerda.

—Crees que eres muy bueno con las metáforas, puesto que eres escritor y todo eso. «Pon tu vida en mis manos, Georgia» —dije tratando de imitar a Noah lo mejor posible—. «Admira mi gran capacidad para escalar y mi cara bonita, Georgia».

—Bueno, al menos sigues pensando que soy guapo.

—¡Apestas!

Mis brazos temblaban mientras pasaba al siguiente punto de apoyo para el pie. La campana que estaba como a nueve metros arriba de mí estaba solo en segundo lugar en mi lista de rencores contra Noah. Odiaba las alturas. Odiaba la debilidad de mi propio cuerpo desde que dejé de cuidarlo. En verdad odiaba al tipo tan increíblemente guapo que estaba debajo y sujetaba la cuerda.

—Si te es más fácil, puedo decirle a Zach que te asegure, así yo subo y te guío —ofreció Noah.

—¿Qué? —pregunté mirándolo a él y al asistente del rocódromo—. Yo no conozco a Zach. ¡Parece que va en preparatoria!

—De hecho, me tomé un año sabático —respondió el empleado saludándome con un movimiento de la mano.

—No ayudas —dijo Noah en voz baja, pero aun así lo escuché—. Pero Zach es empleado aquí y si te mueres lo probable es que le causes problemas en su trabajo, así que creo que puedes confiar en que es un profesional.

—¡Si te mueves, te juro que me quito los zapatos para que te golpeen en la cabeza, Morelli!

Cerré los ojos un segundo y luego miré hacia la roca gris con relieves de la pared para escalar. Mirar hacia abajo empeoraba las cosas.

—Bueno, al menos tengo mejor clasificación que otros —bromeó Noah.

—¡Apenas! —Extendí el brazo hacia el asidero verde justo encima de mi mano derecha, luego afiancé el pie en el siguiente apoyo lógico y ascendí—. Esto solo hace que te odie más —dije asiéndome al siguiente apoyo.

—Pero estás escalando —repuso.

De nuevo, alcancé el siguiente soporte, coloqué el pie y continué hacia arriba.

—Supongo que sencillamente no veo cómo esto va a ayudar a resolver nuestros problemas con la trama, si consideramos que voy a matarte tan pronto como baje de aquí.

Estaba a unos cuantos metros de la maldita campana; tan pronto como hiciera sonar a esa estúpida, estaría libre.

—Correré el riesgo —gritó desde abajo. No pude evitar advertir lo tensa que mantenía la cuerda. Era reconfortante, ya que me encontraba a unos buenos siete metros y medio por encima de él—. ¿Sabes?, si en realidad lo odias tanto no voy a obligarte a cumplir tu parte del trato. La verdad es que esto se trata de que confíes en mí, no de que me odies.

Tenía la mirada en el premio y subí treinta centímetros, luego sesenta.

—Al demonio —grité—. Ya casi llego.

—Seguro que sí.

Escuché satisfacción en su voz y bajé la mirada; ese orgullo también se dibujaba en su sonrisa.

Estaba muy lejos de sentirme feliz, pero incluso yo tenía que admitir que me sentía empoderada, capaz, fuerte.

Bueno, quizá no tan fuerte. Mis brazos y piernas temblaban por el cansancio cuando llegué al último asidero y escalé los últimos treinta centímetros con ayuda solo de mi voluntad.

«Talán, talán, talán».

—¡Bien! —gritó Noah.

Sentí las vibraciones de la campana en lo profundo de mi alma. Eran lo suficientemente fuertes como para acabar con mis propias ideas preconcebidas de que esto era imposible, lo suficientemente fuerte para despertar en mí lo que había estado dormido desde mucho antes del último amorío de Damian. Quizá incluso antes de que lo conociera.

Solo porque podía hacerlo, hice sonar la campana una vez más. Esta vez no fue con la desesperación de que me decepcionaran, de quedar libre del trato que hice para mí misma o de ser validada por una persona que me había endilgado esta tarea. Era una victoria. Claro que no era el Everest; estaba como a doce metros de altura en un muro para escalar, en un entorno profesional, asegurada con cuerdas, un arnés y una póliza de responsabilidad; sin embargo, mi pecho se hinchaba con un sentimiento de orgullo feroz. Aún era capaz de hacer cosas difíciles.

Gran ya no estaba, Damian me había traicionado y mamá se había ido de nuevo; pero yo seguía aquí. Seguía escalando.

Y aunque en parte tenía ganas de estrangular a Noah, sabía que él era la única razón por la que escalaba esta pared. Él era la razón por la que empecé a poner atención a mi propia vida de nuevo, el motivo por el que, últimamente, deseaba despertar en las mañanas.

No es que viviera por él, sino el simple hecho de que me hiciera querer vivir, querer luchar, demostrármelo a mí misma. Ahora me pronunciaba, cuando en general lo que hacía era aplazar lo mío para lidiar con las emociones de otra persona y optar por el camino de menor resistencia.

Quizá mi vida se había incendiado, pero ahí era donde yo era buena, justo en el punto de fusión en el que podía tomar los restos derretidos y remodelarlos en algo hermoso. Quería esculpir de nuevo. Quería doblar vidrio a mi voluntad. Quería otra oportunidad de ser feliz y eso me llevaba a mirar en dirección de Noah. Quería... bajarme porque, ¡uf!, estaba muy alto.

—Okey —le dije—. ¿Ahora cómo bajo?

—Yo te bajaré.

—¿Tú qué?

Me atreví a echar otro vistazo en su dirección. «¡Carajo!», esto sí era el Everest. Me parecía que estaba a un millón de kilómetros de distancia. Ahí va mi sensación de empoderamiento. Quería bajarme de esta cosa, ahora.

—Yo te bajaré —repitió más despacio, como si hubiera entendido mal en lugar de negarme.

—¿Cómo funciona exactamente? —pregunté aferrando con tanta fuerza los asideros hasta que mis nudillos se pusieron blancos.

—Fácil —respondió—. Recárgate hacia atrás en el arnés y camina hacia abajo por la pared conforme yo te ayudo.

Parpadeé unas cuantas veces y volví a mirar hacia abajo.

—¿Se supone que solo tengo que inclinarme hacia atrás y confiar en que no me vas a dejar caer de nalgas?

—Exacto.

Sonrió sin vergüenza y, por primera vez, no me pareció tan encantador.

—¿Y si se rompe la cuerda?

Su sonrisa se borró.

—¿Y si hay un terremoto descomunal?

—¿Esperamos uno?

Mis bíceps aullaban en protesta mientras me aferraba a este sitio, posada sobre una maldita pared como si fuera una lagartija.

—¿Estás esperando que te deje caer? —me retó.

—Sería más fácil para ti terminar el libro —repuse.

—Eso es cierto —admitió—. Y estoy seguro de que la historia detrás del asesinato atraerá muchas ventas.

—¡Noah!

Esto no tenía nada de gracioso, pero ahí estaba él, provocándome.

—La probabilidad de un terremoto es mucho mayor que la de que yo te deje caer. —Esta vez, su voz tenía algo de emotivo, pero cuando volví a mirar su rostro, solo vi paciencia—. No voy a dejar que te pase nada, Georgia. Tienes que confiar en mí. Yo te tengo.

—¿No puedo sencillamente descender?

No podía ser tan difícil, ¿o sí?

—Claro, si eso es lo que quieres —respondió bajando la voz.

—Sí —mascullé para mí misma—, solo voy a escalar hacia abajo.

Seguro no podía ser más difícil de lo que fue subir hasta aquí, ¿o sí?

Con los músculos adoloridos y plagados de temblores diminutos e incesantes, bajé el pie al último apoyo que había usado.

—¿Ves? No es tan malo —mascullé.

La cuerda estaba tensa y me ofrecía buen soporte conforme movía las manos y bajaba el pie izquierdo.

Luego, lancé un grito fuerte cuando mi pie resbaló y caí. Fue solo cuestión de centímetros antes de que la cuerda soportara mi peso y quedara suspendida en el aire, paralela a la pared.

—¿Estás bien? —preguntó Noah con preocupación.

Respiré profundo una vez, luego otra, esperando que los latidos de mi corazón se tranquilizaran a un nivel aceptable, no teatral. El arnés calaba un poco la piel justo debajo de la curva de mis nalgas, pero aparte de eso, todo estaba muy bien.

—Un poco avergonzada —admití a pesar mío, el calor inundaba mis mejillas ya sonrojadas—, pero, por lo demás, bien.

—¿Todavía quieres escalar hasta abajo? —preguntó Noah sin juzgar.

Levanté los brazos y extendí las manos temblorosas hacia los asideros que estaban frente a mí. Lo cierto era que, si me iba a dejar caer, ya lo hubiera hecho.

—Entonces, ¿se supone que tengo que sentarme hacia atrás en el arnés? —pregunté, rogando en silencio que no fuera el tipo de hombre que acostumbraba decir «te lo dije».

—Pon los pies contra el muro —ordenó.

Los levanté un poco e hice lo que me pedía.

—Ambas manos en la cuerda —ordenó de nuevo.

Así lo hice.

—Bien —dijo satisfecho—. Voy a bajarte y quiero que te reclines hacia atrás, sobre el arnés, y camines hacia atrás por el muro. ¿Lo tienes?

Su voz era fuerte y firme, igual que él. ¿Qué se necesitaba para alterar a alguien como Noah? Cierto, lo había sacado de quicio algunas veces, pero incluso en las discusiones más incómodas, nunca lo vi perder la razón por completo, al menos no a gritos y con azotes de puertas como Damian acostumbraba hacer cuando las cosas no salían como él quería.

—Lo tengo —grité, ofreciéndole una sonrisa vacilante.

—No quiero que te sorprendas, así que lo haremos a la cuenta de tres. Despacio y constante.

Asentí.

—Uno, dos, tres —contó y me bajó lo suficiente como para reclinarme hacia atrás—. Buen trabajo. Ahora, baja caminando por la pared.

Poco a poco, de forma continua, Noah iba soltando la cuerda conforme yo descendía. Unos segundos después empecé a hacerlo con mayor soltura. Desafiar la gravedad me inyectaba un torrente de adrenalina, sobre todo cuando, audaz, rebasé a otro escalador que bajaba en pequeños saltitos graciosos.

Conforme me acercaba al suelo, alcé la vista hacia la campana que acababa de hacer sonar. Me pareció tan alta, pero yo estuve ahí, todo el camino hasta la cima.

Todo porque Noah estaba decidido a ganarse mi confianza. Y lo había logrado.

Cuando mis pies tocaron tierra, yo era toda sonrisas.

—¡Fue increíble! —exclamé lanzando mis brazos alrededor de Noah, quien me estrechó con tanta fuerza que levantó mis pies del suelo.

—¡Tú fuiste increíble! —me corrigió.

Me cargaba con tanta facilidad como si no pesara nada, y olía tan bien que hice un gran esfuerzo por no poner mi nariz en su cuello y respirar profundo. Su aroma era una combinación de sándalo y cedro de su agua de colonia, mezclado con jabón y algo dulce. Olía como debe oler un hombre, sin fingirlo. Damian hubiera pagado miles de dólares por tener el olor que Noah tenía sin ningún esfuerzo.

«Deja de compararlos».

Me alejé un poco, lo suficiente para mirarlo a los ojos.

—Gracias —dije en un murmullo.

Su sonrisa fue lenta y la más sexi que le había visto hasta ahora.

—¿Qué me agradeces? —preguntó paseando su mirada entre mis labios y mis ojos—. Tú fuiste quien hizo todo el trabajo.

«Mierda». En realidad, no era del tipo «te lo dije» y eso solo hacía que me gustara más, que lo deseara más.

La energía entre nosotros cambió, se tensó como si estuviéramos conectados por algo más que solo esta cuerda. Aquí había algo, y aunque que luchara contra eso o por más que discutiéramos por el libro, no hacía más que crecer.

El fuego en su mirada aumentó y me sujetó con más fuerza.

Eran solo centímetros para que nuestros labios...

—¿Ya acabaron? —preguntó una vocecita.

Parpadeando, bajé la mirada hacia una niña que no podía tener más de siete años.

—Quería hacer esta ahora, si está bien para ustedes —preguntó con esperanza en la mirada.

—Sí, claro —respondí.

Noah me bajó al piso y desenganchó mi arnés de la cuerda con movimientos rápidos y eficientes. «Dios mío, ¿sus brazos podían ser más sexis?». Los músculos de sus bíceps se tensaban contra las mangas cortas de su camiseta deportiva. Por fortuna, la tela era elástica, de lo contrario probablemente la hubiera rasgado.

—Gracias —dije de nuevo cuando me desenganchó de la cuerda.

—Fuiste tú. Lo único que yo hice fue mantenerte a salvo —el timbre grave de su voz calentó todo mi cuerpo.

—A rapel —dijo otra voz. Una niña mayor, probablemente de preparatoria, había tomado el lugar de Noah y la más joven ya se había amarrado a la cuerda—. Sube.

—Estoy subiendo —respondió la niña, apresurándose a trepar el muro como si la hubiera picado una araña radioactiva.

—Esto tiene que ser una broma —masculló al mirar cómo a la niña le tomaba solo unos minutos lo que a mí me llevó media hora.

Noah lanzó una risita.

—Unas cuantas veces más y serás tan buena como ella —me aseguró.

Le lancé una mirada de puro escepticismo.

—No te caíste ni una sola vez al subir —comentó, al tiempo que alzó la mano lentamente hacia mi rostro, dándome una oportunidad de evitarlo, aunque no lo hice—. Es impresionante.

Entre sus dedos tomó un mechón sudoroso que se había escapado de mi cola de caballo y lo pasó detrás de mi oreja.

—Nunca he tenido problema en alcanzar lo que deseo —dije en voz baja—. Es la caída lo que me pone en problemas.

Me di cuenta de que esto era exactamente a lo que me refería. Una cosa era bromear con Hazel sobre utilizarlo por despecho después del divorcio, pero otra muy distinta era que me gustaba, y no solo por su cuerpo, aunque fuera increíble. Sería demasiado fácil enamorarme de Noah Morelli.

—Yo te sostuve.

No había sonrisa sarcástica ni el movimiento coqueto de sus cejas, pero no importaba. La verdad era lo suficientemente embriagadora: él me sostuvo.

—Lo hiciste —respondí suavemente.

—¿Quieres hacerlo otra vez? —preguntó apretando una sonrisa.

Reí.

—No creo que mis brazos lo permitan, aunque yo quisiera. Siento que son como fideos.

Los extendí para darle el ejemplo, como si pudiera ver el agotamiento de mis músculos.

—Les daré un masaje más tarde —prometió.

Esta vez, esa pequeña sonrisa suya volvió a aparecer. Contuve el aliento al imaginar sus manos sobre mi piel.

—¿Quieres aprender a rapelear? —preguntó, poniendo fin a mis fantasías.

—Brazos como fideos, ¿recuerdas?

—No te preocupes, el arnés hace todo el trabajo.

—¿Me confiarías tu vida? —le pregunté mirándolo a los ojos, haciendo un gran esfuerzo para no ver sus largas pestañas ni la curva de su labio inferior.

—Te confío mi carrera y para mí eso es casi lo mismo, así es que sí.

La intensidad de su mirada era un claro reto y la sentí como una sacudida en el corazón, inmensamente doloroso, aunque vital.

En verdad estaba arriesgando todo por este libro, ¿o no? Dejó la ciudad que amaba y mudó su vida aquí para asegurarse de hacerlo.

En ese momento supe dos cosas de Noah Morelli: la primera era que su prioridad siempre sería su carrera. Cualquier otra cosa que amara tomaba el segundo lugar.

La segunda era que él y yo funcionábamos como perfectos opuestos en el espectro de la confianza. Él daba primero y luego esperaba el resultado. Yo me contenía hasta que se la ganaran. Y él había hecho mucho más que ganar la mía.

Era tiempo de empezar a confiar en mí misma.

—Te sigo.

Cuando me dejó en casa, tomé mi teléfono y llamé a Dan. En cuestión de una hora hice la oferta para la tienda del señor Navarro.

Lo apostaría todo.

CAPÍTULO DIECIOCHO

Mayo de 1941
North Weald, Inglaterra

Habían pasado casi ocho semanas y la luz en los ojos de Constance seguía apagada. Scarlett no podía presionarla, no podía aconsejarla, no podía hacer nada más que ser testigo del duelo de su hermana. Sin embargo, le pidió que se trasladara con ella a North Weald. Era lo más egoísta que había hecho jamás, pero no sabía cómo ser esposa y hermana al mismo tiempo, así es que ahora sufrían ambas.

Aunque estaba en malos términos con sus padres desde que se casó con Jameson, contra la voluntad de ellos, mantuvieron ese distanciamiento solo dentro de la familia, porque aprobaron tanto la solicitud de transferencia de Scarlett como la de Constance a North Weald.

Llevaban un mes aquí, y aunque Scarlett rentaba una casa fuera de la estación para las noches en las que Jameson podía obtener un permiso y dormir fuera del cuartel, Constance eligió alojarse con las otras oficiales de la WAAF, en las barracas de la estación.

Por primera vez en su vida, durante toda una semana, Scarlett vivió total y completamente sola. Sin sus padres, sin su hermana, sin las chicas de la WAAF, sin Jameson. Él estaba a más de una hora de distancia en Martlesham-Heath, pero volvía a casa, si podía llamársele así, siempre que podía obtener el permiso. Entre su preocupación por Constance y el miedo de que algo le sucediera a Jameson, vivía con náuseas constantes.

273

—En verdad no tienes que hacerlo —le dijo Scarlett a su hermana al tiempo que se arrodillaba sobre el suelo que la primavera acababa de descongelar—. Quizá todavía es pronto.

—Si se muere, se muere —respondió Constance encogiéndose de hombros. Luego continuó excavando con la pala de jardinería, preparando el espacio para un pequeño rosal que había llevado del jardín de sus padres cuando estuvo de permiso ese fin de semana—. Es mejor intentarlo, ¿no? Quién sabe cuánto tiempo nos quedemos estacionadas aquí. Quizá reubiquen a Jameson o a nosotros. Tal vez solo a mí. Si sigo esperando que la vida me brinde las circunstancias más oportunas para vivirla, nunca lo haré. Así que si se congela y muere, al menos lo intentamos.

—¿Puedo ayudar? —preguntó Scarlett.

—No, ya casi termino. Tendrás que recordar regarlo con frecuencia, pero no mucho. —Terminó de remover la tierra en un extremo del jardín—. La planta te lo dirá, solo observa las hojas y cúbrelo si hace mucho frío en la noche.

—Eres mucho mejor que yo para esto.

—Tú eres mejor que yo para contar historias —dijo—. La jardinería se aprende, igual que las matemáticas o la historia.

—Tú escribes bastante bien —repuso Scarlett.

Siempre tenían calificaciones similares en la escuela.

—Gramática y ensayos, seguro —dijo, encogiéndose de hombros—, pero ¿argumentos, tramas? Tú eres mucho más talentosa. Si en verdad quieres ayudar, siéntate ahí y cuéntame una de tus historias mientras planto a esta pequeña.

Sacó un montículo de tierra del fondo del agujero, colocó la corona de las raíces y midió la distancia a la superficie.

—Bueno, supongo que eso es fácil —dijo Scarlett echándose hacia atrás y cruzando un tobillo sobre otro frente a ella—. ¿Qué historia y en qué íbamos?

Constance hizo una pausa para pensar.

—Aquella sobre la hija del diplomático y el príncipe. Creo que acababa de descubrir....

—La nota —interrumpió Scarlett—. Cierto. En la que ella cree que él la quiere mandar lejos.

Su mente voló hasta ese pequeño mundo en el que los personajes eran tan reales para ella como Constance, quien estaba sentada a su lado.

Las hermanas acabaron por acostarse sobre la espalda, mirando las nubes mientras Scarlett hacía su mejor esfuerzo por tejer una historia digna que distrajera a Constance, aunque fuera un momento.

—¿Por qué él no solo le dice que lo lamenta y siguen adelante? —preguntó Constance, acomodándose sobre un costado para ver a Scarlett—. ¿No es esa la respuesta más franca?

—Sería —admitió Scarlett—. Pero entonces, nuestra heroína no crecerá, no podrá considerarlo verdaderamente digno de esa segunda oportunidad. La clave para que al final ambos tengan lo que merecen es explotar sus defectos hasta que sangren, luego tienen que conquistar ese defecto, ese miedo, para poder demostrar quiénes son frente al ser amado; de lo contrario, solo es una historia de amor. —Scarlett entrelazó los dedos detrás de su nuca—. Sin la posibilidad de desastre, ¿podríamos saber lo que tenemos?

—Yo no lo sabía —murmuró Constance.

Scarlett miró a su hermana a los ojos.

—Lo sabías. Sé que amabas a Edward. Él también lo sabía.

—Debí casarme con él como tú hiciste con Jameson —dijo en un murmullo—. Al menos hubiéramos tenido eso, antes...

Desvió la mirada hacia los árboles por encima de ellas.

«Antes de que muriera».

—Desearía cargar tu pena.

No era justo que Constance padeciera tanto dolor en tanto Scarlett contaba las horas para ver a Jameson.

Constance tragó saliva.

—No importa.

—Sí —espetó Scarlett al tiempo que se sentaba—. Importa.

Constance hizo lo mismo, pero no la miró a los ojos.

—En verdad, no. Las otras chicas que siguen adelante, las que consideran el amor como algo temporal.... lo entiendo. En serio. Nada aquí está garantizado. Todos los días caen aviones, hay ataques aéreos. No tiene caso abstenerse de amar cuando hay una gran posibilidad de que mueras mañana. Hay que vivir mientras podamos. —Volteó a ver el pequeño jardín—. Aunque sé que nunca amaré a nadie como amé a Edward, como lo sigo amando. No tengo la certeza de que algún día tendré un corazón para ofrecer. Parece más seguro leer sobre el amor en las novelas que vivirlo francamente.

—Oh, Constance.

A Scarlett se le rompió el corazón de nuevo por la pérdida de Constance.

—Está bien —dijo poniéndose de pie—. Es mejor que nos preparemos, tenemos guardia en poco más de una hora.

—Puedo prepararnos algo de comer —sugirió Scarlett—. He mejorado mucho en dos o tres platillos rápidos.

Constance miró a su hermana con un escepticismo bien merecido.

—Tengo una idea mejor: cambiémonos y vayamos al comedor de los oficiales.

—¡No confías en mí! —dijo Scarlett riendo.

—Confío en ti sin reservas, de lo que dudo es de tu manera de cocinar.

Constance se encogió de hombros, pero su sonrisa bromista era genuina; para Scarlett, eso era suficiente.

Vestidas y alimentadas, las chicas llegaron a la guardia con tiempo suficiente. Dejaron su abrigo en el armario y fueron a la sala de monitoreo aéreo. Por cargados que estuviera su pequeño sector en el tablero, era difícil imaginar cómo estarían en el cuartel general de operaciones de grupo.

—Ah, Wright y Stanton, siempre en pareja —dijo en la puerta la líder de sección Robbins con una sonrisa— ¿Necesitan algo antes de que empiece la guardia?

—No, señora —respondió Scarlett.

De todas las líderes de sección, Robbins era su favorita.

—No, señora —repitió Constance—, solo dígame cuál es mi sección del tablero.

—Excelente. Y cuando las dos tengan un momento, quisiera hablar con ustedes sobre sus responsabilidades —dijo la mujer con una sonrisa, unas pequeñas arrugas se marcaron en el rabillo de sus ojos.

—¿Hay problema con nuestro trabajo? —preguntó Scarlett con cautela.

—No, al contrario. Quisiera que se entrenaran como escrutadoras. Es más presión, pero apostaría que ambas llegarán a ser jefes de sección para final del año —explicó mirándolas para ver su reacción.

—¡Eso sería maravilloso! —exclamó Scarlett—. Muchas gracias por la oportunidad, nos…

—Tengo que pensarlo —interrumpió Constance bajando la voz.

Scarlett parpadeó, sorprendida.

—Por supuesto —respondió Robbins con una sonrisa amable—. Espero que tengan una noche… tranquila.

Las hermanas se despidieron y antes de que Scarlett pudiera cuestionar a Constance por su respuesta, esta abrió la puerta y desapareció en la sala que siempre estaba en silencio.

Scarlett la siguió al interior, se puso los audífonos y relevó a la oficial de la WAAF que estaba en una esquina del tablero; dio un vistazo rápido de su sección para familiarizarse con las actividades de esa noche. Un bombardeo aéreo se acercaba a su cuadrante, cerca del de Constance.

¿Alguna vez terminarían? Decenas de miles habían muerto solo en Londres.

Escuchó la voz de la operadora de radio en sus audífonos y entró en la rutina del trabajo, dejando sus otras preocupaciones para después.

De cuando en cuando volteaba a ver a Constance. Parecía estar tranquila, tenía las manos firmes y sus movimientos eran eficientes. Últimamente, aquí era donde Constance estaba mejor, cuando ninguna emoción podía alcanzarla. Al pensar en el vacío que su hermana tenía al interior sintió otra oleada de náuseas.

No era justo que ella pudiera conservar a su amor mientras Constance no pudo.

Pasaron los minutos mientras ella movía el avión sobre el tablero; entonces, su estómago dio un vuelco por una razón por completo distinta. El 71 estaba en movimiento, no hacia los ataques, sino hacia el mar. «Jameson».

Movió el escuadrón sobre su cuadrante en intervalos de cinco minutos, observando el número de aviones y la dirección general, pero pronto salieron de su sección y ya no pudo vigilarlos; otros tomaron su lugar.

Las horas pasaron volando, pero ella estaba demasiado preocupada como para comer durante su descanso, demasiado ansiosa porque el 71 regresara como para no hacer más que inclinarse sobre el tablero; sabía que Jameson volaba esa noche. Cuando acabaron los quince minutos regresó a la sala de monitoreo y tomó su puesto de nuevo.

Con cierta satisfacción, advirtió que el número de bombarderos que salía era menor que el que entraba. Habían tenido algunas victorias esta noche.

El siguiente trazado de la operadora de radio se escuchó en sus audífonos; alcanzó el nuevo marcador con una leve sonrisa: el 71 había vuelto a su cuadrante.

Colocó el marcador en la coordenada correcta y de pronto se paralizó, cuando la operadora de radio actualizó el número de aeronaves.

Quince.

Scarlett miró el marcador durante unos valiosos segundos, el corazón le dio un vuelco en la garganta. «Se equivoca. Tiene que estar equivocada». Scarlett le dio unos golpecitos al micrófono de su audífono.

—¿Me puedes dar la fuerza numérica del 71 otra vez? —preguntó.

Todas las cabezas en la habitación giraron en su dirección. Las trazadoras nunca hablaban. Jamás.

—Quince —repitió la operadora—. Perdieron a uno.

«Perdieron a uno. Perdieron a uno. Perdieron a uno».

Los dedos de Scarlett temblaban cuando reemplazó la banderita sobre el marcador por una con el número quince. No era Jameson. No podía ser. Ella lo sabría, ¿o no? Si el hombre al que amaba con todo su corazón hubiera caído, si hubiera muerto, lo sentiría. Tenía que ser así. Sencillamente no había manera en que su corazón siguiera latiendo sin el de él. Era una imposibilidad anatómica.

Sin embargo, Constance no lo supo.

Escuchó el siguiente trazado en los audífonos y movió los marcadores correspondientes, cambiando las flechas en los grupos de color programados.

«Jameson. Jameson. Jameson». Su cuerpo se movía por memoria muscular; su mente era un torbellino y tenía un nudo en el estómago, la cena se le revolvió en el vientre cuando el 71 se acercó a Martlesham-Heath. Incluso después de que entraron al hangar y salieron oficialmente del tablero, Scarlett no podía deshacerse del malestar.

Hasta ahora, el escuadrón Águila había tenido una suerte milagrosa, no habían perdido a ningún piloto. Casi se había acostumbrado a esa suerte, pero eso acabó aquella noche. ¿Quién fue? Si no fue Jameson... «por favor, Dios mío, que no sea Jameson», entonces era alguien que ella conocía. ¿Howie? ¿Uno de los nuevos estadounidenses?

Miró el reloj, le faltaban todavía cuatro horas más. Quería llamar a Martlesham-Heath para preguntar el código de llamada del piloto caído, pero si era Jameson, lo sabría muy pronto. Sin duda ya la estarían esperando en casa. Howie nunca dejaría que ella se enterara por rumores.

El tiempo transcurría en bloques tormentosos de cinco minutos; pasaba conforme ella movía los marcadores, cambiaba las flechas, escuchaba las órdenes que enviaban del cuartel general del grupo. Cuando su guardia terminó, Scarlett era un manojo de nervios que latía rápido, no mucho más que eso.

—Déjame llevarte a casa. Sé que aquí está tu bicicleta, pero tengo el automóvil de la sección —dijo Constance una vez que recogieron sus cosas del armario.

—Estoy bien —respondió Scarlett negando con la cabeza mientras se dirigían a las bicicletas.

Lo último que necesitaba Constance era tener que consolarla a ella.

—Él está bien —dijo en voz baja, tocando la muñeca de Scarlett—. Tiene que estarlo. No puedo creer que Dios sea tan cruel como para llevarse a nuestros dos amores. Está bien.

—¿Y si no lo está? —La voz de Scarlett era apenas un murmullo.

—Lo estará. Vamos, sube al coche; no discutas. Le diré a las otras chicas que regresen a las barracas caminando.

Constance la llevó al automóvil, luego habló con las otras chicas de la guardia y se sentó detrás del volante.

El camino era corto, a tan solo unos minutos de la estación, pero por un momento Scarlett no quiso que giraran en la esquina, no quería saber. Sin embargo, lo hicieron.

Había un coche estacionado fuera de su casa.

—Dios mío —murmuró Constance.

Scarlett se irguió y respiró hondo.

—¿Por qué no quieres hacer la capacitación para escrutadora?

Constance la miró al tiempo que se estacionaba detrás del coche que llevaba la insignia del grupo 11.

—¿Ahora? ¿Quieres hablar de eso ahora?

—Es solo que siempre pensé que querías ascender.

Su corazón latía tan rápido que casi era un tamborileo constante.

—Scarlett.

—Hay más presión, sí, pero el sueldo es mejor con el ascenso.

Sujetó la manija de la puerta con fuerza.

—¡Scarlett! —exclamó Constance.

Scarlett apartó la mirada de la insignia del grupo 11 y miró a su hermana.

—Te prometo venir mañana en la mañana y hablar contigo de la capacitación, pero ahora no puedes quedarte en el coche.

—¿Desearías nunca haber abierto esa carta? —murmuró Scarlett.

—Solo hubiera retrasado lo inevitable —dijo Constance con una sonrisa temblorosa—. Vamos, te acompaño hasta la puerta.

Scarlett asintió, abrió la puerta del coche y bajó a la banqueta, preparándose para las otras puertas que se iban a abrir. Sin embargo, no fueron las del otro coche, sino la de su casa.

—Hola —dijo Jameson; abarcaba casi todo el umbral, las rodillas de Scarlett casi cedieron.

Echó a correr y se encontraron a medio camino; se lanzó a sus brazos y lo apretó con tanta fuerza que sintió que todas las piezas volvían a encajar. Él estaba bien, estaba en casa, estaba vivo.

Hundió su rostro en el cuello de Jameson, aspiró su aroma y se aferró a él como si se aferrara a la vida, porque eso era exactamente en lo que se había convertido: en su vida.

—Estaba tan preocupada —murmuró contra su piel, no quería apartarse ni siquiera un momento.

—Sabía que estarías preocupada, por eso pedí permiso y vine aquí.

Mantenía una de sus grandes manos sobre la espalda de Scarlett y la otra sobre su nuca. Tenerla entre sus brazos era todo en lo que había pensado desde el momento en que perdieron a Kolendorski.

—Estoy bien —agregó.

Ella solo lo abrazó con más fuerza.

Jameson miró sobre el hombro de Scarlett y asintió hacia Constance, quien lo miraba con una sonrisa nostálgica. Ella también inclinó la cabeza y dio media vuelta para dirigirse al coche en el que había llevado a su hermana a casa.

—¿Quién fue?

—Kolendorski. —El chico le caía bien—. Giró para interceptar a un bombardero y lo derribaron dos cazas. Todos vimos cuando cayó al mar.

No intentó saltar en paracaídas, no pidió auxilio. Cayó en vertical con la fuerza suficiente como para morir por el impacto, si no había muerto antes. Nadie hubiera podido sobrevivir a esa colisión.

—Lo siento —dijo, aflojando un poco las manos—. Es solo que…

Sus hombros temblaron y él se apartó un poco para poder ver a su esposa.

—Está bien. Todo está bien —le aseguró, enjugando sus lágrimas con la yema del pulgar.

—No sé por qué me porto como una tonta. —Se esforzó por esbozar una sonrisa chueca entre las lágrimas—. Vi cómo cambió el número de efectivos y supe que uno de ustedes había caído. —Negó con la cabeza—. Te amo.

—Yo también te amo —dijo él besando su frente.

—No, no es eso lo que quiero decir. —Se apartó del abrazo—. Te amo tanto que es como si mi corazón latiera dentro de tu cuerpo. Vi lo que la muerte de Edward le hizo a Constance y sé que no soy lo suficientemente fuerte como para perderte. No sobreviviría.

—Scarlett —murmuró envolviéndola en sus brazos y acercándola a él, puesto que no podía hacer nada más.

Ambos sabían que mañana podía ser él y si los bombardeos continuaban, podía ser ella. Cada beso de despedida que compartían tenía el gusto agridulce de la desesperación, porque sabían que era posible que fuera el último.

Y si fuera ella… Contuvo el aliento para calmar esos pensamientos inoportunos e imposibles. Para él no había nada sin Scarlett. Ella era la razón por la que corría un poco más rápido cuando despegaban con urgencia para interceptar un bombardeo aéreo. Ella era la razón por la que exhortaba a los nuevos pilotos a dar lo mejor de sí mismos. Ella era la razón por la que se quedaría aquí, sin importar cuántas cartas le enviaran sus padres, en las que le decían que estaban orgullosos de él y que le rogaban volver a casa. No necesitaba jurarle lealtad al rey, se la juró a Scarlett y él tenía que protegerla.

—Vamos. —La tomó de la mano y la llevó al interior, pero en lugar de cargarla hasta su recámara y hacerle el amor, como pensó hacerlo durante cada minuto en el camino a casa, la llevó a la sala, donde puso un disco de Billie Holiday.

—Baila conmigo, Scarlett.

Ella intentó sonreír, pero su sonrisa era demasiado triste como para llamarla así. Se deslizó entre sus brazos y recargó la cabeza contra su pecho cuando empezaron a balancearse, trazando pequeños círculos para evitar la mesita de centro.

Aquí era donde él vivía. Todo lo demás que hacía era volver a casa seguro para poder tener más de esto, más de ella. Vivir separados era un cierto tipo de tortura; saber que estaba a una hora de distancia pero que no podía estar con ella, le causaba insomnio muchas noches. Extrañaba sentir su piel contra la suya en las mañanas, extrañaba el olor de su cabello cuando se quedaba dormida sobre su pecho. Extrañaba hablar sobre sus días, planear el futuro, besarla mientras se quemaba otra cena. Extrañaba todo de ella.

—Te tengo noticias —le digo en voz baja, rozando los labios contra su sien.

—¿Mmm?

Scarlett alzó el rostro; sus ojos mostraban aprensión.

—Nos van a reubicar. —Trató de permanecer serio, pero sus labios no obedecieron.

—¿Tan pronto? —Frunció el ceño y apretó los labios—. Yo no...

—Pregúntame adónde.

Esbozó una franca sonrisa, vaya una manera de dar una sorpresa.

—¿Adónde?

Jameson alzó las cejas.

—Jameson —le advirtió—. No hagas bromas. Dón...

—Inhaló profundo y entrecerró los ojos—. Me lo dices en

este momento porque si me das muchas esperanzas solo para después aplastarlas como si fueran un insecto, esta noche duermes solo.

—No, no lo haré —repuso con una sonrisa—. Te gusto demasiado para que lo hagas.

—No, en este momento no.

—Muy bien, entonces te gusta demasiado lo que le hago a tu cuerpo para que lo hagas —bromeó con una mirada excitada.

Scarlett arqueó una ceja.

—Aquí —añadió cuando la canción terminó—. Nos van a reubicar aquí. En un par de semanas estaremos en la misma cama todas las noches. —Tomó su mejilla en la palma de la mano—. Volveremos a quemar los desayunos y a pelearnos por el baño.

Su hermoso rostro sonrió y el pecho de Jameson se tensó. Así, sin más, ella cambiaba un día espantoso en algo verdaderamente excepcional.

—Me pidieron que hiciera la capacitación para ser escrutadora —admitió en voz baja, como si alguien pudiera escucharlos. Sus ojos brillaban de alegría—. Eso puede significar que sería líder de sección antes de que acabe el año.

—Estoy orgulloso de ti.

Ahora era él quien sonreía.

—Y yo estoy orgullosa de ti. ¿No somos el uno para el otro? —Se alzó de puntas y rozó sus labios con los suyos—. ¿Qué decías sobre lo que podías hacerle a mi cuerpo?

La subió al segundo piso antes de que empezara la siguiente canción.

A la mañana siguiente, Scarlett entró a la cocina y encontró a Jameson frente a la estufa; preparaba el desayuno. Su estómago dio un vuelco por el olor y luego sintió náuseas.

—¿Estás bien? —preguntó Constance desde el rincón, donde abría un frasco de mermelada.

Cierto, se suponía que tenían que hablar de la capacitación esa mañana. Lo había olvidado y esa era otra razón para estar molesta consigo misma.

—Bien —mintió Scarlett tratando de controlar las náuseas—. No te había visto. Perdón por abandonarte anoche.

Constance sonrió y miró a Scarlett y a Jameson.

—No necesito explicaciones, solo estoy feliz de que todo haya salido bien.

Su mirada se ensombreció cuando llevó la mermelada a la mesa.

—¿Puedo ayudar? —preguntó Scarlett poniendo una mano en la espalda de Jameson.

—Nada, querida… —La miró consternado—. Estás un poco pálida.

—Estoy bien —respondió despacio, esperando que ya no le hicieran más preguntas.

¿Pensó que sus nervios se calmarían ahora que Jameson estaría reubicado aquí? Sí, aunque al parecer su cuerpo no recibió el mensaje.

Constance la examinó con cuidado.

—¿Quieres que hablemos después?

—Por supuesto que no. Me alegro de que estés aquí.

Constance asintió, pero su expresión era extraña, firme. Esta mañana parecía… un poco más vieja.

Jameson llevó las salchichas fritas y las papas a la mesa mientras Scarlett cortaba la hogaza de pan. Se sentaron y Scarlett casi suspira de alivio al sentir mejor el estómago.

—¿Quieren que las deje solas? —preguntó Jameson desde su lugar en la mesa, mirando a una hermana y a otra.

—No —respondió Constance poniendo el tenedor en su

plato medio vacío. No acostumbraba desperdiciar la comida, pero estos últimos dos meses no había estado como siempre—. Tú también tienes que escuchar esto.

—¿De qué se trata? Dijo Scarlett con un nudo en el pecho.

Lo que fuera que su hermana estaba a punto de decir, no era bueno.

—Para mí sería una pérdida de tiempo hacer el entrenamiento de escrutadora —dijo enderezando los hombros—. No estoy segura de cuánto tiempo me permitirán conservar mi cargo.

Scarlett palideció. Había pocas razones por las que una mujer se veía forzada a renunciar.

—¿Qué? ¿Por qué?

Constance jugueteó con sus manos sobre el regazo durante un momento y luego levantó la mano izquierda para mostrar un anillo con una esmeralda brillante.

—Porque estaré casada.

A Scarlett se le cayó el tenedor de la mano que chocó con el plato.

Había que reconocer el esfuerzo de Jameson que no movió un músculo.

—¿Casada?

Scarlett ignoró el anillo y miró fijamente a su hermana a los ojos.

—Sí —dijo Constance, como si Scarlett le hubiera preguntado si quería más café—. Casada. Y mi prometido no está exactamente de acuerdo con lo que hago aquí, así que dudo que me apoye para seguir una vez que estemos casados.

Su voz no mostraba emoción, entusiasmo, nada.

Scarlett abrió y cerró la boca dos veces.

—No entiendo.

—Sabía que no lo entenderías —respondió en voz baja.

—Tienes la misma expresión que el día en que nuestros padres te prohibieron casarte con Edward hasta que acabara la guerra.

Obediente, eso era. Parecía resignada y obediente. Las náuseas volvieron con mayor vehemencia por la corazonada que se deslizó del pecho al vientre de Scarlett.

—¿Con quién te vas a casar?

—Henry Wadsworth —respondió alzando el rostro.

«No».

El silencio se apoderó de la cocina, más afilado que ninguna palabra.

«No, no, no». Scarlett tomó la mano de Jameson bajo la mesa; necesitaba un ancla.

—No es tu decisión —afirmó Constance.

Scarlett parpadeó al darse cuenta de que había hablado en voz alta.

—No puedes hacerlo. Es un monstruo. Te arruinará.

«Si se muere, se muere». Sus palabras cuando plantó ayer el rosal hicieron eco en la mente de Scarlett.

—¿Por qué lo haces? —agregó. Constance había ido a casa de sus padres el fin de semana pasado—. Te están obligando, ¿verdad?

—No —repuso en voz baja—. Mamá me dijo que van a tener que vender el resto del terreno alrededor de la casa de Ashby.

No la casa de Londres… su hogar. Scarlett trató de hacer a un lado la punzada de dolor por la noticia.

—Entonces, es su culpa por no gestionar sus propias finanzas. Por favor, no me digas que accediste a casarte con Wadsworth solo para conservar el terreno. Tu felicidad es mucho más importante que la propiedad. Que la vendan.

Sobre todo, Constance no sobreviviría a un matrimonio con Wadsworth. Destrozaría su espíritu hasta aniquilarlo, y con su cuerpo haría casi lo mismo.

—¿No lo ves? —preguntó Constance, sus rasgos mostraban dolor—. Tendrán que vender el estanque, el kiosco, la cabaña de cacería. Todo.

—¡Que lo hagan! —espetó Scarlett—. Ese hombre te destruirá.

Apretó la mano de Jameson.

Constance se puso de pie y empujó la silla bajo la mesa.

—Sabía que no lo entenderías y no tienes por qué hacerlo. Es mi decisión.

Salió de la cocina erguida y con la cabeza en alto. Scarlett se apresuró detrás de ella.

—Sé que los amas y que quieres agradarles, pero no les debes la vida.

Constance hizo una pausa apoyando la mano en el pomo de la puerta.

—Ya no me queda vida. Todo lo que tengo son recuerdos.

Despacio dio media vuelta y dejó caer la fachada para mostrar su angustia. El estanque, el kiosco, la cabaña de caza. Scarlett cerró los ojos y respiró profundamente.

—Querida, esas posesiones no harán que vuelva.

—Si perdieras a Jameson y tuvieran la oportunidad de conservar la primera casa en la que viviste en Kirton-in-Lindsey, aunque fuera para recorrer las habitaciones y hablar con su fantasma, ¿no lo harías?

Scarlett quiso decir que no era lo mismo, pero no podía.

Jameson era su esposo, su alma gemela, el amor de su vida. Pero ella llevaba menos de un año amándolo. Constance había amado a Edward desde que eran niños, nadaron en ese estanque, jugaron en ese kiosco, se robaron besos en esa cabaña de caza.

—Ni siquiera sabes si la propiedad estará ahí cuando te cases.

Esperaba que no fuera este verano, pues faltaban solo semanas.

—Las va a comprar ahora, de buena fe… como regalo de compromiso. Todo se decidió este fin de semana. Sé que te decepciono.

—No, eso nunca. Tengo miedo por ti. Me aterra que eches a perder tu vida en lugar de…

—¿En lugar de qué? —gritó Constance—. Nunca volveré a amar. La oportunidad de ser feliz ya no existe, entonces, ¿qué importa?

Abrió la puerta y salió corriendo, Scarlett salió tras ella.

—¡Eso no lo sabes! —gritó Scarlett en la banqueta, deteniendo a su hermana antes de que llegara a la calle—. Sabes lo que él te hará. Lo conocemos. ¿En verdad te vas a entregar a un hombre así? ¡Vales mucho más!

—¡Lo sé! —exclamó Constance haciendo una mueca—. Lo sé igual que tú. Vi tu cara anoche. Si hubiera sido Howie quien te esperara en la puerta para decirte que habían perdido a Jameson, hubieras estado devastada. ¿Me puedes mirar a los ojos y decirme que alguna vez volverás a amar si él muere?

Scarlett saboreó bilis en su garganta.

—Por favor, no lo hagas.

—Tengo el poder de salvar a nuestra familia, de conservar nuestras tierras, quizá de enseñarle a mis hijos a nadar en ese mismo estanque. No somos las mismas, ni tú ni yo. Tú tenías una razón para negarte a esa alianza, yo tengo una razón para aceptarla.

Scarlett sintió náuseas, el estómago se le revolvió. Cayó de rodillas y vomitó el desayuno en uno de los arbustos que enmarcaban la entrada. Sintió la mano de Jameson en la nuca, sostuvo su cabello suelto mientras ella devolvía y vaciaba su vientre.

—Querida —murmuró acariciando en círculos su espalda.

Las náuseas pasaron tan rápido como habían llegado.

«Dios mío». En su mente trató de recordar un calendario invisible. No había tenido ni un solo momento de paz desde marzo. Se mudaron en abril… era mayo.

Scarlett se levantó despacio y miró los ojos grandes y compasivos de Constance.

—Oh, Scarlett —murmuró Constance—, ninguna de las dos será líder de sección al final del año, ¿verdad?

—¿Qué se supone que eso significa? —preguntó Jameson con la mano firme en Scarlett, quien sentía que la más mínima brisa podía derrumbarla.

Scarlett miró sus hermosos ojos verdes, su mentón firme y las líneas preocupadas alrededor de su boca. Estaba a punto de preocuparse mucho más.

—Estoy embarazada.

CAPÍTULO DIECINUEVE

Noah

Scarlett:

Aquí estamos de nuevo, separados por kilómetros que me parecen demasiados por las noches, en espera de una oportunidad para estar juntos otra vez. Has renunciado a tanto por mí y ahora vuelvo a pedirte más, pedirte que me sigas otra vez. Te prometo que cuando esta guerra acabe no dejaré que te arrepientas de haberme elegido. Ni un solo minuto. Llenaré tus días de alegría y tus noches de amor. Hay tanto que nos espera si tan solo aguantamos...

—Traje la comida —le anuncié a Georgia cuando entré por la puerta principal de su casa.

Tenía que admitir que me seguía pareciendo un poco extraño entrar a la casa de Scarlett Stanton sin tocar la puerta, pero Georgia insistió la semana pasada cuando empezamos a pasar las tardes juntos en lo que ella llamaba la Universidad Stanton.

—Gracias a Dios, muero de hambre —gritó Georgia desde la oficina.

Pasé por las puertas francesas que estaban abiertas y me detuve de pronto. Georgia estaba sentada en el suelo frente al escritorio de su bisabuela, rodeada de álbumes de fotografías y cajas. Incluso había movido los enormes sillones capitonados para tener más espacio.

—¡Guau!

Me miró y me ofreció una sonrisa entusiasta. «Demonios». En un segundo, mi mente ya no estaba en su bisabuela o en el libro por el que estaba apostando mi carrera. Estaba en Georgia, así de sencillo.

Algo había cambiado entre nosotros desde el día que fuimos a escalar. No solo sentía que ya estábamos en el mismo equipo, sino que ahora teníamos mayor conciencia, como si alguien hubiera empezado la cuenta regresiva: no pude haber escrito la tensión sexual de mejor manera. Desde entonces, cada roce entre nosotros era medido, cuidadoso, como si fuéramos cerillos en medio de un depósito de fuegos artificiales y supiéramos que mucha fricción haría estallar el lugar.

—¿Quieres que hagamos un día de campo? —preguntó, señalando un pedacito de suelo un poco despejado que había a su lado.

—Si tú quieres, yo quiero.

Avancé con cuidado entre los recuerdos desperdigados hasta el lugar a su lado.

—Perdón —dijo un poco apenada. Su suéter de cuello ancho se deslizaba sobre su hombro y dejaba ver el tirante lila del brasier—. Estaba buscando la fotografía de la que te hablé, la que tomaron en Middle Wallop, y me perdí un poco en todo esto.

—No te disculpes.

No solo se veía más apetitosa que lo que íbamos a comer, también ponía frente a mí un verdadero tesoro de historia familiar.

Si eso no era un verdadero avance, no estoy seguro de qué otra cosa podía ser. Habíamos progresado mucho desde la época en que me colgaba el teléfono. Todo en esta mujer que estaba a mi lado era suave, desde el movimiento de su cabello que subía para formar un chongo en su cabeza, hasta sus largas piernas desnudas que sobresalían de sus shorts, cruzadas debajo de ella. Estaba muy lejos de ser de hielo.

—Cuando encontré las fotos no pude evitarlo.

Sonrió y bajó la mirada hacia el álbum de fotografías que estaba abierto sobre su regazo. Yo saqué las cajas de comida de la bolsa.

—Sin jitomate —dije pasándole la suya.

No podía recordar si mi última novia tomaba el café con o sin azúcar; sin embargo, con Georgia Stanton me acordaba de todo sin siquiera hacer un esfuerzo. Me traía loco.

—Gracias —respondió con una sonrisa. Tomó la caja y luego señaló hacia el escritorio detrás de nosotros—. Té helado, sin azúcar.

—Gracias.

Supongo que yo no era el único interesado en recordar detalles.

—Sigo pensando que eres muy raro por tomarlo sin azúcar, pero como tú digas —agregó encogiéndose de hombros, luego pasó la página del álbum.

—¿Esa eres tú? —pregunté ignorando su comentario.

Me incliné un poco sobre su hombro; ya fuera su champú o su perfume, el ligero aroma a cítricos que respiré se me fue directo a la cabeza y a otras partes del cuerpo que necesitaba tener bajo control cuando estaba cerca de Georgia.

—¿Cómo supiste? —dijo mirándome incrédula—. Ni siquiera se ve mi cara.

—Reconozco a Scarlett y dudo mucho que hubiera otra niña vestida como una princesa Darth Vader.

Scarlett sonreía con orgullo, igual que todas las fotografías que había visto de ella y Georgia juntas.

—Tienes razón —admitió Georgia—. Supongo que ese año me sentía un poco en lado oscuro.

—¿Cuántos años tenías?

—Siete. —Frunció el ceño—. Mamá había venido a visitarnos antes de casarse con el marido número dos, si recuerdo bien.

—¿Cuántos esposos ha tenido?

No estaba juzgando, pero la expresión de Georgia despertaba mi curiosidad.

—Cinco matrimonios, cuatro maridos. —Pasó la página—. Se casó dos veces con el número tres, pero creo que se están divorciando porque ahora volvió con el número cuatro. Francamente, ya no me molesto en estar al día.

Me llevó un segundo atar cabos.

—En fin —prosiguió—, necesitas las fotos de los años cuarenta y en su mayoría son mías…

—Me encantaría verlas —propuse cuando ella se disponía a cerrar el álbum.

Cualquier cosa que me ayudara a entenderla mejor. Ella me miró como si me hubiera vuelto loco.

—Quiero decir, Scarlett también sale en ellas, ¿no? —me apresuré a agregar.

«Débil».

—Cierto. Okey. Luego podemos seguir con las más viejas. No dejes que se enfríe. —Señaló la hamburguesa que tenía frente a mí.

Comimos y miramos el álbum. Una página tras otra estaban todas llenas de la infancia de Georgia y si bien en algunas aparecía Hazel o Scarlett, pasaron años, y mi comida completa, antes de que Ava volviera a aparecer. En la mayoría, Georgia parecía ser una niña feliz: enormes sonrisas en el jardín, en la pradera, en el arroyo. Firmas de libros en París y Roma…

—¿En Londres no? —pregunté regresando la página para asegurarme de que no me hubiera saltado ninguna.

No, solo Scarlett y Georgia, a quien le faltaban dos dientes delanteros, en el Coliseo.

—Nunca volvió a poner un pie en Inglaterra —respondió Georgia en voz baja—. Esta también fue la última gira de un libro, aunque continuó escribiendo los siguientes diez años. Juraba que eso evitaba la senilidad. ¿Tú qué opinas?

—¿Yo? ¿Estoy en riesgo de volverme senil? —Alcé las cejas sorprendido—. ¿Cuántos años crees que tengo?

Georgia rio.

—Sé que tienes treinta y uno. Lo que quería decir era si pensabas escribir hasta los noventa —reformuló, dándome un ligero codazo.

—Ah. —Me froté la nuca tratando de imaginar un momento en el que no escribiera—. Probablemente escribiré hasta que me muera. Que decida o no publicar, es otra cosa muy diferente.

Escribir un libro y realizar el proceso de publicación eran tareas por completo distintas.

—Lo entiendo.

Como alguien que se había criado dentro de la industria, sin duda lo entendía.

Otra página, otra fotografía, otro año. La sonrisa de Georgia era resplandeciente y enceguecedora frente a su pastel de cumpleaños, el número doce, a decir de la decoración, con Ava a su lado.

En la siguiente imagen, que parecía ser de unas semanas después, la luz había desaparecido de los ojos de Georgia.

—¿No me vas a preguntar por qué mi madre no me crio? —preguntó mirándome por el rabillo del ojo.

—No me debes una explicación.

—Hablas en serio, ¿verdad? —dijo en voz baja.

—Sí. —Sabía lo suficiente como para entender la situación. Ava fue madre cuando estaba en preparatoria, pero no estaba hecha para ser mamá—. A diferencia de la experiencia que has tenido conmigo debido a nuestro proyecto, no acostumbro sacarle información a las mujeres que no quieren darla.

Estudié las líneas de su rostro mientras ella miraba hacia cualquier parte salvo en mi dirección.

—¿Aunque eso te ayudara a entender a Gran? —preguntó, pasando otra página del álbum de forma descuidada, como si la respuesta no fuera importante, aunque yo sabía que sí lo era.

—Te prometo nunca tomar nada de ti que no quieras darme con toda sinceridad, Georgia —dije en voz baja.

Volteó y nuestras miradas se encontraron, estábamos a solo unos centímetros. Si hubiera sido cualquier otra mujer, la hubiera besado, hubiera respondido a la evidente atracción que crecía entre nosotros, mucho más de lo que jamás hubiera pensado. Ya no era esa chispa de electricidad, se había convertido en algo mucho más que lujuria pasajera o un enorme deseo. Los centímetros entre nosotros rebosaban de necesidad, pura y primitiva. No se trataba de si sí, sino de cuándo. Vi la intensa batalla en sus ojos que me pareció tan familiar porque yo libraba la misma lucha contra lo inevitable.

Su mirada bajó a mi boca.

—¿Y si quiero dártelo con toda sinceridad? —murmuró.

—¿Quieres?

Todos los músculos de mi cuerpo se tensaron para mantener a raya el impulso casi incontrolable de descubrir su sabor.

Se sonrojó, contuvo el aliento y desvió la mirada hacia el álbum de nuevo.

—Te diré todo lo que quieras saber.

Pasó varias páginas del álbum al mismo tiempo y lo abrió en las fotografías de su boda, no la formal, sino la espontánea.

—Te ves hermosa.

Era mucho más que eso. El día de su boda, Georgia parecía tan abierta y francamente enamorada que sentí una punzada de celos. Ese imbécil no merecía su corazón, su confianza.

—Gracias. —Pasó otra página y vi las imágenes de la recepción—. Es gracioso, pero ahora que pienso en ese día, lo que más recuerdo es a Damian tratando de impresionar a cualquier persona que perteneciera al círculo de Gran.

Habló con soltura, como si fuera la moraleja de una broma.

Fruncí el ceño. ¿Cuánto tiempo le llevó a Ellsworth apagar su chispa?

—¿Qué? —preguntó mirándome.

—En estas fotos no te pareces nada a la Reina de Hielo —dije en voz baja—. No entiendo cómo alguien pudiera considerarte fría.

—Ah, cuando yo era toda esperanza e ingenuidad. —Inclinó la cabeza hacia un lado y pasó otra página, esta vez eran burbujas que bañaban a los novios en su camino al automóvil en el que se irían de luna de miel—. El apodo me lo dieron mucho tiempo después, pero la primera vez que me enteré de que me engañaba, algo... —Suspiró y pasó otra hoja—. Algo cambió.

—¿Paige Parker? —pregunté.

Rio.

—Dios mío, no.

Volteé de golpe para mirarla a la cara mientras ella pasaba las páginas, los años.

—En ese entonces no era tan descuidado —explicó—. Con las actrices es fácil que te descubran, pero con las asistentes de dieciocho años, no.

Se encogió de hombros.

—¿Cuántas...?

La pregunta salió de mi boca antes de que pudiera evitarlo. No era asunto mío lo increíblemente hiriente que había sido

Ellsworth. Si yo estuviera casado con Georgia, estaría demasiado ocupado en hacerla feliz en mi cama como para siquiera pensar en alguien más.

—Demasiadas —respondió en un murmullo—. Pero no iba a decirle a Gran que yo no tuve el mismo amor épico que ella; no cuando todo lo que quería era verme feliz y acababa de tener el primer infarto. Supongo que admitir que había cometido el mismo error que mi mamá era… difícil.

—Así que te quedaste.

Mi voz se hizo un susurro cuando otra pieza del rompecabezas que era Georgia encajaba en su lugar. «Voluntad indomable».

—Me adapté. No era que no estuviera acostumbrada a que me abandonaran. —Pasó el pulgar sobre una fotografía, un árbol colorido, en otoño, en un lugar que reconocí al instante: Central Park. Georgia estaba de pie detrás de Damian y Ava, abrazando a ambos; su sonrisa era una leve sombra de la de algunos años antes—. Hay una advertencia, un sonido que hace el corazón la primera vez que te das cuenta de que ya no estás segura con la persona en quien confiabas.

Me asombré.

Volteó otra página, otro evento de gala.

—No es tan limpio o impersonal como algo que se rompe —continuó—. Además, eso es fácil de reparar si encuentras todas las piezas. Cuando en verdad destrozas un alma, eso requiere cierto nivel de… violencia personal. Tus oídos se llenan de un zumbido desesperado… un zumbido rasposo, ahogado. Como si te faltara aire, como si te sofocaras en pleno día, estrangulada por la vida y por las decisiones estúpidas y egoístas de otra persona.

—Georgia —murmuré.

Sentía un nudo en el estómago, tenía el pecho oprimido por la agonía y la rabia que percibía en sus palabras. Hizo una pausa en una fotografía de la premier de la película *Las alas de otoño*. Su sonrisa era deslumbrante, pero su mirada estaba apagada, de pie al lado de Damian, como un trofeo; a su derecha estaban dos generaciones de mujeres Stanton. Con cada imagen, Georgia se iba helando un poco más frente a mis ojos.

—Y la cuestión es que no siempre reconocemos ese sonido por lo que es —prosiguió—: un asesinato. No te das cuenta de lo que en realidad está pasando conforme el aire desaparece. Escuchas el borboteo y de alguna manera te convences de que respirarás otra vez, que no te han roto. Se puede arreglar, ¿verdad? Por eso luchas, te aferras al poco aire que hay. —Sus ojos se llenaron de lágrimas que no llegó a derramar porque alzó la barbilla y pasó las páginas conforme seguía explicando—. Luchas, te revuelcas porque esa cosa tan arraigada y condenada que llamas amor se rehúsa a morir con el primer disparo. Eso sería demasiado clemente. El verdadero amor se debe ahogar, mantener bajo el agua hasta que deje de patalear. Esa es la única manera de matarlo.

Pasó una página tras otra del álbum; era evidente que había elegido con gran cuidado los colores caleidoscópicos para enviárselo a Scarlett y construir la mentira de su matrimonio feliz.

—Y cuando al final lo entiendes, dejas de pelear; estás demasiado lejos de la superficie como para salvarte. Los espectadores te dicen que sigas nadando, que solo tienes el corazón roto, pero ese pequeño aleteo que queda de tu alma ni siquiera puede flotar, mucho menos avanzar en el agua. Ya no te queda ninguna opción, o te dejas morir mientras te acusan de ser débil o aprendes a respirar en la maldita agua, y entonces te llaman monstruo, porque en eso te has convertido. En una reina de hielo, de hecho.

Se detuvo en la última fotografía: un reflejo de la premier, tomada tan solo un par de meses antes de la muerte de Scarlett.

El resto de las páginas del álbum estaban devastadoramente en blanco.

Apreté los puños. Nunca quise tanto romperle la cara a alguien como a Damian Ellsworth.

—Te juro que jamás te lastimaría como él lo hizo.

Enfaticé en cada palabra con la esperanza de que comprendiera mi convicción.

—Nunca dije que él lo hiciera —murmuró, y en su ceño se dibujaron dos líneas cuando me miró confundida.

Sonó el timbre de la puerta y ambos nos sorprendimos.

—Yo abro —ofrecí poniéndome de pie.

—Yo voy —dijo levantándose más rápido que yo, el álbum cayó de su regazo y, sin pausas, se apresuró a la puerta saltando con agilidad sobre los montones de fotos.

Desde las puertas francesas vi cómo firmaba por el paquete. Si no hubiera estado sentado junto a ella jamás hubiera adivinado que acababa de quitarse ese peso de encima. Ya tenía preparada una sonrisa radiante y platicaba un poco con el repartidor.

Tomó la gran caja y se despidió, cerrando la puerta con la cadera antes de dejar el paquete en la mesa del recibidor.

—Es de los abogados —dijo con una sonrisa; durante un segundo me pregunté si se había vuelto loca. Nadie nunca se ponía tan feliz al recibir un paquete de sus abogados—. Espérame un momento, necesito tijeras.

—Toma —dije avanzando al tiempo que sacaba mi navaja suiza del bolsillo para ofrecérsela—. Pensé que el trato del nuevo estudio lo cerraban en otras dos semanas.

No podía esperar a ver sus creaciones.

—Gracias. —Tomó la navaja y abrió el paquete con una alegría infantil—. No es para el estudio. Me envía algo cada mes.

—¿Tu abogado?

—No, Gran —respondió curioseando al interior del paquete; nunca le había visto una sonrisa tan intensa—. Dejó instrucciones y regalos. Hasta ahora ha sido uno cada mes, pero no sé por cuánto tiempo lo planeó.

—Es quizá la cosa más genial que he escuchado.

Me devolvió la navaja suiza, la aseguré y la metí al bolsillo de mis bermudas.

—Lo es —admitió al tiempo que abría una tarjeta—. «Queridísima Georgia, ahora que ya no estoy te corresponde a ti ser la bruja de la casa, sin importar dónde estés. Te amo con todo mi corazón. Gran».

La miré asombrado por el comentario sobre la bruja hasta que Georgia rio y sacó un sombrero de bruja de la caja.

—Siempre se disfrazaba de bruja para darles dulces a los niños en Halloween.

Se puso el sombrero, justo sobre el chongo, y siguió hurgando.

Claro, Halloween era en dos semanas. El tiempo volaba, la fecha de entrega se aproximaba y yo seguía con las manos vacías. Peor que eso, si entregaba el manuscrito a tiempo, y lo haría, solo me quedarían seis semanas con Georgia.

—¿Te envió un sombrero de bruja y una caja de Snickers extragrandes? —pregunté.

En ese momento que miraba al interior de la caja, de alguna manera me sentí conectado con Scarlett Stanton.

Georgia asintió.

—¿Quieres?

Sacó una barra de chocolate de la caja y lo agito frente a mí.

—Por supuesto.

Quería a Georgia, pero me contentaría con el chocolate.

—Eran los favoritos de Gran —dijo abriendo una envoltura—. Decía que en Inglaterra las llamaban barra Marathon. Si supieras cuántas páginas de sus manuscritos tienen huellas de chocolate en los bordes.

Mordí la barra y la mastiqué mientras seguía a Georgia de regreso a la oficina.

—Todo en esa máquina de escribir.

—Sí.

Me miró con la cabeza un poco ladeada, examinándome con cuidado.

—¿Tengo chocolate en la cara? —pregunté tomando otro bocado.

—Deberías escribir el resto del libro aquí.

—Eso voy a hacer, ¿recuerdas? De ninguna manera regresaré a Nueva York sin haber terminado el manuscrito. Estoy seguro de que Adam ni siquiera me dejaría bajar del avión.

La verdad era que evitaba sus llamadas. Si no le respondía, muy pronto vendría aquí también.

—Quiero decir, aquí. Aquí —dijo señalando el escritorio de Scarlett—. En la oficina de Gran, aquí. Es el lugar en el que ella lo empezó.

Parpadeé.

—¿Quieres que acabe el libro aquí?

Pronuncié las palabras despacio, casi tartamudeando por la confusión. Ella le dio otra mordida a su chocolate, asintió y miró alrededor de la habitación.

—Ajá.

—No siempre escribo en horarios normales…

Pero estaría cerca de Georgia todos los días.

—¿Y? Tienes una llave. De cualquier forma, no siempre estaré en casa porque estaré ocupada preparando el taller. Y si alguna vez es muy, muy tarde, puedes dormir en la recámara de invitados. —Se encogió de hombros y saltó sobre dos montones de fotos, hacia el escritorio—. Entre más lo pienso, más sentido

303

tiene. —Caminó detrás del escritorio y jaló la silla—. Ven, prueba a ver cómo te queda.

Terminé el chocolate y tiré la envoltura en el bote de basura que estaba junto al escritorio de cerezo macizo. Dudaba, era el escritorio de Scarlett, la máquina de escribir de Scarlett.

—Proteges esto como si fuera el escritorio Resolute, con posavasos y todo.

—Ah, tendrás que usar los posavasos. Eso no es negociable. —Dio unos golpecitos al respaldo alto de la silla y rio—. Anda, no muerde.

—Está bien.

Rodeé el escritorio y me senté en la silla de oficina; me hice hacia adelante hasta quedar a la altura. La laptop de Georgia estaba a mi derecha, pero a mi izquierda se encontraba la famosa máquina de escribir.

—Si te sientes audaz…

Georgia pasó las yemas de los dedos sobre las teclas.

—No, gracias. En primer lugar, lo más probable es que la rompa; en segundo, hago muchísimas correcciones sobre la marcha como para siquiera pensar en usar una máquina de escribir. Esas son palabras mayores, incluso para mí.

Mi atención se desvió hacia una caja de archivo que estaba en una esquina del escritorio, con la palabra «inconcluso» escrita con marcador grueso negro.

—¿Eso es…?

—Los originales, sí —respondió deslizando la caja hacia mí—. Anda, pero no cambiaré de opinión: los originales se quedan aquí.

—Entendido.

Abrí la tapa y saqué un fajo de papeles que coloqué sobre la superficie pulida del escritorio. Ella misma había escrito esas páginas y aquí estaba yo, dispuesto a terminarlas. «Irreal».

El manuscrito era grueso, pero el número de palabras no era lo único que apilaba las páginas, sino también el papel. Las hojeé rápido.

—Esto es maravilloso.

—Tengo otras setenta y tres cajas iguales —bromeó recargándose contra el escritorio.

—Es posible ver cómo lo escribía y lo revisaba. Las páginas están todas en diferente estado de deterioro. ¿Lo ves? —pregunté levantando dos páginas del capítulo dos, cuando Jameson se acercó a Scarlett al lugar donde estaba sentada con Constance—. Esta página tiene que ser la original. Está vieja y la calidad del papel es menor. Esta otra… —agregué agitándola un poco, sonriendo al ver una mancha de chocolate en una esquina— no puede tener más de diez años.

—Tiene sentido. Le gustaba revisar, siempre agregaba palabras. —Juntó las manos en el borde del escritorio—. Personalmente, creo que le gustaba vivir ahí, entre las páginas con él. Siempre agregaba pequeños recuerdos, pero nunca lo acababa.

Era algo que yo entendía. Dar un libro por terminado significaba decir adiós a esos personajes. Pero para Scarlett no eran solo personajes, se trataba de su hermana y de su alma gemela. Leí unas cuantas oraciones de la primera página, luego de la segunda.

—Diablos, se puede ver cómo su talento evoluciona.

—¿En serio?

Georgia se acomodó un poco parar mirar las páginas.

—Sí. Todos los escritores tienen una estructura particular en su redacción. Ve aquí —dije señalando un párrafo en la primera página—. Un poco entrecortado. Pero acá —agregué seleccionando un pasaje distinto en la segunda— es más delicado.

Apostaría mi vida a que el estilo de las primeras páginas era más parecido al de sus trabajos tempranos. Alcé la mirada y vi que Georgia me observaba sin evitar sonreír.

—¿Qué? —pregunté acomodando las hojas en el lugar en el que pertenecían en el manuscrito.

—Ahora sí tienes chocolate en la cara —advirtió riendo.

—Maravilloso.

Pasé la mano sobre la barba junto a la boca.

—Acá.

Se deslizó sobre el escritorio y la piel desnuda de su pierna rozó la mía. De pronto deseé llevar shorts; me eché un poco hacia atrás esperando que se acercara más.

Llenó el espacio entre mis rodillas, puso la palma de la mano sobre mi cara y con el pulgar limpió la piel justo debajo de la comisura de los labios. Mi pulso se aceleró y me tensé.

—Ya —murmuró, pero no apartó la mano.

—Gracias.

Su tacto era cálido y me costó un gran esfuerzo no recargar mi mejilla en su mano. Diablos, la deseaba y no solo su cuerpo. Quería entrar a su mente, más allá de los muros de los que hasta George R. R. Martin se enorgullecería. Quería tener su confianza solo para probarle que era digna de ella.

Se humedeció el labio inferior con la punta de la lengua. Mi autocontrol colgaba de un hilo y su mirada lo tensaba lentamente hasta deshilacharlo. Sin embargo, no se movió.

—Georgia.

Su nombre salió de mi boca tanto como una plegaria, como una advertencia.

Se acercó, aunque no lo suficiente. Mis manos encontraron las curvas de su cintura y la jalé, acercándome a ella tanto como la silla me lo permitió. Lanzó un pequeño jadeo que envió toda la sangre directo a mi pene. «Cálmate, maldita sea». Deslizó su mano desde mi mentón hasta mi cabello.

Sujeté con más fuerza su cintura sobre la gruesa tela de su sudadera.

—Noah —murmuró y alzó la otra mano hasta mi nuca.

—¿Quieres que te bese, Georgia? —pregunté con voz ronca, incluso a mis oídos.

Aquí no podía haber malentendidos, ninguna señal confusa. Había mucho en juego y, por una vez, no era mi carrera en lo que estaba pensando.

—¿Tú quieres besarme? —me retó.

—Más de lo que necesito el próximo aliento.

Miré aquella boca increíble y entreabrió los labios.

—Qué bueno, porque…

Sonó su teléfono.

«Esto es una broma».

Se movió y se acercó más.

Otro timbrazo.

—No… —empecé a decir.

Lanzó un quejido, sacó el teléfono de su bolsillo trasero, respiró profundo y entrecerró los ojos al ver la pantalla. Deslizó su dedo sobre ella, con violencia, para responder la llamada y se llevó el dispositivo a la oreja.

—… contestes. —Acabé con un suspiro, echando la cabeza hacia atrás contra el respaldo.

—¿Qué demonios quieres, Damian?

CAPÍTULO VEINTE

Julio de 1941
North Weald, Inglaterra

—Mejor, ¿verdad? —preguntó Scarlett abotonando con dificultad el saco del uniforme.

No podría ocultarlo mucho más tiempo. No estaba segura siquiera de poder ocultarlo bien ahora. Jameson se recargó contra el marco de la puerta de su recámara con los labios apretados.

—Corrí los botones lo más que pude —murmuró Constance, jalando un poco el saco desde el dobladillo—. Quizá podríamos pedir una talla más grande.

—¿Otra vez? —exclamó Scarlett alzando las cejas, mirándose en el espejo ovalado que estaba encima de su cómoda.

Constance hizo una mueca.

—Cierto. La primera vez, la oficial de suministros me miró como si le estuviera robando sus raciones.

El uniforme estaba apretado, se jalaba de las costuras no solo sobre el vientre sino también en la cadera y el pecho.

—Tengo una idea —dijo Jameson desde el umbral, cruzando los brazos sobre el pecho.

—Escuchémosla —respondió Scarlett acercando los bordes de la parte inferior del saco, donde no había botones.

—Podrías decirles que tienes cinco meses de embarazo.

Lo miró en el reflejo del espejo, alzando una sola ceja. Él no sonrió. Constance miró a uno y a otro.

—Bien. Voy a estar… ¡en otro lado! —dijo esta última.

Jameson se movió para dejarla pasar; después cerró la puerta y se recargó en ella.

—Hablo en serio.

—Lo sé —dijo en voz baja, acariciando su vientre hinchado—. Pero sabes lo que harán.

Echó la cabeza hacia atrás y se golpeó contra la puerta.

—Scarlett, querida, sé que tu trabajo es importante, pero, francamente, ¿puedes decirme que estar de pie durante ocho horas seguidas no te está matando? ¿El estrés? ¿Los horarios?

Tenía razón. Ya estaba exhausta cada mañana cuando abría los ojos. No importaba qué tan cansada estuviera, no había tiempo para descansar. Pero si decía la verdad, si renunciara a su puesto, ¿qué sería de ella entonces?

—¿Qué haría todo el día? —preguntó Scarlett pasando los dedos por las líneas bordadas de su rango que estaban en el hombro de su saco—. Estos últimos dos años mi vida ha tenido una dirección. He tenido significado y propósito. He logrado cosas y me he dedicado a esta guerra. ¿Qué se supone que debo hacer ahora? Nunca he sido ama de casa. —Tragó saliva, esperando hacer desaparecer el nudo que sentía en la garganta—. Y sin duda nunca he sido madre. No sé cómo ser ninguna de esas dos cosas.

Jameson atravesó la recámara, se sentó en el borde de la cama, tomó a su esposa por las caderas y la acercó entre sus rodillas abiertas.

—Lo averiguaremos juntos.

—Juntos —dijo en un murmullo bajando la cabeza—. Pero nada cambia para ti. Tú sigues yendo al trabajo, sigues volando, sigues luchando en esta guerra.

—Sé que no es lo que querías…

Dejó caer la cabeza.

—No es eso —se apresuró a decir, entrelazando sus dedos en la nuca de su esposo—. Es solo que esperaba estar preparada, que la guerra hubiera terminado, que no tuviéramos que traer a un niño a un mundo en el que me preocupo todas las noches porque no sé si llegarás a casa, o en el que temo que una bomba pueda caernos encima mientras dormimos. —Le tomó las manos y las puso sobre su vientre—. Quiero a este bebé, Jameson. Quiero a nuestra familia, solo deseaba estar preparada y no lo estoy.

Jameson le acarició el vientre como lo hacía todos los días cuando se despedía de su hijo antes de sus vuelos.

—No creo que nadie, nunca, esté preparado. Y no, este mundo no es seguro para ella. Todavía no. Pero tiene a dos padres que pelean como endemoniados para cambiar eso, para hacer un mundo seguro para ella. —Esbozó una leve sonrisa y miró a su esposa—. Estoy absolutamente orgulloso de ti, Scarlett. Has hecho todo lo que has podido. No puedes cambiar el reglamento. Todo lo que puedes hacer es traer la lucha a casa. Sé que serás una excelente madre. Sé que mis horarios son impredecibles y que nunca tengo la certeza de cuándo podré volver a casa.

«Si es que puede volver a casa», pensó Scarlett.

—Sé que gran parte de todo esto recaerá en ti —continuó—, pero también estoy seguro de que estás a la altura.

Scarlett alzó una ceja.

—Otra vez, pensando que nuestro bebé es una niña. Tu hijo no estará muy contento cuando nazca.

Jameson rio.

—Y tú, otra vez, pensando que nuestra hija es un niño. —Se inclinó hacia adelante y puso la boca justo sobre su vientre—. ¿Escuchaste, rayito de sol? Mamá piensa que eres un niño.

—Mamá sabe que eres un niño —lo contradijo Scarlett.

Jameson le besó en vientre y la acercó a él para rozarle los labios con un beso.

—Te amo, Scarlett Stanton. Amo todo de ti. Muero de ganas de tener en mis brazos algo de nosotros dos, ver esos maravillosos ojos azules en nuestra hija.

Ella pasó las manos por el cabello de Jameson.

—¿Y si tiene tus ojos?

Jameson sonrió.

—Después de verte a ti y a tu hermana, diría que en el departamento de ojos ustedes tienen el gen dominante—. La besó de nuevo, lentamente—. Tienes los ojos más hermosos que jamás haya visto. Sería una lástima no heredarlos. Deberíamos llamarlo azul Wright.

—Azul Stanton —corrigió. Algo en su interior cambiaba, preparándose para la transformación que ya no podía evitar con solo negarla—. Sigo sin poder cocinar. Incluso después de todos estos meses, sigues siendo mejor que yo. Todo lo que sé hacer es organizar una fiesta excelente y trazar rutas de bombardeos. No quiero fracasar.

—No lo harás. No lo haremos. Con lo que nos amamos, ¿imaginas cuánto amaremos a esta niña?

Su sonrisa era más radiante que nunca e igual de contagiosa.

—Solo unos meses más —murmuró Scarlett.

—Solo unos meses más —repitió—. Luego tendremos una nueva aventura.

—Todo cambiará.

—No la forma en la que te amo.

—¿Lo prometes? —preguntó, pasando los dedos por el cuello de su camisa—. Te enamoraste de una oficial de la WAAF que, a decir por su uniforme, ya no cabrá en él la semana siguiente. No me parece que te haya tocado el premio en la rifa.

¿Cómo iba a amarla si ni siquiera era ella misma?

Él la acercó más para poder sentir las curvas de su cuerpo contra el suyo.

—Te amo. Independientemente de lo que hagas, del uniforme que lleves, de quien quieras ser, te amaré.

Era una promesa que le recordaría más tarde, después del día en el que habló con la líder de sección Robbins en su oficina, jugueteando con su gorra después de su guardia.

—Me preguntaba cuándo vendría a verme —dijo Robbins señalando la silla que estaba frente a su escritorio.

Scarlett tomo asiento y se ajustó la falda al hacerlo.

—Francamente, me sorprende que haya tardado tanto —agregó con una sonrisa comprensiva—. Pensé que estaría aquí hace un mes.

—¿Lo sabía?

Las manos de Scarlett volaron a su vientre.

Robbins arqueó una ceja.

—Se la pasó vomitando dos meses seguidos. Lo sabía, solo que pensé que era mejor dejar que usted llegara sola a esa conclusión y, por egoísmo, quería conservarla. Es una de mis mejores chicas. Dicho esto, le iba a dar solo dos semanas más antes de intervenir. —Abrió un cajón del escritorio y sacó unos papeles—. Ya tengo listos sus papeles de baja. Debe llevarlos al cuartel general.

—No quiero que me den de baja —admitió Scarlett en voz baja—. Quiero hacer mi trabajo.

Robbins la examinó con cuidado y suspiró.

—Y a mí me gustaría que pudiera.

—¿No hay nada que pueda hacer?

Su corazón se partió en dos.

—Puede ser una madre maravillosa, Scarlett. Gran Bretaña necesita más bebés. —Deslizó los papeles sobre la mesa—. La extrañaremos mucho.

—Gracias —dijo Scarlett irguiéndose; luego tomó los papeles de baja.

Así, sin más, todo había terminado.

Cuando entregó sus papeles de baja, un sonido sordo y constante zumbaba en sus oídos. No desapareció hasta que estuvo frente al mismo espejo ovalado de su recámara, mirando un reflejo que ya no era legítimamente el suyo.

Primero se quitó el gorro y lo dejó sobre la cómoda; luego fueron los zapatos y las medias.

En dos ocasiones, llevó las manos al cinturón de su saco, antes de decidirse a quitárselo. Este uniforme le había brindado una libertad que nunca hubiera tenido. Nunca se hubiera enfrentado a sus padres sin la confianza que había adquirido tras largos días y noches de guardia. Nunca hubiera sido consciente de su propio valor; no era solo una hermosa pieza de exhibición. Nunca hubiera conocido a Jameson.

Sus dedos temblaron en el primer botón. Cuando lo desabrochó, todo terminó. No habría más guardias ni más reuniones informativas; no más sonrisas cuando caminaba por la calle, orgullosa de su colaboración. Era solo ropa, la manifestación física de la mujer en la que se había convertido, la hermandad a la que pertenecía.

Escuchó un ruido a su espalda; levantó la cabeza y en el espejo vio el reflejo de Jameson, estaba de pie en el mismo sitio en el que estuvo esa mañana, recargado en el umbral. En lugar de llevar su uniforme planchado, seguía vestido con el traje de vuelo.

Jameson cerró los puños, necesitaba abrazarla; sin embargo, mantuvo los brazos cruzados sobre el pecho. No dijo nada mientras observaba cómo Scarlett se debatía con los botones del saco. Sufría al ver el dolor y la pérdida en su mirada cuando por fin ella pudo desabrochar todos los botones. Sin duda hoy había hablado con su líder de sección. No solo se estaba desvistiendo, se estaba deshaciendo.

Por mucho que quisiera cruzar la habitación para confortarla, esto era algo que ella tenía que hacer sola, por ella misma. Además, él ya era responsable de haberle arrebatado mucho; no soportaría ser también parte de esto.

Scarlett se quitó el saco con los ojos llenos de lágrimas; lo dobló con cuidado y lo puso sobre la cómoda. Luego fue la corbata, la blusa y, por último, la falda. Con manos firmes apiló todo, vestida solo con la ropa interior de civil que siempre insistió en usar.

Tragó saliva y levantó la barbilla.

—Se acabó.

—Lo siento mucho. —Sus palabras salieron como si se hubieran raspado con fragmentos de botellas rotas.

Caminó hacia él; toda ella eran curvas abundantes y tristeza en los ojos, pero sus miradas se encontraron. La de ella era firme.

—Yo no.

—¿No? —preguntó tocando su mejilla porque necesitaba tocarla.

—No lamento nada que me haya llevado hasta ti.

Jameson la alzó en brazos hasta la cama y le mostró con el cuerpo lo afortunado que se sentía de haberla encontrado.

Un mes después, Scarlett se maravillaba con la libertad que le brindaba el sencillo vestido cruzado, cuando ella y Jameson fueron de compras a una pequeña tienda londinense que se especializaba en ropa para bebé.

Algunos aspectos de la vida civil, como no morir de calor en su uniforme bajo el calor de agosto, le sentaban bastante bien.

—Ojalá hubiéramos hecho esto hace dos meses —masculló Jameson mientras ambos buscaban en los estantes poco surtidos de ropa infantil.

—Va a estar bien —aseguró Scarlett—. Él no necesitará mucho al principio.

—Ella. —Jameson sonrió y se inclinó para darle un beso en la sien.

Habían racionado la ropa desde junio, lo que significaba que en unos meses necesitaría ser creativa y lavar más seguido. Cobijas, trajecitos, pañales, tenían mucho que conseguir antes de noviembre.

—Él —repuso Scarlett negando con la cabeza—. Para empezar, llevémonos esto —agregó, dándole a Jameson dos trajecitos que podían ser para niña o niño.

—Okey.

Scarlett hizo una pequeña mueca al ver el escaso surtido de pañales.

—¿Qué pasa? —preguntó Jameson.

—Nunca he puesto un pañal en mi vida. Sé que necesito alfileres de seguridad, pero no tengo a nadie a quién preguntarle.

Seguía sin hablar con sus padres; de cualquier forma, su madre tampoco se había ocupado mucho del cuidado de sus bebés.

—Pueden contratar un servicio de pañales —sugirió una empleada joven con una rápida sonrisa a un extremo del pasillo—. Se están haciendo muy populares.

Jameson asintió, considerando la idea.

—Tendríamos menos que lavar y quizá calmaría un poco tu estrés por no poder comprar lo suficiente.

Scarlett puso los ojos en blanco.

—Podemos hablarlo después de cenar. Me muero de hambre.

—Sí, señora —respondió con una sonrisa.

Tomó sus compras y se dirigió a la caja.

De todo lo que tenían que hablar durante esas valiosas cuarenta y ocho horas de permiso, los pañales no estaban en la lista.

Un momento después estaban afuera, en la calle animada; caminaron tomados de la mano. Los bombardeos se habían suspendido por ahora, aunque por todas partes había evidencias.

—¿Algún lugar donde quieras comer? —preguntó Jameson ajustando su sombrero con una mano.

Scarlett podía jurar que vio al menos a tres mujeres embelesadas con el espectáculo y no podía culparlas. Su esposo era increíble, de pies a cabeza.

—No particularmente. Aunque no me importaría regresar al hotel y tenerte a ti como cena —dijo haciendo un esfuerzo por permanecer seria.

Jameson se detuvo de pronto, lo que obligó a la gente a rodearlos para seguir avanzando.

—Ahora mismo consigo un taxi —propuso con una sonrisa que era hedonismo puro.

—¿Scarlett?

Scarlett se paralizó al escuchar la voz de su madre. Apretó la mano de Jameson con fuerza y giró para enfrentarla.

No iba sola: el padre de Scarlett estaba a su lado, tan asombrado como Scarlett se sintió durante un segundo; sin embargo, logró controlar su expresión para mostrar la frialdad que ella conocía tan bien.

—Jameson, ellos son mis padres, Nigel y Margaret; pero estoy segura de que ellos preferirían que los llamaras barón y lady Wright.

Al fin podía darle un verdadero uso a todas las lecciones de buenos modales que le inculcaron.

—Señor —saludó Jameson dando un paso adelante y ofreciendo su mano a Nigel, aunque perdiera la de Scarlett para hacerlo.

Era el tristemente célebre padre por el que su esposa y la hermana tenían tantos sentimientos encontrados. Iba vestido con un traje impecable; llevaba el cabello entrecano embadurnado hacia atrás, impecable.

El padre de Scarlett miró la mano extendida de Jameson y volvió a alzar la mirada.

—Tú eres el yanqui.

—Soy estadounidense, sí —espetó Jameson, pero sonrió al tiempo que bajaba la mano para volver a tomar la de Scarlett. No podía imaginar una ruptura de este tipo con sus propios padres, y si en sus manos estaba aliviar la tensión, lo haría. Era lo menos que su madre esperaría de él.

—Señora, sus hijas hablan muy bien de usted.

Scarlett le apretó la mano al escuchar la mentira.

Margaret tenía el mismo cabello oscuro y los ojos azules penetrantes que sus hijas. De hecho, el parecido era tanto que no pudo deshacerse del sentimiento de que echaba un vistazo al aspecto que tendría Scarlett en treinta años; aunque ella no tendría esa expresión fría y la tensión en la boca. Su esposa era mucho más cálida.

—Vas… vas a tener un hijo —dijo su madre en voz baja, con los ojos muy abiertos y fijos en el vientre de Scarlett.

El impulso irracional de pararse frente a su esposa fue instantáneo.

—Así es —respondió Scarlett con la voz firme y la frente en alto.

A Jameson siempre le maravillaba su autocontrol, pero en esta ocasión, era más de lo que nunca había visto.

—Entiendo que convencieron a Constance de que echara a perder su vida —agregó en el mismo tono que había utilizado esa mañana para pedirle a Jameson que le pasara la leche.

Jameson parpadeó. Se daba cuenta de que entraba en un ruedo distinto a la guerra y que ahí no era un experto, su mujer sí.

—Constance toma sus propias decisiones —dijo Margaret con la misma amabilidad.

—¿Es un niño? —preguntó Nigel mirando a Scarlett con un brillo particular en los ojos que parecía muy cercano a la desesperación, para alivio de Jameson.

—No podría saberlo, sigo embarazada —contestó inclinando la cabeza hacia un lado—. Y si lo es, no es asunto de ustedes.

Esta era la familia más extraña que Jameson había conocido y, de alguna manera, formaba parte de ella.

Scarlett volvió a dirigir su atención hacia su madre.

—Las decisiones de Constance son suyas, pero ustedes sacaron provecho de su corazón roto. Tanto ustedes como yo sabemos lo que le hará. Enviaron voluntariamente al cordero al matadero y haré todo lo que esté en mi poder para convencerla de que no se case.

Entre los disparos que iban y venían, ese fue un golpe directo.

—Hasta donde sé, fuiste tú quien tomó la decisión por ella cuando lo rechazaste —respondió su madre imperturbable.

Y ese era un bombardeo en forma.

La respiración fuerte de Scarlett fue suficiente para que Jameson supiera que las palabras de la madre habían dado en el blanco.

—Fue un gusto conocerlos, pero ya nos vamos —intervino Jameson inclinando levemente su sombrero.

—Si es un niño, puede ser mi heredero —espetó Nigel.

Jameson sintió que todos los músculos de su cuerpo se tensaban, preparándose para la pelea.

—Si nuestro bebé es un niño, es nuestro hijo —espetó.

—No es nada suyo —agregó Scarlett entre dientes hacia su padre, levantando la mano por instinto para proteger a su bebé.

—Si Constance no se casa con Wadsworth, como estás tan determinada a impedirlo —dijo su padre con un brillo taimado en los ojos—, y tú tienes al único heredero, la línea hereditaria está clara. Pero si se casa con él y tienen hijos, ese es otro asunto.

—Increíble —masculló Scarlett negando con la cabeza—. Renuncio a mi derecho en este momento, aquí, a media calle. No lo quiero.

Nigel miró a uno y a otro y fijó sus ojos entrecerrados en Scarlett.

—¿Qué vas a hacer cuando maten a tu yanqui?

Scarlett se tensó.

Jameson no podía discutir esa posibilidad. La esperanza de vida de un piloto no era de años, ni siquiera meses. Las probabilidades no estaban exactamente a su favor, sobre todo al ritmo en el que el 71 era enviado en misiones. Desde que les dieron los Spitfire unas semanas antes, eran uno de los escuadrones de élite para derribar al enemigo. Estaba a solo una batalla de ser el mejor piloto… o de perecer.

—Tendrás que mantener a un bebé con una pensión de viuda, puesto que supongo que ya no llevas el uniforme ni tienes un ingreso propio.

—Ella estará bien —intervino Jameson.

Había cambiado su testamento para asegurarse de que Scarlett heredara sus propiedades en caso de que no volviera, pero no se lo diría a sus padres.

—Cuando eso pase, volverás a casa —dijo el padre, ignorando a Jameson por completo—. Piénsalo. No tienes ninguna habilidad particular. ¿Puedes decir con franqueza que trabajarás en una fábrica? ¿Qué vas a hacer con tu hijo?

—Nigel —reprendió Margaret en voz baja.

—Volverás a casa. Y no por ti, sé que preferirías morir de hambre que darnos la satisfacción, pero ¿por el niño?

Scarlett palideció.

—Nos vamos. Ahora.

Jameson dio la espalda a los padres de Scarlett sin soltar su mano.

—¡Ni siquiera tienes un país! —exclamó Nigel a su espalda.

—¡Muy pronto será estadounidense! —gritó Jameson sobre su hombro mientras se alejaba.

Scarlett mantuvo la cabeza en alto mientras Jameson bajaba de la banqueta para parar un taxi. Un vehículo negro se estacionó frente a ellos, Jameson abrió la puerta y dejó pasar a Scarlett. La rabia bullía en sus venas, caliente y espesa.

—¿Adónde? —preguntó el conductor.

—A la embajada de Estados Unidos —respondió Jameson.

—¿Qué? —preguntó Scarlett volteando en su asiento; el taxi se abría camino en el tránsito.

—Necesitas una visa. No puedes quedarte aquí. Nuestro bebé no puede quedarse aquí. —Negó con la cabeza—. Me dijiste que eran fríos, unos monstruos, pero eso fue... —Tensó la mandíbula—. No tengo palabras para describir lo que acaba de pasar.

—Y por eso me llevas a la embajada —dijo Scarlett alzando una ceja.

—¡Sí!

—Amor, no tenemos el acta de matrimonio ni ninguna identificación. No me van a dar una visa así nada más, solo porque tú lo digas —agregó tranquila, acariciando su mano.

—¡Mierda!

El conductor volteó a verlos, pero ellos continuaron.

—Sé que son... terribles, pero ya no tienen ningún poder sobre mí, sobre nosotros. Jameson, mírame.

—Si algo me sucede, necesito saber que puedes llegar a Colorado. —Solo pensar que ella podría regresar con su familia le hizo sentir otra punzada de rabia—. No somos pobres, al menos no en tierras, y ya cambié mi testamento. Si muero, tienes opciones, pero volver con esos dos no es una de ellas.

—Lo sé —admitió asintiendo levemente—. No lo haré. Nada te va a pasar.

—Eso no lo sabes.

—Pero si sucede, nunca volveré con ellos. Lo prometo.

Jameson buscó su mirada.

—Prométeme que empezaremos la solicitud de visa.

—¡No voy a dejarte!

—Promételo. Al menos la tendrás si yo muero.

No iba a ceder en esto, no sería el marido razonable y sensible. Ella tenía que pertenecer a algún lado si él caía.

—Okey, está bien. Empezaremos los trámites. Pero hoy no podemos hacer nada al respecto; necesitamos pedir una cita.

La besó con fuerza y rapidez, le importaba un comino que estuvieran en público o escandalizar al conductor.

—Gracias —murmuró Jameson tocando su frente con la suya.

—¿Ya podemos regresar al hotel?

Jameson le dio el nuevo destino al conductor con una sonrisa que no se borró durante todo el camino. Ni siquiera desapareció cuando subieron la ancha escalera hasta su habitación ni cuando ella abrió la puerta.

Aunque él no sobreviviera a esta guerra, ella lo haría, su hijo lo haría.

—¿Qué es eso? —preguntó Scarlett al entrar al dormitorio, señalando una caja grande que estaba sobre el escritorio.

Estaba exhausta, no solo por los kilómetros que caminaron durante las compras, sino por el encuentro con sus padres en la calle.

—Te compré un regalo esta mañana, mientras dormías, y pedí que te lo entregaran aquí. Anda —la animó a abrir la caja.

—¿Un regalo? —dijo poniendo la bolsa con la ropa del bebé sobre la cama; luego lo miró sobre el hombro con escepticismo—. ¿Qué te traes entre manos?

—Solo ábrelo.

Jameson cerró la puerta y se puso a su lado, recargado en el escritorio para poder verla.

—No es mi cumpleaños —dijo abriendo una de las tapas.

—No, pero es el inicio de una nueva época para ti.

Scarlett abrió la otra tapa y echó un vistazo al interior, y luego ahogó una grito; lo que encontró oprimió su pecho.

—Jameson —murmuró.

—¿Te gusta? —preguntó con una sonrisa.

Rozó con los dedos el frío estuche metálico.

—Es…

«Maravilloso. Impresionante. Atento. Demasiado».

—Pensé que quizá podías escribir algunas de esas historias que siempre estás elaborando en esa hermosa mente tuya.

Scarlett estalló en una carcajada alegre y se abalanzó a los brazos de Jameson, sujetándolo con fuerza.

—Gracias. Gracias. Gracias.

Le había comprado una máquina de escribir.

CAPÍTULO VEINTIUNO

Georgia

Jameson:

Te extraño. ¿Cuánto tiempo llevamos escribiéndonos? ¿Meses? Incluso viviendo en la misma casa, entre tus horarios de vuelo y mis guardias solo hemos podido vernos unos minutos. Es la forma de tortura más dulce, dormir junto a tu almohada, impregnada con tu olor, sabiendo que vuelas en los cielos por encima de mí. Rezo por tu seguridad, porque estés leyendo esta nota mientras yo ya estoy en el trabajo, que sonrías mientras te quedas dormido junto a mi almohada, con mi aroma, deseando abrazarme. Duerme bien, amor mío, y quizá llegaré a casa esta tarde antes de que tengas que estar en la línea de vuelo. Te amo.

Scarlett

—¿Estás segura? —preguntó Helen con su acostumbrado tono de eficiencia.

La agente de Gran siempre dejaba poco espacio para la palabrería, por esa razón Gran la había elegido después de que el primero falleciera tras veinte años de relación laboral.

—Por completo —le aseguré, cambiando el teléfono a la otra mano al tiempo que entraba a la casa—. Se lo dije cuando me llamó hace un par de semanas, pero Damian no tendrá más derechos sobre la obra de Scarlett Stanton de los que ya tiene. Y sabes lo que Gran pensaba de las películas. No me importa lo que ofrezca, la respuesta es no.

Helen rio.

—Lo sé bien. Okey, entonces, ningún manuscrito para Ellsworth Productions.

Sentí una punzada en el corazón con la mención de la empresa que había ayudado a edificar, pero eso solo hizo que estuviera más decidida a no darle a mi ex ni una cosa más.

—Gracias.

Me dirigí al tazón gigante de dulces que estaba en la mesa de la entrada y lo rellené con una nueva provisión de barras de chocolate Snickers.

—Por supuesto —dijo Helen—. Y francamente, espero con ansias decirle que se vaya al demonio. Creo que lo voy a llamar cuando colguemos. Ah, ¿y cómo va el manuscrito?

Me detuve frente al espejo del recibidor y me ajusté el sombrero de bruja, aprovechando la oportunidad para ver a Noah en su reflejo; escribía en el escritorio de Gran, a mi espalda. Tenía remangada la camisa sobre los antebrazos y fruncía el ceño, concentrado, conforme sus dedos volaban sobre el teclado.

—¿Georgia? —insistió Helen.

—Ahí va.

Era más de lo que podía decir de mí, puesto que, obediente, mantenía las manos fuera del trabajo del escritor en residencia. No pasaba un día en que no pensara en el beso que casi nos damos o que contemplara sentarme en sus piernas para intentarlo de nuevo y así poder concretar al menos una de las fantasías que tenía sobre su boca contra la mía.

Por millonésima vez esa noche, sonó el timbre de la puerta.

—Tengo que irme, Helen, esta es una casa de locos.

—¡Feliz Halloween! —Se despidió.

Colgamos y abrí la puerta con una gran sonrisa para los niños; Halloween era genial. Durante una noche podíamos ser quien quisiéramos, lo que quisiéramos: brujas, cazafantasmas, princesas, astronautas, el caballero negro de Monty Python, todo estaba permitido.

—¡Truco o dulce! —exclamaron dos niños al unísono.

Sus padres estaban justo detrás. En Poplar Groove, las tormentas de nieve en Halloween eran muy comunes.

—¿Qué tenemos aquí? —pregunté agachándome para quedar a su altura—. Un bombero y un…

Dios mío, ayúdame. ¿De qué era ese disfraz?

—¡Raven! —respondió el niño con entusiasmo. Su voz estaba amortiguada por una bufanda que desaparecía dentro del disfraz.

—¡Exacto! —exclamé metiendo una barra extragrande de Snickers en cada bolsa.

—¡Guau, excelente disfraz de Fortnite! —dijo Noah detrás de mí.

Tan solo su voz era suficiente para hacerme estremecer. Por supuesto que él lo sabía.

—¡Gracias! —dijo el niño saludando con la mano.

—¡Gracias! —agregó la niña.

Ambos corrieron para reunirse con sus padres y se alejaron por la entrada del garaje, dejando huellas frescas en los dos centímetros y medio de nieve.

—Nunca hubiera pensado que vinieran tantos niños porque estás muy lejos del centro —dijo Noah alejándose para que yo pudiera cerrar la puerta.

—Gran siempre repartía barras extragrandes, con eso se ganó a una buena cantidad. —Puse los dulces sobre la mesa y volteé a verlo—. ¿Cómo vas allá adentro?

—Acabé por el día —respondió levantando un poco mi sombrero para verme a los ojos—. ¿Y tú? ¿Te sientes increíble porque ya cerraste el trato del estudio? Porque lo eres.

—Quizá un poquito. —No pude evitar sonreír; en verdad estaba sucediendo—. Además, ya hice el pedido de dos hornos y del recocido. ¿En qué final estás trabajando? —pregunté, esperando que mi cuerpo no se calentara y mis mejillas no se sonrojaran.

Tampoco importaba mucho, la mirada de esos profundos ojos castaños me decía que Noah Morelli estaba más que consciente del efecto que me producía. Yo reconocía esa misma necesidad en él, desde la mirada ardiente hasta los contactos inocentes que solo duraban lo suficiente como para abrasar mi piel e incitar más mi deseo.

—En el mío —respondió con una sonrisa descarada.

—Mmm…

—No te preocupes, luego escribiré tu mar de lágrimas.

—Emotiva. —Le recordé.

—Como quieras llamarlo. Al final, te conquistaré.

Sí, esa era definitivamente una sonrisa socarrona.

—Ya veremos.

Después de todas estas semanas, esa seguía siendo mi respuesta, aunque estaba más segura que nunca del final que yo quería. ¿En cuanto a que él me conquistara en la vida real? Okey, ahí ganaba.

Echó un vistazo por el recibidor y luego entró a la sala.

—¿Qué buscas? —pregunté.

—Se me acaba de ocurrir. No he visto el fonógrafo.

—Y no lo verás —respondí encogiéndome de hombros—. Gran dijo que se había descompuesto o algo así en los cincuenta.

—Qué lástima.

Toda su expresión era de decepción. El timbre sonó de nuevo y tomó el tazón de dulces mientras sonreía levemente.

—Me toca a mí.

Al ver a Noah repartiendo dulces a otro grupo de niños, el corazón se me derritió. Lo pueden llamar biología o el resultado de cientos de miles de años de evolución, pero ser amable con los niños era... sexi.

—¿Quieres que te deje sola? —preguntó después de cerrar la puerta.

En su pregunta no había expectativas y eso lo hacía mucho más seductor. Su coqueteo era audaz, pero nunca presionaba, incluso después de que casi lo beso en la oficina.

«Debiste besarlo en la oficina, masoquista. ¡Míralo!».

—No —Ese era el problema. No importaba cuánto tiempo pasara con Noah, siempre quería más—. ¿Por qué no te quedas?

—Con gusto —dijo en voz baja.

Asentí y aparté la mirada antes de que viera demasiado en ella.

Eran las ocho y media y ya no había niños pidiendo dulces.

—No vendrán más —dije cuando sonó la campanada del reloj de pie.

—¿Puedes ver el futuro? —preguntó Noah con una sonrisa débil.

—Ojalá —respondí con una risita.

Si pudiera ver el futuro sabría qué demonios estaba haciendo. Como estaban las cosas, no tenía una sola pista.

Lo deseaba. Eso era muy fácil de aceptar. Pero esto... Lo que sea que fuera, era mucho más que deseo físico. Me gustaba, disfrutaba estar con él, hablar con él, averiguar qué lo hacía reír. En ese sentido, era mucho más peligroso que la pura química. Ya le confiaba a él mi vida y la historia de Gran. Estaba peligrosamente cerca de confiar en él como amigo... quizá como amante.

—Es una regla del pueblo —expliqué quitándome el sombrero de bruja—. Se dejan de pedir dulces a las ocho y media.

—¿En serio tienen una regla sobre la noche de Halloween? —preguntó sorprendido.

—Así es. Está ahí, escondida, pero la tenemos. Bienvenido a la vida de pueblo pequeño.

—Fascinante —comentó.

Su teléfono sonó. Lo sacó de su bolsillo y miró la pantalla.

—Mierda —masculló—. Es mi agente.

—Si quieres puedes tomar la llamada en la oficina —ofrecí.

Frunció el ceño.

—¿Estás segura? No quiero amarrarte si tienes planes sexis para Halloween.

—Quizá me gusta que me amarren —respondí lo más tranquila que pude.

Arqueó una sola ceja y sus pupilas se dilataron.

—Ve a responder —agregué reprimiendo una sonrisa.

Supongo que él no era el único que coqueteaba con audacia.

—Problemas, Georgia Stanton, eres puros problemas.

Exhaló profundamente, respondió la llamada y se dirigió a la oficina de Gran. Tenía que dejar de pensar que era de ella.

—Hola, Lou. ¿Qué es tan importante que me llamas de Hawái?

No cerró la puerta, pero yo me alejé para darle privacidad. Una punzada de ansiedad me golpeó en el pecho al saber que probablemente estaba hablando de su futuro.

—No seas ridícula —me dije.

Este no era el único proyecto de Noah, por supuesto. Los últimos ocho años había publicado dos libros al año. En algún momento terminaría este. En algún momento empezaría el siguiente. En algún momento se iría.

Cada día que trabajaba nos acercaba más a su inevitable partida. Dos meses antes, ese día me hubiera complacido: la cuenta atrás hasta que Noah saliera de mi vida. Ahora, esa idea me hacía estremecer de pánico. No quería que se fuera.

Me deshice del sombrero y salí por la puerta principal, dándole la bienvenida a la ráfaga de aire helado; luego soplé las velas que estaban dentro de las calabazas que me dio el club de Literatura, las habían perforado para Gran hacía diez años. Un rápido vistazo a la entrada cubierta de nieve me aseguró que no había más niños rezagados, así que volví al interior y cerré la puerta.

—¿Ellsworth ofreció qué? ¿Solo por verlo? —Escuché que Noah alzaba la voz desde la oficina—. El manuscrito ni siquiera está terminado.

Me quedé helada, tenía el corazón en la garganta, y aunque deseaba desesperadamente moverme, cerrar mis oídos a lo que venía, al parecer no podía alejarme. Yo ya le había dicho a Damian que de ninguna manera pondría sus sucias manos en el manuscrito y que habría un día helado en el infierno antes de que se acercara a los derechos para llevarlo a la pantalla. Helen sin duda le había dado el mismo mensaje esta noche.

Debí imaginar que su siguiente paso sería recurrir a Noah.

«No lo hagas». La súplica estaba firme en mi garganta. Si Noah iba a traicionarme, era mejor saberlo a ahora.

—¿Eso hizo? —preguntó Noah en tono casi jovial—. No, hiciste bien. Gracias.

¿Hizo lo correcto? ¿Qué quería decir? Yo sin duda le gustaba a Noah, pero si algo había aprendido sobre la industria era que el dinero superaba siempre el afecto personal. Y aquí había una cantidad escandalosa de dinero en juego.

Noah rio con descaro y mi corazón latió con más fuerza.

—Entonces supongo que fue bueno nunca haber querido que su nombre se relacionara con ninguno de mis libros. Me alegra que nos entendamos, Lou. Me importa un comino lo que diga… ella no quiere que lo tenga. Ni siquiera que lo lea.

Contuve el aliento. «Quizá…».

—Porque yo estaba ahí cuando le dijo que se fuera al carajo. No es que usara esas palabras exactas, pero eso implicaban y no la culpo.

Una sonrisa comenzó a dibujarse en mi rostro. Me elegía a mí. La idea era tan loca que me llevó un momento asimilarla. Me eligió a mí. Como si esa certeza desbloqueara mis pies, de pronto avancé hacia la oficina, abrí la puerta de par en par y me puse frente a Noah.

Estaba recargado en la esquina del escritorio, con una palma sobre la superficie y con la otra sostenía el teléfono contra su oreja. Me miró a los ojos.

—¿Tiene prioridad de compra? —preguntó.

—No venderé los derechos. No me importa —dije.

Bajo la piel sentía descargas eléctricas como si fueran una corriente viva. Sus palabras habían hecho lo que semanas de coqueteo y tensión sexual no habían logrado: derribar mi última defensa. No lucharía más contra esto.

—¿La escuchaste, Lou? —Noah sonrió a la respuesta de su agente—. Sí, se lo diré. Disfruta el resto de tus vacaciones. —Colgó y dejó el teléfono sobre el escritorio—. ¿Scarlett le concedió la prioridad de compra sobre acuerdos futuros? —pregunto incrédulo.

—En ese entonces, ella me dio a mí ese derecho. Yo empecé la productora con Damian, ¿recuerdas? ¿Qué dijo tu agente?

Nos separaban menos de dos metros. Un poco más cerca y la plática habría terminado.

—Que es un imbécil pretencioso —respondió esbozando una sonrisa.

—Cierto —asentí—. ¿Qué te ofreció?

—Un contrato para dos de mis libros que no tienen derechos para llevar a la pantalla; es chistoso porque ya lo había rechazado antes —explicó Noah encogiéndose de hombros—. Y eso solo para echarle un vistazo al manuscrito.

—No aceptaste.

—No puedo aceptar, no me pertenece. —Los músculos de sus antebrazos se tensaron cuando apretó el borde del escritorio—. Y que me parta un rayo si le doy algo, mucho menos algo que es tuyo.

Reduje la distancia entre nosotros, llevé mis manos a su rostro y lo besé. Las líneas rígidas de su boca me parecieron increíblemente suaves contra la mía cuando nuestros labios se encontraron, se ablandaron, permanecieron.

—Georgia —murmuró mi nombre contra mi boca en una suerte de súplica y plegaria, conforme se apartaba un poco en busca de mi mirada.

—Me conquistaste —murmuré, acariciando su cuello.

Esbocé una sonrisa y de pronto sus labios se posaron sobre los míos, me sujetó por la cintura y pegó mi cuerpo contra su cuerpo corpulento.

Contuve el aliento y entreabrí los labios para él.

Pasó los dedos entre mi cabello y me tomó por la nuca al tiempo que me besaba con pasión, reclamando mi boca a conciencia; las fuertes caricias de su lengua me abrasaron. Un suave gemido que apenas reconocí como mío se escapó de mi boca al probar el sabor a chocolate y a Noah.

Ladeó mi cabeza y me beso con mayor pasión; mi cuerpo se arqueó contra el suyo y me puse de puntas para acercarme más. Deslizó la mano a la parte baja de mi espalda al tiempo que exploraba las comisuras de mi boca con una sola idea en mente, como si nada existiera fuera de ese beso.

El deseo me abrumó, una necesidad violenta conforme el beso perduraba. Noah me mantenía al límite, cambiaba el ritmo: fuerte y profundo, luego suave y juguetón; me mordisqueaba el labio inferior, solo para aliviar el ardor con la punta de la lengua.

Nunca me había sentido tan completa y profundamente embriagada por un beso.

«Más». Necesitaba más.

Deslicé las manos sobre su nuca hasta el cuello de su camisa y lo jalé.

—¿Georgia? —preguntó entre besos.

—Te deseo.

La confesión fue un murmullo, pero la había hecho. Le ofrecía la verdad en charola de plata, para que la aceptara o la rechazara.

—¿Estás segura?

Sus ojos oscuros me estudiaron con deseo y preocupación, con un poco de salvajismo, como si su autocontrol fuera tan débil como el mío.

—Estoy segura. —Asentí, en caso de que mis palabras no fueran suficientes, y acaricié con la punta de la lengua mi labio inferior hinchado por sus besos; sin embargo, un pensamiento desagradable cruzó mi mente—. Tú quieres…

Esto podría ser uno de los momentos más vergonzosos de mi vida si leía mal las señales.

—¿Tú qué crees?

Jaló mis caderas contra las suyas y sentí su erección entre nosotros.

—Diría que sí.

«Gracias, Dios mío».

—Para que ya no haya confusiones —dijo acariciando mi mentón con un dedo—. Te deseé desde el primer momento en el que te vi en la librería. No ha habido un segundo en el que no te deseara.

Si sus palabras no me hubieran derretido, la intensidad de su mirada lo hubiera logrado.

—Bien. —Sonreí y lo jalé de nuevo por la camisa.

Alzó los brazos hacia su espalda y se quitó la camisa en un solo movimiento para quedarse desnudo de la cintura hacia arriba.

Sentí la boca seca. Cada línea de su torso estaba grabada y los músculos, definidos de manera hermosa, cubiertos por una piel suave, tatuada, lista para ser besada. Este hombre era todas y cada una de mis fantasías hechas realidad. Pasé las yemas de mis dedos por su pecho y abdomen esculpidos, mi respiración se entrecortaba a cada centímetro que recorría, hasta la letra «V» tatuada que se hundía bajo los pantalones.

Cuando al fin levanté la mirada hasta sus ojos, la avidez que vi en ellos debilitó mis rodillas.

Se apoderó de mi boca con otro beso, robando todo pensamiento lógico con cada acometida, con cada roce de su lengua contra la mía.

Nos separamos solo el tiempo suficiente para que mi blusa cayera al piso junto a la de él, luego nuestras bocas se fundieron de nuevo, como si no fuera solo un beso, sino oxígeno. Mis manos volaron al cierre de sus jeans, pero me detuvo.

—Podemos hacerlo despacio.

Incluso su voz ronca me excitaba.

—Claro. Despacio. Después rápido, aquí. Ahora.

La urgencia que me devoraba no podía satisfacerse con nada menos que algo contundente.

El sonido que escapó de su boca me recordó un gruñido; luego selló su boca contra la mía y me besó con fuerza. Éramos una maraña de manos y bocas; nos liberamos de los zapatos como pudimos; Noah me tomó del trasero y me levantó como si no pesara nada.

Abracé su cintura con mis piernas y las entrelacé por los tobillos sobre sus caderas; me llevó cargando fuera de la oficina y subió las escaleras sin siquiera perder aliento. La tensión irradiaba de sus músculos conforme avanzó por el pasillo hasta mi recámara, pero su beso nunca vaciló.

Sentí la cama bajo mi espalda y Noah se puso sobre mí; sus manos se deslizaron por debajo para desabrochar el brasier que muy pronto cayó al piso, seguido de mis jeans.

—Dios, eres hermosa —dijo con reverencia.

Se arrodilló y deslizó los dedos por mi garganta, bajando entre mis senos y hasta el vientre y la tela delgada de mi ropa interior. Mi piel cosquilleó al paso de su tacto.

Pensé que había tomado una excelente decisión al ponerme la tanga de encaje rosa esta mañana. Esa también desapareció y la tela de encaje fue rápidamente remplazada por su boca.

—¡Noah! —exclamé, sujetando su cabello con una mano y la cobija con la otra, para mantener el equilibrio.

Demonios, la lengua de ese hombre era mágica. Los movimientos circulares, rápidos, incluso el ligero roce de sus dientes provocaba que mis caderas se mecieran y todo mi cuerpo se retorciera debajo de él. El placer era intenso, incontenible, violento y no hizo más que aumentar cuando deslizó, primero uno y después dos dedos en mi interior. Mi cuerpo se tensó y cerré los ojos; sus arremetidas me hicieron arquear el cuello. Nunca había sentido algo así. Jamás. ¿Cómo había vivido sin este deseo desesperado que me derretía? No solo lo deseaba, lo necesitaba.

El fuego que avivó se concentró en mi vientre, formando una espiral que se tensaba más y más con cada lengüetada, con cada presión de sus dedos, hasta que mis muslos temblaron y los músculos se inmovilizaron. Después succionó mi clítoris y me estremecí; el orgasmo recorrió mi cuerpo en oleados fuertes que me hicieron gritar su nombre.

Presionó sus labios en un beso al interior de mi muslo y se levantó sobre mí con una sonrisa satisfecha, como si hubiera sido él quien tuvo el orgasmo de su vida y no yo.

—Podría pasar días contigo bajo mi lengua, si aún quieres más.

Esa llama de necesidad volvió a encenderse, brillante y hambrienta.

—Te necesito —dije pasando los dedos entre su cabello para jalar su boca hasta la mía en un beso fuerte y prolongado.

Nos separamos solo lo suficiente para que él pudiera terminar de desvestirse. Devoré con la mirada las curvas de su trasero mientras él sacaba un condón de su cartera y la aventaba sobre el montón de ropa a sus pies.

Me senté, tomé el condón de sus manos, abrí el empaque y se lo puse con fuertes caricias hasta que gimió y detuvo mi mano.

—Dime que estás segura —dijo con voz entrecortada y ronca, mirándome a los ojos.

—Estoy segura.

Lo jalé un poco hacia mí, urgiéndolo a que continuara. Entendió mi intención y hundió su cara entre mis muslos. Sus besos eran intensos, exploraba mis curvas con las manos, en largas caricias; se detuvo en mis senos, rozando los pezones con sus pulgares, para luego juguetear en la curva de mi cintura y sujetarme por las caderas.

—Increíble. Es la única palabra para describirte.

Me robó cualquier posible respuesta con un beso y solo pude mecer las caderas; sentí que estaba listo y erecto donde yo me abría.

—Noah —supliqué apretando sus hombros.

Alzó un poco la cabeza; me miró a los ojos sin dejar de mover la cadera, llenándome centímetro a centímetro, despacio, hasta que lo tuve todo en mi interior. Estiré el cuerpo al sentir un ligero ardor, más placentero que doloroso.

—¿Estás bien? —preguntó.

Una fina capa de sudor hacía brillar su piel bajo la luz suave de la lámpara del buró. Cada uno de sus músculos tensos hacía evidente que se contenía; sostenía su peso sobre los codos y me miraba para saber si algo me incomodaba.

—Estoy perfecta —le aseguré acariciando sus hombros y moviendo la cadera en círculos; el ardor se convirtió en felicidad.

—Así es exactamente como te siento. —Se salió un poco para volver a hundirse en mí con un gemido—. Dios mío, Georgia, nunca podría cansarme de ti.

—Más.

Así lo hizo. Enrosqué los dedos de los pies con un gemido y levanté las rodillas para que me penetrara más.

Después, nuestras palabras se hicieron obsoletas y nuestros cuerpos tomaron el mando, hablando por nosotros en todas las formas que nos eran necesarias. Me tomó despacio, con firmeza, hasta llevarme a un ritmo incesante, anhelante, que me hacía tensarme y arquearme bajo su cuerpo; clavé las uñas en su piel y me dejé llevar por las increíbles sensaciones que me provocaba.

El placer volvió a acumularse y me sorprendió su intensidad; él cambió de ángulo y su penetración fue más profunda, rozaba mis partes más sensibles con cada embestida para llevarme cada vez más alto, hasta que mi cuerpo se puso rígido bajo el suyo conforme caía en ese precipicio.

—Noah —murmuré; todo mi cuerpo estaba tenso.

—Sí —insistió, moviendo más rápido las caderas.

Quedé vencida y pronuncié su nombre al tiempo que me dejaba invadir de nuevo por otro orgasmo; lo sujeté con fuerza contra mi cuerpo para que me alcanzara, mientras las sensaciones que me recorrían se intensificaban hasta consumirme y convertirme en algo nuevo por completo; suya por completo.

—Georgia —gimió contra mi cuello.

Decidí que era exactamente así como quería escuchar que pronunciara mi nombre de ahora en adelante.

Esto... esto era la vida. Era justo como debía sentirse hacer el amor y me lo había perdido todo este tiempo. Me había conformado con mucho menos, sin saber que existía este tipo de deseo, que Noah existía.

Giró sobre el costado llevándome con él mientras nos recuperábamos; nuestra respiración era entrecortada, igual que los latidos del corazón; sin embargo, mantenía la mirada fija en la mía, iluminada con la misma alegría que recorría mis venas.

—Guau —dije entre jadeos, acariciando con suavidad su mejilla cubierta por la barba incipiente.

¿Cómo era posible que este hombre pudiera ser más guapo?

—Guau —repitió con una sonrisa.

El corazón me latía con fuerza; sin embargo, me sentía mejor que nunca. Feliz. Estaba feliz. No era tan ingenua como para pensar que esto sería eterno; él ni siquiera vivía aquí. Ese tonto brillo que iluminaba mi corazón era resultado de dos orgasmos maravillosos, no de... «Ni siquiera pienses la palabra». Que Noah me gustara era una cosa, enamorarme de él, otra muy distinta.

Pero entonces recordé el sonido de su gemido al pronunciar mi nombre en mi cuello y perdí; no solo caí en picada hacia una emoción para la que no estaba preparada y mucho menos podía nombrar.

—Como lo veo, tenemos dos opciones —dijo echando mi cabello hacia atrás con tanta ternura que sentí un nudo en la garganta—. Puedo regresar a mi casa.

—¿O? —pregunté acariciando con el índice su pecho. Quería que se quedara ahí donde estaba.

—O podemos pasar la tormenta de nieve juntos, aquí en esta cama.

—Prefiero la segunda opción —respondí con una sonrisa.

No me importaba adónde me llevara, por el momento lo tenía aquí y no desperdiciaría ni un segundo.

CAPÍTULO VEINTIDÓS

Diciembre de 1941
North Weald, Inglaterra

—Ahora sería perfecto —dijo Jameson, arrodillado frente al vientre de Scarlett; iba vestido de uniforme—. Porque ahora estoy aquí. Y sé que quieres que yo esté aquí cuando nazcas, ¿verdad?

Scarlett puso los ojos en blanco pero pasó los dedos por el cabello de Jameson. Todos los días tenía la misma conversación unilateral con el bebé quien, según los cálculos de la partera, debió nacer hacía ya una semana.

—Pero una vez que me vaya, es muy difícil que regrese rápido —explicó; tenía las manos a ambos lados del vientre de Scarlett—. Entonces, ¿qué dices? ¿Quieres conocer hoy al mundo?

Scarlett vio cómo la esperanza en el rostro de Jameson se convertía en frustración con una sonrisa reprimida.

—Definitivamente es una niña —agregó mirándola—. Obstinada como su madre.

Le dio un beso en el vientre y se puso de pie.

—Es un niño al que le gusta dormir hasta tarde, igual que a su padre —repuso, abrazándolo por el cuello.

—No quiero irme —admitió en voz baja—. ¿Qué tal si nace y no estoy aquí?

Rodeó su cintura con los brazos, una tarea que no era fácil dado el estado de Scarlett.

—Llevas un mes diciendo lo mismo. Nada garantiza que sea hoy, y si lo es, entonces volverás a casa para conocer a tu hijo.

No es que se lo vayan a robar porque no estés aquí cuando nazca.

Jameson incluso le había pedido estar en la habitación con ella, pero por supuesto que eso no sucedería, aunque tenía que admitir que tenerlo a su lado era mucho más que tranquilizador.

—No me hace ninguna gracia —dijo sin humor.

—Ve a trabajar. Aquí estaremos cuando vuelvas —lo animó, ocultando el miedo que sentía de que tuviera razón. Jameson necesitaba estar completamente concentrado cuando volaba, de lo contrario, podría morir—. Hablo en serio. Vete.

Él suspiró.

—Okey. Te amo.

—Y yo te amo a ti —respondió escrutando su rostro, como hacía todos los días, para memorizarlo... solo por si acaso.

La besó despacio y con cuidado, como si no estuviera demorado, como si no estuviera a punto de salir a otra batalla desconocida o quizá escoltar a bombarderos en un ataque. La besó como si lo fuera a hacer miles de veces más, como si este no pudiera ser el último beso.

Así la besaba todas las mañanas o las noches, antes de irse al hangar.

Ella se abandonó, lo sujetó del cuello con fuerza para acercarlo y besarlo solo un minuto más. Siempre era un minuto más con ellos. Un beso más. Una caricia más. Una mirada anhelante más.

Ya llevaban un año de casados y ella seguía perdidamente enamorada de su marido.

—Ojalá me dejaras poner un teléfono —dijo Jameson contra su boca, apartándose del beso.

—Te van a reubicar en Martlesham-Heath en dos semanas. ¿Vas a tener ese tipo de extravagancias en todas nuestras casas? —preguntó rozando su boca contra la de él.

—Quizá. —Suspiró y se irguió para enredar sus dedos en el cabello de ella, mechón por mechón, hasta terminar en su clavícula—. Solo recuerda el plan. Ve a casa de la señora Tuttle, aquí junto, y ella...

Scarlett rio y lo empujó por el pecho.

—¿Qué te parece si yo me preocupo por tener al bebé y tú por volar un avión?

Jameson entrecerró los ojos.

—Muy bien.

Tomó su gorra de la mesa de la cocina y Scarlett lo siguió hasta la puerta, donde él tomo su abrigo del perchero y se lo puso.

—Con cuidado —dijo Scarlett.

Él la besó de nuevo, rápido y fuerte, mordiendo su labio inferior al final.

—Y tú, sigue embarazada cuando regrese a casa, si es algo en lo que puedas tener voz y voto.

—Haré mi mejor esfuerzo. Ahora, vete —respondió empujándolo hacia la puerta.

—¡Te amo! —grito al irse.

—¡Te amo! —respondió solo hasta que él cerró la puerta.

Scarlett colocó la mano en su vientre hinchado.

—Parece que solo somos tú y yo, mi amor.

Arqueó la espalda tratando de aliviar un poco el continuo dolor en la parte baja de la columna. Estaba tan gorda que sus vestidos de maternidad apenas le quedaban y no recordaba cuándo había sido la última vez que vio sus pies.

—¿Escribimos una historia hoy? —le preguntó a su hijo.

Se sentó frente a la máquina de escribir que estaba de forma permanente en la mesa de la cocina y subió los pies a la silla más cercana. Luego miró los papeles que había empezado a almacenar en una vieja caja de sombreros. En los últimos tres meses había empezado a escribir docenas de historias, pero al parecer nunca podía pasar los primeros capítulos; luego se le ocurría otra idea y cambiaba de rumbo, por miedo a olvidarla si no la anotaba de inmediato.

El resultado era una caja de sombreros llena de posibilidades, pero ningún producto acabado.

«Toc, toc, toc».

Scarlett lanzó un quejido. Justo cuando acababa de lograr una posición un poco cómoda...

—¿Scarlett? —llamó Constance desde la puerta de la casa.

—¡En la cocina! —gritó Scarlett por completo aliviada de no tener que levantarse.

—¡Hola, pequeña! —saludó Constance rodeando la mesa y abrazando a su hermana.

—Difícilmente pequeña —dijo Scarlett.

Su hermana se sentó en la silla a su lado.

—¿Qué te hace pensar que te hablaba a ti? —Sonrió y se inclinó sobre el vientre de Scarlett—. ¿No has pensado todavía en venir a estar con nosotros?

—Eres igual que Jameson —masculló Scarlett arqueando la espalda de nuevo por qué el dolor empeoraba—. ¿No tuviste guardia hoy?

—Por suerte, no. —Frunció el ceño y miró hacia la puerta de la cocina—. No puedo acordarme cuándo fue la última vez que tuve un domingo libre. Supongo que Jameson no puede decir lo mismo.

—No. Se acaba de ir.

—¿Qué hacemos? —preguntó Constance tamborileando los dedos sobre la mesa de la cocina.

Scarlett hizo un gran esfuerzo para no mirar el anillo que brillaba en el dedo de su hermana. Qué ironía que algo tan deslumbrantemente hermoso fuera presagio de tanta destrucción.

—Siempre y cuando no implique que yo tenga que moverme, lo que tú quieras.

Constance sonrió y extendió la mano hacia la caja de sombreros.

—Cuéntame una historia.

—¡Esos no están terminados! —exclamó haciendo lo mismo, pero Constance fue más rápida... o ella era muy lenta.

—¿Cuándo me has contado una historia que termina? —preguntó Constance entre risas, hurgando en los papeles—. ¡Aquí debe haber por lo menos veinte!

—Por lo menos —admitió Scarlett removiéndose de nuevo en su asiento.

—¿Estás bien? —preguntó Constance, preocupada, al advertir la tensión en el rostro de su hermana.

—Estoy bien, solo incómoda.

—Te haré un té. —Constance se apartó de la mesa y prendió la hornilla para la tetera—. ¿Piensas acabar alguna de esas historias?

—Algún día.

Scarlett se inclinó lo suficiente para recuperar la caja de sombreros mientras Constance esperaba frente a la estufa.

—¿Por qué no escribes uno hasta el final y luego empiezas otro? —preguntó sacando el té de un armario.

Scarlett se había preguntado a menudo lo mismo.

—Siempre tengo miedo de olvidar la idea, pero no puedo evitar sentir que estoy cazando mariposas, siempre pienso que una es más hermosa y nunca atrapo ninguna porque no puedo ir solo a la caza de una —respondió mirando la caja.

—No hay prisa —dijo Constance bajando la voz—. Puedes resumir tus ideas para no olvidarlas y luego volver a la mariposa que elegiste perseguir.

—Es una idea excelente —exclamó Scarlett alzando las cejas—. A veces me pregunto si solo disfruto los inicios y por eso

nunca puedo seguir. Los inicios son lo que hacen todo romántico.

—¿Y no la parte donde se enamoran? —bromeó Constance
tomando asiento de nuevo.

—Bueno, eso también. —Levantó un hombro—. Pero quizá
son las posibilidades de las que es fácil enamorarse. Al mirar
cualquier situación, cualquier relación, cualquier historia y tener la habilidad sublime de imaginar adónde nos llevará es un
poco intoxicante, la verdad. Cada vez que pongo en la máquina
una hoja en blanco, me emociono, como el primer beso de un
primer amor.

Constance echó un vistazo a su anillo de compromiso y luego lo escondió sobre su regazo debajo de la mesa.

—Entonces, ¿prefieres poner el papel en lugar de sacarlo?

—Tal vez. —Scarlett se frotó debajo de las costillas, donde a
menudo el bebé ponía a prueba los límites de su cuerpo—. No
sé si este bebé es niño o niña. Creo que es un niño, aunque no
puedo explicar por qué. Pero en este momento puedo imaginar
un niño con los ojos de Jameson y su mirada atrevida, o a una
niña con nuestros ojos azules. Estoy enamorada de los dos, disfrutando de las posibilidades. En unos días, espero que sean
unos días, si no juro que voy a explotar.

—¿Y no quieres saberlo? —preguntó Constance asombrada.

—Claro que quiero saberlo. Amaré a mi hijo o a mi hija con
todo mi corazón. Ya lo amo. Pero mientras pienso en ambas
posibilidades, solo una es verdad. Cuando haya nacido este
bebé, esa parte de la historia habrá terminado. Uno de los posibles escenarios que llevo imaginando los últimos seis meses no
se hará realidad. No por eso el resultado es menos dulce, pero la
verdad es que cuando se termina una historia, sin importar el
tipo que sea, las posibilidades desaparecen. Es lo que es, o fue lo
que fue.

—Entonces, sé amable con tus personajes y ofréceles un final feliz —sugirió Constance—. Eso es mejor que cualquier cosa que pudieran tener en el mundo real.

Scarlett miró la caja de sombreros.

—Quizá lo más amable que puedo hacer por los personajes sería dejar sus historias sin terminar, dejarlos con sus posibilidades, su potencial, incluso si solo existen en mi mente.

—Dejas la carta sin abrir —dijo Constance en voz baja.

—Tal vez lo hago.

Una sonrisa triste cruzó el rostro de Constance.

—Y tal vez en ese mundo Edward está de permiso, escabulléndose a Kirton-in-Lindsey para verme.

Scarlett asintió, todo su cuerpo se tensó con una emoción casi dolorosa.

La tetera empezó a pitar y Constance se puso de pie.

—Puede ser un poco difícil que te publiquen así —dijo sobre el hombro con una sonrisa forzada—. Creo que la mayoría de la gente prefiere libros con finales.

—La verdad es que ni siquiera he pensado en publicar nada.

Sintió otra punzada de dolor en la espalda que atravesó hasta su abdomen con violencia, robándole el aliento.

—Tendrías que hacerlo. Siempre me ha gustado escuchar tus historias. Todos deberían tener esa oportunidad.

Scarlett volvió a moverse para cambiar el peso mientras Constance preparaba el té.

—Creo que deberíamos tomarlo en la sala. Esta silla me está matando.

—Vamos.

El tintineo de la porcelana llenó la cocina cuando Scarlett se levantó con dificultad. Poco a poco el dolor se disipó y pudo respirar hondo.

—¿Scarlett? —dijo Constance con la charola en las manos.

—Estoy bien, solo un poco adolorida.

Constance puso la charola sobre la mesa.

—¿Prefieres que caminemos? ¿Eso te ayudaría?

—No. Estoy segura de que solo necesito estirar las piernas un minuto.

Constance miró el reloj.

—¿Por qué no le hablamos a la partera? Solo para estar tranquilas.

Scarlett negó con la cabeza.

—El teléfono más cercano está a tres cuadras, estoy bien.

Lo estaba hasta que el dolor la invadió de nuevo, tensando los músculos de su abdomen.

—Es obvio que no estás bien.

Scarlett sintió una explosión y un chorro caliente bajó por sus muslos. Se le había roto la fuente. Un miedo que jamás había sentido se apoderó de ella, más fuerte que la contracción.

—Llamaré a la partera —exclamó Constance tomándola por el brazo para ayudarla a sentarse—. Siéntate. No trates de caminar hasta que pueda subirte a la cama.

—Quiero a Jameson.

—Claro —respondió Constance en ese tono tranquilizador tan suyo, mientras se aseguraba de que Scarlett permanecía sentada.

—Constance —espetó Scarlett y luego hizo una pausa hasta que su hermana la miró a los ojos—. Quiero a Jameson —repitió, haciendo énfasis en cada palabra.

—Llamaré a la partera y luego al escuadrón, te lo prometo. A la partera primero, a menos que tu marido haya adquirido la habilidad de asistir un parto.

Scarlett la fulminó con la mirada.

—Bien. Sentada. No te muevas. Por una vez en tu vida, déjame a cargo.

Corrió hacia la puerta antes de que Scarlett pudiera replicar.

Cinco minutos. Diez minutos. Scarlett miraba avanzar el reloj en espera de Constance.

La puerta se abrió doce minutos después de su partida.

—¡Aquí estoy! —gritó Constance desde la sala, antes de que Scarlett escuchara la puerta cerrarse. Su hermana tenía una sonrisa falsa cuando entró a la cocina—. Buenas noticias. La partera llegará pronto. Me dijo que te ayudara a subir y te acostara en una cama limpia.

—¿Jameson? —preguntó Scarlett entre dientes por el dolor de otra contracción.

—¿Cuántas contracciones tuviste mientras me fui? —preguntó Constance, tomando unas cuantas toallas de un cajón de la cocina para limpiar el desorden.

—Dos. Esta es la… tercera.

Scarlett trató de calmarse con respiraciones profundas, este dolor era solo el comienzo.

—¿Dónde está Jameson? —agregó.

Constance puso las toallas en el fregadero.

—¡Constance!

—En algún lugar sobre el Mar del Norte.

—Por supuesto —dijo entre dientes.

Le hubiera pedido que se quedara, pero no había ninguna razón aceptable para el comandante de ala.

—No me apartaré de tu lado —prometió Constance, ayudándola a ponerse de pie.

Y no lo hizo.

Nueve horas después, Scarlett yacía sobre sábanas limpias, absolutamente exhausta y más feliz de lo que jamás había sido mientras veía ese par de ojos azules.

—No me importa lo que digan esas parteras —dijo Constance sobre su hombro—. Esos ojos se van a quedar así, completa y perfectamente azules.

—Aunque no fuera así, seguirán siendo perfectos —afirmó Scarlett, pasando un dedo sobre la punta de la nariz más pequeña que jamás había visto.

—De acuerdo.

—¿Quieres cargarlo? —preguntó Scarlett.

—¿Puedo? —dijo con una gran sonrisa.

—Me parece justo, puesto que hoy fuiste tanto enfermera como dama de compañía. Gracias.

Levantó a su hijo que estaba envuelto en una de las cobijas que la madre de Jameson había tejido y les había enviado, y lo puso en brazos de Constance.

—No me lo hubiera perdido por nada —dijo Constance acomodando al recién nacido en sus brazos—. Es perfecto.

—Queremos que seas su madrina.

Constance la miró asombrada.

—¿En serio?

Scarlett asintió.

—No puedo imaginar a nadie más. Si algo pasara, tú lo protegerás, ¿verdad?

Ella corría el mismo peligro de un ataque aéreo mientras dormía en su cama como cuando trabajaba en la WAAF. Nada era seguro.

—Con mi vida —respondió; sus ojos se nublaron y miró al bebé en sus brazos—. Hola, pequeño. Esperemos que tu padre llegue pronto a casa para poder llamarte por un nombre.

Miró a Scarlett, inquisitiva, y esta sonrió; se había negado a decir el nombre hasta que Jameson lo tuviera en sus brazos.

—Soy tu tía Constance. Ya sé, ya sé, me parezco mucho a tu mami, pero ella es poco más de un centímetro más alta que yo y calza un número más grande. No te preocupes, podrás distinguirnos mejor en unos meses. —Se inclinó un poco sobre él—. ¿Te digo un secreto? Voy a ser tu madrina. Eso significa que te amaré, te consentiré y siempre, siempre, te protegeré. Incluso de la terrible cocina de tu mami.

Scarlett soltó una carcajada.

—Ahora voy a preparar algo de comer —agregó; le sonrió al bebé una vez más y se lo devolvió a Scarlett—. ¿Necesitas algo más antes de que baje?

Empezó a arreglar la cama cuando la puerta de la recámara se abrió de par en par.

—¿Estás bien?

Jameson llegó hasta la cama en un par de zancadas y Constance se hizo a un lado para salir de la habitación. El corazón de Jameson no había dejado de latir con fuerza desde que aterrizó, o más específicamente, desde que el oficial lo llamó para decirle que Constance había llamado esa mañana.

¡Esa mañana! Nadie se lo dijo por la radio, aunque no hubiera podido abandonar la misión y regresar, pero lo hubiera hecho, de alguna manera.

—Estoy bien —prometió Scarlett sonriendo hacia él con una mezcla de fulgor y lo que él suponía que era agotamiento extremo. Parecía ilesa, pero había mucho que no podía ver porque se ocultaba bajo las cobijas—. Conoce a tu hijo.

Su sonrisa se ensanchó al levantar el pequeño bulto envuelto en cobijas. Se sentó al borde de la cama y tomó en sus brazos al bebé pequeño y frágil, con cuidado de sostener su cabeza. Tenía la tez rosada, el mechón de pelo visible era negro y sus ojos, azules. Era maravilloso y Jameson quedó prendado al instante.

—Nuestro hijo. —Jameson miró a su esposa y se dio cuenta de que ella lo observaba, con su mirada pesada con lágrimas contenidas—. Es maravilloso.

—Lo es —afirmó con una sonrisa y dos lágrimas rodaron por sus mejillas—. Estoy tan feliz de que estés aquí.

—Yo también. —Se inclinó hacia ella y secó sus lágrimas, con cuidado de que su hijo estuviera seguro en su brazo—. Lamento habérmelo perdido.

—Solo las partes desagradables —repuso—. Ha pasado como una hora.

—¿En serio estás bien? ¿Cómo te sientes?

—Cansada. Feliz. Como si estuviera partida en dos. Locamente enamorada.

Se inclinó para mirar a su hijo.

—Vuelve a la parte donde sientes como si estuvieras partida en dos —le pidió.

Scarlett rio.

—Estoy bien. En serio. Nada anormal.

—¿Me dirías si algo estuviera mal? ¿Si estuvieras lastimada?

Jameson la examinó con cuidado, comparando sus palabras con su mirada, con su rostro y su postura.

—Lo haría —prometió—. Aunque él merecería la pena.

Jameson miró a su hijo, quien a su vez lo vio con expectativa silenciosa. «Un alma vieja».

—¿Cómo quieres llamarlo?

Llevaban meses pensando en nombres.

—William me gusta.

Jameson sonrió, miró a su esposa y asintió.

—Hola, William. Bienvenido a la vida. Lo primero que debes saber es que tu mamá siempre tiene la razón, algo que quizá ya sabes, puesto que lleva los últimos seis meses diciendo que eras niño.

Scarlett rio con menos fuerza. Sus párpados se cerraban.

—Lo segundo que debes saber es que soy tu papá, así que es bueno que te parezcas mucho a tu mamá—. Bajó la cabeza y besó a William en la frente—. Te amo.

Luego se inclinó sobre Scarlett y rozó sus labios con un beso.

—Te amo. Gracias por mi hijo.

—Yo también te amo y podría decirte lo mismo.

Su respiración se hizo más profunda; Jameson puso a su hijo en la cuna junto a la cama y cubrió bien a su esposa.

—¿Puedo hacer algo?

—Solo quédate —murmuró y se quedó dormida.

La primera noche no pudieron cerrar los ojos. William despertaba cada pocas horas y Jameson hacía lo que podía para ayudar, pero no podía alimentarlo.

A las siete de la mañana ya estaban despiertos cuando alguien tocó la puerta de la habitación.

—Probablemente es Constance —murmuró Scarlett; tenía a William contra su hombro.

Jameson la miró para asegurarse de que estaba tapada y abrió la puerta. Constance estaba en el pasillo, frente a Howard.

—Puedes esperar abajo —espetó Constance.

—Esto no puede esperar.

—¿Qué sucede? —preguntó Jameson desde el umbral.

Howard se pasó la mano por el cabello y miró a Jameson por encima de Constance.

—Supongo que no has escuchado las noticias.

—No. —Sintió un nudo en el estómago.

—Los japoneses atacaron Pearl Harbor. Murieron miles. Perdieron toda su flota —dijo con la voz quebrada.

—Carajo.

«Murieron miles». Jameson se recargó en el marco de la puerta para no perder el equilibrio. Había dedicado los últimos dos años de su vida a mantener esta guerra alejada de suelo estadounidense, mientras otro imbécil los atacaba.

—¿Sabes lo que significa?

Howard tensó la mandíbula. Jameson asintió y miró sobre su hombro la expresión aterrada de Scarlett antes de enfrentar de nuevo a su amigo.

—Estamos en el lado equivocado del mundo.

CAPÍTULO VEINTITRÉS

Noah

Scarlett:

¿Cómo estás, mi amor? ¿Te sientes tan miserable como yo? Encontré una casa para nosotros fuera de la estación. Ahora, todo lo que resta son tus órdenes y estaremos juntos de nuevo. Te esperaré por siempre, Scarlett. Por siempre...

Sentado frente al escritorio, estiré los brazos hombros y el cuello; los brazos y la espalda me dolieron. La tormenta había dejado un metro de nieve en los últimos dos días y me había llevado unas buenas dos horas despejar la entrada de la casa de Georgia. Hubiera podido llamar a una compañía de barredoras, sin duda, pero el invierno en Colorado hacía que mi ejercicio favorito, escalar, fuera imposible, así que lo aproveché como una oportunidad; sin embargo, subestimé mucho la longitud de la entrada al garaje.

—¿Ocupado? —preguntó Georgia asomando la cabeza por la puerta abierta de la oficina; en ese momento olvidé todos mis músculos adoloridos—. No quiero interrumpir tu inspiración, pero no te escuché escribir así que pensé que sería un buen momento para comer.

Su sonrisa me hubiera tumbado de no haber estado sentado.

—Tú puedes tener tantos momentos como quieras.

Hablaba en serio. Lo que ella quisiera, podía tenerlo, yo incluido.

—Bueno, no es mucho, pero preparé unos sándwiches de queso a la plancha.

Con la cadera, terminó de abrir la puerta y entró sosteniendo una charola con dos sándwiches y un vaso que yo sabía que era té helado sin azúcar.

—Suena maravilloso, gracias.

Saqué un posavasos del primer cajón y lo puse sobre el escritorio antes de que ella llegara. Era curioso cómo nos habíamos adaptado tan fácilmente a nuestras necesidades estas últimas semanas.

—De nada. Gracias por quitar la nieve.

Puso un plato junto a mi laptop y el té sobre el posavasos; yo me eché un poco hacia atrás sobre la silla de rueditas.

—Con gusto.

La atrapé por las caderas y la senté en mi regazo. Dios, se sentía tan bien poder hacer eso, tocarla cada vez que lo deseaba. Los últimos dos días habíamos estado aislados de gran parte de la civilización y eso nos permitió no hacer más que complacernos uno al otro. Esta era mi idea de paraíso.

—Esto no va a ayudar a que acabes el libro.

Sonrió y me rodeó con sus brazos.

—No, pero me va a ayudar a ponerte las manos encima.

Alcé una mano y la posé en su nuca, entre su cabello, y la besé hasta que ambos quedamos sin aliento. Mi necesidad de ella no había sido saciada, solo había aumentado. Estaba completa y absolutamente obnubilado con ella, con todo lo que quería que pasara entre nosotros.

Lo supe la primera vez que la vi y cada vez que la besaba se hacía más evidente. Ella era la elegida, el final del juego. No importaba que viviéramos a miles de kilómetros de distancia o que ella aún estuviera sanando de su divorcio, yo esperaría. Tenía que probarle quién era. Haría exactamente lo que me había prometido y la conquistaría, no solo su cuerpo, sino su corazón.

Su lengua bailaba en la mía y lanzó un gemido suave cuando la succioné dentro de mi boca. No solo éramos el uno para el otro en la cama, éramos combustibles y constantemente nos encendíamos el uno al otro. Por primera vez en mi vida supe que nunca me cansaría. Esto era algo incapaz de consumirse.

—Noah —gimió.

Mi cuerpo estaba ahí, listo, era suyo para que hiciera conmigo lo que quisiera; tenía la certeza de que a mí también me gustaría.

—Me estás matando —agregó.

—Es una manera muy dulce de morir.

Bajé los labios sobre su cuello y acaricié con la lengua partes sensibles, inhalando el aroma a bergamota y cítricos. Siempre olía tan bien.

Ella suspiró, echó la cabeza hacia atrás y besé su garganta.

—¿Qué estamos haciendo? —preguntó abrazándome por el cuello.

—Cualquier cosa que queramos —respondí contra su piel.

—Hablo en serio —murmuró.

Eso llamó mi atención. Alcé la cabeza y me alejé un poco para estudiar su expresión. La mitad de lo que Georgia decía no salía de su boca, estaba en sus ojos, en el rictus de su boca, en la tensión de sus hombros. Quizá me llevó unos meses aprender esas señales, pero ahora entendía: estaba preocupada.

—Estamos haciendo lo que queremos —repetí, deslizando mis manos a su cintura, ignorando las pulsaciones casi dolorosas justo debajo de mi cinturón.

—Tú vives en Nueva York.

—Así es. —Era algo que no podía negar—. Antes, tú también.

Suavicé el tono; la esperanza que acostumbraba guardar para mí mismo atisbó en esa última frase.

—Nunca más. —Bajó la mirada—. Fui ahí por Damian. Nunca fui feliz en ese lugar. Pero tú lo amas.

—Sí. Es mi hogar.

¿O lo era? ¿Podría ser mi hogar si Georgia no estaba ahí? ¿Si tenía que dejarla en estas montañas que tanto amaba?

—Tu familia está ahí. —Acarició mi mejilla con los nudillos.

Hacía más de una semana que no me rasuraba y la barba incipiente se había convertido en una barba espesa.

—Ahí están.

Ella tragó saliva y frunció el ceño.

—Dime qué estás pensando, Georgia. No me dejes adivinar.

La sujeté con un poco de fuerza como para evitar que se me escapara de las manos. Pero siguió callada. La turbulencia de sus pensamientos era manifiesta en la leve tensión de su mentón.

«Quizá necesita que tú hables primero». Por supuesto, era hora de decirle lo comprometido que estaba con nosotros, lo dispuesto que estaba para hacerlo funcionar y lo reticente a dejarla ir.

—Georgia, escucha, quizá sea una locura…

—Creo que deberíamos llamarlo por lo que realmente es —espetó.

Hablamos al mismo tiempo, sus palabras interrumpieron las mías.

—¿Y qué es? —pregunté despacio.

—Un amorío.

Asintió.

Cerré la boca y apreté los dientes con fuerza.

«¿Un amorío?». ¿Qué demonios? Ya había tenido mi cuenta de amoríos y este no era uno.

—Sentimos atracción uno por el otro, trabajamos en el mismo lugar. Tenía que pasar. No me malinterpretes, me alegra que haya pasado. —Alzó las cejas y se sonrojó—. En verdad, en verdad me alegra.

—A mí también.

—Qué bueno. No me hubiera gustado que esto fuera unilateral —murmuró.

—Créeme, no lo es.

De ser así, yo era quien había invertido más, una novedad para mí.

—Muy bien. Entonces, hagámoslo sencillo. No estoy lista para nada importante. No puedo simplemente saltar de una relación seria a otra. No es quien quiero ser. —Arrugó la nariz—. Aunque haya pasado de la cama de Damian a la tuya, que para ser franca es mucho mejor. Todo en ti es mejor. —Me examinó con la mirada—. Tanto mejor que me da miedo.

—No debes tener miedo.

No me molesté en señalar que hacía más de un año que no estaba en la cama de Ellsworth porque no se trataba de eso, no en realidad. «Su madre». No quería ser madre.

—Podemos hacerlo tan sencillo como tú lo necesites —agregué.

En ese segundo que miré sus ojos azul cristalino me di cuenta de que estaba locamente enamorado de Georgia Stanton. Su mente, su compasión, su fuerza, su gracia, su valor, amaba todo de ella. Pero también sabía que no estaba lista para mi amor.

—Sencillo —repitió removiéndose sobre mi regazo sin soltar mis hombros, tratando de sonreír—. Sencillo está bien.

—Sencillo, entonces.

«Por ahora». Solo necesitaba tiempo.

—Okey. Bien. Entonces estamos de acuerdo. —Me dio un beso rápido en los labios y se levantó—. Ah, me preguntaste sobre el manuscrito original de *La hija del diplomático*, ¿cierto?

—Sí —asentí un poco confundido.

¿Acordamos que esto sería sencillo o había más que deducir?

—Lo saqué del clóset de arriba —dijo tomando una caja de archivo de uno de los estantes, luego lo puso en una superficie libre del escritorio—. Todos sus originales están allá arriba.

—Gracias.

Sabía lo que me estaba confiando y cualquier otro día me hubiera sentido eufórico de poder ahondar más en el rompecabezas literario más extraño con el que me había topado, pero mi cabeza no estaba en eso ahora.

—En unos minutos tengo una llamada telefónica con los abogados para finalizar los términos de la fundación de Gran, así es que te dejo.

Rodeó el escritorio y me besó, fuerte y rápido, antes de dirigirse a la puerta.

—¿Georgia? —La llamé justo antes de que llegara al recibidor.

—¿Mmm?

Volteó y alzó las cejas, era tan hermosa que en verdad me dolía el corazón.

—¿Qué acabamos de acordar exactamente? —pregunté—. ¿Entre nosotros?

—Un amorío en lo que se escribe un libro —respondió con una sonrisa, como si fuera obvio—. Sencillo, sin compromisos y que terminará cuando acabes el libro. —Se encogió de hombros—. ¿Cierto?

Terminará cuando acabe el libro.

Cerré los puños sobre los reposabrazos de la silla.

—Sí, claro.

Su teléfono sonó y lo sacó del bolsillo trasero.

—Nos vemos cuando hayas escrito la cantidad de palabras de hoy.

Me lanzó una sonrisa, respondió a la llamada y cerró la puerta, todo en un solo movimiento fluido.

Ahora, nuestra relación tenía la misma fecha de vigencia que el libro; por supuesto que había pensado irme cuando lo terminara, pero estar con Georgia había cambiado las cosas… al menos para mí.

Mierda. Lo único que necesitaba para ganármela era tiempo, y estaba más cerca de terminarlo de lo que ella sabía. Más cerca de lo que estaba dispuesto a admitir.

Acabé el libro, ambas versiones, cuatro semanas después. Luego me senté en la oficina y miré fijamente ambos archivos en el escritorio de mi computadora.

El tiempo se me había acabado. Mi fecha de entrega era pasado mañana.

Lo había logrado. De alguna manera satisfice las exigencias de Georgia y las mías, al tiempo que cumplía con las fechas del contrato; sin embargo, no sentía ni orgullo ni logro, solo el intenso terror de no poder conservar a la mujer de la que me había enamorado.

Solo tuve cuatro semanas y no fue suficiente. Georgia empezaba a abrirse, pero partes de ella que necesitaba que me confiara seguían herméticas. Para ella, teníamos un amorío. Justo cuando pensé que cambiaría de opinión, mencionó lo bien que nos la habíamos pasado y que el tiempo se nos había acabado.

Mi teléfono sonó y respondí en altavoz.

—Hola, Adrienne.

—Entonces, ¿no vienes a casa para Navidad? —preguntó mi hermana con voz sentenciosa.

—Esa es una pregunta complicada.

Cerré mi laptop y la empujé a un extremo del escritorio. Tendría que lidiar más tarde con mi crisis existencial.

—No lo es. Estarás en Nueva York el 5 de diciembre, sí o no.

—Todavía no sé.

Me levanté y acomodé cuatro cajas de archivos que había tomado prestadas sobre el escritorio frente a mí, luego guardé el manuscrito correspondiente en cada una. Algo me faltaba. Algo que estaba justo frente a mí me estaba volviendo loco. Los manuscritos pertenecían a diferentes momentos en la carrera de Scarlett. Sus trabajos editados y publicados estaban, por supuesto, más trabajados, pero no podía evitar sentirme fascinado por las diferencias de estilo entre sus primeras obras y las posteriores; no podía evitar pensar que perder a Jameson no solo le rompió el corazón, sino que la transformó en esencia. No podía evitar preguntarme si lo mismo me sucedería a mí si perdía a Georgia.

—Solo faltan tres semanas.

—Tres semanas y… —calculé—, cuatro días.

—Exacto. ¿No crees terminar el libro para entonces?

Tensé la mandíbula al pensar en mentirle a mi hermana. En realidad, a cualquiera.

—No se trata del libro.

—¿No? Espera, ¿me tienes en altavoz? ¿Dónde está Georgia?

Lancé una risita.

—¿Qué pregunta quieres que responda primero?

—La última.

—En el pueblo, trabajando en su estudio.

Había sido una maravilla observarla este último mes. Su trabajo era incansable; supervisaba la construcción de la parte delantera del estudio y en el taller fabricaba piezas que no me dejaba ver, ni a mí ni a nadie. Haría la inauguración el día de su cumpleaños, el 20 de enero, y yo ni siquiera estaba seguro de estar aquí para verla; era una verdadera patada en el estómago.

—Muy bien. Apuesto que adora la vida lejos de la prensa sensacionalista.

—Así es.

Otra razón por la que no quería volver a Nueva York.

—¿Todavía no te congela? —bromeó mi hermana.

Conocía muy bien el difícil comienzo que tuvimos Georgia y yo.

—Deberías venir y conocerla. Inaugura su sala de exhibición el próximo mes con una fiesta. No es nada de lo que lees en las revistas de chismes, Adrienne—. Suspiré y pasé las manos por mi cabello; luego me llevé el teléfono cuando empecé a caminar frente a los libreros—. Es amable, inteligente, muy divertida, siempre está dispuesta a ayudar. No puede estar sin hacer nada, es maravillosa con los hijos de su mejor amiga y no tiene reparos en ponerme en mi lugar; sé que es algo que apreciarías.

—Miré una fotografía, luego otra, y entre ellas, las que estaban alineadas en los estantes de Scarlett, deteniéndome en el álbum de fotos que Georgia había dejado fuera—. Es…

Ni siquiera podía ponerlo en palabras.

—Carajo, Noah, estás enamorado de ella, ¿verdad?

—No está lista para nada de eso —dije en voz baja mientras hojeaba el álbum.

—¡Estás enamorado! —gritó emocionada.

—Déjame en paz.

Lo último que necesitaba era que le llenara la cabeza a mi madre.

Adrienne rio.

—Sí, claro. ¿Me conoces?

—Tienes razón. —Me froté el entrecejo—. En el momento en que me vaya de aquí, se acabó, y no quiero que se acabe, pero Ellsworth la dejó muerta de miedo.

—Pues no te vayas.

Adrienne habló como si fuera la respuesta más simple.

—Como si fuera tan fácil. Ella misma decidió que esto era un amorío en lo que se escribía el libro; una vez que lo termine, lo nuestro también lo hará.

Y yo había terminado, solo faltaba adjuntarlo a un correo electrónico dirigido a Adam.

—Bueno, entonces no termines el libro —sugirió, agudizando la voz.

—Muy útil.

Miré las fotografías de la boda y tapé a Ellsworth con la mano para que solo Georgia me sonriera; luego observé con más cuidado. Se veía feliz, pero esa sonrisa no era tan radiante como las que me había regalado a mí.

—Hablo en serio. Quédate. Por una vez en tu vida, amplía el plazo de entrega. Traeré a mamá aquí para Navidad, puedes llamar. Confía en mí, si esto hace que te cases y te establezcas…

—Adrienne —le advertí.

—Algún día —corrigió—. Mamá estará por completo de acuerdo. Lo único que queremos es que seas feliz, Noah. Si Georgia Stanton te hace feliz, lucha por eso, lucha por ella. Finge ser uno de tus personajes y ayúdala a aliviar lo que sea que Ellsworth haya dañado.

—¿Ya acabaste con tu sermón inspirador? —pregunté bromeándola.

—¿Quieres que empiece a hablar de lo difícil que es encontrar a alguien a quien realmente ames?

—Dios, no. —Volví a mirar mi laptop—. No cuenten conmigo en Navidad. Te quiero.

—Te quiero, ¡y te perdono por no venir si me das una cuñada!

—Adiós, Adrienne.

Colgué y negué con la cabeza mientras reía. Si fuera tan fácil curar a Georgia, ya lo hubiera hecho.

Levanté la mano de la fotografía de bodas de Georgia y recordé sus palabras de ese día como si fuera la canción de una película: «Hay una advertencia, un sonido que hace el corazón la primera vez que te das cuenta de que ya no estás segura con la persona en quien confiabas».

Con Georgia, todo era cuestión de confianza. Ellsworth había destrozado la suya de forma tan brutal que ya no le quedaba nada. Pero me confió la historia de Scarlett, escaló el muro, me abrió su casa, me ofreció su cuerpo sin vergüenza y sin reservas; me había confiado todo, menos su corazón porque la habían abandonado.

«La primera vez…».

—¡Mierda! —murmuré al empezar a entender.

«Nunca dije que él lo hiciera».

Regresé de prisa a las primeras páginas del álbum en el momento en el que sus palabras tuvieron un sentido que no había comprendido cuando las dijo. Pasé su graduación de preparatoria, el cumpleaños en el que Ava había vuelto a aparecer y pasé las páginas más despacio conforme regresaba hasta su primer día en el jardín de niños.

Las imágenes anteriores mostraban a Georgia cuando vivía con Ava, con ojos brillantes; su sonrisa era una versión más joven de aquella deslumbrante que yo había visto estos días. «El verdadero amor se debe ahogar, mantener bajo el agua hasta que deje de patalear». Y eso era exactamente lo que mostraban las fotos un año tras otro: el amor que se ahogaba lentamente.

No fue Ellsworth quien destrozó a Georgia, fue Ava quien desapareció y solo volvía a aparecer cuando le convenía, siempre que necesitaba algo.

—Si esto fuera un libro, ¿qué harías? —me pregunté hojeando el álbum hasta llegar a la foto del cumpleaños número doce—. Usarías el pasado para sanar el presente.

La inauguración del estudio; podía traer a Ava. «Eso si todavía sigues aquí en siete semanas». Georgia le había dado todo lo que ella quiso y sin segundas intenciones. Podría funcionar. Si empezaba por las grietas, poco a poco podía empezar a reparar los enormes huecos que Ava había dejado en Georgia, solo tenía que asegurarme de que su madre quisiera estar aquí únicamente para hacer feliz a su hija.

Cerré el álbum de golpe y me senté frente al escritorio. Moví las cajas de los manuscritos, jalé la laptop frente a mí y la abrí. ¿Cómo demonios iba a convencerla de que me dejara quedarme otras siete semanas? Miré de reojo la fotografía de Jameson y Scarlett que estaba sobre el escritorio, del lado izquierdo.

—¿Algún consejo? —le pregunté a Jameson—. Yo no puedo llevarla por los aires hacia el crepúsculo. Y seamos francos, tú tuviste muchísima ayuda de Constance.

También ayudó que ambos vivieran en una época en la que ser temerario era una manera sabia de aprovechar el tiempo que les quedaba.

Mis dedos tamborilearon sobre el escritorio mientras observaba fijamente en la pantalla los dos documentos terminados. Si Jameson se había ganado a Scarlett ignorando las reglas, quizá lo mismo funcionaría para conquistar a su bisnieta.

Saqué mi teléfono y llamé a Adam.

—Por favor, dime que estás a punto de enviarme el manuscrito final.

—Uy, hola para ti también —saludé arrastrando las palabras—. Todavía faltan dos días.

—Sabes que la fecha límite de impresión para este libro es más apretada que la faja de mi suegra.

Escuché que su silla crujía.

—Sí, sobre eso… —agregué un poco avergonzado.

—No me digas que por primera vez en tu carrera vas a incumplir la fecha de entrega. No con este libro. ¿Sabes lo difícil que será editarlo? ¿Lo que significa cuestionarme todo el tiempo si estoy metiendo la pata con la gran Scarlett Stanton? —exclamó con voz aguda.

—Pareces estresado. ¿Has ido a correr desde que me fui?

—Para empezar, tú eres la razón por la que mi presión arterial está alta.

Y estaba a punto de pedirle algo que la elevaría aún más solo para poder tener una oportunidad de ganarme a Georgia. ¿Qué clase de cabrón egoísta le hacía eso a su mejor amigo? «Al parecer, tú».

—Noah, ¿qué está pasando? —preguntó Adam suavizando el tono.

—En una escala del uno al diez, ¿qué tan buen amigo te consideras? Porque probablemente yo…

—Fuiste mi padrino en mi boda. Eres mi mejor amigo. ¿Me estás hablando como tu editor o como el padrino de mi hijo?

—Los dos.

—Carajo. —Podía imaginarlo frotándose las sienes—. ¿Qué necesitas?

—Tiempo.

—No lo tienes.

—No el mío, el tuyo. ¿Qué dirías de hacer doble trabajo con el doble de paga?

Contuve el aliento en espera de su respuesta.

—Explícate.

Lo hice. Le expliqué todo a la única persona que había sido mi eje, tanto en mi vida personal como profesional. Terminé justo cuando escuché que se abría la puerta del garaje: Georgia había regresado a casa.

—Ya llegó Georgia. ¿Lo harás?

—Maldita sea —masculló—. Sí, sabes que lo haré.

—Gracias.

Todos los músculos de mi cuerpo se destensaron por el alivio.

—No me lo agradezcas —gritó por el auricular—. Empezaré por lo que ya está, pero me debes un final, Noah.

La puerta de la oficina se abrió y Georgia asomó la cabeza.

—¿Mal momento? —murmuró.

Negué con la cabeza y con una seña le indiqué que entrara.

—Sé que es demasiado, pero lo prometí.

—Okey, pero vamos a estar muy apretados con los impresores. Tienes el tiempo que necesitas, pero más te vale que te prepares para unas modificaciones apresuradas.

Georgia frunció el ceño, preocupada, al tiempo que se desabrochaba el abrigo.

—Puedo con eso.

Podía con cualquier cosa que me diera el tiempo que necesitaba con Georgia.

—Más te vale. Ah, Carmen me encargó que te dijera que llegaron los regalos de Janucá que le enviaste a los niños. Sabes que no tenías que hacerlo, pero gracias. Te extrañaremos en las fiestas, Noah.

—Solo sigue corriendo, Adam. No me gustaría dejarte rezagado cuando regrese.

«Si es que regreso».

Colgamos y jalé a Georgia para que se sentara en mi regazo, pasando las manos bajo su abrigo y el suéter para tocar su piel cálida.

—¿Qué fue eso? —preguntó quitándome un mechón de pelo de los ojos.

Dios, amaba a esta mujer.

—Tiempo —respondí besándola con ternura.

Ahora, todo lo que podía hacer era rezar para tener el suficiente, aunque comprometiera mi carrera.

Abrió los ojos con sorpresa.

—¡Dios mío, tu fecha de entrega! ¿Verdad? ¿Terminaste el libro?

¿A qué se debía ese tono de pánico en su voz? ¿O solo era yo quien quería escucharlo?

—Todavía no. —No lo estaba, al menos eso me decía para robar un poco más de tiempo con ella. Estaba redactado, pero no estaría terminado hasta que pasara por las revisiones—. No te preocupes, es solo la entrega. Adam va a jugar con algunas fechas y empezará con lo que tenemos para no incumplir con la entrega para impresión, mientras detallo estos finales. ¿Crees que puedes soportarme un tiempo más?

«Semántica», pero no dejaba de sentirlo como una mentira, porque lo era. Sin embargo, la sonrisa que me ofreció valía más que la pena.

CAPÍTULO VEINTICUATRO

Enero de 1942
North Weald, Inglaterra

Scarlett miró la pequeña caja de regalo que estaba sobre la mesa, luego su máquina de escribir y por último los platos que estaban apilados en el fregadero. Desde el desayuno no había tenido un solo momento libre. William había estado inquieto toda la mañana y al fin se quedó dormido para la siesta de la tarde; con suerte esto le daría al menos cuarenta y cinco minutos para hacer algo, aunque todo lo que quería era dormir junto a él.

Los días se confundían con las noches. ¿Cuál de las otras esposas le había dicho que ocuparse de un recién nacido era normal? Estaba tan cansada que anoche se había quedado dormida sentada, durante la cena.

«Y hablando de la cena…».

Suspiró, y en su mente se disculpó con la caja de sombreros que contenía las historias; luego se dirigió al fregadero, ignorando voluntariamente el regalo cuya tarjeta tenía la caligrafía de su madre. Esta era su tercera cocina en un año y aunque apreciaba el gran jardín congelado que se veía por la ventana, hubiera querido que ese paisaje incluyera a Constance.

Llevaban más de un mes en Martlesham-Heath y solo había visto dos veces a su hermana. Nunca habían estado alejadas tanto tiempo desde el nacimiento de Constance. La extrañaba muchísimo y aunque estuvieran a solo una hora de distancia, parecían años cuando se trataba de esta nueva etapa en su vida.

Constance seguía acantonada con las otras mujeres, seguía haciendo guardias, comía en el comedor de los oficiales… y planeaba una boda. El confidente más cercano de Scarlett era ahora un bebé de seis semanas de nacido que no conversaba mucho. Era necesario que saliera e hiciera algunos amigos.

Fue una alegre sorpresa que la casa siguiera en silencio cuando acabó de lavar los platos. Escuchó un segundo para asegurarse de que William no había despertado; quizá eso le diera algunos minutos.

Le parecía un lujo, pero de igual forma se sentó frente a la máquina de escribir. Le tomó unos segundos poner la primera página en blanco. La miró un momento, imaginando en qué se convertiría, qué historia contendría. Quizá debía hacer lo que Constance le sugirió y acabar algo. Incluso publicarlo.

Esa caja de sombreros ya estaba llena a más de la mitad con tramas semiestructuradas, fragmentos de diálogos e ideas que requerían ejecución. Contenía historias que debía escribir para otras personas, desenlaces que podía cambiar y hacer más atractivos para que fueran felices; finales como el que debió tener Constance. Desenlaces como el que ella quería para sí misma, para Jameson y William, pero que no podía garantizar. Ni siquiera tenía la certeza de que no habría un bombardeo esta noche y ella no estuviera entre las bajas.

Pero sí podía dejar escrito lo más posible de su historia juntos para William… por si acaso.

Empezó por ese día caluroso en Middle Wallop, cuando Mary olvidó recogerlas en la estación de tren. Recordó todo lo que pudo; escribió incluso los más mínimos detalles del momento en el que conoció a Jameson. Una sonrisa se dibujó en su rostro. Si tan solo pudiera volver a ese momento para decirse a sí misma cómo acabarían, no lo hubiera creído. No estaba segura de creerlo ahora. Su romance había sido un torbellino que se asentó en un matrimonio apasionado, en ocasiones complicado.

Jameson no había cambiado mucho en los últimos dieciocho meses, pero ella sí. La mujer que tomaba decisiones rápidas en el tablero de planeación, que había sido una oficial valiosa y fuerte de la WAAF, ahora no era nada de eso. Ya no era responsable de la vida de cientos de pilotos, solo de William, aunque en esa tarea no estaba sola.

Cuando Jameson estaba en casa era un padre comprometido. Cargaba a William, lo arrullaba, cambiaba pañales; no había nada que no hiciera por el bebé y eso la hacía amarlo más. Cuando se convirtieron en padres perdieron su personalidad; ahora ambos tenían facetas nuevas y profundas.

Scarlett escribió hasta el momento en el que Jameson le pidió la primera cita; en ese momento, William despertó con un berrido demandante. Al escuchar ese primer llanto, sacó el papel de la máquina de escribir y lo metió a la caja de sombreros; lo puso con cuidado encima del montón para que no se mezclara con el resto. Luego guardó todo y fue a buscar a su pequeño amor.

Horas más tarde, ya le había dado de comer a William, lo había cambiado, limpiado y cambiado de nuevo y alimentado una vez más; trapeó el vómito de su hijo, lo alimentó una vez más y lo hizo eructar antes de llevarlo a dormir de nuevo.

Fue a la cocina para preparar la cena; sacó pescado para freír y, justo en ese momento, Jameson entró por la puerta principal.

—¿Scarlett?

—¡En la cocina!

El alivio fue una descarga de energía en su cuerpo, como siempre sucedía cuando volvía a casa, a su lado.

—Hola.

Sus pasos eran suaves, pero su estado de ánimo llenó la habitación como un nubarrón oscuro y amenazador.

—¿Qué pasa? —preguntó, olvidando el pescado que iba a freír.

Cruzó la cocina a zancadas, tomó el rostro de Scarlett entre sus manos y la besó con ternura, algo que, tomando en cuenta su estado de ánimo, lo hizo mucho más dulce. Él siempre era delicado con ella. Sus labios se unieron en una danza suave que muy pronto se volvió más intensa y profunda. Habían pasado seis semanas desde el nacimiento de William. Seis semanas desde que su esposo no le compartía su cuerpo, solo su cama. Según la partera, seis semanas era tiempo suficiente y Scarlett estaba de acuerdo.

Jameson levantó la cabeza despacio, haciendo un gran esfuerzo para dominarse. Era tan bella y había sido casi imposible no tocarla; su cuerpo era suntuoso, sus caderas atractivas y sus senos llenos y pesados. Era todas sus fantasías, todas las modelos de revista, y era suya.

Sabía que ella necesitaba tiempo para recuperarse y jamás la presionaría para que sanara más rápido. No era tan insensible. Pero extrañaba su cuerpo, la sensación cuando la penetraba, la manera en la que el resto del mundo desaparecía hasta que solo eran ellos dos, luchando juntos. Anhelaba el sabor de su lengua; la manera en la que sus caderas se movían contra su boca; su cabello sedoso que caía por su rostro cuando lo besaba, sentada a horcajadas sobre él y a cargo de la situación. Deseaba escuchar el suave gemido que emitía su garganta antes del orgasmo; extrañaba la manera en la que sus ojos se ponían en blanco, sus jadeos, sus músculos tensos, el sonido de su nombre en labios de ella cuando al final se entregaba por completo. Anhelaba el dulce olvido que encontraba en su cuerpo, pero, sobre todo, moría por tener su total atención.

No tenía celos de su hijo, pero podía admitir que la transición tenía algunos tropiezos y dificultades.

—Te extrañé hoy —dijo Jameson tomando su rostro entre sus manos, acariciando su piel suave con los pulgares.

—Yo te extraño todos los días —repuso con una sonrisa—. Pero advertí tu expresión cuando entraste. Dime qué pasó.

Tensó la mandíbula.

—¿Dónde está William?

Evitó la pregunta al ver que su hombrecito no estaba en el moisés.

—Está durmiendo arriba —respondió ladeando la cabeza—. Dime, Jameson.

—Nos negaron el permiso para ir al frente del Pacífico —admitió en voz baja.

Scarlett se tensó contra la barra y, al instante, él se arrepintió de sus palabras.

—¿Pediste permiso para ir al frente del Pacífico? —preguntó Scarlett.

Afligida, se apartó de él.

—El escuadrón lo hizo, pero yo estaba a favor. —De inmediato sintió sus brazos vacíos—. Atacaron nuestro país y nosotros estamos todos aquí. Lo correcto era solicitarlo. Si nos necesitan, lo correcto es que vayamos.

Había sido un debate muy acalorado al interior del escuadrón, pero la mayoría había acordado enviar una solicitud de transferencia.

Scarlett levantó la barbilla; eso significaba que estaba dispuesta a pelear.

—¿Y en qué momento ibas a hablar conmigo de esa sugerencia? —preguntó cruzando los brazos bajo sus pechos.

—Cuando fuera una posibilidad —respondió— o ahora, que ya no lo es.

—Respuesta incorrecta.

—No puedo quedarme aquí sentado mientras mi país va a la guerra —dijo alejándose de ella; se recargó contra la mesa de la cocina y sujetó los bordes con fuerza.

—No estás ahí sentado —espetó—. ¿En cuántas misiones has volado? ¿Cuántos patrullajes? ¿Cuántas intercepciones de bombarderos? Ya eres líder. ¿Cómo puedes llamarle a eso «quedarme sentado»? Y hasta donde sé, tu país también estaba en guerra con Alemania. Ya estás donde tienes que estar.

Jameson negó con la cabeza.

—Quién sabe cuánto tiempo tardarán los soldados estadounidenses en llegar, o si Estados Unidos hará algo contra la amenaza alemana. Me uní a la RAF para alejar la guerra de mi puerta, para mantener a salvo a mi familia, para detenerla aquí antes de que mi país fuera el bombardeado o que mi madre se convirtiera en estadística de bajas. Vine a proteger mi hogar de los lobos, y mientras estaba ocupado cuidando la puerta principal, los lobos entraron a hurtadillas por detrás.

—¡Y esa no es tu culpa! —exclamó.

—Lo sé. Nadie vio venir lo de Pearl Harbor, pero sucedió, y eso no cambia el hecho de que quizá me necesiten ahí. Si tienen planes, quiero ser parte de ellos. No puedo arriesgar mi vida defendiendo tu país y no hacer lo mismo por el mío. No me pidas eso.

Todos los músculos de su cuerpo se tensaron esperando, deseando que entendiera.

—Al parecer no puedo pedir nada pues sabías que el 71 envió la solicitud y ni siquiera me lo dijiste. —Su voz se agudizó y se quebró—. Creí que éramos una pareja.

—William acababa de nacer y tú tenías mucho que hacer.

—¿Y no quisiste molestarme? —Entrecerró los ojos—. ¿Por qué tengo pésima reputación para manejar el estrés?

Se frotó la cara con la palma de la mano; deseaba poder retirar cada palabra que había pronunciado desde que cruzó la puerta, o volver unas semanas atrás y hablar de todo esto con ella.

—Debí decirte.

—Sí, debiste decirme. ¿Te detuviste a pensar qué haríamos aquí si te enviaban al Pacífico? —preguntó señalando hacia la habitación que estaba encima de ellos, donde dormía William.

—¡Bombardearon a estadounidenses!

—¿Y crees que no sé lo que se siente que tu país sea destrozado por las bombas? —exclamó palmeando su pecho—. ¿Ver a mis amigos de la infancia morir?

—Por eso pensé que entenderías. Cuando Inglaterra entró en la guerra te pusiste un uniforme y peleaste porque amas a tu país, igual que yo amo al mío.

—¡Yo no tengo país! —gritó y giró hacia la ventana.

Jameson vio su mueca de dolor en el reflejo de la ventana y sintió un nudo en el estómago. «Carajo».

—Scarlett…

—No tengo país —repitió en voz baja, girando de nuevo para mirarlo—, porque renuncié a él por ti. Te amaba más a ti. No soy británica, no soy estadounidense, solo soy ciudadana de este matrimonio que pensé que era una democracia. Así que perdona mi sorpresa cuando me doy cuenta de que es una dictadura. Benevolente, sí, pero una dictadura. No me liberé del control de mi padre para que tú tomaras su lugar.

Lanzó una risita y le ofreció una sonrisa amarga y sarcástica.

—Querida… —dijo sacudiendo la cabeza en busca de algo qué decir para mejorar la situación.

—Ya no solo se trata de ti, Jameson. Ni siquiera de nosotros. Puedes ser lo temerario que quieras cuando estás dentro de la cabina de mando, sé con quién me casé. Pero hay un bebé allá arriba que no sabe que estamos en guerra que se extiende por todo el mundo. Somos responsables de él. Y entiendo que quieras luchar por tu país, yo también renuncié a eso por nosotros. Por favor, no me trates como inferior porque elegí a esta familia dos veces. Si querías a una esposa que no hiciera más que cocinarte, calentar tu cama y tener a tus hijos, entonces te equivocaste de mujer. No confundas mis sacrificios con una docilidad complaciente. ¡Ah!, y como yo no guardo secretos, William recibió hoy un regalo.

Fue hasta la mesa donde estaba la pequeña caja y luego salió de la cocina, pasando frente a él sin mirarlo de nuevo. Unos segundos después, escuchó los pasos de Scarlett que subía por la escalera.

Jameson se frotó el puente de la nariz y levantó su ego del piso, donde Scarlett lo había pisoteado. Había tratado de protegerla, de aliviarla, de quitarle otra preocupación de encima y, al hacerlo, la dejó fuera por completo. Desde el momento en que la conoció la había despojado poco a poco; no importaba que esa nunca fuera su intención, el resultado era el mismo.

Hizo que la transfirieran por él, dejó su primera estación donde tenía amigas. Arrastró a su hermana con ella para poder cumplir la promesa que le había hecho a Constance. Se casó con él, perdió su ciudadanía británica por ello y luego tuvo que recurrir a las relaciones de su familia para que la reubicaran de nuevo y así poder seguirlo. Cuando se embarazó, renunció al empleo que amaba, el trabajo en el que basaba su valor, y después del parto, volvieron a reubicarlos y perdió el contacto diario con Constance, con cualquiera fuera de su casa. Había dado todo y él nunca protestó porque la amaba demasiado como para dejarla ir.

Miró la cajita que estaba cerca de su mano derecha, la recogió y leyó la nota.

Mi querida Scarlett:

Felicidades por el nacimiento de tu hijo. Estamos muy contentos con la noticia.

Por favor, dale esta muestra de nuestro afecto y quiero que sepas que tenemos muchas ganas de conocer a nuestro nuevo Wright.

Con amor,
Tu madre

Jameson agitó la cabeza, indignado, y abrió la caja. Una pequeña sonaja de plata descansaba sobre terciopelo. Levantó el ridículo juguete y vio el grabado en el mango. Una enorme «W» estaba flanqueada por otra «W» y una «V».

Jameson dejó caer la sonaja en la caja antes de que hiciera algo «insensato» y destrozara el maldito objeto. El nombre de su hijo era William Vernon Stanton. No era un Wright. No tenían derecho a reclamar nada de él.

Empujó la mesa y colgó su saco en una de las sillas; luego se aflojó la corbata al tiempo que subía las escaleras. Por el umbral de la puerta de su recámara vio que la luz brillaba, pero no de la de William. Jameson presionó la oreja contra la puerta y cuando escuchó el suave susurro y una protesta de disgusto, entró y se inclinó sobre la cuna.

William lo miró, bien envuelto en la cobija que su abuela le había enviado de Colorado y dejó escapar un bostezo enorme que le hizo fruncir el ceño.

—Sí, sé lo que quieres decir —murmuró Jameson con voz suave, levantando a su hijo y arrullándolo contra su pecho. Qué ironía que alguien tan pequeño haya alterado la gravedad de su mundo. Presionó un beso contra su cabeza y respiró su aroma—. ¿Tuviste un buen día?

William refunfuñó, abrió la boca y la presionó contra la camisa de Jameson.

—Tomaré eso como un sí. —Acarició en pequeños círculos la espalda de William; sabía que no tenía lo que su hijo buscaba—. Quizá sea mejor que le des un minuto, chico. Herí sus sentimientos, mucho.

Lo meció, de un lado a otro, para darle a Scarlett un momento sola pero también para que él pudiera ganar un tiempo valioso y pensar qué podía hacer o decir. ¿Quería dejarlos aquí, en un país al que legalmente no tenían derecho, sabiendo que no podían ir al que sí tenían, mientras él volaba al otro lado del mundo para enfrentar a otro enemigo?

No.

Pensar en dejarlos atrás era como una puñalada en el vientre. William solo tenía seis semanas de nacido y ya había cambiado tanto. No podía imaginar no verlo crecer, dejarlo durante un año o más y no reconocer a su propio hijo cuando regresara. ¿Y pensar en no ver a Scarlett? Insoportable.

—Yo lo cargo —dijo ella desde el umbral.

Jameson volteó y la vio a contraluz por el pasillo iluminado; tenía los brazos extendidos.

—Me gusta cargarlo —dijo él en voz baja.

La frialdad en la mirada de su esposa cedió un poco.

—Eso espero, aunque a menos que tú puedas alimentarlo, no te va a gustar tenerlo en los brazos mucho más tiempo.

Cruzó la habitación y, a su pesar, Jameson le dio a su hijo. Scarlett se sentó en la mecedora que estaba en un rincón poco iluminado y miró a James, como si esperara.

—No tienes que quedarte.

Jameson se recargó contra la pared y cruzó los tobillos.

—Tampoco me tengo que ir. Ya te he visto dar pecho antes. No estoy seguro de haberte dicho últimamente lo magníficos que son.

Scarlett puso los ojos en blanco, pero él hubiera jurado que la vio sonrojarse un poco. Acomodó a su hijo para amamantarlo con una facilidad ganada por la práctica y acarició su suave cabello negro con la yema de los dedos.

—Lo siento —dijo Jameson en voy baja. Los dedos de Scarlett se paralizaron—. Debí hablarlo contigo cuando estaba sucediendo. Puedo darte todas las excusas del mundo aunque solo no quería preocuparte. No importan. Me equivoqué al no ponerte al tanto.

Despacio, alzó la vista para mirarlo a los ojos.

—Si nos hubiéramos ido al Pacífico hubiera movido cielo, mar y tierra para enviarte a Colorado hasta que yo pudiera volver a casa. Nunca te hubiera dejado sin antes tener la certeza de que estaban seguros, no solo físicamente. No volveré a cometer el error de dejarte fuera otra vez.

—Gracias.

—Me gustaría… —Tragó saliva; un nudo de rabia subió por su garganta—. En verdad me gustaría tirar esa sonaja a la basura.

—Muy bien.

—¿No te importa? —preguntó asombrado.

—En lo más mínimo. Yo la hubiera tirado a la basura, salvo que quería que supieras qué estaba pasando.

Su afirmación no era un golpe bajo, solo un hecho.

—Gracias. —La miró un momento en silencio para elegir con cuidado sus siguientes palabras—. La cita para tu visa es en unos meses, ¿cierto?

Ella asintió.

—En mayo.

Casi un año después de que habían empezado el trámite.

—Quiero que me prometas algo —dijo con voz suave.

—¿Qué?

—Prométeme que si algo me pasa, te lo llevarás a Estados Unidos.

Scarlett parpadeó.

—No digas esas cosas.

Jameson cruzó la habitación y se arrodilló junto a ella para quedar al mismo nivel; puso sus manos sobre el brazo de la mecedora.

—No hay nada más importante para mí que sus vidas, la tuya y la de William. Nada. Tienes razón, ya no solo se trata de nosotros. En Colorado estarán seguros. Lejos de la guerra, de la pobreza, de tus odiosos padres. Por favor, prométeme que te lo llevarás.

Scarlette frunció el ceño y pensó en su solicitud.

—Si algo te pasa —aclaró.

Él asintió.

—Okey. Prometo que si algo te pasa, me llevaré a William a Colorado.

Despacio, se inclinó para darle un beso casto en los labios.

—Gracias.

—Eso no significa que te doy permiso de morir —dijo con una mirada adusta.

—Entendido. —Besó la cabeza de William y se levantó—. Mientras lo alimentas, trabajaré para alimentarte a ti. Te amo, Scarlett.

—Yo también te amo.

Dejó a su esposa y a su hijo en la recámara del bebé y fue directo a la cocina. Tiró la sonaja a la basura, adonde pertenecía.

Scarlett y William eran Stanton. Eran suyos.

CAPÍTULO VEINTICINCO

Georgia

Querido Jameson:

Hace solo unos días que te fuiste y te extraño como si fueran años. Esto es mucho más difícil que cuando vivíamos en Middle Wallop. Ahora sé qué se siente ser tu esposa; yacer a tu lado por la noche y despertar con tu sonrisa en la mañana. Hoy volví a pedir el traslado, pero hasta ahora no he tenido noticias. Esperemos que mañana. No puedo soportar estar tan lejos de ti, saber que vuelas hacia el peligro y yo no puedo hacer nada más que quedarme aquí sentada y esperar. Ni siquiera puedo esperarte en casa. Te amo, Jameson. Cuídate. Nuestros destinos están entrelazados, no puedo existir en un mundo en el que tú no estás.

Con amor,
Scarlett

—¿Estás lista para esto? —preguntó Noah con una sonrisa emocionada, ajustándose la corbata mientras estábamos sentados en el coche frente al estudio. La nieve de enero caía a ráfagas.

—¿Y si no? —pregunté arqueando las cejas.

—Aunque será muy incómodo en una hora, cuando lleguen todos, podemos cerrar la puerta con llave, apagar las luces y fingir que no hay nadie. —Levantó mi mano y besó el interior de mi muñeca que me hizo sentir una punzada de deseo por todo el cuerpo. Lo había tenido en mi cama casi todas las noches los últimos dos meses y medio, y la pasión no había disminuido. Todo lo que tenía que hacer era mirarme y yo estaba lista para él—. Pero estoy dispuesto a ofrecer cualquier soborno que quieras solo para ver lo que has creado ahí adentro.

—Estoy bastante orgullosa de mi pequeña colección.

Casi me había destrozado los dedos en preparación para esta noche. Había unas cuantas docenas de piezas menores listas para la venta y otras más grandes que preparé para exhibición. Envié las invitaciones, recibí las respuestas y ahora todo lo que había que hacer era abrir las puertas y rezar por no haber tirado a la basura lo que me quedaba en la cuenta de banco.

—Estoy orgulloso de ti.

Esta vez me besó en la boca, succionando un poco mi labio inferior antes de soltarlo. Era completa y profundamente dependiente de este hombre. Se suponía que solo sería un amorío, ese era el trato. Se iría tan pronto como terminara el libro y con el paso de los días solo pude recordar que vivíamos de tiempo prestado. Cada día esperaba que me dijera que había acabado, pero no fue así. Si no tenía cuidado, muy pronto excedería la fecha de entrega.

—Sé que esta noche será tan maravillosa como lo eres tú —agregó.

—Me alegra que uno de los dos esté seguro.

Respiré profundo y recordé que estábamos en Poplar Grove, Colorado, no en la ciudad de Nueva York. No había *paparazzi* ni estrellas de cine ni empresarios, ningún periodista de la prensa sensacionalista y nadie que fingiera interesarse en mí solo para poder pasar cinco minutos con Damian. Esto era mío, solo mío, y Noah sería la primera persona con quien lo compartiría.

Me tomó de la mano de camino a la puerta y bloqueó el viento cuando busqué a tientas la llave para abrir la puerta de vidrio pesado. Luego lo invité al interior del espacio oscuro.

—Espera aquí. Cierra los ojos.

Quería ver su expresión cuando encendiera las luces.

—Diría que es mi cumpleaños y no el tuyo —bromeó.

Reí y cuando me aseguré de que tenía los ojos bien cerrados me dirigí al interruptor. El espacio ya me era tan familiar como mi recámara; si fuera necesario, podía encontrar el camino aunque tuviera los ojos vendados.

Encendí el interruptor y la galería se iluminó en una docena de espacios. Había jarrones y esculturas pequeñas en vitrinas pegadas a la pared, dos obras más grandes se exhibían en cada una de las ventanas en mirador y, en el centro, sobre un pedestal iluminado, se encontraba mi pieza favorita.

—Puedes abrir los ojos —dije en voz baja.

Contuve el aliento conforme la oscura mirada de Noah recorrió la galería, apreciándola; su sonrisa se ensanchaba conforme asimilaba todo el lugar, hasta fijarse en el pedestal.

—Georgia —murmuró sacudiendo la cabeza—. Dios mío.

—¿Te gusta?

Me puse a su lado, rodeó mi cintura con el brazo y me acercó a él.

—Es magnífico.

Mi pieza favorita de la colección era una corona compuesta por carámbanos que iban de quince a veinticinco centímetros de largo.

—¿Lo entiendes? —pregunté con una sonrisa socarrona.

—Apropiada para una Reina de Hielo —respondió con una risita—. Aunque tú eres cualquier cosa menos fría. Es increíble.

—Gracias. Nunca hice comentarios sobre sus pequeñas provocaciones porque hay poder en el silencio, y elegancia en llevar la cabeza en alto, pero pensé «¿por qué no asumirlo?», solo yo me defino de ahora en adelante; quizá la próxima vez haga una corona de fuego.

En mi mente ya tomaba forma.

—Eres increíble, Georgia Stanton. —Volteó, tomó mi rostro entre sus manos y me besó con pasión—. Gracias por compartir esto conmigo; y en caso de que no tenga la oportunidad antes de que volvamos a casa, feliz cumpleaños.

—Gracias —respondí contra su boca, saboreando nuestros últimos minutos de privacidad antes de que llegara el servicio de comida.

Una hora después, las puertas estaban abiertas y la galería se llenaba de los invitados de mi pequeño pueblo. Le di la bienvenida a la primera docena de personas y les enseñé el lugar, con Noah a mi lado. Lydia, nuestra ama de llaves, llegó con su hija; luego Hazel y Owen; Cecilia Cochran, de la librería; mamá…

Contuve el aliento y me tapé la boca con la mano que tenía libre. El brazo de Noah rodeó mi cintura para darme apoyo mientras mi madre avanzaba entre la pequeña multitud. Iba vestida de rosa pálido y su sonrisa era vacilante.

—Feliz cumpleaños, Georgia —dijo en voz baja. Me abrazó con cariño y luego me soltó con sus dos palmaditas acostumbradas.

—¿Mamá?

«Asombro» no era la palabra adecuada.

Tragó saliva, nerviosa y nos miró.

—Noah me invitó, espero que no te moleste. Solo quería estar aquí para desearte feliz cumpleaños y felicitarte. Esto es todo un logro.

¿En verdad era la única razón por la que estaba aquí?

—¿Ian y tú? —pregunté vacilante.

¿Se habían separado? ¿Estaba aquí solo para recobrar fuerzas con el pretexto de sanarme a mí?

—Ah, está bien. Estamos bien —aseguró—. Te manda saludos. Estoy segura de que entiendes por qué no está aquí conmigo.

Porque yo no lo soportaba y él lo sabía; pensándolo bien, era bastante considerado.

—¿Cómo estuvo el vuelo? —preguntó Noah para romper la tensión, con esa facilidad que tenía para lograrlo.

—Bien. Muchas gracias. —Mamá respiró hondo—. Con fines de total transparencia, Noah compró mi boleto.

—Ah —¿Total transparencia? ¿Ian y ella estaban bien?—, fue muy amable de tu parte —le dije a Noah recargándome en él.

—Con gusto —Me acarició la cintura—, pero no es mi regalo de cumpleaños, ese te espera en casa.

—¡Te dije que no gastaras en mí! —lo regañé; sin embargo, en el pecho sentí una punzada de emoción por la curiosidad.

—No lo hice, te lo prometo.

Otra vez esa sonrisa. Algo traía entre manos.

—No puedo acaparar a la chica del cumpleaños toda la noche. Atiende a tus invitados —dijo mamá con una leve sonrisa—. Gracias por dejarme estar aquí. Tus cumpleaños siempre han sido… —vaciló—. Solo estoy contenta, eso es todo. —Recorrió la galería con la mirada—. Esto es magnífico. Estoy muy orgullosa de ti, Georgia.

—Gracias por venir —le dije con sinceridad—. Significa mucho para mí.

Habían pagado el adelanto y las demás regalías del libro irían directo a la cuenta de mamá. Estaba feliz con Ian. Parecía que su vida estaba bien, eso significaba que no estaba aquí porque necesitara algo de mí, sino porque quería. Claro que solo era una noche, en toda una vida, pero eso era suficiente.

Me paseé por la galería con una gran sonrisa y observé cómo las piezas pequeñas desaparecían conforme las compraban.

—¡Esto es increíble! —Hazel me abrazó con fuerza—. ¿Es la hija de Lydia la que está detrás de la caja?

Asentí.

—Creo que todo está saliendo bien.

—Así es, créeme. —Entrecerró los ojos y se acercó a mí—. Guau, ¿con quién está Noah…? —Su asombro fue total.

Giré y parpadeé confundida al ver que Noah abrazaba a una mujer increíblemente bella junto a la entrada. Alzó la mirada buscando alrededor y sonrió al verme. Le dijo algo a la mujer y avanzó con ella frente a la corona de hielo, hasta donde yo estaba con Hazel.

La mujer tenía cabello y ojos oscuros como los de Noah y la misma tez bronceada. Un hombre de cabello rubio arena, ojos verdes y traje impecable llegó a su lado.

—Espero que no te moleste que haya invitado a una de mis mejores amigas también —dijo Noah con una sonrisa—. Georgia, ella es mi hermana menor, Adrienne, y su rehén, Mason.

«¿Su hermana?». Los hombres no invitaban a sus hermanas para presentarlas a sus amoríos, ¿o sí? Sentí calor en el pecho, mi corazón padecía con la posibilidad de que esto fuera algo más para él, que pudiéramos ser más, incluso después de terminado el libro. Quizá no necesitábamos esa fecha de rompimiento que nos autoimpusimos.

Adrienne alzó una sola ceja, perfectamente delineada, hacia su hermano, pero la sonrisa que me ofreció fue instantánea y radiante cuando me dio un fuerte abrazo.

—Estoy encantada de conocerte, Georgia. Habla de ti todo el tiempo. Lo que quiso decir es que es mi marido, Mason —corrigió soltándome.

—¿Eso quise decir? —bromeó Noah—. Qué bueno verte, amigo —saludo abrazándolo y luego abrazó a su hermana con tanta fuerza que la levantó—. A ti también, tonta. ¿Tuvieron un buen vuelo?

—Ya lo sabes. Deja de pagar primera clase. Es un despilfarro.

—Me gastaré mi dinero en lo que yo quiera —respondió encogiéndose de hombros.

—Espero que te gusten las peleas porque lo hacen todo el tiempo —dijo Mason extendiendo la mano con una sonrisa fácil.

—Seré franca: estoy un poquito abrumada —respondí estrechando su mano.

Su sonrisa se ensanchó y en su rostro surgió un pequeño hoyuelo.

—No te culpo en lo más mínimo. ¡Tu galería es increíble! —intervino Adrienne—. Ah, ¡y feliz cumpleaños! No hay prisa, ahora está ocupada, pero más tarde tengo que escuchar la historia de cómo le pateaste el trasero a mi hermano en la librería.

Reí y prometí darle los detalles. Luego, ella y Mason se fueron a recorrer la galería, llevándose a Hazel y a Owen con ellos.

—¿Ya te dije lo hermosa que estás esta noche? —murmuró Noah a mi oído, el roce de su boca en mi oreja me hizo estremecerme.

—Como veinte veces —le aseguré—. ¿Y yo ya te dije que te voy a torturar esta noche con esa corbata que traes puesta?

Lo miré con coquetería.

—¿Ah sí? —Su mirada se hizo profunda—. Y yo que estaba haciendo mis propios planes.

Me robó un beso y me llamaron en otra parte.

La noche pasó volando y antes de que me diera cuenta ya había vendido todas las obras marcadas para venta. Las de exhibición, la corona y las obras de las torres permanecieron justo

386

donde las quería: conmigo. Poco a poco se vació la galería hasta que solo quedaron mis amigos más cercanos y el personal de limpieza.

—Con esto gana muchos más puntos —dijo Hazel mientras se preparaba para irse.

—¡Oye! —bromeé, abrazándola para despedirme— El equipo de Georgia, ¿recuerdas?

—Soy del equipo de Georgia —prometió—. Ese hombre le pagó el avión a su familia para que vinieran a conocerte. A tu mamá también —agregó en voz baja mientras Noah se despedía de su hermana.

Adrienne había prometido pasar a su casa al día siguiente para almorzar. No quiso quedarse en la recámara de invitados, pero mamá había aceptado quedarse con nosotros esta noche. Ya se había ido en su coche rentado al hostal para recoger sus cosas.

—Lo sé. Está… —Suspiró y miró a Noah.

—Está tan enamorado de ti como tú de él —murmuró Hazel.

—No empieces —dije negando con la cabeza; me rehusaba a ponerme en una situación en la que me rompieran el corazón.

—Nunca te había visto tan feliz como esta noche; de hecho, como lo has estado los últimos meses. —Me tomó la mano—. Ya has sufrido mucho, G. Tienes que dejar que también llegue lo bueno.

Me abrazó otra vez antes de que pudiera responderle, luego Owen la empujó hacia la puerta, mascullando algo así como que todavía tenían a la niñera una hora más.

La casa estaba oscura y en silencio cuando Noah y yo entramos, pero mamá llegó justo después de que colgáramos los abrigos. Los ojos de Noah volaron hacia mis piernas desnudas debajo del vestido negro corto que había elegido de mi reciente reserva que aún no había sacado de sus cajas.

—Voy a subir y llamar a Ian antes de que se duerma —dijo mamá con una sonrisa pícara, llevándose su pequeña maleta, aunque Noah se había ofrecido a subirla—. Ustedes dos, no se diviertan mucho. Feliz cumpleaños, Gigi.

—Buenas noches, mamá.

Ni siquiera me molestó el apodo; miraba las veintinueve rosas que Gran había enviado con una primera edición autografiada de *El sol también se levanta*.

—Hora del regalo —dijo Noah, acercándose por mi espalda y rodeando mi cintura con sus brazos—. Quizá no sea Hemingway, pero me agarraste con presupuesto limitado.

Lancé un quejido.

—Ya me has dado suficiente.

—Créeme, esto te va a gustar.

Giré entre sus brazos.

—Me gustas tú.

Si en realidad supiera cuánto lo deseaba, probablemente hubiera salido gritando de la casa.

Me besó la frente y tomó mi mano para guiarme hasta la sala grande, donde apenas unos meses antes se regodeaba de sus habilidades como escritor. Había echado los muebles a un lado para hacer espacio y llevó la mesa alta del recibidor, donde había una caja mediana adornada con listones, a un lado de la chimenea, que encendió con un interruptor.

—Gran añadió eso en la remodelación —expliqué señalando la chimenea de gas—. Decía que era una tontería, un gasto lujoso, pero no le importaba.

—Pues gracias, Gran —dijo Noah. Se quitó el saco y lo colgó en el sillón orejero que estaba frente a la caja—. Ahora, abre tu regalo, Georgia.

Recargó el hombro contra la repisa de la chimenea y cruzó un tobillo sobre el otro.

—El regalo que no te costó nada —dijo arqueando una ceja.

—Ni un centavo. —Entrecerró un poco los ojos—. Bueno, pagué la caja y el listón. Francamente, fue algo con lo que me topé mientras buscaba unos zapatos.

Puse los ojos en blanco, me acerqué a la caja y busqué por dónde abrirla.

—¿La sellaste con cinta adhesiva?

—No, solo levanta la tapa.

Había tanta emoción en su mirada que no pude evitar sentirme contagiada. Tomé ambos lados de la caja y levanté la tapa. Mi corazón dio un vuelco en mi garganta y los ojos se me llenaron de lágrimas.

—Oh, Noah.

Se acercó a mí y tomó la caja de mis manos temblorosas, pero yo estaba demasiado ocupada mirando mi regalo para ver dónde puso la envoltura. Después volvió a mi lado.

—¿Es...?

Temía decir las palabras, me contentaba con dejar que fuera real, aunque solo fuera en mi mente.

—Lo es —asintió con una sonrisa.

—Pero ¿cómo?

Extendí la mano hacia el tocadiscos antiguo y pasé los dedos sobre el borde gastado del estuche que se abría sobre la mesa frente a mí.

—Hace un par de semanas encontré un tablón suelto al fondo de mi clóset en la cabaña Grantham —explicó al tiempo que movía el brazo del fonógrafo para dejarlo sobre el disco impecable—. El mismo clóset que tenía marcas de la estatura de una persona grabadas en el marco de la puerta y por las que pasaron pintura encima como en el resto de la casa.

Lo miré de inmediato; de alguna manera supe cuáles serían sus siguientes palabras.

—Eran del abuelo William, ¿verdad? —pregunté.

Él asintió.

—Quiero pensar que esa fue la razón por la que nunca vendió la casita. Fui al registro público y busqué los registros de propiedad. Originalmente perteneció a Grantham Stanton, el padre de Jameson. Tu tatarabuelo.

—Ahí vivieron los primeros años —murmuré, empezando a comprender—. Pero Gran dijo que el fonógrafo había sido destruido.

Noah esbozó una media sonrisa.

—Lo que haya sido destruido, no fue esto. Scarlett debió esconderlo en la pared.

—¿Y nunca volvió para recuperarlo? —Fruncí el ceño—. Ahora que lo pienso, no recuerdo que hubiera regresado nunca a la casa; siempre se organizó para que alguien se encargara de ella.

—El dolor es una emoción poderosa e ilógica, y algunos recuerdos están más seguros si están sellados e inalterados.

Encendió el interruptor del tocadiscos y, para mi absoluta sorpresa, empezó a funcionar.

—Encontraste el fonógrafo de Jameson —murmuré.

—Encontré el fonógrafo de Jameson.

Dejó caer el brazo del aparato y la aguja hizo contacto, llenando la habitación con la voz de Billie Holiday.

Cerré los párpados y los imaginé en ese campo, empezando la historia de amor que llevó a mi existencia, el amor que obsesionó a Gran el resto de su vida, aunque al final volviera a casarse.

—Ey —dijo Noah con ternura desde el centro de la habitación. Extendió su mano en mi dirección—, baila conmigo, Georgia.

Caminé directo a los brazos de Noah; mis últimas barreras desaparecían.

—Gracias —dije, descansando la mejilla contra su pecho. Empezamos a bailar suavemente al ritmo de la música—. No puedo creer que hayas hecho todo esto por mí. La cena, tu hermana, mi mamá, el fonógrafo. Es demasiado.

—No es suficiente —murmuró y levantó mi cabeza por la barbilla para mirarme a los ojos—. Estoy completa y absolutamente enamorado de ti, Georgia Constance Stanton.

La intensidad de sus palabras se reflejaba en su mirada.

—Noah.

Mi corazón se estrujó; el dulce dolor que tanto me esforcé en suprimir se liberó e invadió cada una de las células secas y despojadas de amor de mi cuerpo; me permití creer, me permití amarlo de vuelta.

—Esto no es un amorío para mí. Nunca lo ha sido. Te deseé desde el primer momento que te vi en esa librería y supe que tú eras la única, en el momento en el que abriste la boca para decir que odiabas mis libros —agregó asintiendo despacio, con una sonrisa satisfecha—. Es cierto. Y no necesito que me digas lo mismo. Todavía no. De hecho, por favor no lo hagas. Quiero que lo digas a tu tiempo, cuando estés lista. Y si aún no me amas, no te preocupes; te conquistaré.

Pegó su frente a la mía sin dejar de bailar.

«Dios mío». Lo amaba. Quizá era imprudente y tonto, y demasiado apresurado, pero no podía evitarlo. Mi corazón era suyo. Me había conquistado por completo; no podía imaginar un solo día sin él.

—Noah, te a…

Me besó para callarme. Luego me cargó, subió las escaleras y me hizo el amor con tanta pasión que ni un solo centímetro de mi piel escapó a sus manos, a su boca, a su lengua.

Cuando salió el sol, ambos moríamos de hambre; estábamos ebrios de ese coctel de orgasmos y falta de sueño. Bajamos las escaleras sin dejar de besarnos, como un par de adolescentes, tratando de no hacer mucho ruido para no despertar a mamá.

Éramos un cliché: Noah llevaba los pantalones de anoche y yo me abrochaba con rapidez los botones de su camisa sobre nada más que unos bóxers. No me importaba; amaba a Noah Morelli, iba a prepararle unos hot cakes o unos huevos, lo que fuera más rápido para volver lo más pronto posible a la cama.

En el recibidor me besó con pasión, empujándome hacia la cocina.

—¿Qué es eso? —pregunté alejándome de él cuando escuché un sonido de papel crujiendo que provenía de la oficina.

Noah levantó la cabeza y entrecerró los ojos al ver que las puertas de la oficina estaban entreabiertas.

—Anoche cerré las puertas antes de salir. Espera aquí.

Me movió para ponerse frente a mí y avanzó en silencio hacia las puertas francesas; las abrió con cuidado y miró al interior.

—¿Qué demonios haces? —gritó al tiempo que desapareció en la oficina.

Me apresuré a seguirlo.

Me llevó un segundo averiguarlo: mamá estaba sentada en la silla de Gran, con el celular sobre el escritorio, una de las cajas de manuscritos abierta a su izquierda y un montón de papeles frente a ella.

Escaneaba el manuscrito.

CAPÍTULO VEINTISÉIS

Mayo 1942
Ipswich, Inglaterra

William lloraba y Scarlett lo arrullaba con cariño, meciéndolo de un lado a otro mientras las sirenas de ataque aéreo aullaban sobre ellos. El refugio estaba lleno y mal iluminado; suponía que su expresión reflejaba la de quienes estaban a su alrededor. Algunos niños se acurrucaban en un rincón, jugando algo con los más pequeños; se había vuelto una rutina, solo otro evento en la vida.

Los adultos caminaban con sonrisas cuya intención era tranquilizar, aunque no lograban su cometido. Los ataques aéreos se habían intensificado la semana pasada; los alemanes bombardeaban una ciudad tras otra en represalia por los bombardeos en Colonia. Si bien los ataques nunca cesaron, estos últimos meses Scarlett se había vuelto más confiada, y aunque esta no era la primera vez que se encontraba en un refugio con la esperanza de sobrevivir, sí era la primera vez para William.

Ya había conocido el miedo. Lo sintió en esos momentos en los que el hangar explotó en Middle Wallop, o las veces en las que Jameson regresaba tarde a casa, o no lo hacía durante días, cuando escoltaba a los bombarderos británicos. Pero este miedo, este terror que le atenazaba la garganta en un puño helado, era un nuevo nivel, una nueva tortura en esta guerra. Ya no solo era su vida la que colgaba de un hilo, o incluso la de Jameson, era la de su hijo.

William cumpliría seis meses en un par de días. Seis meses y todo lo que conocía era la guerra.

—Estoy segura de que podremos salir en un momento —le dijo una mujer mayor con una sonrisa amable.

—Seguro —respondió Scarlett, acomodando a William sobre su otra cadera al tiempo que besaba su cabeza sobre el gorro.

Ipswich era un blanco natural, Scarlett lo sabía. Hasta ahora, habían tenido suerte.

Las sirenas callaron y se escuchó un zumbido de alivio colectivo a lo largo del túnel que servía como refugio subterráneo.

El suelo no había temblado, aunque eso no siempre era garantía de que no hubieran dado en el blanco, solo que no lo habían hecho cerca.

—No hay tantos niños como hubiera pensado —le dijo Scarlett a la mujer mayor, sobre todo para distraerse.

—Construyeron refugios en la escuela —explicó orgullosa—. No caben todos los niños, por supuesto, pero ahora van por turnos y solo asiste la cantidad que caben. Trastornó muchos de los horarios, pero… —Su voz se apagó.

—Pero los niños están más seguros —dijo Scarlett.

La mujer asintió y miró la mejilla de William.

—Lo valoro —agregó sosteniendo a William un poco más fuerte.

Seis meses antes, evacuar a los niños de Londres y de otros objetivos principales le pareció muy lógico. Si los niños estaban en peligro, por supuesto que debían ser evacuados a lugares más seguros. Pero ahora que tenía a William en brazos, no podía imaginar la fuerza de esas otras madres para poner a sus hijos en un tren sin saber con exactitud adónde se dirigían. No podía hacer a un lado su propia reacción instintiva de que William estaba más seguro con ella. Por su propia necesidad de permanecer cerca de Jameson, ¿estaba a fin de cuentas poniendo a William en mayor peligro?

Sin duda, la respuesta era afirmativa, no podía negarlo ni cerrar los ojos ante el hecho de que ahora lo tenía en sus brazos, en una estación subterránea antiaérea, esperando y rezando por lo mejor.

En la estación sonó la señal de que ya no había peligro y la gente empezó a salir. El sol seguía brillando cuando emergió del refugio antiaéreo. Lo que le habían parecido días tan solo habían sido horas.

—Pasaron de largo.

Escuchó que decía un anciano.

—Nuestros chicos debieron asustarlos —agregó otro con orgullo.

Scarlett sabía que no era así, pero no lo dijo. El tiempo que pasó trazando los ataques de bombarderos le había enseñado que con frecuencia los aviones de combate no eran disuasorios; sencillamente no eran el blanco, tan sencillo como eso.

Caminó el poco menos de un kilómetro de vuelta a casa sin dejar de hablar galimatías a William en todo el camino, al tiempo que no perdía el cielo de vista. Solo porque ahora se habían ido no significaba que no regresarían.

—Quizá solo seamos nosotros dos esta noche, pequeño —le dijo a William cuando abrió la puerta de la casa.

Con el aumento de los ataques, Jameson no había obtenido permiso para dormir fuera de la estación en más de una semana. Su casa estaba a solo quince minutos de Martlesham-Heath, pero quince minutos era toda una vida cuando se acercaban los bombarderos.

No pensó en comer hasta que alimentó a William, lo bañó, le dio de comer de nuevo y lo acostó.

No podía digerir mucho, no, cuando ignoraba dónde estaba Jameson. Había sido terrible mover sus marcadores por el tablero de trazos, saber cuándo se enfrentaba al enemigo, saber cuándo habían caído los miembros de su escuadrón; pero no saber era peor.

Scarlett se sentó frente a la máquina de escribir, abrió la caja más pequeña que había agregado a su colección en los últimos meses, sacó la página más reciente y siguió escribiendo. Esta caja era para su historia; no podía solo arrojarla junto con otros borradores generales, capítulos parciales y pensamientos inconclusos. Si alguna de sus historias estaba actualizada, era esta, solo en caso de que fuera todo lo que pudiera dejarle a William.

Quizá había idealizado uno o dos detalles, pero ¿no era eso al fin y al cabo lo que hacía el amor? Suavizó los momentos de la vida más conflictivos y desagradables. Ya iba en el capítulo diez, en el que estaba a punto de narrar el nacimiento de William. Cuando lo acabó, puso con cuidado la última hoja de papel en la caja pequeña y sacó una en blanco. Por fin había llegado a la mitad, o al menos a lo que ella consideraba que era la mitad, del manuscrito total. Se perdió en ese mundo; el sonido del teclado de la máquina de escribir llenó la casa.

Se sobresaltó cuando tocaron a la puerta, sus dedos se paralizaron sobre el teclado y volteó hacia el sonido inoportuno.

«No está muerto. No está muerto. No está muerto». Repetía la frase en un murmullo ahogado mientras se ponía de pie y cruzaba penosamente el comedor hasta la puerta principal.

—No está muerto —susurró una última vez cuando tomó el pomo de la puerta.

Había muchas razones por las que alguien podía llamar a esta hora, solo que no podía pensar en ellas en este momento.

Alzó la barbilla y abrió de golpe, preparada para enfrentar lo que el destino le reservaba al otro lado.

—¡Constance!

Scarlett se llevó las manos al pecho con la esperanza de contener sus latidos incontrolables.

—¡Perdón por llegar tan tarde! —exclamó abrazando a Scarlett—. Acababa de regresar a los «cobertizos» y una de las chicas mencionó que hubo una alerta de ataque en Ipswich. Tenía que asegurarme de que estuvieran bien.

Su hermana la abrazó con fuerza.

—Estamos bien —le aseguró Scarlett devolviendo su abrazo—. No puedo decir lo mismo de Jameson porque no lo he visto en días.

Constance se apartó.

—¿Cancelaron su permiso para dormir afuera?

Scarlett asintió.

Ha vuelto a casa dos veces desde que empezaron los ataques, pero solo para recoger un uniforme limpio y darnos un beso a William y a mí.

—Lo siento mucho —dijo Constance, negando y bajando la cabeza para que su sombrero ocultara su rostro—. Debí pasar mi permiso aquí contigo en lugar de ir a Londres para otra sesión de preparación de la boda.

Scarlett tomó la mano de su hermana entre las suyas.

—Basta. Tienes tu propia vida que vivir. ¿Por qué no entras y…?

—No, tengo que regresar —interrumpió Constance negando rápidamente con la cabeza.

—Tonterías —repuso Scarlett mirando sobre el hombro de Constance para ver el coche nuevo estacionado al borde de la banqueta—. Ya es muy tarde y, si no puedes pasar la noche, al menos déjame prepararte un té antes de que vuelvas. —Entrecerró los ojos un poco al ver que el automóvil no tenía ninguna insignia en la defensa—. Ese coche es hermoso.

—Gracias —respondió Constance sin alegría—. Henry me exigió que lo trajera. Dijo que ninguna prometida suya podía depender del transporte público.

Constance se encogió de hombros durante un buen minuto y volteó a ver el elegante automóvil.

Scarlett sintió náuseas cuando se dio cuenta de que Constance aún no la había mirado a los ojos.

—Vamos, querida, solo una taza.

Extendió la mano y levantó la cabeza de Constance por la barbilla. Su corazón se llenó de rabia. Maldita sea, lo iba a matar.

Cuando la luz de la sala iluminó el rostro de su hermana menor, Scarlett pudo ahora ver el moretón en el ojo de Constance. La piel alrededor estaba hinchada, enrojecida en ciertos lugares y un poco azulada en otras, lo que le decía que el moretón no era reciente.

—No es nada —dijo Constance alejando su rostro de la mano de Scarlett.

—Ven acá —sugirió Scarlett, jalando a Constance hacia una puerta cerrada que estaba detrás de ellas, que llevaba a la cocina.

Encendió la hornilla de la tetera.

—En serio, no…

—Si me vuelves a decir que no es nada voy a gritar —amenazó Scarlett, recargándose contra la barra de la cocina.

Constance suspiró, se quitó el sombrero y lo puso sobre la mesa, junto a la máquina de escribir de Scarlett.

—¿Qué quieres que diga?

—La verdad.

—Hay grados de verdad —respondió Constance, cruzando las manos sobre su regazo.

—No, no entre nosotras —espetó cruzando los brazos sobre su pecho.

—Lo hice enojar —explicó Constance bajando la mirada—. Resulta que no le gusta que lo hagan esperar... ni que le digan que no.

Scarlett sintió una punzada en el pecho.

—No puedes casarte con él. Si hace esto antes de que estén casados, imagina lo que sucederá después.

—¿Crees que no lo sé?

—Si lo sabes, ¿por qué seguir con esto? Sé que amas esa tierra y que piensas que es lo último que te queda de Edward, pero a él no le gustaría que te golpearan y amorataran para conservarla. —Scarlett caminó la distancia que las separaba, se arrodilló frente a su hermana y tomó sus manos entre las suyas—. Por favor, Constance, por favor, no lo hagas.

—Está fuera de mis manos —murmuró Constance; el labio inferior le temblaba—. Ya se hizo el anuncio, ya se enviaron las invitaciones. El próximo mes estaremos casados.

A Scarlett se le llenaron los ojos de lágrimas, pero no permitió que se derramaran. No era culpa de su hermana que Henry fuera un imbécil abusivo, pero no podía evitar sentir que ella había tomado su lugar en la guillotina.

—Todavía hay tiempo —presionó Scarlett.

La mirada de Constance se endureció.

—Te quiero, pero esta discusión terminó. Con gusto me quedaré una o dos horas más, pero solo si no hablamos más del tema.

Scarlett sintió que se tensaban todos los músculos de su cuerpo, pero asintió.

—Te preguntaría si necesitas hablar a tu sección, pero acabo de advertir tu nuevo rango —dijo forzando una sonrisa, con un gesto hacia la insignia en el hombro de Constance.

—Ah. —Constance esbozó una sonrisa—. Fue apenas la semana pasada. No había tenido tiempo de verte.

Scarlett se puso de pie y se sentó junto a su hermana.

—Lo merecías mucho antes que la semana pasada.

—La verdad, es divertido —dijo Constance frunciendo un poco el ceño—. Robbins se acercó a mí después de una guardia y me lo dio. Solo dijo que mis nuevas responsabilidades empezarían al día siguiente. Bastante decepcionante, en realidad.

Esta vez, la sonrisa de Scarlett fue sincera.

—¿Te dejará quedarte? —preguntó, incapaz de evitarlo.

La sonrisa de Constance desapareció.

—Eso creo. Resulta que no puede decir mucho porque es un civil, ya que no está en forma física para servir. Pero ambas sabemos que si me embarazo, bueno…

—Sí, bueno, eso lo sabemos. —Apretó la mano de su hermana—. Puesto que no podemos hablar de tu futuro inmediato, ¿qué te gustaría hacer?

La mirada de Constance se desvió a la máquina de escribir.

—¿Interrumpí tu escritura?

Scarlett se sonrojó.

—No es nada.

Las hermanas se miraron a los ojos; ambas sabían que lo que habían descartado como poco importante en realidad significaba todo.

—No me gustaría interrumpirte en medio de una gran obra maestra —dijo Constance arqueando las cejas.

—Está muy lejos de ser una obra maestra —replicó Scarlett cuando la tetera silbó.

—¿Qué tal si preparas el té y yo seré tu secretaria personal y escribo?

Scarlett sonrió ante la mirada traviesa en el rostro de su hermana.

—Lo único que quieres es husmear en lo que estoy escribiendo.

Sin embargo, se puso de pie y fue hacia la estufa.

—Culpable —admitió Constance. Luego se quitó el saco y lo colgó en el respaldo de la silla y se sentó frente a la máquina de escribir—. Bien —dijo mirando a su hermana con emoción—, adelante.

Scarlett la miró y luego se ocupó del té. No podía evitar este matrimonio, no podía quitarle a Constance los moretones de la cara y jamás podría hacerlo. Pero podía ayudarla a escapar, aunque solo fuera por poco tiempo.

—Muy bien —aceptó—. Léeme la última oración.

Jameson hizo descender el Spitfire hasta un aterrizaje casi perfecto, aunque él sintiera todo lo contrario. Los alemanes habían sido rápidos en sus represalias y los bombardeos aumentaron diez veces o más.

Ahora eran tres los escuadrones Águila, conformados por estadounidenses listos para arriesgar su vida. Según los rumores, para el otoño todos estarían de vuelta en uniforme estadounidense, pero hacía mucho tiempo que Jameson había dejado de escuchar los rumores.

Avanzó por la pista y entregó su avión caza al personal de tierra. Podría jurar que sus músculos se quejaron en protesta cuando bajó de la cabina. Sentía que la cantidad de horas que últimamente pasaba volando superaban a las de su paso por tierra y su cuerpo lo notaba: hacía semanas que tuvo permiso para dormir al lado de Scarlett.

Las horas que había logrado pasar con ella estaban lejos de ser suficientes. Extrañaba a su familia con una añoranza tan profunda que amenazaba con partirlo en dos, pero cada día se hacía más evidente que debían estar lo más lejos posible.

—Estamos libres esta noche —dijo Howard alzando los brazos en señal de victoria—. ¿Qué dices, Stanton?

—¿Sobre qué? —preguntó Jameson quitándose el casco.

—Vámonos de aquí y liberemos un poco la tensión —sugirió Howard mientras se dirigían al hangar.

—Si ya acabamos por la noche —dijo Jameson—, el único lugar al que voy a ir es a casa.

Solo pensarlo lo hizo sonreír.

—Anda, vamos —intervino Boston, quien caminaba al lado de Howard con un cigarro encendido en la boca—. Obtén uno de esos… ¿cómo llaman los ingleses al permiso que te da la esposa? ¿Licencia?

Howard rio y Jameson sacudió la cabeza.

—Lo que tú no entiendes, Boston —dijo Howard con una sonrisa— es que aquí Stanton preferiría irse a casa con su bellísima esposa que pasar una noche con los chicos.

—Las últimas dos semanas han sido de una sola noche con los chicos —repuso Jameson—. Y si cualquiera de ustedes tuviera a una mujer que fuera la mitad de buena que Scarlett, tampoco estarían tan dispuestos a pedir licencia.

Además, no solo iba a casa por Scarlett, William había empezado a gatear y los cambios en su cuerpecito eran tan rápidos que Jameson apenas podía estar al día.

—Escuché que tiene una hermana —bromeó Boston.

—Una hermana muy comprometida —explicó Howard.

Jameson tensó la mirada. No solo era absolutamente aborrecible que Constance fuera a casarse con un ogro, también conocía la culpa que carcomía a Scarlett y le escupía todos los días a la cara.

—Oficial de vuelo Stanton —lo llamó un piloto agitando los brazos en caso de que Jameson no lo hubiera oído.

—Que Dios me ayude. Si no me dejan ir a casa esta noche, voy a chocar un avión.

—Lo creeré cuando lo vea —dijo Howard con una palmada en su espalda.

Cierto, no iba a chocar un avión a propósito, pero pensarlo tenía su atractivo si le daba un par de días con su familia. Devolvió la señal al piloto. El chico no debía tener más de diecinueve años o quizá era que Jameson se sentía décadas más viejo que sus veinticuatro.

—Oficial de vuelo Stanton —repitió el chico entre jadeos.

—¿Qué puedo hacer por ti? —preguntó Jameson, preparándose para la posibilidad de pasar otra noche sin Scarlett.

—Alguien vino a verlo —anunció.

—¿Este alguien tiene nombre? —preguntó Jameson.

—No lo recuerdo —admitió el chico—. Pero lo está esperando en la sala de descanso de los pilotos. Insistió mucho en verlo.

Jameson suspiró y pasó la mano por su cabello sudado. No solo había pasado las últimas horas en un avión, también olía a él.

—Okey, me voy a dar un baño.

—¡No! —exclamó, necesitaba verlo tan pronto como aterrizara.

—Magnífico. —Jameson se olvidó de la posibilidad de bañarse—. Ahora voy.

Decir que estaba de pésimo humor cuando entró a la sala de descanso hubiera sido subestimarlo. Quería bañarse y ver a Scarlett y a William, y una comida caliente, no otra reunión secreta en la…

—¡Mierda! ¿Tío Vernon?

Jameson se quedó boquiabierto frente al hombre que estaba sentado en uno de los sillones de piel que estaban alineados contra la pared de la sala de descanso.

—¡Por fin! —Su tío se puso de pie con una gran sonrisa y le dio un largo abrazo—. Casi me daba por vencido. Tengo que irme en media hora.

—¿Qué haces aquí? —preguntó Jameson alejándose un poco para admirar el uniforme estadounidense que portaba su tío.

—¿Tu madre no te dijo? —preguntó el tío Vernon con una sonrisa pícara.

Jameson arqueó las cejas al reconocer la insignia.

—¿Te enlistaste en el comando de transporte?

—Bueno, no podía quedarme en casa sentado sobre mi trasero mientras tú estabas aquí arriesgando el tuyo, ¿o sí?

Su tío lo examinó de pies a cabeza con esa manera de evaluar tan suya.

—Siéntate, Jameson. Tienes un aspecto horrible.

—Desde hace dos años tengo un aspecto horrible —repuso Jameson, pero tomó asiento y se hundió en la piel desgastada del sillón—. ¿Hace cuánto tiempo vuelas para el Comando de Transporte Aéreo, para el ATC?

—Casi un año —respondió el tío Vernon—. Empecé como civil pero al final fue mucha presión —admitió señalando el rango en el cuello de su chamarra de vuelo.

—Por lo menos te nombraron teniente coronel —dijo Jameson.

Su tío hizo una mueca.

—Tengo algunos privilegios, como retrasar un vuelo tres horas cuando mi sobrino está en medio de un combate aéreo y de quien he escuchado que es un piloto experto.

—Me pregunto de dónde saqué esas habilidades para volar.

—Has superado cualquier cosa que yo te haya enseñado. Es muy bueno verte, chico. Aunque hasta yo tengo que admitir que ahora eres un hombre.

Jameson se frotó la nuca.

—Te diría que hubiera llegado antes si hubiera sabido, pero era imposible.

Nunca abandonaría a su escuadrón en pleno vuelo.

—Solo me alegra poder verte. Me hubiera gustado conocer a tu Scarlett y a mi sobrino nieto, pero quizá podamos convencer a los alemanes de que no ataquen cuando regrese el próximo mes —dijo su tío con una sonrisa que se parecía mucho a la de Jameson.

—Yo me encargo de eso —respondió Jameson lo más serio que pudo, hasta que esbozó una sonrisa—. Entonces, ¿adónde vas ahora?

Su tío arqueó una ceja.

—¿No lo sabes? Es información clasificada.

—¿No lo sabes? Llamé a mi hijo William Vernon.

Jameson hizo el mismo gesto en respuesta. Qué fácil era estar otra vez con él, como si no hubieran pasado los últimos dos años y medio, como si estuvieran en el porche de la casa mirando a las estrellas salir en el cielo de Colorado.

—Escuché algo sobre el tema —repuso su tío con una sonrisa—. Me voy a reunir con el resto de los pilotos del ATC en el norte y regresamos esta noche. Es difícil creer que dieciséis horas marcan la diferencia entre estar en Inglaterra y en la Costa Este.

«Dieciséis horas», pensó Jameson. «El mundo entero podría cambiar en solo dieciséis horas».

—Estamos agradecidos —dijo mirando a su tío a los ojos—. Es necesario cada bombardero que nos envían de Estados Unidos aquí.

—Lo sé —respondió con una expresión ensombrecida—. Estoy orgulloso de ti, Jameson, pero desearía que no tuvieras que estar en este lugar. Y sin duda me gustaría que no criaras a mi sobrino nieto en un lugar en el que las bombas caen sobre bebés que duermen.

Jameson echó la cabeza hacia atrás, la recargó sobre la piel del sillón y cerró los ojos.

—Estoy haciendo todo lo posible para mudarlos. Scarlett hizo los exámenes médicos, tenemos todos los papeles en orden y tienen derecho a la nacionalidad siempre y cuando el gobierno no haya revocado la mía.

La cita de Scarlett para solicitar la visa era la próxima semana. Ya era mayo y él sabía lo probable que era que el cupo estuviera lleno, aunque no podía perder la esperanza.

—No han revocado tu ciudadanía —le prometió su tío—. Estados Unidos ya está en guerra, para bien o para mal. No van a castigar a quienes fueron lo suficientemente valientes para pelear antes de que nos provocaran.

—Reservamos su boleto. Debe tener sus planes de viaje listos antes de que le den la visa, pero eso no significa que vaya a subirse al barco.

Scarlett había dejado muy claros sus sentimientos en cuanto al tema de dejarlo, pero eso fue antes de los últimos bombardeos.

—Conozco a algunas personas en el Departamento de Estado —comentó su tío en voz baja—. Veré qué puedo hacer para ayudar, pero subir a tu familia a un barco con todos esos submarinos acechando en el Atlántico, quizá sea más riesgoso que permitirles que duerman en su propia cama.

—Lo sé —respondió Jameson en un murmullo, pasando las palmas por su rostro—. La amo más de lo que me amo a mí mismo. Ella es todo para mí y William es lo mejor de nosotros dos. Si ni siquiera puedo salvar a mi propio hijo, ¿de qué sirvió haber venido aquí? ¿Para qué sirvió todo esto?

Los dos hombres se sentaron en silencio durante un momento, ambos sabían que ninguna de las dos opciones era segura. De pronto, Jameson se dio cuenta de que sí había una.

—Necesito un favor —pidió haciendo girar su silla para quedar frente a su tío.

—Lo que quieras. Sabes que te amo como si fueras mi hijo.

Jameson asintió.

—Cuento con eso.

Los ojos de su tío, del mismo color gris musgo que los suyos, se entrecerraron un poco.

—¿Qué tienes en mente, Jameson?

—Quiero que me ayudes a sacar a mi familia.

—¡Gracias a Dios! —exclamó Scarlett, abalanzándose a los brazos de su esposo.

Él le dio un beso antes de hablar y la cargó hasta la sala, donde la besó una y otra vez para verter su alivio, su amor y su esperanza en ellos hasta que Scarlett se abandonó contra su cuerpo.

—Lavé ropa y tienes un uniforme limpio en la recámara —dijo, tomando el rostro de Jameson entre sus manos.

—Me lo pondré en la mañana —le aseguró con una sonrisa.

—¿Puedes quedarte esta noche con nosotros? —preguntó con un brillo en los ojos.

—Puedo quedarme esta noche contigo.

Se quedaría todas las noches que fueran humanamente posibles entre hoy y la fecha de la que habló con su tío.

Él nunca había visto su sonrisa tan radiante; en respuesta, ella lo besó apasionadamente.

—No hay nada más que desee que llevarte arriba y hacerte el amor hasta que ya no podamos más —murmuró contra sus labios.

—Es un plan genial —respondió con una sonrisa—. Salvo una excepción.

En ese momento, la excepción gateaba hacia ellos mientras de la comisura de sus labios escurría baba.

—Le están saliendo los dientes —explicó Scarlett con una mueca.

Jameson soltó a su esposa para levantar a su hijo y darle un fuerte abrazo.

—¿Vas a tener dientes nuevos? —le preguntó y luego le hizo una trompetilla en el cuello.

—Por supuesto que contigo es todo sonrisas —dijo Scarlett poniendo los ojos en blanco.

La manera en la que Jameson miraba a su hijo le rompía el corazón. Era amor y asombro, en la misma medida. Eso hacía que su marido le pareciera incluso más atractivo.

El rostro de Jameson se ensombreció y Scarlett sintió un hueco en el estómago.

—En un momento ya no lo será —dijo en voz baja.

—¿Qué quieres decir? —preguntó.

—Tenemos que hablar de algo —agregó en el mismo tono, mirándola a los ojos.

—Dime —exigió, cruzando los brazos sobre el pecho.

—Tu cita es la próxima semana, ¿verdad?

Scarlett sintió una opresión en el pecho y asintió.

—Sé que accediste a ir a Estados Unidos si algo me sucedía —añadió—, pero ¿qué piensas de irte antes?

Abrazó a William como para protegerlo; un gesto contradictorio con sus palabras.

—¿Antes? ¿Por qué? —murmuró.

Su corazón latía con fuerza. Una cosa era saber que William no estaba seguro aquí, otra muy distinta que Jameson los enviara lejos.

—Es demasiado peligroso —explicó Jameson—. Las incursiones, los bombardeos, las muertes. Nunca me perdonaría tener que enterrar a alguno de los dos.

Su voz salió como si la hubieran raspado pedazos de metralla.

—No hay garantía de que siquiera consiga la visa —repuso mientras su corazón trataba de combatir lo que su mente había asumido como la mejor alternativa—. Ya hablamos del viaje.

Casi todos los barcos comerciales habían sido incautados para el servicio militar y si bien había sido posible reservar boletos para cruzar el Atlántico, el peligro persistía. Para entonces, había perdido la cuenta de civiles muertos cuando los submarinos hundían los barcos.

—Te amo, Scarlett. No hay nada que no haría por mantenerte a salvo. —Miró a su hijo con amor—. Para mantenerlos a ambos a salvo. Por eso te pido que te vayas a Estados Unidos. Encontré lo que, a mi parecer, es la manera más segura.

—¿Quieres que me vaya?

Miles de emociones invadieron a Scarlett al mismo tiempo: rabia, frustración, tristeza; parecía que todo se mezclaba en una bola que se alojaba en su garganta.

—No, pero ¿me puedes decir con franqueza que este es un lugar seguro para William?

Su voz se apagó cuando pronunció el nombre de su hijo.

—No quiero dejarte —murmuró ella.

Se controló con mayor determinación por miedo a estallar en pedazos a los pies de su esposo: tenía razón, no era seguro. Ella había llegado a la misma conclusión ayer, en el refugio antiaéreo, pero pensar en dejar a su esposo era una daga en el corazón.

Jameson la jaló hacia él, abrazándola con fuerza a su lado al tiempo que sostenía a su hijo en el otro brazo.

—No quiero te vayas —admitió con voz gutural—, pero si puedo salvarlos, lo haré. Exeter, Bath, Norwich, York y la lista sigue; más de mil civiles murieron tan solo la semana pasada.

—Lo sé.

Sus manos se cerraron en un puño en la tela del uniforme de su esposo, como si pudiera quedarse si se aferraba con mayor fuerza, pero ya no se trataba de ellos, sino de su hijo, de la vida que habían creado juntos. Miles de madres británicas habían confiado sus hijos a desconocidos para alejarlos del peligro, y ahora tenía la oportunidad de alejarlo ella misma de esa amenaza.

—¿Quieres que tomemos el barco a Estados Unidos? —añadió despacio, saboreando las palabras agridulces en su boca.

—No exactamente.

Levantó la mirada hacia Jameson y arqueó una ceja.

—Hoy vi a mi tío.

Scarlett abrió los ojos, sorprendida.

—¿Cómo?

—Al tío Vernon. Llegó con el ATC. Volverá en poco menos de un mes.

Scarlett tragó saliva.

—¿A qué hora vendrá a cenar para que pueda conocerlo? —preguntó esperanzada, aunque sabía que no era eso lo que él quería decir.

Jameson negó con la cabeza.

—A la hora que pueda sacarlos.

¿Cómo? ¿Cómo podía estar seguro de que obtendría una visa si no había cupo? ¿Cómo podía estar seguro de que su tío podía sacarlos? ¿Cómo? Las preguntas se abalanzaron a tal velocidad que todas le pasaron rozando porque todo en su alma, en el centro de su ser, se había concentrado en la otra pieza del rompecabezas.

—¿Menos de un mes? —Su voz era apenas un murmullo.

—Menos de un mes.

La agonía en la mirada de Jameson era algo que nunca olvidaría; sin embargo, asintió una vez.

—Si estás de acuerdo —agregó.

—Okey —asintió. Era su voz y no lo era al mismo tiempo, no en verdad. Sus ojos se llenaron de lágrimas—, pero solo por William.

Ella arriesgaría su vida para permanecer con él, pero no podía arriesgar la de su hijo si existía otra opción.

Jameson forzó una sonrisa y besó su frente con fuerza.

—Por William.

CAPÍTULO VEINTISIETE

Georgia

Querido Jameson:

Te extraño. Te amo. Ya no soporto estar lejos de ti. Sé que te veré antes de que recibas esta carta; voy en camino, mi amor. No puedo esperar para sentir tus brazos rodeándome de nuevo.

Boquiabierta, observé cómo mamá metía despacio el celular a su bolsillo y se sonrojaba.

—Te lo preguntaré otra vez: ¿qué demonios haces? —repitió Noah acercándose al escritorio.

—Está escaneando el manuscrito —murmuré, sujetándome al respaldo de una silla para no perder el equilibrio.

—Carajo —exclamó Noah. Se inclinó sobre el escritorio, con una manó jaló el montón de papeles para alejarlos de mi madre y con la otra tomó la caja de archivo. Hojeó con rapidez el montón sin mirar a mamá ni una sola vez—. Tiene el primer tercio —exclamó.

Reunió el manuscrito y cerró la caja.

—¿Por qué estabas haciendo eso? —pregunté, pero mi voz se quebró como la de una niña.

—Solo quería leerlo. Gran nunca me dejaba, y tú y yo no estábamos en los mejores términos la última vez que estuve aquí —respondió.

Tragó saliva y metió su teléfono en el bolsillo trasero de sus jeans. Ladeé la cabeza, tratando de darle sentido.

—Estábamos en muy buenos términos hasta que te fuiste de aquí cuando conseguiste aquello por lo que habías venido —dije negando con la cabeza—. Te hubiera dejado leerlo si eso querías, no tenías que hacerlo a escondidas. No tenías que... —Se me ensombreció el rostro y sentí que toda la sangre me bajaba a los pies—. No lo escaneabas para ti.

—Tiene todo el derecho de leerlo, Georgia —espetó Ava levantando la barbilla—. Sabes que ese contrato estipula que tiene derecho de prioridad y tú se lo has estado negando. Lo hubieras escuchado por teléfono, estaba destrozado de que usaras el negocio para vengarte de él.

«Damian». Mamá estaba escaneando el texto para Damian. Sentí un vacío en el estómago y se me fue el alma a los pies.

—¡No va a vender los derechos! —gritó Noah; en cada línea de su torso se marcaba la tensión—. Es difícil tener el derecho de prioridad sobre un acuerdo que no existe.

—¿No vas a vender los derechos cinematográficos? —preguntó mirándome incrédula.

—No, mamá —respondí negando con la cabeza—. Te engañó.

Damian siempre había sido muy taimado, pero nunca había visto que alguien fuera capaz de engañar a mamá.

—¿Por qué demonios no? —espetó en un tono que me dejó muda.

—¿Perdón? —exclamó Noah, retrocediendo para pararse a mi lado, con la caja de archivos segura bajo su brazo.

—¿Por qué demonios no venderías los derechos cinematográficos? —me gritó—. ¿Sabes lo que valen? ¡Yo te lo diré, millones, Georgia! Valen millones y él... —señaló a Noah—, él no tiene ninguno de los derechos, solo nosotras, Gigi. Tú y yo.

—Todo esto es por dinero —murmuré.

Mamá parpadeó rápido, luego se recompuso y su expresión se suavizó.

—Tu fiesta no fue por dinero, bebé, sin embargo, ahí estuve. En verdad pienso que esta podría ser la clave para que recuperes a Damian. Prometió adaptarla palabra por palabra. ¿No le crees?

—¡No quiero recuperarlo y que me lleve el demonio si creo una sola palabra que sale de su boca! —exclamé; sentía que por mis venas corría fuego conforme la rabia destrozaba mi armadura de incredulidad—. ¿En verdad creíste que podías forzarme, obligarme a venderle los derechos?

Mamá nos miró a Noah y a mí de manera alternativa.

—Bueno, ahora no puedo porque ese no es el manuscrito terminado. —Entrecerró los ojos hacia Noah—. ¿Dónde está el final?

Noah tensó la mandíbula.

—No está terminado —espeté—. Y aunque lo estuviera, no puedes obligarme a nada.

—Millones, querida, solo piensa lo que significaría para nosotras —suplicó rodeando el escritorio.

—Lo que significaría para ti, quieres decir —repuse poniéndome entre ella y Noah—. Siempre se ha tratado de ti.

—¡¿Y a ti qué te importa?! —gritó.

—Gran odiaba las películas. ¿De dónde sacas que, de todos sus libros, voy a vender los derechos de este a cualquier productor? Y no hablemos del hombre que se acostó con todo lo que vestía falda.

—Me importa un comino lo que Gran quería —dijo entre dientes—. Sin duda a ella nunca le importé.

—Eso no es cierto —dije negando con la cabeza—. Te amaba más que a su vida. Te sacó del testamento cuando decidiste casarte con un apostador irremediable y endeudado, para que dejaras de ser el cheque salvavidas de cualquier tipo que cruzaba tu camino. ¡Te sacó para darte una oportunidad de encontrar a alguien que te amara de verdad!

—¡Me sacó para castigarme por obligarla a que te criara! —gritó, blandiendo el dedo índice en mi dirección—. ¡Porque por mi culpa mis padres estaban en la carretera esa noche, para ver mi recital!

—Nunca te culpó, mamá.

Mi corazón volvió un poco a la vida, se lamentaba de todo lo que había entendido mal.

—La mujer a la que amas ciegamente no existe para mí, Georgia. —Miró a Noah—. Dame los finales, los dos.

—Ya te lo dije, ¡no están terminados!

¿Cómo supo siquiera que serían dos?

Su mirada se encontró poco a poco con la mía, sus rasgos se transformaron hasta que expresaron tal compasión que retrocedí hasta toparme con Noah.

—Ay, niña dulce e ingenua. ¿No aprendiste nada del último hombre que te mintió?

—Se acabó. Tienes que irte —dije irguiéndome.

Ya no era la niña a la que había abandonado durante una siesta, ni siquiera la preadolescente que, llorando, miraba por la ventana durante horas cuando volvió a desaparecer.

—En serio no sabes, ¿verdad?

Su tono destilaba simpatía.

—Georgia te pidió que te fueras.

La voz de Noah retumbó detrás de mí.

—Claro que tú quieres que me vaya. ¿Por qué demonios no le dijiste que lo habías terminado? ¿Qué ibas a sacar con ocultárselo?

Mamá ladeó la cabeza como yo lo había hecho, lo odiaba. Odiaba parecerme tanto a ella. Odiaba tener algo en común con ella. Necesitaba que se fuera. Ahora. De una vez por todas.

—¡Noah no ha terminado con el maldito libro! ¡Pasa todo el día, todos los días trabajando en él! Nunca voy a vender los derechos cinematográficos y puedes decirle a Damian que se vaya al carajo porque nunca va a tocar la historia. Jamás. Ahora puedes irte por voluntad propia o puedo echarte a la calle, pero de cualquier manera te vas.

—Me vas a necesitar cuando te des cuenta de lo ingenua que has sido. ¿Por qué le mentiste? —preguntó examinando a Noah como si hubiera encontrado a un contrincante de su altura.

Eso me desconcertó más que cualquier otra cosa.

—Hace mucho tiempo que aprendí a no necesitarte, cuando me di cuenta de que otras mamás no se iban, que otras mamás asistían a los partidos de futbol y ayudaban a sus hijas a prepararse para los bailes. Otras mamás elegían los disfraces para Halloween y compraban botes de helado para reparar el corazón roto de sus hijas adolescentes. Quizá en algún momento te necesité, pero ya pasó.

Se sobresaltó como si la hubiera abofeteado.

—¿Qué sabes tú de maternidad? Por lo que supe, perdiste a tu marido por eso.

—No es necesario —intervino Noah

Me recargué contra él y negué con la cabeza, lanzando una risita. No tenía idea.

—Todo lo que sé sobre maternidad lo aprendí de mi madre. No lo había entendido hasta hace poco, pero ahora lo sé. Está bien que no hayas sabido cómo criarme, en serio. No te culpo por ser una niña con una hija. Me diste a una mamá verdaderamente maravillosa, una que sí iba a mis partidos, que me ayudaba a escoger vestidos para los bailes, que me escuchaba parlotear durante horas sin parpadear y que ni una sola vez me hizo sentir como una carga, nunca quiso nada de mí. Tú me enseñaste que no a todas las madres se les llama mamá. A la mía le decía Gran. —Contuve el aliento—. Estoy bien con eso.

Mi madre me miró como nunca, luego cruzó los brazos sobre el pecho.

—Muy bien. Si no quieres vender los derechos cinematográficos, si no tienes el suficiente sentido común para hacer dinero o la suficiente compasión por mí para hacerlo, nada de lo que diga cambiará la situación.

—Me alegra que estemos de acuerdo.

Me tensé al reconocer el preámbulo del momento previo a que me asestara el golpe letal emocional.

—Pero sería negligente si no te dijera que él ya terminó el libro. Los dos finales. Si no me crees, llama a Helen como yo hice. Llama a su editor. Demonios, llama al cartero. Todos saben que está terminado, esperando solo a que tú escojas el final. —Volteó hacia Noah—. Eres increíble, Noah Harrison. Al menos yo solo quería dinero. Damian solo quería obtener los derechos de Scarlett. Y tú, ¿qué querías? —Avanzó y se detuvo solo para recoger su maleta; no había notado que ya estaba empacada junto a la puerta de la oficina—. Por cierto, deberías enviarle a tu editor una muy buena botella de güisqui, ese hombre es un perro guardián. Nadie lo ha visto más que él.

Recogió su maleta y salió de la oficina. Unos segundos después, la puerta de la entrada se cerró.

—Georgia.

La voz de Noah tenía una inflexión que no le había escuchado antes: desesperación.

Mamá le había llamado a Helen y ella no mentiría, no tenía por qué hacerlo, no ganaba nada al hacerlo. Bajo mis pies desapareció la gravedad, pero pude caminar hasta la ventana antes de enfrentar a Noah con la suficiente distancia entre nosotros en caso de que fuera cierto.

—¿Es verdad? —pregunté cruzando los brazos alrededor de mi cintura, mirando al hombre por el que estúpidamente me había dejado enamorar.

—Puedo explicártelo.

Puso la caja de archivo sobre el escritorio y dio un paso adelante, pero algo en mi mirada debió disuadirlo porque no avanzó más.

—¿Terminaste de escribir el libro? —pregunté con voz débil.

El músculo de mi mandíbula tembló una vez. Dos.

—Sí.

Su respuesta hizo eco en mi mente; el anhelo, el burbujeo, el amor que me habían consumido menos de una hora antes giraban y se contorsionaban en algo horrible y venenoso.

—Georgia —continuó—, no es lo que piensas.

Sus ojos me suplicaban que lo escuchara, pero no había terminado mis preguntas.

—¿Cuándo?

Masculló una maldición y entrelazó los dedos sobre su cabeza.

—¿Cuándo acabaste el libro, Noah? —espeté, aferrándome a la rabia para evitar hundirme en la marea de agonía que me inundaba el alma.

—A principios de diciembre.

Lo fulminé con la mirada. «Seis semanas». Llevaba seis semanas mintiéndome. ¿En qué más me había mentido? ¿Tenía novia en Nueva York? ¿Alguna vez me amó o todo fue una mentira?

—Sé que se ve mal...

—Vete.

No había emoción en mis palabras y en mi cuerpo no quedaba ningún sentimiento.

—Acababas de decirme que querías que lo nuestro solo fuera un amorío y yo ya estaba enamorado de ti. No podía irme. Hice mal, lo siento. Solo necesitaba más tiempo.

—¿Para qué? ¿Para jugar con mis emociones? ¿Eso es lo que te excita?

Agité la cabeza.

—¡No! ¡Te amo! Sabía que si teníamos tiempo suficiente tú también te enamorarías de mí.

Dejó caer los brazos.

—Me amas.

—Sabes que sí.

—No mientes ni manipulas a alguien para que te ame, Noah. ¡El amor no funciona así!

—Todo lo que hice fue darnos el tiempo que necesitábamos.

—¿Qué pasó con «siempre cumplo mi palabra»? —repuse.

—¡Lo he hecho! ¿El borrador está terminado? Sí, pero el libro no lo he acabado. He estado aquí todos los días, editando ambas versiones, dándonos el mayor tiempo posible antes de que tengas que decidir por uno de los finales, antes de que termines con lo nuestro porque tienes miedo.

—Mentiste. Al parecer, mi cautela era razonable. Toma tu laptop, tus mentiras, y vete. Te enviaré por correo lo que hayas dejado, solo aléjate de mí.

Cometí el error de aferrarme a Damian después de su primera mentira y echó a perder ocho años de mi vida como agradecimiento. Nunca más.

—Georgia…

Se acercó a mí con la mano extendida.

—¡Vete!

Mi orden era una súplica gutural que me raspó la garganta.

Dejó caer el brazo y cerró los ojos. Pasó un segundo, luego dos. Cuando abrió los ojos había pasado una buena docena, lo suficiente para saber que este momento no me mataría, que seguiría respirando a pesar del dolor.

Él también lo advirtió; asintió despacio y nos miramos a los ojos.

—Me voy, aunque no puedes impedirme que te ame. Sí, metí la pata, pero todo lo que te dije es cierto.

—Semántica —murmuré, buscando en lo más íntimo el hielo que había creado en mis venas durante mi matrimonio. Sin embargo, Noah se lo había llevado todo, había derretido hasta el último carámbano dejándome indefensa.

Hizo una mueca de dolor. Un momento después, retrocedió despacio. Rodeó el otro extremo del escritorio y abrió uno de los cajones. Sus movimientos eran erráticos cuando puso una pila de hojas con un sujetapapeles al lado izquierdo del manuscrito, y otra del lado derecho. Los finales habían estado en el escritorio todo ese tiempo. Nunca intenté mirar o cuestionarlo.

Recogió su laptop y rodeó el escritorio, deteniéndose en cada silla para mirarme. No tenía derecho a mostrar esa agonía en la mirada, no cuando había mentido para llegar a mi corazón.

—Ahí están los dos, solo dime cuál final escoges. Respetaré tu elección.

Me abracé un poco más fuerte, suplicando que las grietas de mi alma resistieran un momento más. Podía darme el lujo de quebrarme una vez que se hubiera ido, pero no le daría el gusto de ver cómo me desplomaba.

—Hay cosas por las que hay que luchar, Georgia. No puedes solo alejarte y dejarlas inconclusas cuando se complican. Si pudiera volar aviones y pelear contra los nazis para ganar tu corazón, lo haría. Pero todo contra lo que tengo que luchar son tus demonios y me están poniendo una paliza. No lo olvides cuando leas esos finales, lo bueno y lo… conmovedor. La historia de amor épica, única, que existe aquí no es la de Scarlett y Jameson. Somos tú y yo.

Luego de lanzarme una mirada profunda y nostálgica, se había ido.

Me estremecí.

CAPÍTULO VEINTIOCHO

Mayo de 1942
Ipswich, Inglaterra

Scarlett se aferró a Jameson, sus uñas labraron su espalda conforme él se movía dentro de ella de manera segura, profunda. En esos momentos, nada en el mundo se comparaba a la sensación de su peso sobre su cuerpo, cuando no había guerra ni peligro, ningún plazo inminente para su separación. En esta cama solo eran ellos dos quienes se comunicaban con sus cuerpos cuando no había palabras.

Gimió por el placer indescriptible que atenazaba su vientre y él la besó con pasión para tragarse el gemido. Estos últimos meses habían casi perfeccionado el arte de hacer el amor sin ruido.

—Nunca me cansaré de ti —murmuró Jameson contra la boca de Scarlett.

En respuesta, ella gimió de nuevo y arqueó las caderas contra las suyas, pasando una pierna alrededor de su espalda baja para incitarlo: cerca, estaba tan cerca.

Jameson tomó la cadera de Scarlett con fuerza y levantó su rodilla hacia el pecho de ella para penetrarla mejor; se hundió en círculos que la enloquecían con cada arremetida, manteniéndola al borde del orgasmo sin dejarla caer.

—Jameson —le suplicó hundiendo sus manos en el cabello de su esposo.

—Dilo —le pidió con una sonrisa y otra caricia.

—Te amo. —Alzó la cabeza y lo besó—. Mi corazón, mi alma, mi cuerpo, todo es tuyo.

Siempre eran las palabras «te amo» las que lo hacían perder el control y esta vez no fue la excepción.

—Te amo —murmuró él.

Deslizó su mano entre ambos y usó los dedos para llevarla al límite. Los muslos de Scarlett se tensaron, sus músculos se estremecieron y ella lo escuchó murmurar «Scarlett, mi Scarlett», cuando el orgasmo se apoderó de ella en oleadas.

Cuando gritó, él le cubrió la boca con la suya. Unos movimientos más tarde, se reunió con ella, tensándose sobre su cuerpo en el orgasmo.

Cuando él giró hacia un costado, eran una maraña de extremidades sudorosas y de sonrisas.

—No quiero dejar esta cama nunca —dijo Jameson al tiempo que le quitaba un mechón de la mejilla para pasarlo detrás de su oreja.

—Es un plan excelente —afirmó, pasando la yema de los dedos por su pecho labrado—. ¿Crees que siempre será así?

Le dio un nalgada.

—¿La insaciable necesidad de desnudarnos el uno al otro?

—Algo así —respondió sonriendo.

—Dios, espero que sí. No puedo pensar en nada mejor que el honor de deshacerme de tu ropa durante el resto de mi vida —dijo moviendo las cejas con complicidad.

Ella rio.

—¿Hasta que seamos viejos? —preguntó pasando el dorso de la mano por su rasposo mentón con barba incipiente.

—En particular cuando seamos viejos. Ya no tendremos que ser silenciosos para que los niños no nos escuchen al fondo del pasillo.

Ambos permanecieron en silencio, en espera de la llamada

inminente de William para el desayuno, pero seguía dormido o al menos felizmente tranquilo.

Scarlett sintió una opresión en el pecho. Tres días. Era todo lo que les quedaba antes de que ella tuviera que irse. Jameson había recibido un mensaje de su tío ayer. ¿Cuánto tiempo estarían separados? ¿Cuánto tiempo duraría la guerra? ¿Y si estos fueran los últimos tres días que pasara con él? Cada pregunta daba una vuelta de tuerca a la llave que apretaba su pecho hasta que cada aliento se hizo doloroso.

—No pienses en eso —murmuró, mirándola con atención como si necesitara memorizar cada uno de sus rasgos.

—¿Cómo sabes lo que estoy pensando?

Trató de sonreír, pero no pudo.

—Porque es lo único en lo que piensas —afirmó—. Quisiera que hubiera otra manera de mantenerte conmigo, de mantener a William a salvo.

Scarlett asintió y se mordió el labio para evitar que temblara.

—Lo sé.

—Colorado te va a encantar —prometió con un destello de alegría en la mirada—. El aire es más ligero y quizá te llevará algún tiempo acostumbrarte, pero las montañas son tan altas, como si se alzaran al cielo. Es hermoso y, francamente, lo único que he visto más azul que el cielo de Colorado son tus ojos. Mi madre sabe que van a llegar y preparó la casa para ti y para William; el tío Vernon les ayudará a pasar migración y, quién sabe, quizá hasta hayas terminado ese libro tuyo para cuando yo vuelva.

No importaba lo hermoso que pintara el cuadro, él no formaba parte, al menos no en el futuro inmediato, pero no se lo diría. Aún faltaban días para el adiós y sabía lo fuerte que debía ser, no solo por Jameson, también por William. No valía de nada lamentarse o quejarse; dos semanas antes habían aprobado su visa, su camino estaba razado y había cosas que hacer: dos vidas tenían que ser empacadas.

—No me voy a llevar el fonógrafo.

Ese era el único punto de discordia entre ambos.

—Tocadiscos. Y mi madre dijo que lo regresara.

Scarlett arqueó una ceja.

—Pensé que tu madre pidió que lo regresaras junto contigo, vivo —exclamó pasando los dedos por su cabello para memorizar la sensación de sus mechones.

—Dile que lo mando a casa con mi vida, porque eso son William y tú para mí: mi vida. —Puso la mano sobre su mejilla y la miró con tanta intensidad que ella sintió como si esa mirada la tocara—. Cuando recordemos todo esto, no será nada más que un breve incidente en nuestra historia.

Scarlett sintió un hueco en el estómago. Los únicos incidentes con los que estaba familiarizada eran los que implicaban bombardeos.

—Te amo, Jameson —murmuró con pasión—, solo acepto irme por el bien de William.

—Yo también te amo. Y el hecho de que estés dispuesta a irte para mantener a William a salvo solo hace que te ame más.

—Tres días —murmuró, rompiendo su resolución de permanecer fuerte.

—Tres días —repitió con una sonrisa forzada—. Viene la caballería, querida. Las fuerzas estadounidenses están en camino y, quién sabe, quizá para estas fechas del año próximo ya todo habrá acabado.

—¿Y si no?

—Scarlett Stanton, ¿estás diciendo que no me esperarás? —bromeó con una leve sonrisa que a ella casi le pareció de suficiencia.

—Te esperaré para siempre —prometió—. ¿Estarás bien aquí, sin mí?

—No —respondió entre dientes—. No estaré bien hasta que esté contigo otra vez. Te llevas mi corazón contigo. Pero viviré —prometió, descansando la frente contra la de ella—. Volaré, lucharé, te escribiré todos los días y soñaré contigo todas las noches.

Scarlett hizo un gran esfuerzo por no dejar que el dolor se apoderara de ella, apartándolo con la promesa de que aún les quedaban tres días.

—Eso no te deja mucho tiempo para dedicarte a otra chica —bromeó.

—Para mí nunca habrá otra chica, solo tú, Scarlett, solo esto. —La acercó más a él—. Me hubiera gustado haber tenido permiso hoy.

Ella lanzó una risita.

—Te dieron permiso la semana pasada para la boda de Constance y el día de nuestra partida. No puedes quejarte.

—¿A eso le llamas boda? A mí me pareció más un funeral —dijo haciendo una mueca.

—Fué ambos.

Constance había seguido con sus planes, como si nunca lo hubiera dudado, y se casó con Henry Wadsworth el fin de semana pasado. Lord Trepador Social tenía oficialmente un pie en la sociedad británica, Constance había protegido los terrenos que tanto amaba y el futuro financiero de sus padres estaba asegurado.

—Fue una celebración demasiado cara de una transacción comercial —dijo Scarlett en voz baja.

Permanecieron acostados un tiempo más conforme el sol salía por el horizonte y la luz en su recámara cambiaba de rosa desteñido a un tono más brillante. No podían retrasar más tiempo la mañana, aunque Jameson la convenció de que se bañaran juntos.

Veinte minutos y otro orgasmo después, él la envolvió en una toalla y se enredó otra en su cintura. Luego empezó a rasurarse. Scarlett se recargó contra el marco de la puerta y lo observó. Era una rutina de la que nunca se cansaba, sobre todo porque acostumbraba hacerla sin camisa. Cuando terminó, ella fue a su recámara para vestirse justo cuando William lanzó el primer llanto del día.

—Yo voy por él —dijo Jameson cuando ya se dirigía hacia la recámara de William.

Scarlett se vistió mientras escuchaba el dulce sonido de la canción que Jameson le cantaba a su hijo para darle la bienvenida al nuevo día.

Por la boda de Constance el fin de semana pasado y su inminente viaje, le pareció sensato acostumbrar a William al biberón; eso tenía también la ventaja de que ahora podía observar a Jameson alimentar a su hijo, algo que hizo diez minutos después. El vínculo entre ambos era innegable. Jameson era el receptor de las sonrisas más radiantes de William cuando llegaba a casa y a quien favorecía cuando estaba inquieto. Incluso ahora, William sostenía el biberón con una mano y con la otra jugueteaba con los botones del uniforme de su padre. A ella no le importaba el favoritismo descarado, sobre todo porque sabía que quizá pasaría un año o más antes de que volvieran a estar juntos.

¿William se acordaría de Jameson? ¿Tendrían que empezar todo de nuevo? Era difícil creer que un vínculo tan primario pudiera debilitarse por algo tan indefinido como el tiempo.

—¿Quieres que te prepare un café? —le preguntó Scarlett mientras Jameson sentaba a su hijo en una de las sillas de la cocina.

—Me tomaré uno en la estación, gracias —respondió sonriendo, mirándola antes de desviar la vista de nuevo hacia su hijo—. En verdad tiene lo mejor de nosotros dos, ¿no crees?

Scarlett se pasó el cabello sobre un hombro y miró a William.

—Yo te diría que tus ojos son mucho más hermosos que los míos, pero sí, creo que tienes razón.

Su hijo tenía el cabello negro, pero la tez bronceada de Jameson; tenía los pómulos altos de ella, pero el mentón fuerte y la nariz de su padre.

—Azul Stanton —dijo Jameson con una sonrisa—. Espero que todos nuestros hijos los tengan.

—¡Ah! ¿Planeas tener más hijos? —bromeó.

Jameson la jaló para sentarla en sus piernas.

—Hacemos bebés tan bonitos que sería una lástima no considerarlo —respondió con un beso rápido y tierno.

—Supongo que tendremos que verlo cuando estemos juntos en Colorado.

Ella quería una niña con los ojos y el carácter imprudente de Jameson; también quería que William conociera la alegría de tener una hermana.

—Te voy a llevar a pescar —le prometió Jameson a William—. Y te enseñaré a acampar bajo estrellas tan brillantes que iluminan el cielo de medianoche. Te enseñaré cuáles son los lugares más seguros para cruzar el arroyo y, cuando tengas la edad suficiente, también te enseñaré a volar un avión. Solo tienes que cuidarte de los osos hasta que yo llegue.

—¡Osos!

Scarlett quedó boquiabierta.

—No te preocupes —rio Jameson, abrazándola por la cintura—. La mayoría de los osos le tienen miedo a tu abuela. Los leones de montaña también, pero ella te va a amar. —Miró a Scarlett—. Los amará a los dos tanto como yo los amo.

A regañadientes, Jameson le pasó al niño y todos se pusieron de pie.

—Volveré tan pronto como pueda —dijo abrazando a su esposa y a su hijo.

—Bien. —Levantó el rostro para besarlo—. Pero no hemos terminado la conversación sobre el fonógrafo.

Jameson le dio un beso ruidoso y rio.

—El tocadiscos se va.

—Como dije —continuó Scarlett arqueando una ceja—, no hemos acabado la conversación.

Scarlett no era supersticiosa, pero la mayoría de los pilotos lo eran, y llevarse el tocadiscos a casa, a la madre de Jameson, era como conjurar la mala suerte.

—Hablaremos cuando vuelva a casa —prometió.

La besó de nuevo, fuerte y rápido, luego a William y salió.

—«Hablaremos de eso» significa que mami va a ganar —le dijo a William haciéndole cosquillas.

El niño lanzó una carcajada y ella no pudo evitar reír con las mismas ganas.

Jameson dibujó un círculo con los hombros para tratar de aliviar lo que, al parecer, se había convertido en un dolor permanente de los músculos. Habían logrado su objetivo, un blanco en la frontera alemana, y aunque había abierto fuego contra los tres bombarderos que escoltaban, ahora sobrevolaban a salvo los Países Bajos. A eso lo llamaba un buen día.

Miró la fotografía que había pegado sobre el tablero, debajo del manómetro, y sonrió. Era la imagen de Scarlett que Constance le había dado hacía casi dos años. Sabía que ella pensaba que era un mal augurio llevarse el tocadiscos de regreso a casa, pero él tenía toda la suerte que necesitaba en ese lugar con esa foto. No había nadie más con quien quisiera bailar que no fuera su Scarlett y habría tiempo suficiente para hacerlo cuando esta guerra terminara.

—Estamos haciendo buen tiempo —dijo Howard por la radio, en el canal asignado para el escuadrón.

—No cantes victoria —respondió Jameson mirando a la derecha, donde Howard volaba como líder azul a unos doscientos metros de distancia. Lo único que le gustaba de la formación en cuña era volar como líder al lado de Howard. Hoy, él era líder rojo.

Pero tenía razón, estaban haciendo buen tiempo. A este ritmo no llegaría a casa antes de la cena, pero quizá sí lo haría a tiempo para acostar a William. Luego llevaría a su esposa a la cama y aprovecharía cada segundo que les quedaba juntos.

—Líder azul, aquí azul cuatro, cambio —se escuchó una voz por la radio.

—Este es líder azul, adelante —respondió Howard.

Lo que Jameson odiaba de la formación en cuña es que los pilotos nuevos, quienes tenían menos experiencia en combate, volaban en la retaguardia.

—Creo que vi algo sobre nosotros —dijo la voz, vacilando en las últimas palabras.

Ese debía ser el nuevo chico, el que había llegado apenas la semana pasada.

—¿Crees o lo sabes? —preguntó Howard.

Jameson alzó la vista por el vidrio de la cabina de mando, pero lo único que vio en la capa de nubes que estaba sobre ellos fueron sus propias sombras contra el sol del ocaso.

—Creo.

—Líder rojo, aquí rojo tres, cambio —dijo Boston en la radio.

—Aquí líder rojo, adelante —respondió Jameson sin dejar de examinar el cielo sobre ellos.

—Yo también vi algo.

Jameson se tensó, alerta.

430

—¡Arriba, a las dos! —gritó Boston.

Las palabras no habían terminado de salir de su boca cuando una formación de cazas alemanes cruzó las nubes, abriendo fuego sobre ellos.

—¡Rompan formación! —gritó Jameson por la radio.

En su visión periférica, vio cómo Howard giraba a la derecha, y Cooper, quien volaba como líder blanco, hacía lo mismo hacia la izquierda.

Jameson jaló el timón de dirección y ascendió bruscamente, guiando a sus hombres a una zona más elevada. Una vez fuera de las nubes, Jameson giró para enfrentar al enemigo; centró en la mira al primer caza y dejó que el mundo desapareciera a su alrededor.

Disparó al mismo tiempo que el caza alemán y el vidrio detrás de él se hicieran añicos cuando casi chocan al pasar por encima del otro.

—¡Me dieron! —gritó Jameson revisando los indicadores del tablero.

El viento azotaba en la cabina de mando, pero el avión se mantuvo estable. La presión del aceite estaba bien; la altitud, estable; el nivel de combustible, fijo.

—¡Stanton! —A Howard se le quebró la voz.

—Creo que estoy bien —respondió Jameson.

El combate ahora se libraba debajo de ellos y dio un giro brusco a la izquierda para dirigirse directo a la batalla.

La caída hizo que entrara una nueva ráfaga de aire a la cabina de mando que arrancó la fotografía de Scarlett del borde del manómetro. Salió volando antes de que Jameson pudiera atraparla.

La radio era una cacofonía de llamadas conforme los cazas alemanes se dirigían hacia los bombarderos. Las gafas protegían sus ojos, pero sintió un hilillo tibio que bajaba por el lado izquierdo de su rostro. Levantó rápido la mano enguantada y al mirarla estaba roja.

—No es tan malo —se dijo a sí mismo.

Debió ser el vidrio. Si el golpe hubiera sido directo estaría muerto.

Atravesó las nubes con el dedo en el gatillo y aceleró hacia el caza más cercano, quien tenía en la mira a un Spitfire.

La adrenalina inundó su cuerpo y agudizó sus sentidos conforme caía más rápido en picada.

El primer disparo alemán no dio en el blanco. El de Jameson, sí. El caza alemán cayó en una cortina de humo negro para desaparecer entre las nubes espesas debajo.

—¡Le di a uno! —gritó Jameson.

Sin embargo, su victoria no duró mucho: otro caza, no, otros dos, aparecieron detrás de él.

Jaló con fuerza el timón de mando para ascender, dando un giro hacia la derecha para evitar los disparos que pasaron silbando a su lado para enviarlo a su cita con la muerte.

—Eso estuvo cerca, querida —murmuró, como si Scarlett pudiera escucharlo al otro lado del Mar del Norte.

Morir no era opción y no tenía la intención de hacerlo hoy.

—¡Tengo a uno en la cola! —grito el chico nuevo por la radio, pasando justo debajo de Jameson con un caza alemán a los talones.

—Voy contigo —respondió Jameson.

Sintió el disparo como si hubieran golpeado bajo su asiento con un mazo, incluso antes de ver al otro caza.

El avión aún respondía, pero el indicador del combustible empezó a bajar de manera continua, eso solo significaba una cosa.

—Aquí líder rojo —dijo por la radio, haciendo un esfuerzo por conservar la calma—. Me dieron, estoy perdiendo combustible.

Ya antes había aterrizado sin el motor. No era óptimo, pero podía hacerlo de nuevo. La cuestión era saber si sobrevolaba tierra o mar. Tierra sería mejor. En tierra podría lograrlo.

Era posible que lo tomaran como prisionero de guerra, pero había crecido en las montañas y su habilidad para evadirse era excelente.

—Líder rojo, ¿dónde estás? —preguntó Howard por la radio.

El indicador de combustible marcaba vacío y el motor chisporroteó hasta apagarse.

El silencio del mundo era espeluznante; Jameson se alejó de la batalla para desplomarse en las nubes bajas, el sonido del viento reemplazó al rugido del motor.

«Tranquilo. Permanece tranquilo», se dijo a sí mismo conforme su hermoso Spitfire se convertía en un planeador. Caía, caía, caía... ahora solo podía dirigirlo para darle curso.

—Líder azul, estoy en las nubes. —Sintió un vacío en el estómago cuando su visibilidad se hizo nula—. Estoy descendiendo.

—¡Jameson! —gritó Howard.

Jameson miró el espacio vacío en donde antes estaba la fotografía. «Scarlett». El amor de su vida, su razón de ser. Por Scarlett sobreviviría, sin importar lo que le esperara debajo de las nubes. Lo lograría por ellos, por Scarlett y William.

Se preparó.

—Howard, dile a Scarlett que la amo.

CAPÍTULO VEINTINUEVE

Noah

Scarlett, mi Scarlett:

Cásate conmigo. Por favor, ten piedad de mí y sé mi esposa. Aquí los días son largos, pero las noches lo son más. En esos momentos es cuando no puedo dejar de pensar en ti. Es extraño estar ahora rodeado de estadounidenses, escuchar las frases y acentos familiares cuando todo lo que anhelo es el sonido de tu voz. Dime que tendrás un permiso pronto. Tengo que verte. Por favor, reunámonos en Londres el próximo mes. Reservaremos habitaciones separadas. No me importa dónde duerma siempre y cuando pueda verte. Me estoy muriendo, Scarlett. Te necesito.

¿Fue coincidencia? ¿Prueba? ¿Siquiera importaba? Con un clic abrí los cuatro documentos que mis abogados me habían enviado hacía una hora. Tres actas de defunción. Un acta de matrimonio.

Mi teléfono vibró en el escritorio y miré la pantalla. «Adrienne». Presioné el botón de «Rechazar» y maldije mi estúpida esperanza de abalanzarme sobre cada llamada. Por supuesto que no era Georgia, pero no dejaba de esperarlo.

Me dolía el pecho al pensar en ella. Me sobé como si eso pudiera aliviar el dolor. No lo hizo. Extrañaba todo de ella, no solo lo físico, como abrazarla o verla sonreír, sino hablar con ella, escuchar su punto de vista que siempre era distinto al mío. Extrañaba la emoción en su voz cuando hablaba de su trabajo con la fundación, la manera en la que sus ojos se iluminaban cuando se sentaba en flor de loto y empezaba a reconstruir su vida.

Quería ser parte de esa vida, más de lo que quería mis siguientes dos contratos.

Adrienne volvió a llamar y volví a rechazar la llamada.

Mi hermana menor permaneció a mi lado cuando hice mis maletas en la pequeña habitación en la cabaña Grantham. Tomamos el mismo vuelo de regreso a Nueva York, aunque no recuerdo mucho debido a la confusión que resultaba de mi dolor y el odio a mí mismo que gritaba en mis oídos. A pesar de su mejor esfuerzo para acompañarme a casa, nos despedimos en el aeropuerto y desde entonces he ignorado al resto del mundo.

Por desgracia, el mundo no me ignoró a mí.

El nombre de Adrienne volvió a aparecer en la pantalla y sentí una punzada de preocupación. «¿Y si estuviera en problemas?». Deslicé el dedo sobre la pantalla para responder; de manera automática, la llamada se transfirió a mis audífonos Bluetooth.

—¿Le pasó algo a mamá? —pregunté con voz ronca por la falta de uso.

—No —respondió.

—¿A los niños?

—No. Mira, si tú…

—¿A Mason?

—Todos estamos bien menos tú, Noah —dijo con un suspiro.

Colgué y miré de nuevo la pantalla de la computadora. Las imágenes adjuntas al correo electrónico tenían una textura granulosa; era evidente que se trataba de copias escaneadas de los originales y le había llevado seis días y una llamada a mis abogados para recibirlas.

Adrienne volvió a marcar. ¿Por qué demonios no me dejaban en paz? Lamerme las heridas no era un deporte para espectadores.

—¿Qué? —espeté cuando respondí el teléfono; en realidad hubiera querido lanzar esta maldita cosa por la ventana.

—Abre la puerta, idiota —dijo y colgó.

Tamborileé los dedos sobre el escritorio; hubiera deseado que fuera de cerezo pulido y no de vidrio, y que yo estuviera a dos mil setecientos metros de altura y a dos mil quinientos kilómetros de distancia. Respiré hondo, empujé la silla hacia atrás y me dirigí a la puerta de mi departamento para abrirla.

Adrienne estaba en el umbral; llevaba el abrigo abotonado hasta la barbilla y en la mano una charola portavasos con dos vasos desechables de café y el celular en la otra; su boca se movía con rapidez al tiempo que entraba al departamento.

Me quité de un tirón los audífonos y quedaron colgando alrededor de mi cuello cuando cerré la puerta.

—¡Por lo menos podías decirme que estás vivo!

Escuché las últimas palabras de su sermón.

—Estoy vivo.

—Eso parece. Llevo diez minutos tocando la puerta, Noah —exclamó arqueando una ceja.

—Perdón, mis audífonos tienen cancelación de ruido —expliqué señalando los audífonos Bose que colgaba alrededor de mi cuello y regresé a la oficina—. Estoy en medio de una investigación.

—Estás en medio de una depresión —repuso siguiéndome—. Guau —murmuró cuando me hundí en la silla—. Pensé que el libro de Stanton estaba terminado —dijo señalando el montón de libros de Scarlett que llenaban una mesita frente al sofá.

—Lo está. Como bien sabes.

Esa era la razón por la que estaba en Manhattan y no en Poplar Grove.

—Tienes un aspecto terrible. —Hizo a un lado dos fólderes manila y puso la charola en el lugar que había dejado libre—. Toma un poco de cafeína.

—El café no va a solucionar nada —Lancé los audífonos sobre un montón de papeles y me recargué en el respaldo de la silla—, pero gracias.

—Ya pasaron ocho días, Noah.

Se desabrochó el abrigo y lo puso sobre la silla de la que se apropió frente a mi escritorio.

—¿Y?

Ocho días atroces y noches de insomnio. No podía pensar, no podía comer, no podía dejar de preguntarme qué pasaba por la cabeza de Georgia.

—¡Y que ya está bien de depresión! —Tomó uno de los vasos de la charola y se recargó contra el respaldo. Su postura era tan parecida a la mía que casi era ridículo—. Este no eres tú.

—No estoy precisamente en mi mejor momento. —Entrecerré los ojos—. ¿Y no se supone que tú eres la compasiva de la familia?

—Solo porque el papel de imbécil y necio ya estaba tomado —respondió, y luego le dio un sorbo al café.

Esbocé una leve sonrisa.

—Vaya, estás vivo —dijo brindando con su vaso.

—No sin ella —respondí en voz baja, mirando el horizonte de Manhattan.

Cualquier cosa que esto fuera, no era vivir. Existir, quizá, pero no vivir.

—¿Sabes? —continué—, antes pensaba que el término «enamorarse perdidamente» era un oxímoron. Deberías encontrarte, no perderte, ¿cierto? Se supone que el amor te hace sentir que estás en la cima del mundo. Pero quizá esa frase es tan popular porque es muy difícil hacer que funcione. A final de cuentas, todos nos topamos con pared.

—No ha terminado, Noah —dijo Adrienne con voz dulce—. Los he visto juntos, la manera en la que te mira... No puedo creer que termine así.

—Si hubieras visto la forma en la que me miró en la oficina opinarías diferente. En verdad la herí —expliqué en voz baja—. Y había prometido que no lo haría.

—Todos cometemos errores. Hasta tú. Pero esconderte en tu departamento y enterrarte en lo que esto sea —señaló la zona de desastre que era mi escritorio— no te ayudará a recuperarla.

Crucé los brazos sobre el pecho.

—Por favor, háblame más de lo que se supone que debería hacer para recuperar a la mujer a la que le mentí durante semanas, de manera deliberada y descarada.

—Bueno, si lo pones así. —Arrugó la nariz—. Al menos no la engañaste como lo hizo su ex.

—No estoy seguro de que afirmar que un mentiroso es mejor que un infiel sea la mejor manera de tratar el tema. —Me froté el puente de la nariz—. Utilicé mi mejor arma, las palabras, y jugué con la semántica para obtener lo que deseaba; sencillamente me salió el tiro por la culata. Con ella no hay vuelta atrás.

—¿Me estás diciendo que es una Darcy? —preguntó ladeando un poco la cabeza.

—¿Cómo?

—Ya sabes... su «buena opinión, una vez perdida se pierde para siempre». —Se encogió de hombros—. ¿*Orgullo y prejuicio*? ¿Jane Austen?

—Sé quién escribió *Orgullo y prejuicio* y yo diría que Georgia es una de las personas más indulgentes que conozco. A su madre le ha dado una oportunidad tras otra.

—Qué bueno. Entonces, arréglalo —dijo asintiendo. —Tienes razón, el amor, el verdadero, el real, el que cambia tu vida, es raro. Tienes que luchar por él, Noah. Sé que nunca lo has hecho, que las mujeres llegan a ti con facilidad, pero eso es porque nunca te importó demasiado tratar de durar con alguien.

—Tienes razón.

Todo esto era nuevo para mí.

—Vives en un mundo en el que puedes escribir todo lo que alguien dice y en el que un gran gesto hace que todo sea mejor al instante, pero la verdad es que las relaciones implican trabajo en el mundo real. Todos cometemos errores. Todos decimos algo de lo que nos arrepentimos o hacemos algo incorrecto por las buenas razones. No eres el primero que necesita una buena humillación.

—Dime la verdad, ¿tenías preparado este discurso? —pregunté inclinándome sobre el escritorio para tomar el vaso de café.

—Desde hace años —admitió con una sonrisa—. ¿Cómo me salió?

—Cinco estrellas —respondí levantando el pulgar y luego le di un trago a mi cafeína.

—Excelente. Ya es hora de volver con la humanidad, Noah. Ve a cortarte el pelo, rasúrate y, por favor, por el amor de Dios, báñate para quitarte el hedor de comida para llevar.

Me olí por encima del hombro y no pude discutir. En vez de hacerlo, observé la invitación que Adam me había enviado un par de días antes. Por más que no me gustara, él era la única otra persona que podía responder a la pregunta que me carcomía desde hacía unos meses: la pregunta que Georgia nunca le hizo a Scarlett.

—Ya acabó mi trabajo aquí —dijo Adrienne levantándose y poniéndose el abrigo.

—Volver con la humanidad, ¿eh?

—Sí —asintió abotonándose.

—¿Me acompañas? —pregunté dándole la invitación.

—Estas cosas son muy aburridas —se quejó, aunque la leyó.

—Esta no lo será. Paige Parker es una de las mayores donadoras. —Alcé las cejas—. Te apuesto lo que quieras a que Damian Ellsworth estará ahí.

Los ojos de Adrienne brillaron sorprendidos y me miró al instante. Luego entrecerró los ojos.

—Alguien tiene que evitar que te metas en problemas. Estoy libre esa noche. Recógeme a las seis.

—Siempre te gustó un buen espectáculo —Reí.

Ella rio también y salió de la oficina. Justo cuando escuché que la puerta de la entrada se cerraba, un mensaje de texto se iluminó en mi teléfono.

> **Georgia:**
> Leí los dos finales.

Mi corazón se detuvo mientras observaba los tres puntitos bailar en la caja de mensajes, lo que me indicaba que no había terminado de escribir.

> **Georgia:**
> Adelante con el final verdadero. Hiciste muy buen trabajo al retratar su dolor, su lucha para llegar aquí y la felicidad que encontró al final cuando se casó con Brian.

Cerré los ojos al sentir la oleada de dolor que me inundaba. «Carajo». No solo perdía mi final preferido, el que Scarlett y Jameson se merecían, sino que no había logrado convencer a

Georgia de que ella podía tener la misma felicidad en su propia vida. Respiré para tratar de aliviar el dolor y escribí un mensaje que no eran miles de disculpas y una súplica de que me dejara volver a su lado.

> **Noah:**
> ¿Estás segura? El final feliz está mejor escrito porque vertí mi corazón y mi alma en él. Era el correcto.

> **Georgia:**
> Estoy segura. Este es característico tuyo. No dudes de tu capacidad para destrozarle el corazón a alguien.

«Auch». Volvía la frialdad, aunque no la culpaba. Demonios, yo lo había provocado.

> **Noah:**
> Te amo, Georgia.

No respondió. No esperaba que lo hiciera.
«Te lo demostraré», me dije a mí mismo, a ella, al mundo.

CAPÍTULO TREINTA

Mayo de 1942
Ipswich, Inglaterra

«Clic, clic, clic». El sonido del tecleo llenaba la cocina conforme Scarlett rompía el corazón de la hija del diplomático.

Su propio corazón se estrujó, como si pudiera sentir el mismo dolor que le hacía padecer a su personaje. Recordó que los reuniría de nuevo cuando ambos hubieran crecido lo suficiente para merecerse el uno al otro. No era un desamor permanente, era una lección.

Los golpes en la puerta casi se mezclan con el sonido de las teclas de la máquina de escribir. Casi.

Miró el reloj. Eran pasadas las once, pero también era la primera noche en que Constance volvía de su luna de miel. Scarlett se levantó y caminó descalza hasta la puerta, blindando su corazón para lo que pudiera encontrar al otro lado. ¿Quién sabía lo que el monstruo le pudo hacer a su hermanita la semana pasada?

Forzó una sonrisa y abrió la puerta.

Parpadeó, confundida.

Howard estaba en el umbral, vestido con su uniforme, pálido y demacrado. No era el único. Detrás de él había otros rostros que reconoció, todos en uniforme con la insignia del águila en los hombros.

Su estómago dio un vuelco y se aferró al marco de la puerta hasta que sus nudillos se pusieron blancos. «¿Cuántos?». ¿Cuántos de ellos estaban aquí?

—Scarlett —dijo Howie; se aclaró la garganta cuando su voz se quebró.

¿Cuántos? Los ojos de Scarlett saltaron de uno a otro mientras los contaba. Once. Había once pilotos frente a su puerta.

—Scarlett —repitió Howie.

Ella no podía entender sus palabras. En general, en tres de cada cuatro vuelos Jameson volaba en una formación de doce. Once de ellos estaban aquí.

«No. No. No». Esto no estaba sucediendo. No era posible.

—No lo digas —murmuró.

Sintió que el suelo desaparecía bajo sus pies. Solo había una razón por la que estuvieran aquí. Howie se quitó el gorro y los otros lo imitaron.

Oh, Dios. Estaba sucediendo en realidad.

Tuvo la necesidad urgente, instantánea, de azotar la puerta en sus narices, no haber abierto la carta, pero las palabras ya estaban escritas, ¿cierto? No había nada que pudiera hacer para evitar que esto fuera lo que ya era.

Apretó los párpados y se recargó en la madera robusta del marco; su corazón empezaba a aceptar lo que su cerebro ya sabía. Jameson no había vuelto a casa.

—Scarlett, lo siento tanto —dijo Howie en un murmullo.

Respiró profundo, se enderezó, levantó la barbilla y abrió los ojos.

—¿Está muerto?

Era la pregunta que se había hecho cientos de veces en los últimos dos años. Las palabras que la acosaban y ampliaban su peor temor cada vez que llegaba tarde. Las palabras que provocaban su sensatez cuando trabajaba en el tablero. Palabras que nunca pronunció en voz alta.

—No sabemos. —Howard negó con la cabeza.

—¿No saben?

Le temblaron las rodillas, pero permaneció de pie. Quizá no estaba muerto. Quizá había esperanza.

—Cayó en algún lugar en la costa de Países Bajos. Por lo que él dijo en la radio y lo que algunos de nosotros vimos, le dieron en el tanque de combustible.

Los demás asintieron, pero no muchos deseaban mirarla a los ojos.

—Entonces hay una probabilidad de que esté vivo.

Lo afirmó como si fuera un hecho; su autocontrol, ya frágil, cedió ante esa posibilidad con una violencia de la que no se creía capaz.

—Las nubes estaban muy densas —explicó Howard.

Los demás pilotos mascullaron su asentimiento.

—¿Ninguno lo vio estrellarse? —preguntó. Un zumbido sordo llenaba sus oídos.

Todos negaron con la cabeza.

—Dijo que estaba cayendo —explicó Howard haciendo una mueca por un momento, pero luego respiró hondo y se recompuso—. Me dijo que te dijera que te ama. Esas fueron sus últimas palabras antes de desaparecer —agregó en un murmullo.

Scarlett empezó a jadear, era todo lo que podía hacer para mantener el pánico a raya. No estaba muerto. No podía estarlo.

Sencillamente no era posible vivir en un mundo en el que él no existiera; por lo tanto, no podía estar muerto.

—Entonces, lo que estás diciendo es que mi esposo está desaparecido.

Le pareció que su voz provenía de fuera de su cuerpo, como si no fuera ella quien hablara. En ese momento se sentía dividida en dos: una era la Scarlett que hablaba, parada en el umbral en busca de una razón lógica para creer que Jameson podía seguir vivo; la otra era la Scarlett que ganaba terreno, que gritaba en silencio desde las profundidades de su alma.

—¿Scarlett? —preguntó una voz que le era familiar. El grupo de pilotos se apartó para abrirle paso a Constance, quien subía por la banqueta—. ¿Qué está pasando? —le preguntó primero a su hermana, pero cuando no recibió respuesta, subió al umbral hasta llegar a su lado y miró a Howard—. ¿Qué está pasando?

—Jameson está desaparecido.

Su voz no se quebró, como si ahora fuera más fácil decirlo. Como si ahora lo aceptara.

—¿Dónde? —preguntó Constance abrazando a su hermana por la cintura para darle apoyo.

Esto no estaba bien. Scarlett era quien tenía que consolar a Constance, no al revés.

—No estamos cien por ciento seguros —admitió Howard—. Fue a lo largo de la costa de Países Bajos, así que no estamos seguros si pudo aterrizar o...

«O si cayó al mar». Scarlett terminó la frase en su mente.

Las probabilidades de sobrevivir a una caída o incluso que lo hubieran tomado como prisionero eran mejores que las de sobrevivir al frío del océano.

—Van a buscarlo, ¿verdad? —preguntó Scarlett, recuperando el aliento—. Dime que lo van a buscar.

No era una petición.

Howard asintió una vez, pero en su mirada no había esperanza.

—A primera hora —confirmó—. Tenemos las coordenadas generales de cuando fuimos atacados.

Otra hebra de la cual sujetarse, otro rayo de esperanza. No estaba muerto, no podía estarlo.

—Y me dirás qué encontraron —Otra exigencia—. Sea lo que sea, Howie, escombros o nada. Me lo dirás.

—Te doy mi palabra. —Howie hizo girar la gorra en sus manos—. Scarlett, lo siento. No quería...

—Aún no está muerto —espetó Scarlett—. Está desaparecido. Encuéntralo.

Los pilotos asintieron y se despidieron, luego regresaron en fila
a los automóviles en los que habían venido del aeródromo. Howie
fue el último en irse, parecía incómodo, como si buscara las palabras correctas, pero cuando no llegaron, él también se marchó.

Scarlett permaneció en la puerta; Constance seguía rodeando su cintura con un brazo. Los autos se perdieron de vista. Necesitaba volver al interior, cerrar la puerta, aunque seguían los
apagones obligatorios, pero no podía mover los pies; era una es-
tatua, en ese momento estaba paralizada. La negación y una fachada de voluntad resquebrajada era lo único que la sostenía.

—Ven, querida —invitó Constance con ternura, guiándola
al interior.

—No está muerto. No está muerto. No está muerto —repetía Scarlett como mantra; su corazón estaba haciendo un esfuerzo inconmensurable para convencer a su mente de que no
se viniera abajo.

Ella lo sabría, ¿o no? Si su corazón seguía latiendo significaba que el de Jameson también latía. Y William... «No. No abras
esa puerta».

Constance sostenía la mayor parte del peso de Scarlett en su
camino hacia el sofá.

—Todo estará bien —prometió, igual que ella le había prometido en el piso del almacén de suministros.

Scarlett miró a su hermana a los ojos, tenía la fortuna de no
sentir nada.

—No debí leer la carta.

Constance se hundió a su lado en el sofá y tomó la mano de
Scarlett.

No había nada que pudieran hacer más que esperar.

CAPÍTULO TREINTA Y UNO

Noah

Jameson:

Te juro que sentí que mi corazón se quebraba en mil pedazos en el momento en que te vi partir; aun así, cada fragmento diminuto de ese corazón roto te ama. No puedo imaginar que estés tan lejos, no cuando te veo aquí por todas partes. Estás debajo del árbol, invitándome a volar. Estás en el reservado de la esquina del pub, tomando mi mano bajo la mesa. Estás parado en la banqueta, esperando que termine mi guardia. Te siento en todas partes. Sé que estás entrenando a los nuevos pilotos del escuadrón Águila y no volando en misiones de combate, pero por favor ten cuidado. Cuídate por mí, amor mío. Resolveremos esto. Tenemos que hacerlo.

Con todo mi amor,
Scarlett

—Pensé que no vendrías —dijo Adam demasiado abrumado en su recorrido por el evento de caridad.

—Casi no vengo —admití, al tiempo que asentía a modo de saludo hacia un conocido que estaba al otro extremo. Fruncí un poco el ceño al pensar en lo pequeña e íntima que había sido la fiesta de Georgia, comparada con esta faramalla para ver y ser visto—. No respondiste mi correo electrónico.

Adam suspiró.

—Tú pasaste un mes evitando todos los míos. Considéralo como retribución.

Giró el cuello y se acomodó la corbata de moño.

—No va a cambiar de manera de pensar —dije sin dejar de mirar a la multitud en busca de la persona que había venido a ver.

—Haz que cambie —opinó Adam alzando las cejas.

—No. —Entrecerré los ojos cuando advertí al grupo de una película indie a la izquierda—. Además, no responde mis llamadas. Ya pasaron dos semanas, así que existe la posibilidad de que sea intencional a estas alturas —agregué con una sonrisa de autodesprecio.

—¿En serio quieres pasar a la historia como el tipo que permitió que su propio ego se interpusiera en el final feliz de Scarlett Stanton?

—No fue eso lo que pasó.

No, tampoco había llegado a eso. Volteé a ver a Adam, pero miré sobre su hombro para continuar mi búsqueda.

—Pues eso parece y eso es lo que todas las críticas van a decir —explicó con un suspiró.

—¿Está mal escrito? —lo reté.

—Por supuesto que no, es tuyo —respondió negando con la cabeza, frustrado.

—Entonces se queda. Las pruebas finales deben estar en unos días, ¿verdad? —Crucé los brazos sobre el pecho.

—Sí. Y déjame decirte lo contenta que estaba la correctora de tener que trabajar en ambas versiones porque no elegiste una. Alerta de *spoiler*: estaba furiosa.

—Gracias por ayudarme.

Hablaba con sinceridad.

—También dijo que el final feliz era mejor —comentó.

—En eso estoy de acuerdo.

Un destello rojo llamó mi atención y sonreí. Paige Parker. Eso significaba que Damian estaba por algún lado.

—Entonces, ¿por qué demonios…?

—¡Noah Harrison! —exclamó alguien a mi espalda.

Miré sobre mi hombro. «Lotería».

—Damian Ellsworth —respondí a modo de saludo.

«Sé amable. Necesitas información». Esto no era exactamente algo que pudiera preguntarle a Georgia, ya no.

—No imaginé que te encontraría aquí —dijo dándome una palmada en el hombro.

Se acomodó entre nosotros. El ex de Georgia medía aproximadamente un metro ochenta y dos, lo que me daba una ventaja de unos diez centímetros; alzó el rostro para sonreírme con unos dientes tan blancos que casi eran azules.

—Yo podría decir lo mismo, puesto que tienes un recién nacido en casa.

Forcé una sonrisa, la bilis me subió por la garganta. Este era el hombre que había destruido a la mujer que amaba, que le dijo una y otra vez que ella no era suficiente para satisfacerlo. ¡Qué joyita!

—Para eso están las niñeras —respondió encogiéndose de hombros—. ¿Cómo está mi esposa? —preguntó levantando su copa y dando un buen trago.

Hice un gran esfuerzo por no contestarle. Me costó mucho trabajo.

—No sabía que tenías una esposa —respondí parpadeando confundido.

Adam escupió su bebida.

—¡Ja! *Touché.* —Me miró; era evidente que me evaluaba—. Dime, ¿ese viejo reloj de pie sigue marcando el tiempo? ¿El que está en la salita?

—Por supuesto. —Me asombró el recordatorio flagrante del papel que jugó en la vida pasada de Georgia—. ¿Sabes?, eso me recuerda que conociste muy bien a Scarlett, ¿verdad?

Los ojos de Adam bailaban entre nosotros como pelota de ping pong, pero permaneció en silencio.

—Por supuesto. Por eso cuento con los derechos de diez de sus libros —respondió sonriendo con satisfacción.

—Cierto —afirmé como si lo hubiera olvidado. ¿Qué demonios le había visto Georgia a este Nick Nolte de tercera?—. Entonces llegaste justo a tiempo porque mi editor y yo estábamos hablando del final del nuevo libro.

—¿El libro del que supuestamente nadie sabe nada?

Me guiñó el ojo y me pareció muy extraño.

—Ese mismo.

—Oigan, bajen la voz. Nuestra intención es la sorpresa total, ¿recuerdan? —advirtió Adam.

—Claro, por supuesto. —Hubiera podido besarlo por llevarme la corriente—. En fin, Adam y yo hablábamos del final de… la historia de Scarlett y hay una pieza del rompecabezas que nunca obtuve de Georgia mientras estuve en Colorado. —Hice una mueca exagerada—. Bueno, tú mejor que nadie sabes que no es muy abierta.

Damian rio y apreté los puños, pero seguí con los brazos cruzados.

—Sí, es malhumorada, mi Georgia —opinó, sonriendo melancólico.

«"Mi Georgia", imbécil».

Adam alzó las cejas y tomó un largo sorbo de su bebida.

—En fin, por la historia, me preguntaba ¿Scarlett alguna vez te dijo por qué esperó tanto tiempo para declarar a Jameson…

La palabra murió en mi lengua. En mi mente, ambos habían seguido con su vida, inmensamente felices.

—¿Muerto? —sugirió dando otro sorbo.

—Sí.

—¿No es obvio? —Me miró como si yo fuera estúpido—. Nunca perdió la esperanza. Jamás. Esa mujer era dura como piedra, pero, Dios mío, sí que era romántica. Revisaba el correo a la misma hora todos los días, en espera de que hubieran descubierto algo, y eso hasta mucho tiempo después de que Brian muriera.

—Brian. Claro —asentí—. Supongo que al conocerlo por fin pudo continuar con su vida. Tiene sentido. Debí pensarlo.

Sonreí esperando que mi sonrisa mostrara agradecimiento.

Adam se ahogó con su bebida, luego se aclaró la garganta para cubrir el ruido. Así era exactamente como había escrito el final, uniendo las piezas a partir de lo poco que Georgia sabía sobre esa parte de la vida de Scarlett.

—Yo no diría «conocerlo» precisamente; la verdad es que hacía años que Scarlett conocía a Brian. —Damian entrecerró sus ojos pequeños y brillantes como si pensara—. Nunca hablaban de eso, pero él se mudó a la cabaña a mediados de los cincuenta. Ahora que lo mencionas, una vez me contó que no pudo casarse con Brian esa primera década porque sentía que su primer matrimonio no había terminado. —Se encogió de hombros—. Supongo que al final se dio cuenta de que sí. Quiero decir, creo que esperar cuarenta años es suficiente, ¿no crees?

El estómago se me cayó a los pies.

—Hola, bebé —dijo Paige Parker al tiempo que entrelazaba su brazo con el de Damian—. ¿Nos vamos a sentar?

—Estoy hablando de negocios —respondió.

Se inclinó para murmurarle algo al oído y ella hizo un puchero.

La rubia era bonita, pero no era Georgia. Tampoco tenía sus ojos, ni su inteligencia o fortaleza. De hecho, Paige no le llegaba a los talones.

—¿Estás pensando lo mismo que yo? —preguntó Adam en voz baja.

—Depende de lo que estás pensando —respondí al tiempo que vi que mi hermana y Carmen regresaban del baño. El momento perfecto, puesto que ya había obtenido aquello por lo que había venido.

—De alguna manera Scarlett supo con certeza, en 1973, que Jameson no volvería a casa —murmuró Adam—. Lo sabía y no le dijo a nadie.

—Guardemos esa idea entre tú y yo.

Incluso la insinuación destrozaría a Georgia. Adam asintió y Paige se marchó sin que su esposo la hubiera presentado. «Cuánta clase, Ellsworth».

—Hablando de la vida de Scarlett... —continuó Damian—, ¿cuándo podré leer el manuscrito?

Le dio un sorbo a su bebida con la tranquilidad de alguien que acaba de hacer una pregunta anodina.

—Se publica en marzo.

Ya me había hartado de ser agradable.

—¿En serio me vas a hacer esperar hasta la publicación? —preguntó con una carcajada—. Imagina que anunciemos la película al mismo tiempo que el libro. Las ventas serían astronómicas.

—Georgia nunca te dejará hacer la película —espeté con una sonrisa.

—Claro que lo hará, solo está enojada por lo de Paige, pero va a cambiar de opinión. Confía en mí.

—Confiar en ti, qué gracioso.

Le hice una seña a Adrienne y aceleró el paso cuando vio con quién estaba.

—Tú sí puedes confiar en mí, Ellsworth —agregué—. Eso no va a pasar.

Su expresión cambió y abandonó toda simulación de buen humor.

—¿Qué quieres a cambio del manuscrito? Quizá podrías convencer a Georgia para que lo haga. Por lo que me cuenta Ava, ustedes dos son... cercanos.

—Estoy enamorado de ella —corregí.

—¿Y? —Ladeó la cabeza; en sus ojos no había ninguna emoción—. Mi oferta sigue en pie. Estaría encantado de retribuirte.

—Preferiría morir. —Extendí la mano hacia Adrienne—. ¿Lista para irnos?

—Si quieres —respondió.

—Sí quiero. Damian Ellsworth, te presento a mi hermana, Adrienne. Adrienne, este es el pedazo de mierda, exmarido de Georgia. —Desvié mi atención de su rostro encendido—. Adam, Carmen, fue un gusto verlos.

Di media vuelta y me marché con Adrienne a mi lado.

—Las emociones no tienen lugar en los negocios, Harrison —dijo Damian con desagrado—. Ava acabará por cansarla, siempre lo hace. ¿Cómo crees que poseo los derechos de diez libros ya?

Me detuve. Había filmado cinco películas y todavía quedaban otras cinco. Había sido testigo de la manera en la que Georgia defendía los deseos de Scarlett a capa y espada; entonces, ¿por qué cedió? «A veces la única manera de conservar lo que necesitas es abandonar lo que quieres». Esas fueron palabras el día que paseamos por el arroyo.

—¿Ah, sí?

Mi sonrisa se ensanchó. ¿Y si se hubiera referido a algo por completo distinto? «Qué mujer inteligente».

—¿Qué demonios significa eso? —espetó.

—Significa que conozco a Georgia mejor que tú. —No me

molesté en esperar su respuesta y me dirigí a Adrienne—. Disculpa que no nos quedemos a la cena.

Ambos nos dirigimos a la puerta.

—Solo vine por el espectáculo —respondió encogiéndose de hombros—. ¿Obtuviste lo que querías?

Asentí, abriéndonos paso entre la multitud.

—No pareces complacido —agregó.

—Georgia tiene problemas de confianza —expliqué, saludando con un movimiento de cabeza a otro conocido mientras nos acercábamos al guardarropa.

—Eso es obvio —dijo Adrienne, parpadeando en mi dirección.

—¿Qué harías si supieras que la única persona en el mundo en la que Georgia confiaba le hubiera mentido toda su vida?

—¿Estás seguro? —preguntó palideciendo y abriendo los ojos con sorpresa.

—Un noventa por ciento.

Más o menos.

—Tú tienes que ser honesto al cien por ciento y debes decirle.

Maldije.

—Eso fue lo que pensé.

Recuperar a Georgia se volvía cada vez más complicado.

CAPÍTULO TREINTA Y DOS

Junio de 1942
Ipswich, Inglaterra

—¿Qué haces? —preguntó Scarlett cuando entró a la sala.

—Empacando tus cosas —respondió Constance sin alzar a mirada—. ¿Qué parece que estoy haciendo?

Todos los músculos del cuerpo de Scarlett se tensaron al verla. Constance tenía un baúl y dos maletas abiertas entre el sofá y la ventana.

—Basta —ordenó Scarlett; su tono fue tan estridente que William, quien estaba sentado en el suelo, se sorprendió.

Constance se detuvo un momento, pero terminó de doblar una de las prendas de William y la metió a una de las maletas.

—Tienes que irte —indicó Constance en voz baja, mirando a su hermana.

A Scarlett le picaban los ojos; parpadeó para reprimir las lágrimas, como llevaba dos días haciendo.

—No lo voy a dejar.

—Claro que no. Te lo llevas contigo —dijo Constance mirando a William.

—Sabes muy bien que hablo de Jameson.

Constance levantó la barbilla y, en ese momento, se parecía mucho más a Scarlett que la misma Scarlett.

—Ya hicieron dos búsquedas...

—¡Dos no es nada! —exclamó Scarlett cruzando los brazos sobre el pecho, haciendo un gran esfuerzo para mantener la compostura—. Solo porque buscaron en ese tramo de la costa no significa que no hubiera aterrizado en otro lugar. Si lo tomaron prisionero, pasarán semanas antes de que tengamos las primeras confirmaciones. Quizá mucho más si se está escondiendo.

Mañana. Una búsqueda más. Dos semanas más. Su corazón aplazaba la fecha todos los días, avivando las brasas de la esperanza que la lógica le negaba.

Constance se frotó las sienes y su anillo de bodas brilló bajo la luz del sol que entraba por la ventana de la sala.

—Tú no tienes que quedarte —le recordó Scarlett—. Tienes una vida.

—Como si pudiera irme.

—Tienes un nuevo marido. Un marido que, estoy segura, se enoja al saber que usas todos tus permisos para estar aquí.

—Es un permiso por motivos familiares, no cuenta. Y sobrevivirá. Además, él es solo mi esposo, tú eres mi hermana —Constance mantuvo su mirada para asegurarse de que Scarlett veía su determinación—. Me quedo. Empaco tus cosas. Mañana los llevaré a ti y a William al aeródromo para que te reúnas con el tío de Jameson.

—No me voy a ir.

¿Cómo podía abandonar a Jameson ahora que la necesitaba más que nunca?

Constance tomó la mano de Scarlett.

—Tienes que hacerlo.

—No, no tengo —exclamó apartando la mano.

—Vi tu visa. Sé lo apretados que están los cupos de los estadounidenses y también vi la fecha de vencimiento. Si no aprovechas esta oportunidad, quizá no vuelvas a tenerla.

Scarlett negó con la cabeza.

—Me va a necesitar.

El rostro de Constance expresó pura compasión.

—No me mires así —murmuró Scarlett dando un paso atrás—. Aún puede estar en algún lado. Sigue ahí.

Constance desvió la mirada hacia William, quien masticaba el borde de la cobija que le había hecho la madre de Jameson.

—Él quería que te fueras. Organizó todo esto para que William y tú estuvieran a salvo.

Scarlett sintió que su pecho se oprimía.

—Eso fue antes.

—¿Puedes decirme con toda franqueza que no querría que se fueran?

Scarlett miró hacia todos lados salvo a su hermana; hacía un intento, sin éxito, por precisar una emoción, una certeza. Por supuesto que Jameson hubiera querido que se fuera, pero eso no quería decir que fuera lo correcto.

—No me la quites —murmuró Scarlett.

La garganta le dolía por todas las palabras que no se permitía pronunciar.

—¿Qué?

—La esperanza. —Su voz se quebró y su vista se nubló—. Es todo lo que me queda. Si hago esas maletas, si me subo al avión, lo abandonaré. No puedes pedirme que lo haga. No lo haré.

Una cosa era llevar a William a Estados Unidos, sabiendo que Jameson se reuniría con ellos cuando acabara la guerra, pero pensar en no estar aquí cuando lo encontraran, dejar que sanara solo, sin importar en qué condición estuviera, era mucho más de lo que podía soportar. Y si cedía, aunque fuera una fracción de segundo, a la posibilidad de que no volvería a casa, se haría pedazos.

—Puedes esperar a Jameson en Estados Unidos igual que lo esperarías aquí. El lugar donde estés no cambia su situación —explicó Constance.

—Si hubiera habido una sola esperanza de que Edward sobreviviera, ¿te habrías ido? —la retó Scarlett.

—No es justo. —Constance hizo un gesto de pena; la primera lágrima se liberó y resbaló por el rostro de Scarlett.

—¿Lo harías?

—Si tuviera que preocuparme por William, sí, me iría. —Constance desvió la mirada y tragó saliva—. Jameson sabe que lo amas. ¿Qué le gustaría a él que hicieras?

Otra lágrima rodó, luego otra, como si la presa se hubiera roto, como si su corazón aullara en una agonía silenciosa ante la verdad que se veía obligada a reconocer. Scarlett tomó a su hijo entre sus brazos y besó la piel suave de su mejilla. Por William.

—Me hizo prometerle que si algo le pasaba a él, me llevaría a William a Colorado.

Las lágrimas eran un flujo continuo, y William acurrucó la cabeza en su cuello, como si entendiera lo que estaba pasando. Dios, ¿recordaría siquiera a Jameson?

—Entonces, debes llevártelo. —Constance dio un paso al frente y pasó el dorso de la mano por la mejilla de William—. No sé qué pasa con tu visa si Jameson está muerto.

Scarlett se encorvó como si luchara contra el sollozo que subía por su garganta.

—Yo tampoco.

Solo era necesaria una visita al consultado para responder esa pregunta, pero ¿y si la cancelaban? ¿Y si William podía irse, pero ella no?

—Si te quedas… —Constance se aclaró la garganta y lo intentó de nuevo—. Si te quedas, nuestro padre puede declararte histérica. Sabes que lo haría si eso le permite poner sus manos en William.

Scarlett dejó de llorar.

—No sería…

Las chicas se miraron; ambas sabían que sí sería capaz. Scarlett abrazó a William con más fuerza y lo arrulló un poco cuando empezó a ponerse inquieto.

—Jameson querría que se fueran —repitió Constance—. Dondequiera que esté ahora, quiere que se vayan. Quedarse aquí no lo mantendrá vivo.

Las palabras de Constance desaparecieron en un murmullo.

—No puedes ayudar a Jameson, pero puedes salvar a tu hijo... su hijo. —Constance tocó con suavidad el antebrazo de su hermana—. Eso no significa que renuncies a la esperanza.

Scarlett cerró los ojos. Si se esforzaba lo suficiente, podía sentir los brazos de Jameson a su alrededor. Tenía que creer que los sentiría de nuevo. Era la única manera en la que podía seguir respirando, seguir moviéndose.

—Si... —Era incapaz de formularlo—. Todo lo que tuviera en este mundo fueran William y tú, ¿cómo podría dejarte?

—Muy fácil. —Constance le apretó el antebrazo—. Deja que termine de empacar tus cosas. Me permites cuidarte por una vez, y mañana, si no hay noticias, me dejas ayudarte para que te vayas. Llevas a mi ahijado a algún lugar donde pueda dormir sin miedo de que el mundo se derrumbe a su alrededor. No puedes salvarlo de lo que le pasará aquí a él, a ti, tratándose de Jameson; pero sí puedes salvarlo de esta guerra.

El corazón de Scarlett dio un vuelco al ver la súplica en la mirada de su hermana. Constance estaba pálida y, bajo sus ojos, las ojeras oscuras evidenciaban su agotamiento. No notaba ese halo de felicidad de la recién casada y aunque no tenía ningún moretón aparente, Scarlett había advertido que su hermana a menudo hacía muecas de dolor y cambiaba de postura.

—Ven conmigo —murmuró.

Constance rio.

—Aunque pudiera... bueno, no puedo. Ahora estoy casada en las buenas —bajó la mirada— y en las malas. —Su sonrisa era descaradamente fingida—. Además, ¿qué harías? ¿Llevarme de polizón?

—Cabrías en el baúl —trató de bromear Scarlett, pero no surtió efecto.

No quedaba nada sobre qué reír. Estaba vacía, pero el vacío era mejor que sentir. Sabía que tan pronto como dejara entrar el sentimiento, no habría vuelta atrás para lo que fuera que estuviera pasando.

—Ja. —Constance arqueó una ceja—. Una vez que termine de empacar tus cosas no habrá mucho espacio. ¿Estás segura de que esto es todo lo que puedes llevar?

Scarlett asintió. El tío de Jameson dijo que un baúl y dos maletas; le había contado el plan a Constance un día antes de su boda.

—Pues bien —dijo Constance con una sonrisa tranquilizadora—, entonces más nos vale terminar de empacar.

William le jaló un mechón de cabello y Scarlett se lo cambió por un juguete. El niño era peor que Jameson cuando se trataba de renunciar a algo que quería: dos gotas de agua, igual de testarudos.

—Podrían encontrarlo hoy —murmuró Scarlett mirando el reloj. Aún faltaban unas horas para que les dieran más información, si los últimos dos días se había sabido algo—. Podrían encontrarlo mañana en la mañana.

Sus últimas palabras fueron un murmullo: «Dios, por favor, que lo encuentren».

Quizá lo único peor que saber que Jameson en verdad estaba muerto era no saberlo. La esperanza era una espada de doble filo: la mantenía respirando, pero quizá solo retrasaba lo inevitable.

—Y si lo hacen, entonces Jameson podrá llevarte al campo de vuelo mañana. —Constance volteó hacia el montón de ropa de William que estaba empacando y tomó la siguiente prenda—. ¿Hay algo específico que necesites llevarte y yo no sepa?

Scarlett respiró hondo y aspiró el olor dulce de su hijo. «Tú y William son mi vida ahora». Escuchó las palabras en su recuerdo, tan claras como si Jameson estuviera junto a ella.

—El tocadiscos.

Scarlett tenía los ojos hinchados, le dolían mientras se peinaba. Había hecho un gran esfuerzo para evitar las lágrimas, pero fue infructuoso.

Rozó con los dedos el mango del rastrillo de Jameson. No le parecía correcto dejarlo todo aquí, pero lo necesitaría cuando regresara. Avanzó por el pasillo y miró por última vez la habitación de William; sintió una punzada en el corazón al imaginar a Jameson sentado en la mecedora con su hijo. Cerró la puerta con cuidado y se dirigió a su recámara.

Su bolso estaba en la cama; contenía todos los papeles que necesitaría mañana. Era irreal pensar que en menos de veinticuatro horas estaría en Estados Unidos, si todo salía conforme al plan. Estarían a un mundo de distancia, dejaría atrás a Jameson y a Constance. El vacío era mucho más de lo que podía soportar, pero cumpliría su promesa, lo haría por William.

Se sentó en el borde de la cama; extendió la mano hacia la almohada de Jameson y la apretó contra su pecho. Seguía oliendo a él. Aspiró hondo e innumerables recuerdos la invadieron, ahogándola por su intensidad.

Su risa. Su mirada cuando le decía que la amaba. Sus brazos que la rodeaban cuando ella dormía. Sus manos sobre su cuerpo cuando le hacía el amor. Su sonrisa. El sonido de su nombre en sus labios cuando le pidió que bailaran.

Él le había dado la vida en todas las formas que importaban, le había brindado lo más valioso: William.

Era tonto y un desperdicio, pero de cualquier forma le quitó la funda a la almohada y la dobló en un cuadro perfecto. Ya llevaba dos de sus camisas; sabía que a él no le importaría.

—Le dejo la mía —se dijo en voz baja.

No había palabras para describir la agonía que atenazaba su corazón; unas manos fuertes, inflexibles, lo estrujaban hasta secarlo. Se suponía que no debía ser así.

—Ahí estás —dijo Constance desde el umbral; llevaba a William sobre una cadera—. Ya es hora.

—¿No podemos darles unos minutos más?

«¿No pueden darme unos minutos más?», eso era lo que en realidad quería decir.

Hoy era el último día en el que el 71 hacía una búsqueda activa de Jameson. A partir de mañana, las misiones continuarían y sin duda estarían atentos cuando sobrevolaran el área, pero después de hoy, el escuadrón volvería a su rutina.

Jameson sería otro desaparecido en combate.

—No, si queremos llegar al aeródromo a tiempo —respondió Constance en voz baja.

Scarlett miró hacia la cómoda y el armario donde aún estaban los uniformes de Jameson.

—Alguna vez me preguntaste qué daría por recorrer la primera casa en la que vivimos en Kirton-in-Lindsey.

—No sabía… Nunca te hubiera preguntado de haber sabido que pasaría esto —murmuró Constance, su mirada estaba cargada de disculpas—. Jamás quise que te sintieras así.

—Lo sé. —Scarlett pasó la yema de los dedos sobre la funda doblada de la almohada—. Esta es la tercera casa en la que hemos vivido desde que nos casamos. —Esbozó una leve sonrisa—. Se supone que Jameson debe dejarla la próxima semana, ahora que el escuadrón se muda a Debden. Quizá el momento sea oportuno. La siguiente casa donde deberíamos vivir juntos está en Colorado.

William balbuceó y Constance lo cambió a la otra cadera.

—Y tú lo esperarás en Colorado. No te preocupes por nada aquí. Le pediré a Howie y a los chicos que empaquen el resto para cuando regrese Jameson.

Scarlett sintió la irritación en la nariz que ya le era familiar, pero reprimió otro caudal de lágrimas inútiles.

—Gracias.

—Empacar no es nada —dijo su hermana desestimando la importancia.

—No —repuso Scarlett; reunió fuerzas para ponerse de pie y metió la funda en su bolso—. Gracias por decir «cuando», en lugar de «si».

—Un amor como el que ustedes comparten no muere tan fácilmente —dijo Constance al tiempo que le pasaba a William—. Me niego a creer que termine así.

Scarlett miró el dulce rostro de William.

—No terminará así —murmuró, y volteó a ver a su hermana—. Siempre tan romántica, ¿o no?

—Hablando de romance, empaqué las dos cajas de sombreros con tu máquina de escribir. El baúl pesa una tonelada, pero está en el coche.

Antes de ir al aeródromo, Howie pasó y le ayudó con el equipaje.

—Gracias.

Había pasado la noche anterior frente a la máquina de escribir, antes de que Constance insistiera en empacarla, pero no había actualizado su historia. Llegó hasta el último día que pasaron juntos, pero no tuvo la fuerza de escribir lo que sucedió después, en parte porque no había aceptado los eventos de los últimos tres días y en parte porque no sabía cómo acabaría. Pero durante esas pocas horas dejó que su pena se alejara y entró a un mundo en el que Jameson aún estaba en sus brazos. Ahí era donde quería vivir, en su propia y pequeña eternidad.

Sostuvo a William en un brazo y se las arregló para abrir el bolso y sacar la carta que había escrito cuando despertó esa mañana.

—No sé dónde dejar esto —admitió en voz baja, mostrando el sobre a su hermana. El nombre de Jameson estaba claramente escrito en él.

Constance extendió la mano y tomó con cuidado el sobre de la mano de Scarlett.

—Yo se lo daré cuando vuelva —prometió.

Lo metió al bolsillo de su vestido. Ahora que ambas se habían salido del servicio, Scarlett por obligación y Constance por decisión, ya que estaba de permiso, era fácil creer que nunca habían usado el uniforme, que esa guerra no había sucedido aún. Sin embargo, no era así, y aunque los vestidos eran más suaves que los uniformes de la WAAF, que ambas habían portado durante tanto tiempo, las dos mujeres eran más duras al interior.

Scarlett le ajustó el gorro a William y estiró las mangas de su suéter. Era junio, pero seguía haciendo un poco de frío para el pequeño, y adonde iban haría mucho más. Con un último vistazo de nostalgia a su recámara, Scarlett lanzó otra plegaria a Dios para que regresara a Jameson a casa con ella; luego salió.

Se controló en el camino al automóvil, con la cabeza en alto como Jameson hubiera querido.

Scarlett se sentó en el asiento del copiloto y mantuvo cerca a William mientras Constance tomaba el volante. El motor cobró vida y antes de que el corazón de Scarlett se apoderara de su mente, se alejaron de la casa en dirección de Martlesham-Heath.

Apenas llevaban unos minutos de camino cuando sonaron las sirenas antiaéreas. Scarlett miró al cielo, donde pudo distinguir a los bombarderos en lo alto. Sintió que el estómago se le caía a los pies.

—¿Dónde está el refugio más cercano? —preguntó Constance con voz firme.

Scarlett miró a su alrededor.

—Da vuelta a la derecha.

William lloró; su rostro se puso rojo escarlata conforme las sirenas resonaban la alerta.

La calle se llenó de civiles que corrían hacia el refugio.

—Estaciónate —ordenó Scarlett—. No llegaremos en coche, las calles están abarrotadas. Tenemos que ir a pie.

Constance asintió; de inmediato estacionó el coche del lado izquierdo. Salieron del automóvil y se apresuraron por la calle hacia el refugio cuando sonaron las primeras explosiones.

Ya no tenían tiempo. Su corazón latía con fuerza; apretó a William contra su pecho y corrió con Constance a su lado. Estaban a una cuadra de distancia.

—¡Más rápido! —gritó Scarlett al tiempo que tronó otro estallido detrás de ellas.

Las palabras apenas habían escapado de su boca cuando el sonido revelador de un silbido agudo llenó sus oídos y su mundo estalló en pedazos.

El zumbido incesante en sus oídos solo fue interrumpido por el llanto de William.

Scarlett hizo un esfuerzo por abrir los ojos, haciendo a un lado el dolor que sentía en las costillas.

Aturdida, le llevó unos cuantos segundos orientarse y recordar lo que había pasado: los habían bombardeado. Minutos. ¿Horas? ¿Cuánto tiempo había pasado? «¡William!».

El niño estalló en llanto de nuevo y Scarlett giró sobre un costado; casi llora de alivio al ver el rostro compungido de su hijo que se lamentaba a su lado. Scarlett limpió la suciedad y el polvo de las mejillas de William, pero las lágrimas solo lo mancharon más.

—Está bien, mi amor. Mami está aquí —dijo cubriéndolo con sus brazos al tiempo que observaba la destrucción a su alrededor.

La explosión los había lanzado al interior de un jardín que de milagro protegió a William. Le dolían las costillas y el tobillo, pero salvo esos dos pequeños inconvenientes, estaba bien. Hizo un esfuerzo por sentarse sin dejar de presionar a William contra su pecho; le asombró ver que su espinilla sangraba, pero solo la miró rápidamente cuando el pavor inundó su pecho, reemplazando el dolor de las costillas.

¿Dónde estaba Constance?

El edificio frente al cual habían corrido no era más que un montón de escombros; Scarlett tosió cuando a sus pulmones entró más polvo que aire.

—¡Constance! —gritó muerta de pánico.

La reja de hierro del jardín en el que habían caído estaba rota y entre los barrotes Scarlett vio algo rojo.

Constance.

Se levantó; sus pulmones y costillas protestaron con vehemencia cuando avanzó a trompicones hacia el pedazo de tela que reconoció como el vestido de su hermana. Su brazo se atoró con algo; bajó la mirada, confundida. Su bolso seguía colgando de su brazo y se había atorado en uno de los barrotes de hierro. Le dio un jalón para liberarlo y tropezó unos metros más antes de caer de rodillas al lado de Constance, con cuidado de mantener a William alejado de los bloques de piedra que yacían sobre su tía.

No. No. No.

Dios no podía ser tan cruel, ¿o sí? Su garganta se inundó con un grito que se liberó cuando usó un brazo y toda su fuerza para quitar la horrible y ofensiva pieza de albañilería del pecho de su hermana.

El frío invadió su cuerpo, su alma, cuando vio el rostro de Constance cubierto de polvo y sangre.

—¡No! —gritó.

No podía terminar así. Este no podía ser el destino de Constance.

William empezó a llorar más fuerte, como si él también sintiera que la luz del mundo se apagaba.

Tomó la mano de su hermana, pero no hubo respuesta. Constance estaba muerta.

CAPÍTULO TREINTA Y TRES

Georgia

Querida Scarlett:

Cásate conmigo. Sí, hablo en serio. Sí, te lo voy a preguntar una y otra vez hasta que seas mi esposa. Solo han pasado dos días desde que me fui de Middle Wallop y apenas puedo respirar, a ese grado ya te extraño. Te amo, Scarlett, y no es un amor que desaparezca con la distancia o el tiempo. Soy tuyo y lo he sido desde la primera vez que te miré a los ojos. Seré tuyo sin importar cuánto tiempo pase hasta que vuelva a ver tus ojos. Siempre.

Jameson

—¿Crees que cincuenta mil será suficiente para el distrito? —pregunté sosteniendo el teléfono entre mi oreja y el hombro adolorido para tomar notas.

Esta mañana hice mucho esfuerzo en el gimnasio, pero al menos no me caí.

—¡Eso es más que suficiente! ¡Gracias! —exclamó el señor Bell, el bibliotecario.

—De nada. —Sonreí. Esta era la parte más agradable de mi trabajo—. Enviaré hoy el cheque.

—¡Gracias! —repitió el señor Bell.

Colgamos y abrí la chequera corporativa en el siguiente cheque en blanco. *Fundación Scarlett Stanton para la Alfabetización.* Pasé un dedo sobre las letras ornamentadas y luego lo llené, esta vez a nombre de una escuela distrital en Idaho.

Las reglas eran simples: las escuelas que necesitaban libros obtenían dinero para libros.

A Gran le hubiera encantado.

Escribí la fecha, primero de marzo; lo metí a un sobre y hablé para que vinieran a recogerlo al día siguiente. «Listo. Hecho». Ahora podía irme al taller.

Una pluma con el logotipo de los Mets de Nueva York rodó cuando abrí el primer cajón y mi corazón se encogió de nuevo, como me sucedía todos los días: la pluma de Noah. Porque durante casi tres meses este no solo había sido el escritorio de Gran, mi escritorio, sino también el de Noah. Y puesto que tirar la pluma no cambiaría ese hecho, metí la chequera al cajón y volví a cerrarlo. De cualquier manera, la pluma era lo de menos como recuerdo.

Él estaba por dondequiera que mirara. Bailábamos en la sala cada vez que veía el fonógrafo; escuchaba el grave timbre de su voz cada vez que entraba al invernadero. Estaba en mi cocina preparándome un té; en mi entrada, besándome hasta dejarme sin aliento. En mi recámara, haciéndome el amor. Estaba en esta misma oficina, admitiendo que había mentido.

Respiré profundo, pero eso no alejó el dolor; sentirlo era la única manera de superarlo, de lo contrario sería el mismo cascarón que había sido después de Damian.

Sonó el timbre de la entrada, tomé el sobre y abrí, pero al otro lado de la puerta no se encontraba el repartidor.

Parpadeé, incrédula. Abrí la boca unos centímetros y luego la cerré con un «clac» sonoro.

—¿No me vas a invitar a pasar? —preguntó Damian ofreciéndome un ramo de flores—. Feliz séptimo aniversario, querida.

Ponderé entre la agradable idea de cerrarle la puerta en las narices y la satisfacción de saber exactamente por qué estaba aquí. Opté por lo segundo, me aparté y lo dejé entrar. Luego cerré la puerta; una brisa helada recorrió mi piel.

—Gracias. Había olvidado lo frío que es aquí —dijo sosteniendo las flores, rosas color rosa pálido, con una mirada expectante.

—¿Qué quieres, Damian? —pregunté al tiempo que dejaba el sobre en la mesita de la entrada.

¿Qué ardid trataría de usar para obtener lo que quería? ¿La culpa? ¿El soborno? ¿Extorsión emocional?

—Quería hablar de negocios.

Frunció el ceño cuando se dio cuenta de que no iba a tomar las flores y las puso junto al sobre.

—Así que, como es lógico, te subiste a un avión para venir a Colorado en lugar de llamar —dije, cruzando los brazos sobre el pecho.

—Me sentía un poco sentimental —dijo en ese tono suave que reservaba para las disculpas y me miró de arriba abajo—. Te ves bien, Georgia. Muy bien, más apacible, si eso tiene sentido.

El reloj de pie sonó.

—No te molestes en quitarte el abrigo. Te habrás ido antes de que el reloj vuelva a sonar.

—¿Quince minutos? ¿En serio es todo lo que valgo después de todo lo que vivimos juntos? —preguntó, ladeando la cabeza y lanzando una sonrisa que hizo que se marcara un hoyuelo en su mejilla.

«Será extorsión emocional».

—Contando el tiempo que fuimos novios, ya te he dado ocho años de mi vida. Créeme, quince minutos es generoso.

Todo el tiempo que estuve con Noah traté de evitar compararlos, pero ahora que Damian estaba frente a mí, era imposible no notar las diferencias. Noah era más alto, de músculos esbeltos y su postura siempre reflejaba la conciencia que tenía de su cuerpo, desarrollada por los años que llevaba escalando. Damian no era nada de eso.

Parecía agotado y lo que alguna vez consideré maravilloso, de pronto me parecía... pf. El azul de sus ojos no tenía ninguno de los atributos de los ojos castaño oscuro de Noah. ¿En verdad me sentí atraída por Damian alguna vez? ¿O sería su interés en mí lo que me atrajo?

—Me gusta lo que hiciste aquí —dijo Damian mirando alrededor, en el recibidor.

—Gracias.

Había pintado las paredes de blanco y gris; poco a poco transformaba la casa de Gran en mi casa. Lo siguiente y último en la lista sería la recámara principal.

—Se te está acabando el tiempo —agregué.

Sus ojos brillaron cuando me miró y los entrecerró un poco. «Ahí vas».

—Esperaba hablar contigo de *El amor que dejamos atrás*.

—¿Qué pasa con eso?

—Quiero hacerte una oferta y antes de que me digas que no, escúchame. —Alzó las manos y sacó un sobre del bolsillo interior de su abrigo—. Por los viejos tiempos.

—Viejos tiempos —repetí—. ¿Como cuando te acostaste con tu asistente? ¿O con la maquillista? ¿O quizá cuando embarazaste a Paige y no tuviste los huevos para decírmelo, y eso llevo a los tiempos en los que leí todo sobre la niña de mi esposo en los dieciséis mil millones de mensajes de texto que me llegaron durante el velorio de Gran? —Incliné la cabeza hacia un lado—. ¿A cuál de todos esos viejos tiempos te refieres?

Las venas de su cuello se hincharon sobre su abrigo y tuvo el buen gusto de sonrojarse.

—Todos esos son recuerdos lamentables. Pero también tenemos buenos. Estoy aquí para ayudar, no para lastimar, y tengo el contrato listo para que lo firmes. Sé que el dinero de Scarlett está bloqueado para obras de beneficencia, así que si necesitas un poco, incluso puedo considerar algunas otras novelas. No quiero verte sufrir.

—Qué magnánimo de tu parte —dije arrastrando las palabras—. Pero no tienes que preocuparte por mí. Mi galería va muy bien desde que volví a hacer el arte que amo; ya sabes, cuando no estoy haciendo todas esas obras de beneficencia.

Lanzó una carcajada.

—No hablas en serio.

—Muy en serio —respondí impávida—. Nunca quise el dinero, tú sí. Y déjame adivinar, ese contrato que tan generosamente me ofreces no solo te da los derechos cinematográficos de *El amor que dejamos atrás*, sino también confirma tu propiedad en las otras cinco opciones que aún no has podido reclamar, puesto que yo ya no soy parte de Ellsworth Productions —dije con voz suave.

—Lo sabes.

Su expresión mostraba decepción.

—Siempre lo he sabido. —Bajé la voz—. ¿Por qué crees que me marché sin pelear? No había nada de ti que valiera la pena conservar.

—Eso no podrá defenderse en un juicio —fanfarroneó.

—Sí podrá. Mis abogados siempre han sido mejores que los tuyos. Gran se aseguró de eso cuando hizo que esos mismos abogados redactaran el contrato para que incluyera la frase «siempre y cuando Georgia Constance Stanton siga siendo copropietaria de Ellsworth Productions». No confiaba en ti para sus libros, Damian. Confiaba en mí. Tú estabas muy ocupado contando dólares como para leer ese maldito documento.

Escuché el sonido claro de un motor que llegaba a la entrada del garaje. Los ojos de Damian brillaron de pánico.

—Gigi, hablemos de esto. Sabes lo mucho que me importaba Scarlett. ¿En verdad crees que esto es lo que ella querría? La hubiera matado saber que nos divorciamos, que renunciaste a nosotros.

Su expresión volvió a cambiar. «Ah, sí, culpa».

—¿Renunciar a ti? A ella nunca le caíste bien y esta conversación terminó en el momento en que finiquitamos los papeles de divorcio, aunque quiero hacerte una pregunta.

Desplacé mi peso de una pierna a otra; odiaba ponerme en una posición en la que necesitara algo de él.

—Lo que sea —respondió tragando saliva—. Sabes que todavía no estoy casado, ¿verdad? —Avanzó con un paso y el olor familiar de su colonia penetrante me golpeó como la leche que se deja mucho tiempo en el refrigerador y hace que todo huela rancio—. Podemos solucionar esto. Anda, pregúntame lo que quieras.

«No, gracias».

—¿Sabías quién era yo el día en que te acercaste a mí en el campus?

Se asombró.

—¿Lo sabías? —insistí.

En ese momento me vi a través de sus ojos. Una chica de diecinueve años, de primer año, desesperada por encontrar amor y validación. Un blanco fácil.

—Sí —admitió pasando una mano por su cabello—. Y sé quién eres ahora, Gigi. Es cierto que tomé malas decisiones, pero siempre te he amado.

—Claro, porque acostarte con otras mujeres, muchas mujeres, definitivamente es la manera de demostrar amor a tu esposa. —Hice una pausa y me di tiempo para sentir el dolor, pero no llegó—. Lo raro es que mi madre me lo advirtió.

La puerta principal se abrió de par en par y Hazel entró en una ráfaga; estaba despeinada y tenía los ojos desorbitados.

—Dios mío, ¡tienes que venir a ver! —Se detuvo de pronto; al ver a Damian, su asombro fue indescriptible—. ¿Qué demonios?

—Hazel —saludó con una sonrisa irónica, asintiendo con la cabeza.

—Imbécil.

Entrecerró los ojos y se colocó a mi lado.

—Damian ya se iba —dije con una sonrisa rápida cuando sonó el reloj—. Se le acabó el tiempo.

—Gigi —me rogó él.

—Adiós. —Avancé hasta la puerta y la sostuve abierta—. Salúdame a Paige y… ¿cómo llamaste a tu hijo?

—Damian, junior.

—Por supuesto. —Señalé la puerta abierta—. Maneja con cuidado. El crucero es muy resbaladizo en esta época del año.

El sonido de la puerta que se cerraba fue más satisfactorio ahora de lo que fue el día que salí de nuestro departamento de Nueva York.

—¿Le dijiste? —preguntó Hazel quitándose el abrigo para colgarlo en el clóset del pasillo.

—¿Sobre las opciones de compra? Sí. Fue divertido —dije sonriendo y me eché un mechón detrás de la oreja—. ¿Por qué entraste tan agitada?

—¡Ah! —Abrió los ojos con sorpresa—. Tienes que entrar a internet ahora mismo.

Me tomó de la mano y me jaló hasta la oficina; luego me empujó en un sillón y abrió YouTube, en pantalla completa, y escribió el nombre de Noah.

—Hazel —le advertí en voz baja.

Lo último que necesitaba era ver a Noah en video, paseando por Nueva York como si no me hubiera roto el corazón en mil pedazos.

—No es lo que piensas. —Hizo clic en el video de un programa matutino popular; empecé a golpear el piso con los pies, impaciente, durante los cinco segundos de publicidad antes de que empezara—. Espera, empieza como a la mitad; cuando lo vi, casi escupo mi café.

Hizo clic hacia la mitad del video y saltó los primeros diez minutos.

—¿… piensa que es? —preguntó la presentadora a su compañero, quien negó con la cabeza—. Eso no se le hace a Scarlett Stanton. Sencillamente, no.

—Tendría que decir que la casa editorial debió saber qué hacía cuando contrataron a Noah Harrison para que lo terminara —repuso.

—Oh, Dios —dije entre dientes.

Sentí que el estómago caía a mis pies, salía de mi cuerpo y de la faz de la tierra. Saber que quizá Noah tendría críticas negativas por mi elección y verlo eran cosas muy diferentes.

—Se pone peor —masculló Hazel.

—¿Cuánto?

No estaba segura de poder soportarlo.

—Mira.

—No soy la única en quejarme —dijo la presentadora alzando las manos—. Sacaron unos ejemplares de revisión y, *spoiler*: no es bonito. *Publication Quarterly* lo llama: «Un intento ególatra de opacar a la novelista romántica más brillante de su época».

La audiencia abucheó y me cubrí la boca con las manos.

—¡No es justo! —exclamé entre los huecos de mis dedos.

—Se pone peor —repitió Hazel.

—¿Cómo? ¿Van a quemar una imagen de Noah? —la reté.

—¿Te molestaría si lo hicieran? —preguntó con fingida inocencia.

La fulminé con la mirada.

—El *New York Daily* fue más allá y dijo que «Scarlett Stanton se está revolcando en su tumba. Aunque está increíblemente bien escrito y es conmovedor, la franca falta de consideración de Harrison al nombre de marca de Stanton, que consiste en finales agradables, es una bofetada a los amantes de la novela romántica en todo el mundo». No puedo no estar de acuerdo.

—Páralo.

Pasé las manos de mi boca a los ojos cuando pasaron una fotografía de Noah.

—Un minuto más —dijo Hazel apartando el ratón de mi alcance.

—El *Chicago Tribune* también opinó: «Desde Jane Austen no habíamos conocido a una autora de romance tan amada a nivel internacional y tan despreciada por los hombres. El doloroso y sádico final de Noah Harrison sobre la historia de amor de la propia Scarlett Stanton es imperdonable».

—Oh, Noah —gemí, dejando caer mi frente en las palmas.

—Pero quizá la mejor crítica, como siempre, proviene de la misma Scarlett Stanton, quien dijo que «Nadie escribe una ficción dolorosa y depresiva, disfrazada de historias de amor como Noah Harrison». —La presentadora suspiró—. Francamente, ¿qué estaba pensando el editor? No acorrales a un hombre en una industria en la que las mujeres tuvieron que abrirse paso con uñas y dientes, entre bromas porno para mamás, tildarlas de prostitutas, y lo dejas pisotear justo lo que define el género. Sencillamente no se hace. Qué vergüenza, Noah Harrison. Qué vergüenza —dijo la presentadora señalando a la cámara y el programa terminó.

—Por lo menos no quemaron su imagen —murmuré, observando horrorizada la pantalla de la computadora.

—Solo dejaron que tu bisabuela lo hiciera —comentó Hazel.

—No son justos con él. Es un final hermoso y conmovedor. Me recargué en el respaldo de la silla y crucé los brazos—. Es un buen homenaje a lo que ella tuvo que vivir en la vida real. Y no tuvo nada que ver con destruir el género. ¡Esa fui yo!

—Noticia de última hora, Georgia, nadie confunde las novelas románticas con la vida real. —Suspiró—. Además, ese hombre está tan enamorado de ti que ni siquiera puedo… nada. No puedo.

Se sentó en el borde del escritorio y me miró de frente.

—No lo hagas —murmuré.

Mi corazón se quebraba; las costras que tan apresuradamente había creado se rompían.

—Lo haré. —Se acercó para que no pudiera desviar la mirada—. El hombre acaba de tirar su carrera a la basura a nivel internacional por ti.

—Tiró su carrera a la basura por obligación contractual —repuse.

Pero el daño estaba hecho. Todo el cuerpo me dolía porque lo extrañaba, todos los días. Si a eso le agregaba el odio del que era blanco debido a mi decisión, estaba lista para enterrarme en un galón de Ben & Jerry's.

—Sigue diciéndote eso —dijo negando con la cabeza—. Es Noah Harrison. Si hubiera querido anular el contrato lo hubiera hecho. Esto lo hizo por ti, para probarte que podía cumplir su palabra.

—Mintió y sin razón válida. —La frustración me invadió para superar el dolor—. No lo habría corrido en diciembre si hubiera sabido que había acabado el libro. ¡Ya estaba enamorada de él!

Me llevé las manos a la boca de inmediato.

—¡Ajá! —exclamó Hazel agitando el índice hacia mí—. ¡Te lo dije!

—¡No importa! —Mis brazos cayeron a mis costados—. La tinta ni siquiera se ha secado en mi acta de divorcio. ¡Ni siquiera ha pasado un año! —Me erguí—. ¿No hay una regla por algún lado que diga que debes dedicar tiempo para ti antes de lanzar todo lo que llevas a cuestas en el siguiente hombre?

—Okey, primero, no es una regla. Segundo, he visto los brazos de Noah, puede cargar todo lo que llevas a cuestas y más. —Hizo una mueca.

—Cállate.

No se equivocaba.

—Tres, tú no eres tu mamá, G. Nunca serás tu mamá. Y francamente, estuviste bastante sola durante los seis años de ese matrimonio de mierda. Tuviste tiempo suficiente para ti misma; pero si crees que necesitas más, tómalo. Solo hazle un favor al mundo y díselo.

Me hundí en el sillón.

—No es práctico. Vivimos en extremos opuestos del país. Además, hace tres semanas que no ha intentado llamarme. Probablemente ya pasó a otra cosa. Su facilidad para recuperarse es sorprendente.

—Si por recuperarse quieres decir que solo lo han visto en público con su hermana, estoy de acuerdo. —Arqueó una ceja—. Te quiero, pero tienes que dejar de ser tan obstinada. Él te ama. Cometió un error. Sucede. Owen mete la pata cada tres días, pide disculpas, lo compensa y luego vuelve a equivocarse en otra cosa tres días después. Son casas que se solucionan sobre la marcha.

Miró su anillo de bodas y sonrió.

—¿Tú en qué te equivocas? —pregunté.

—Yo soy perfecta. Además, no estamos hablando de mí.

Su teléfono sonó y se puso de pie para sacarlo del bolsillo trasero.

—Hola, amor. Espera. Dilo de nuevo. ¿Colin hizo qué con las tijeras mientras estabas en el baño? ¿Qué tan corto es corto? —gritó con voz aguda.

«Oh, mierda». Me levanté de un salto y corrí hasta el clóset del pasillo. Saqué su abrigo y se lo pasé cuando salió a zancadas por la puerta.

—¡No, no trates de emparejarlo! —exclamó despidiéndose de mí con un gesto de la mano; luego abrió la puerta del coche—. No, no estoy enojada, también me pudo pasar a mí. Crecerá…

Su voz se cortó cuando entró al coche.

—¡Buena suerte! —grité al tiempo que giraba en la glorieta para tomar la calle principal. En ese momento, el repartidor se estacionó en ese mismo lugar—. ¡Un segundo! —dije entrando rápido a la casa para tomar el sobre; también tomé las rosas—. Ten, Tom. Llévale esto a tu esposa.

—¿Está segura? —preguntó mirando el ramo.

—Por completo.

—Espere, tengo una entrega para usted —dijo cambiando el sobre y las rosas por un paquete mediano.

Firmé de recibido y vi que el remitente era el abogado de Gran.

Claro, hubiera sido mi séptimo aniversario de bodas. Por lo menos no estaba aquí para ver el caos en el que me había convertido. Tomé el paquete, cerré la puerta y me senté en el último escalón de la escalera con la caja frente a mí.

«El doloroso y sádico final de Noah Harrison sobre la historia de amor de la propia Scarlett Stanton es imperdonable». Suspiré y miré la caja, deseando tener alguna respuesta fácil para todo esto. Quizá la había y Hazel tenía razón: yo era mi propio obstáculo.

Me incliné, saqué mi celular del bolsillo de mi chaleco, abrí los mensajes de texto y escribí.

En verdad lo lamentaba, aunque mi corazón no dejaba de gritar de alegría por que hubiera cumplido su promesa.

El mensaje mostraba que lo había recibido, pero no lo había leído. En fin, quién sabía cuándo lo leería o si siquiera lo abriría.

—De Reina de Hielo a Completo Caos, no estoy segura de que sea una mejora —masculló, levantando el paquete de Gran.

Fue fácil quitar la cinta adhesiva, algo muy conveniente porque Noah no estaba ni su navaja suiza.

Dentro había tres sobres manila. El que tenía escrito «Léeme en segundo lugar» era el más grueso. Ese y el tercero los dejé de lado; abrí el que iba primero y saqué una carta. Mi corazón se encogió con la sensación agridulce de su caligrafía.

Mi queridísima Georgia:

Hoy es tu aniversario de bodas. Si mi enfermedad no me engaña, es el séptimo. El séptimo fue muy importante para tu bisabuelo Brian y para mí. Lo acababan de diagnosticar y todo salió mal, y fue todo lo que podíamos hacer para aferrarnos el uno al otro.

Espero que tu séptimo sea más fácil. Pero en caso contrario, pensé que era el momento de que comprendieras la intensidad del amor que te creó. Tú, mi más querida, eres el resultado de generaciones de amor, no solo del deseo que algunos sienten, sino de amores verdaderos, profundos, sanadores que ni siquiera el tiempo puede separar.

Espero que ya hayas despejado mi clóset; no, no ese. El otro. Sí, ese donde todas las camisas han sido reemplazadas por páginas, cortesía de esa pequeña máquina de escribir que ha sido mi compañera constante en la alegría y la tristeza. Espero que hayas encontrado esa pequeña alcoba al fondo del segundo estante. Si no lo has hechos, ve a buscar, aquí te espero.

¿Lo encontraste? Bien. Este fue el trabajo que nunca pude decidirme a terminar en verdad. El trabajo que empecé para mi querido William. Discúlpame por no haberte dejado leerlo nunca mientras estuvimos juntas. Mis disculpas son infinitas, pero la verdad es que tenía miedo de delatarme.

Verás que termina en lo que había sucedido hasta entonces... el día más difícil de mi vida. El día en que perdí a mi hermana, mi mejor amiga, cuando todavía me lamentaba de la pérdida del amor de mi vida. Ese día solo ha sido eclipsado por la noche nevada que se llevó a William y a Hannah. Nuestra familia ha tenido su buena tajada de tragedia, ¿verdad?

La historia es para que la leas ahora, Georgia. Tómate tu tiempo. La he trabajado durante años, añadiendo partes y fragmentos de mis recuerdos para luego ponerlos de lado. Cuando llegues al final, cuando estés ahí conmigo en esa calle de Ipswich destrozada por la guerra, cubierta de polvo, quiero que busques entre las cartas que están sobre el manuscrito.

Estas son el verdadero testamento de amor que te creó, el hecho detrás de los momentos de ficción embellecida. Una vez que sientes ese amor, saborea el humo acre del último bombardeo en tu lengua y prepárate para lo que pasó después, abre el siguiente sobre de este paquete. Te darás cuenta de que siempre conociste el final... es la parte de en medio tan confusa.

Cuando termines, espero que leas el tercero y último sobre en este paquete.

Por favor, perdóname por la mentira.
Con todo mi amor,
Gran

Gran nunca mentía. ¿De qué hablaba? Mis dedos temblaron al abrir el segundo sobre. Ya había leído el manuscrito y las cartas, había llorado con sollozos desgarradores cuando Scarlett supo la noticia de que Jameson había desaparecido y, de nuevo, cuando supo que Constance estaba muerta.

Saqué el fajo de papeles y pasé los dedos sobre las letras de la máquina de escribir de Gran, que me eran tan familiares.

Empecé a leer.

CAPÍTULO TREINTA Y CUATRO

Junio de 1942
Ipswich, Inglaterra

Scarlett ya no tenía frío. El fresco había desaparecido poco a poco para convertirse en una insensibilidad bienvenida mientras miraba a su hermana sin vida.

¿Este era el precio por la vida de William? ¿Por la suya? ¿Dios se había llevado a Jameson y a Constance como una suerte de retribución divina?

—Shhh… —murmuró en el oído de William para tranquilizarlo.

Los suyos seguían zumbando. Ya no había nadie más en el mundo que pudiera calmarla a ella. Todas las personas a las que amaba, aparte de William, se habían ido.

El niño tocó su rostro con una mano pegajosa y Scarlett parpadeó al ver la sangre en su palma. Su corazón dejó de latir. Con la parte baja de su vestido limpió la piel de su hijo y gimió de alivio: la sangre no era de él.

Esto no estaba pasando. No en verdad. No podía ser. Se negaba a aceptarlo.

Sujetó con fuerza el hombro de Constance y la sacudió con violencia, deseando que su hermana volviera a la vida.

—¡Despierta! —ordenó, gritando como loca—. ¡Constance! —gimió—. ¡No puedes estar muerta! ¡No lo voy a permitir!

Para su sorpresa, Constance despertó y tosió con fuerza en un intento por respirar. No estaba muerta, solo estaba inconsciente.

483

—¡Constance! —gritó con el pecho agitado por el sollozo de alivio; se inclinó sobre su hermana, sujetando a William con cuidado—. ¿Te puedes mover?

Constance la miró con ojos confusos y nublados.

—Eso creo —respondió con voz rasposa.

—Despacio —dijo Scarlett mientras ayudaba a su hermana a incorporarse. Constance tenía el rostro golpeado, emanaba sangre de una herida sobre su ojo izquierdo y su nariz estaba visiblemente rota—. Pensé que estabas muerta —agregó llorando y jalando a su hermana para darle el abrazo más fuerte de su vida.

Constance alzó la mano sobre la espalda de Scarlett y rodeó a William para abrazarlos a ambos.

—Estoy bien —le aseguró a su hermana—. ¿William?

—Parece que está bien —respondió Scarlett, su mirada pasaba de William a Constance.

El frío había vuelto y su cabeza se movía como si estuviera bajo el agua.

—¿Acabó? —preguntó Constance mirando la destrucción a su alrededor.

—Eso creo —respondió Scarlett al escuchar que las sirenas ya no sonaban.

—Gracias a Dios.

Constance abrazó a su hermana una vez más y luego se apartó, asombrada. Su mirada le puso a Scarlett los pelos de punta.

—¿Qué pasa? —preguntó cuando Constance miró boquiabierta su mano bañada de sangre.

Movió a William a la otra cadera y limpió la sangre con un trozo un poco limpio de su vestido. Exhaló de alivio. Suerte, habían tenido tanta suerte hoy.

—Está bien —agregó para tranquilizar a su hermana con una sonrisa temblorosa—. No es tuya.

Constance abrió los ojos sorprendida y recorrió el torso de Scarlett de arriba abajo.

—Es tuya —murmuró.

Como si las palabras de Constance fueran un disparador en el cuerpo de Scarlett, que hizo añicos las defensas de la conmoción, la agonía le desgarró la espalda y un dolor agudo explotó en sus costillas. Scarlett contuvo el aliento por el dolor y bajó la mirada hacia la mancha de sangre que se hacía más grande sobre su vestido azul a cuadros, el mismo que había usado en su primera cita con Jameson.

Todo tenía sentido: el frío, el dolor, el mareo. Estaba perdiendo sangre. Perdió el equilibrio y cayó sobre un costado; apenas pudo proteger la cabeza de William para que no golpeara el pavimento.

—¡Scarlett! —gritó Constance, pero el sonido tuvo problemas para cruzar la neblina en su mente.

En su lugar, se concentró en su hijo.

—Te amo más que a todas las estrellas en el cielo —le murmuró a William, quien había dejado de llorar y descansaba en el brazo de su madre, mirándola con los ojos del mismo tono que el de ella—. Mi William.

En ese momento de caos y sirenas estridentes todo le resultó muy claro, como si pudiera ver los hilos del destino que habían tejido este tapiz. Salirse de su casa, entrar al servicio junto a su hermana, conocer a Jameson en el camino polvoso, enamorarse perdidamente de él... Nada había sido aleatorio, estaba ya establecido, solo el camino de William no estaba decidido.

—Fue todo por ti, William —continuó, pero sintió un nudo en la garganta que la obligó a tragar—. Eres tan amado. Nunca lo dudes.

Constance se inclinó sobre ellos, boquiabierta mientras

examinaba la espalda de Scarlett. Su labio inferior tembló cuando se arrodilló un poco más cerca.

—Tienes que levantarte. ¡Tenemos que ir al hospital!

—Estoy bien. —Scarlett sonrió cuando el dolor bajó de nuevo—. Tienes que irte —pudo decir entre jadeos.

—¡No voy a ir a ningún lado!

El pánico en el rostro de Constance le rompió el corazón a Scarlett más que cualquier otra cosa. Esto era algo de lo que no podía salvarla, ni siquiera podía salvarse ella misma.

—Sí, lo harás. —Volteó a ver a William—. Necesita aprender a acampar —agregó sin dejar de mirar su rostro, el rostro de Jameson—. Y a pescar y a volar. Eso es lo que Jameson hubiera querido, que su hijo creciera a salvo de las bombas que provocaron este momento.

—Y tú puedes enseñarle todo eso —exclamó Constance llorando—, pero tenemos que llevarte al hospital. ¿Escuchas las sirenas? Ya casi llegan.

—Quería tener más tiempo contigo —le dijo a William; cada palabra era más difícil de pronunciar—. Ambos queríamos.

—¡Scarlett, escúchame! —gritó Constance.

—No. Escúchame tú —interrumpió Scarlett, antes de que la tos doblara su cuerpo en dos y sus labios se mancharan de sangre. Hizo un esfuerzo por respirar con los pulmones anegados y miró a su hermana directo a los ojos—. Juraste protegerlo.

—Con mi vida —repitió su promesa.

—Sácalo de aquí —ordenó Scarlett, reuniendo todas sus fuerzas—. Llévalo con Vernon.

Los ojos de Constance brillaron con entendimiento, al tiempo que las lágrimas formaban surcos de polvo en sus mejillas.

—No sin ti.

—Prométeme que lo cuidarás —agregó.

Usando lo que le quedaba de energía, volteó a ver a su hijo, tan hermoso y perfecto.

—Lo prometo —exclamó con la voz quebrada por el llanto.

—Gracias —murmuró Scarlett mirando a William—. Te amamos.

—Scarlett —sollozó Constance, sosteniendo a su hermana por la nuca mientras a Scarlett se le nublaron los ojos.

—Jameson —dijo Scarlett en un murmullo y con una leve sonrisa.

Un momento después, había muerto.

—¡No! —gritó Constance; su voz superó el sonido estridente de las sirenas.

William hizo un puchero y lanzó un sollozo que reflejaba el sentimiento de su tía. ¿Dónde estaba la ambulancia? Algo debía poder hacerse. No era así como terminaba, no podía ser.

Algunos fragmentos de escombros se le clavaron en las rodillas cuando se inclinó sobre Scarlett y tomó a William en sus brazos, acercando su cabeza contra su pecho; no parpadeaba, no sentía nada conforme el mundo giraba a su alrededor.

—¿Señora? —preguntó alguien acuclillándose a su lado—. ¿El bebé y usted están bien?

Constance frunció el ceño tratando de comprender las palabras del hombre.

—Mi hermana —respondió a modo de explicación.

El hombre la miró con compasión después de ver el cuerpo tendido de Scarlett.

—Se ha ido —dijo con la mayor amabilidad posible.

—Lo sé —murmuró con labios temblorosos.

—Aquí, necesito ayuda —gritó el hombre mirando sobre su hombro.

Otros dos aparecieron y se acuclillaron para quedar al mismo nivel que ella.

—Nosotros nos encargaremos. Usted tiene que ir al hospital, está sangrando.

—Tengo un coche.

Constance asintió, tenía los ojos desorbitados y nublados. Cuando los hombres le pidieron una identificación, les dio su bolso. Su mente estaba apagada, como si hubiera llegado al límite del trauma, del dolor.

Edward. Jameson. Scarlett.

Era demasiado. ¿Cómo era posible que una persona sintiera tanta pena y no muriera? ¿Por qué estaba aquí arrodillada, casi ilesa, entre los escombros que se llevaron a su hermana?

Constance se puso de pie, tambaleándose. Sujetaba a William contra su pecho cuando los hombres subieron a Scarlett a una ambulancia.

«Prométeme que lo protegerás». Las palabras que Scarlett había murmurado en la cacofonía de la calle consumían todo su ser. Sujetó a William con fuerza, sosteniendo la cabeza del niño bajo su barbilla.

Aquí acababa todo. No más dolor, no más bombardeos, no más pérdidas. William viviría.

Constance ignoró las llamadas de los hombres a su alrededor; tomó el bolso que estaba a sus pies y empezó a caminar por la calle, tropezando dos veces sobre los escombros. La gente empezaba a salir de los refugios.

Tenía que llevar a William con Vernon. Tenía que subirlo a ese avión.

Estaba aturdida, pero decidida. Volvió al coche; el llanto de William se mezclaba con el zumbido en sus oídos y el grito de su propio corazón.

Se sentó frente al volante y advirtió que había dejado las llaves pegadas. Aseguró a William en el asiento a su lado y se dirigió al aeródromo, parpadeando constantemente para aclarar un poco su vista.

No supo bien cómo, pero llegó al aeródromo. Enseñó el pase que tenía siempre en el tablero y el guardia la dejó pasar. Siguió hasta el hangar, aturdida, trastornada por la conmoción y el dolor. Estacionó el coche sin ningún cuidado, envolvió a William en su cobija y bajó. El pie se le atoró en la correa de su bolso... no, era el bolso de Scarlett.

Eso significaba que tenía los papeles de William, pero ¿y los de ella?

«Con Scarlett». Ya lo resolvería más tarde. Envolvió a William entre sus brazos y tropezó frente al automóvil donde un hombre alto y uniformado se apresuró a alcanzarla. Era muy parecido a Jameson, debía ser su tío.

—¿Vernon? —preguntó y sujetó con más fuerza a William, en un reflejo.

—Dios mío, ¿estás bien?

Los ojos de ese hombre eran tan verdes como los de Jameson; se abrieron sorprendidos y alterados al verla.

—Tú eres Vernon, ¿cierto? —Nada más importaba—. ¿El tío de Jameson?

El hombre asintió y examinó su rostro con cuidado.

—¿Scarlett?

Su corazón se quebró; un dolor enceguecedor partió la neblina.

—Mi hermana murió —murmuró—. Justo ahí, en mis brazos, murió.

—¿Quedaron atrapadas en el bombardeo? —preguntó frunciendo el ceño.

Ella asintió.

—Mi hermana murió —repitió—. Traje a William.

—Lo siento mucho. Tienes una herida bastante profunda en la frente.

Con una mano, la sostuvo de un hombro y con la otra presionó un pañuelo sobre su frente.

—Señor, no tenemos mucho tiempo. No podemos retrasar el vuelo otra vez —dijo alguien.

Vernon maldijo entre dientes.

—¿Tienes todo lo que necesitas? —le preguntó a Constance.

—El equipaje está en la cajuela. Un baúl y dos maletas, como dijo Jameson... —Su voz se quebró—. Yo misma los empaqué.

El rostro de Vernon se ensombreció.

—Lo encontrarán —prometió—. Tienen que encontrarlo. Hasta entonces, esto era lo que él quería.

El dolor en su mirada se reflejó en la de ella. Constance asintió. «No lo encontrarán, al menos, no vivo». Era un sentimiento profundo. Su corazón le decía que Jameson estaba con Scarlett. William estaba solo. ¿Qué sería de él?

—Vayan por el equipaje —ordenó Vernon a los hombres que estaban detrás de él. Luego acarició con el pulgar la mejilla de William y la cobija que lo envolvía—. Reconocería el trabajo de mi hermana en cualquier parte —murmuró con una leve sonrisa.

Mientras descargaban las maletas y las llevaban a la pista, estudió el rostro de Constance y su mirada se suavizó.

—Tus ojos son tan azules como él los describió —dijo en voz baja; luego miró a William—. Y veo que tú también los tienes.

—Es de familia —masculló Constance.

Familia. ¿En verdad iba a darle a su sobrino, el hijo de Scarlett, a un total y completo desconocido solo porque tenían una relación de parentesco?

«Protégelo». La voz de Scarlett resonó en sus oídos. Podía hacerlo, por ella.

—Al parecer, la herida en tu frente es escandalosa, pero no tan grave —dijo Vernon, examinando su rostro conforme dejaba de presionar y alejaba el pañuelo—, aunque estoy seguro de que tienes la nariz rota.

—No importa —respondió sencillamente. Nada importaba.

Vernon frunció el ceño.

—Vamos al avión. Los médicos pueden revisarte antes de que nos dirijamos a Estados Unidos. Siento mucho lo de tu hermana —agregó en voz baja, poniendo la mano en su espalda para dirigirla hacia la pista—. Jameson me contó lo unidas que eran.

Todo el cuerpo de Constance se tensó al escuchar ese verbo en pasado, pero siguió avanzando, caminado y pronto llegaron a la pista donde giraban las hélices de un bombardero Liberty convertido. Sabía que el ATC transportaba a los pilotos de regreso a Estados Unidos.

Algunos oficiales uniformados esperaban junto a la puerta; seguramente terminaban de redactar el manifiesto.

—¡Mierda! —exclamó uno de los oficiales entre dientes al ver el rostro de Constance.

—¿Qué pasa, O'Connor? —espetó Vernon—. ¿Nunca habías visto a una mujer que quedó atrapada en un bombardeo?

—Perdón —masculló el hombre desviando la mirada.

—No me digas que ese bebé va a llorar todo el camino hasta Maine —bromeó uno de los yanquis en un intento obvio por aligerar el momento incómodo.

—Ese bebé —dijo Vernon señalando a William— es William Vernon Stanton, mi sobrino nieto. Y puede llorar todo el maldito camino si eso quiere.

—Sí, señor —respondió el oficial, haciendo un saludo militar hacia Constance.

Luego, subió a bordo.

—¿Tienes todos tus papeles? —preguntó Vernon mirando su bolso... no, el bolso de Scarlett.

—Sí —respondió en un murmullo.

Su estómago dio un vuelco y sintió que perdía el equilibrio. «Tus ojos son tan azules como él los describió». Vernon pensaba que era Scarlett. Todos lo pensaban. Abrió la boca para corregirlo, pero no salió ni una palabra.

—Excelente.

El último oficial que quedaba levantó su portapapeles y miró a Vernon y a Constance.

—Teniente coronel Stanton —dijo asintiendo al tiempo que palomeaba el nombre en su lista—. No esperaba que William Stanton fuera tan joven, pero aquí está. —Revisó su lista de nuevo—. Solo queda...

«Protégelo».

«Con mi vida». Se lo había prometido a Scarlett y eso era exactamente lo que haría... daría su vida por William, solo Scarlett podía acompañarlo, protegerlo.

Levantó el rostro, acomodó a William sobre su cadera y abrió el bolso con dedos temblorosos para sacar la visa que había guardado ahí esa mañana. En cierto sentido, el daño que había sufrido su cara era una bendición. Le entregó los papeles al oficial, mostrándole la cicatriz en la palma de la mano que correspondía a la descripción. Luego besó a William en la frente y en silencio le pidió perdón.

—Soy Scarlett Stanton.

CAPÍTULO TREINTA Y CINCO

Georgia

—Dios mío —murmuré al tiempo que la última página caía sobre el piso a mis pies.

Tenía la respiración entrecortada y un par de lágrimas cayeron sobre el papel. Gran no era Scarlett, era Constance.

Los oídos me zumbaban como si los engranajes en mi mente giraran cuatro veces más rápido, tratando de procesarlo todo, de darle sentido a lo que había escrito. Todos estos años y nunca dijo una sola palabra. Ni una sola. Se había llevado el secreto a la tumba, lo había llevado sola a cuestas. ¿O el bisabuelo Brian lo supo?

Recogí la hoja que se había caído y la acomodé al final del capítulo. Luego metí el fajo al sobre. ¿Por qué no me dijo? ¿Por qué ahora cuando no podía preguntar nada?

Rompí con facilidad el sello del tercer sobre y casi rompo los papeles en mi prisa por leerlos.

Mi queridísima Georgia:

¿Me odias? No podría culparte. Sin duda hubo días en los que me odiaba a mí misma cuando firmaba con su nombre y sentía el gran fraude que era. Pero esta carta no es para mí, es para ti. Así que permíteme responder a las preguntas obvias.

Cuando sobrevolábamos el Atlántico Norte, William se quedó dormido, acurrucado y caliente en los brazos de Vernon.

493

En ese momento me golpeó la realidad de lo que había hecho. Había tantas maneras de que saliera mal; sin embargo, no podía decir la verdad, no cuando William estaba en juego. Era solo cuestión de tiempo para que la verdad saliera a la luz y me viera obligada a regresar a Inglaterra. Todo lo que necesitaba era tiempo suficiente para conocer a la familia de Jameson; para asegurarme de que William estaría en buenas manos. Tenía que hacerlo.

Saqué papel y pluma del bolso y le dije adiós a Constance; sabía que al poner esta carta en el correo ayudaría a convencer a mi familia de que William estaba fuera de su alcance.

Dos días después de que llegamos a Estados Unidos, mandé esa carta y me topé con un periódico británico en el lobby de nuestro hotel. Tenía una lista de los decesos recientes por los bombardeos de junio. Mi corazón dejó de latir en el momento en que leí «Constance Wadsworth» en la lista de muertos. En ese momento recordé que los conductores de la ambulancia se habían llevado mi bolso cuando junto con el cuerpo de mi hermana.

Que Dios me ayude; en ese momento entendí que podía quedarme con William, no solo hasta que supiera que estaría bien, sino para siempre. Para mi madre, mi padre y Henry, Constance estaba muerta. Nadie diría lo contrario. Era libre si continuaba siendo Scarlett. Mi mentira temporal se convirtió en mi vida.

Vernon me llevó a inmigración donde me dieron una nueva identificación con mi rostro plasmado en ella. Cuando el fotógrafo tomó mi foto, aún tenía la cara hinchada por el bombardeo y la nariz vendada. Los otros rasgos distintivos, la cicatriz y los lunares, correspondían a la perfección, como siempre había sido.

La familia de Jameson fue tan cálida, tan acogedora, incluso ante su insoportable dolor. Fui testigo de cómo la luz se *apagaba poco a poco en la mirada de su madre conforme pasaron los meses y los años sin tener noticias del frente sobre la desaparición de Jameson. Yo no tenía que fingir mi dolor, mi pena por la pérdida de Jameson y Edward, pero sobre todo de mi hermana, era demasiado real.*

Ella había estado a mi lado desde el momento en que nací. Nos criaron juntas, juramos enfrentar la guerra juntas; sin embargo, yo estaba aquí, criando a su hijo en un país extranjero que ahora era el mío, practicando su firma una y otra vez para luego quemar las páginas y que nadie sospechara.

El primer reto llegó el día en que Beatrice me preguntó cuándo tenía pensado empezar a escribir otra vez. Ah, me parecía a mi hermana e incluso hablaba como ella. Conocía los detalles más íntimos de su vida, pero ¿escribir? Ese nunca había sido mi talento. Quizá debí decirles en ese momento, pero el miedo a que me separaran de William era más de lo que podía soportar. Así que fingía escribir cuando nadie me veía. Volví a mecanografiar La hija del diplomático, *página por página, corrigiendo errores gramaticales y cambiando algunos pasajes para poder decir con franqueza que había escrito algo en él. Me di cuenta de que las mentiras eran más fáciles cuando se basaban en la verdad, así que intentaba ser auténtica cada que me era posible.*

No presenté La hija del diplomático *para su publicación. Beatrice lo hizo el año que terminó la guerra, el mismo en que terminamos el kiosco donde el arroyo forma una curva, y donde Jameson le pidió a Scarlett que lo esperara. Ese fue el año en que Beatriz aceptó lo que yo ya sabía: Jameson no volvería a casa. Ayudé a construir el kiosco para un futuro que solo existía en mi imaginación, un futuro en el que el amor y la tragedia no caminaran de la mano.*

El problema al firmar el contrato del primer libro fue la solicitud de un segundo, tercero, cuarto. Revisé los papeles en la caja de sombreros, utilicé los capítulos parciales, sus notas de distintas tramas, y cuando mi propio corazón fallaba, sencillamente imaginaba que ella estaba a mi lado; como cuando nos escondíamos en casa de nuestros padres, cuando caminábamos por esos largos caminos, cuando nos sentábamos frente a la mesa de la cocina y me decía qué pasaba después. De esa manera vivía en cada uno de los libros que yo mecanografiaba y después en los que yo escribí, cuando la caja quedó vacía.

Hice construir la casa con el espacio suficiente para la familia de Jameson y nos mudamos.

Luego llegó Brian. Oh, Georgia, me enamoré de su mirada cálida y su suave sonrisa el primer año que rentamos la cabaña. No era lo mismo que había sentido por Edward, él fue el amor de mi vida, pero era firme, cálido y tan agradable como el deshielo de la primavera. Después de Henry... en fin, necesitaba un trato amable.

Beatrice lo vio. Lo sabía.

William también se dio cuenta. Nunca me mostró su desacuerdo. Nunca me hizo sentir culpable, pero el año que cumplió dieciséis, nos sorprendió a Brian y a mí bailando en el kiosco. El fonógrafo desapareció al día siguiente. Tenía la sonrisa y la pasión por la vida de su padre, y los ojos y la voluntad férrea de su madre. Era lo mejor que había hecho en mi vida y el día que se casó con Hannah, el amor de su vida, me dijo que ya era hora de que yo me casara con el mío.

Le respondí que al amor de mi vida se lo había llevado la guerra, y era cierto. Él dijo que Jameson querría que fuera feliz y eso también era cierto: cada año, Brian me proponía matrimonio y cada año le respondía que no.

Georgia, en mi interior hay un lugar gris, sombrío, en el que soy la chica que fui y la mujer en la que me convertí ese día; tanto Constance como Scarlett. Y en ese lugar gris yo seguía casada con Henry Wadsworth, aunque él volvió a casarse y mudó a su nueva familia a la propiedad por la que arruiné mi vida, la tierra en la que enterró a mi hermana en su único gesto romántico. Y quizá la chica de la que habían abusado de forma tan atroz adquirió un placer perverso al pensar que podía destrozarle la vida si tan solo admitía que estaba viva.

La mujer que yo era se negaba a permitir que la sombra menguara la luz de Brian; se negaba a llevarlo a un matrimonio que, a fin de cuentas, era tan fraudulento como yo. Pero no podía decirle la verdad, eso lo hubiera hecho cómplice de mis crímenes. Dejó de proponerme matrimonio en 1968.

El día que leí que Henry Wadsworth había muerto de un infarto fulminante, corrí a la clínica veterinaria donde trabajaba Brian y le rogué que me propusiera matrimonio otra vez. Solo hasta que William me dio permiso, le dije a los abogados que empezaran el papeleo para Jameson.

Me casé con Brian diecisiete años después de que nos conocimos, y la década que estuvimos casados fue la más feliz de mi vida: encontré mi final feliz. Nunca dudes eso. William y Hannah llevaban mucho tiempo deseando tener un hijo, y Ava era la niña de sus ojos, y de los míos. Ojalá la hubieras conocido antes del accidente, Georgia. La tragedia tiene una manera de destrozar las cosas frágiles y de soldar los fragmentos de maneras que no podemos controlar. A algunos los hace más fuertes, más resilientes; para otros, los fragmentos se funden antes de sanar y solo dejan bordes afilados. No puedo darte otra explicación o excusa por la manera en la que te apartó todos esos años.

Tú, mi dulce niña, fuiste la luz de mi larga vida. Tú fuiste la razón por la que disminuí el ritmo para vivir con más intención, con menos miedo. Tú, Georgia, que me recordabas tanto a mi hermana. Tienes su voluntad indomable, su corazón fuerte, su espíritu intenso y sus ojos... mis ojos.

Ruego para que este paquete te encuentre feliz y absolutamente enamorada del hombre que consideras digno de tu corazón. También espero que ya te hayas dado cuenta de que ese hombre no es Damian, a menos de que hayas tenido una revelación entre lo que ahora es tu sexto año de matrimonio y el momento en el que abras este paquete; el séptimo. Y sí, puedo decirlo porque estoy muerta. Cuando estaba viva tú eras una persona decidida, y que Dios socorriera a la persona que intentara cambiar tu cabecita testaruda.

Algunas lecciones debemos aprenderlas por nosotros mismos. ¿Por qué decírtelo ahora que ya no estoy? ¿Por qué enfrentarte a esta verdad cuando nunca se lo confié a nadie más? Porque tú, más que cualquier otro Stanton, necesitas saber que fue el amor lo que te trajo aquí. Nunca he visto un amor como el de Scarlett y Jameson. Fue uno de esos relámpagos predestinados que era un milagro ver de cerca, sentir la energía entre ellos cuando estaban en la misma habitación. Ese es el amor que corre por tus venas.

Nunca he visto otro amor como el que sentí por Edward, éramos almas gemelas. Pero tampoco he visto otro amor como el que sentí por Brian: profundo, tranquilo, verdadero. O uno como el de William por Hannah: dolorosamente dulce.

Sin embargo, sí he visto el mismo amor que sentí por William el día que abordamos ese avión. Vive en ti. Tú eres la culminación de cada relámpago y giro del destino.

No te conformes con el amor que adormece tus sentidos y te hace frágil y fría, Georgia. No cuando hay tantos otros tipos de amor aguardándote. Y no esperes tanto como yo lo hice; desperdicié diecisiete años porque aún tenía un pie en mi pasado.

Todos tenemos derecho a cometer errores. Una vez que los reconozcas por lo que son, no vivas en ellos. La vida es muy corta para perderse ese relámpago y demasiado larga como para vivirla sola.

Aquí termina mi historia. Te estaré cuidando para saber adónde te lleva la tuya.

Con todo mi amor,
Gran

Las lágrimas bañaban mi rostro cuando terminé la última página, y no eran de las que se derraman silenciosas. Ah, no, era una moquera.

Había vivido setenta y ocho años de su vida como Scarlett sin que la llamaran por su propio nombre. Nunca permitió que nadie más cargara con el peso de lo que había hecho y padecido la muerte de Edward, Jameson, Scarlett, Brian... luego la de William y Hannah; sin embargo, la pena no la había insensibilizado.

Dejé la carta sobre el escalón, tomé mi teléfono y caminé tambaleándome a la oficina. Tomé la fotografía enmarcada de Scarlett y Jameson que estaba sobre el escritorio; me golpeé las rodillas contra los gabinetes del librero donde busqué los mismos álbumes que le había enseñado a Noah meses antes.

«William. William. William». La primera fotografía de Gran la tomaron en 1950, mucho tiempo después del bombardeo de Ipswich, como para que alguien cuestionara las diferencias físicas. No solo rehuía la lente de la cámara; la evitaba deliberadamente.

Examiné ambas fotos, tenía que verlo por mí misma.

La barbilla de Scarlett era un poco más afilada y el labio inferior de Constance un poco más grueso. La misma nariz. Los mismos ojos. El mismo lunar. Pero no era la misma mujer.

«La gente ve lo que quiere ver». ¿Cuántas veces me lo había dicho a lo largo de los años? Todo el mundo había aceptado que Constance era Scarlett porque nunca tuvieron razones para cuestionarlo. ¿Por qué lo harían si tenía a William?

La jardinería. Las pequeñas diferencias de estilo en la prosa que Noah había advertido. La manera de cocinar, todo tenía sentido.

Hojeé el álbum hasta que encontré la foto de su boda con el bisabuelo Brian. En sus ojos brillaba un amor verdadero, real. El final de Noah era mucho más apegado a la vida de lo que él suponía, aunque no era el final de Scarlett, sino el de Constance.

Scarlett murió en una calle en ruinas hacía casi ochenta años. Jameson debió morir aproximadamente en esos días. Su separación no duró mucho. Todo este tiempo estuvieron juntos.

Respiré entre sollozos, me enjugué las lágrimas con la manga de mi camisa y busqué mi teléfono celular.

Si Gran había vivido una mentira para brindarme esta vida, entonces yo le debía vivirla.

Noah aún no había leído el mensaje que le envié, pero de todas formas lo llamé. Sonó cuatro veces. Buzón de voz. Ni siquiera tenía un mensaje personalizado y yo no iba a verter mi corazón en un mensaje de voz. Ahora que las reseñas se habían publicado, no me sorprendía que no contestara.

Contuve el aliento. Me puse de pie y me senté en la silla frente al escritorio. Busqué en mi correo electrónico hasta que encontré el teléfono de Adam.

—Adam Feinhold —respondió.

—Adam, soy Georgia —espeté—. Stanton, quiero decir.

—Imaginé que no era el estado el que me llamaba —dijo arrastrando las palabras—. ¿En qué puedo ayudarla, señorita Stanton? Estamos un poco ocupados hoy.

—Sí, me lo merezco —admití haciendo una mueca como si pudiera verme—. Traté de llamar a Noah primero...

—No tengo idea dónde está. Me dejó un mensaje diciendo que saldría de viaje para hacer una investigación y que volvería a tiempo para la promoción de la publicación que debemos realizar.

Parpadeé.

—¿Noah se fue?

—No se fue, está investigando. No se preocupe, lo hace con todos los libros menos con el suyo, puesto que la investigación ya estaba hecha.

—Ah.

El corazón se me cayó a los pies. Ahí iba mi oportunidad de asirme al relámpago.

—Sí sabe que está muriéndose por usted, ¿verdad? —dijo Adam con voz suave—. Y lo digo como su mejor amigo, no como su editor. Está destrozado. O al menos estaba destrozado. Esta mañana solo parecía enojado, pero fue después de las críticas. Christopher está mucho más enojado; como director editorial es absolutamente posible, créame.

Llegaba con veinticuatro horas de retraso para decirle que me había equivocado. Y mucho. Pero quizá podría demostrárselo. Al menos podía intentarlo.

—¿Noah editó ambas versiones?

—Sí. Revisiones finales y todo. Se lo dije, está como loco por usted.

—Bien. —Sonreí, demasiado feliz para aclarar mi afirmación.

—¿Bien?

—Sí. Bien. Ahora, vaya por Christopher.

CAPÍTULO TREINTA Y SEIS

Noah

La única institución que era más lenta que la industria editorial era el gobierno de Estados Unidos. Sobre todo cuando tenía que trabajar en coordinación con otro país y nadie podía ponerse de acuerdo de quién era responsable de qué. Pero seis semanas y un par de miles de dólares después, obtuve la respuesta a una de mis preguntas.

Estaba empezando a creer que lo mejor era que la otra quedara sin respuesta.

Lancé una maldición cuando me quemé la lengua con el café recién hecho y entrecerré los ojos hacia el rayo de sol que entraba por las ventanas del departamento. El cambio de horario era un dolor de muelas y, de cualquier forma, yo tampoco había mantenido rutinas regulares en casa.

Llevé mi taza de lava al sofá, encendí la laptop y revisé mis millones de correos electrónicos. Ignorar el mundo real durante seis semanas provocaba serias complicaciones en mi bandeja de entrada con los que no tenía ganas de lidiar aún.

Ahora el teléfono. Como siempre, revisé los mensajes de texto y encontré el último de Georgia.

Georgia:
Lamento las críticas.

Era el que me había llegado cuando aterricé el día después de que toda la industria editorial estuvo unánimemente de acuerdo en que era un imbécil; algo que, en su defensa, era cierto, solo que no por las razones que vociferaban por doquier. Leí el resto de la conversación, algo que se había vuelto mi rutina, tanto como el café.

> **Noah:**
> Cumplí mi palabra.

> **Georgia:**
> Lo sé. Voy a tomarme un tiempo, pero llámame cuando regreses.

> **Noah:**
> Lo haré.

Eso era todo. Hasta ahí lo dejamos. Ella se «tomaría un tiempo», que más o menos se traducía en «déjame en paz», así que eso hice. Durante seis malditas semanas.

¿Cuánto tiempo más necesitaba la mujer? ¿Ese tiempo incluía hoy? Ahora que había regresado a casa, ¿se suponía que debía llamarla? ¿O darle más tiempo?

Habían pasado tres meses desde que ella alzó su barbilla terca y estoica y me corrió de su casa por la mentira que le conté de manera tan ridícula. Tres meses desde que esos ojos se llenaron de las lágrimas que yo provoqué. Tres meses y yo la seguía amando tanto que me dolía. No pude haber creado un personaje más enfermo de amor y tenía las ojeras para probarlo.

Mi madre llamó y respondí el teléfono.

—Hola, mamá. Apenas llegué anoche. ¿Recibiste el ejemplar?

Normalmente yo le llevaba en persona la última publicación, pero no estaba seguro de soportar ver su cara cuando se diera cuenta de lo que había hecho con la última obra de Scarlett Stanton.

—¡Me llegó anoche por paquetería! ¡Estoy muy orgullosa de ti!

Mierda, sonaba feliz; claro, todavía no leía el final.

—Gracias, mamá.

La laptop a mi lado empezó a emitir pitidos de las alertas de Google que llegaban con más críticas. En serio, tenía que apagar esa porquería.

—Me encanta, Noah. Te superaste a ti mismo. ¡Ni siquiera puedo decir dónde termina la prosa de Scarlett y dónde comienza la tuya!

—Bueno, estoy seguro de que lo averiguarás cuando llegues al final. Es bastante obvio —dije en un quejido al tiempo que me hundía un poco más en el sofá. El infierno tenía un lugar especial para las personas que decepcionaban a su madre—. Y quiero que sepas que lo siento.

—¿Lo sientes? ¿Por qué?

—Espera y lo verás.

Debí quedarme en el extranjero, pero incluso esa distancia no era suficiente para salvarme de la ira de mi madre.

—Noah Antonio Morelli, ¿vas a dejar de hablar sin sentido? —repuso—. Me quedé despierta toda la noche y lo leí completo.

El estómago se me cayó al piso.

—¿Sigue en pie tu invitación para el Día de los Caídos?

—¿Por qué no seguiría? —preguntó. Sospechaba algo.

—¿Porque masacré el final?

Me froté las sienes, esperando que cayera el hacha.

—Ah, deja de hacerte el humilde. Noah, ¡es hermoso! Ese momento en la arboleda de álamos, cuando Jameson ve...

—¿Qué? —Me erguí de inmediato y la laptop se estrelló en el piso—. Jameson... —No era eso lo que había pasado. Al menos no en la versión que publicaron. «Adam»—. Mamá, ¿tienes el libro ahí contigo?

—Sí. Noah, ¿qué está pasando?

—Francamente, no estoy seguro. Hazme un favor y ábrelo en la página legal.

Adam debió imprimir una edición especial para ella. Carajo, le debía una buena.

—Ya.

—¿Es una edición especial?

—Bueno, no si las primeras ediciones son especiales.

¿Qué demonios? Recogí la laptop del piso y abrí la primera alerta de Google. Era el *Times* y la primera línea fue como un gancho al hígado.

«Harrison incorpora de manera impecable la visión de Stanton...»

—Mamá, te quiero, tengo que irme —dije haciendo clic en la hilera de alertas.

Todas eran una variación de lo mismo.

—Okey. Te amo, Noah. Deberías dormir más —dijo con su autoritarismo afectuoso acostumbrado.

—Lo haré. Yo también te amo.

Colgué y marqué el número de Adam. Respondió a la primera.

—¡Bienvenido a casa! ¿Cómo estuvo el viaje? ¿Listo para empezar el nuevo libro del próximo año?

¿Por qué estaban todos tan alegres esta mañana?

—«Harrison incorpora de manera impecable la visión de Stanton con su propia concepción de romance clásico. Una obra que no se puede perder». *The Times.* —Leí.

—¡Muy bien!

—¿Hablas en serio? ¿Y qué tal este? —espeté—. «Nos engañaron. Cómo la provocación y el cambio de la década sorprende y alivia a los aficionados». El *Tribune*.

Apreté los puños.

—Nada mal. Hasta parece que lo hicimos a propósito, ¿no?

—Adam —dije en tono amenazador.

—Noah.

—¿Qué demonios le hiciste a mi libro? —grité.

Todo estaba arruinado. Todo lo que arriesgué por ella estaba hecho ruinas. Nunca me perdonaría por esto, nunca confiaría en mí por más tiempo que le diera.

—Precisamente lo que la única persona que tiene el derecho contractual me dijo que hiciera —respondió despacio.

Solo había una persona que podía aprobara los cambios sin mí y su tiempo había acabado oficialmente.

CAPÍTULO TREINTA Y SIETE

Georgia

—Hablando de extasiarse —dijo Hazel en un suspiro.

—Sí, esa parte es buena.

Cambié el teléfono a la otra oreja y terminé de quitarme la tierra de las manos. Los primeros brotes habían crecido y en unas semanas estarían lo suficientemente fuertes para trasplantarlos al jardín. Justo a tiempo en el que el clima sería más amable para permitirlo.

—Y santa noche de bodas, Batman. Tengo que saberlo: ¿eso es de tu bisabuela o hay un poco de Noah en la narración? Porque es tan sexi que tuve que ir de inmediato al consultorio de Owen.

—No sigas, no necesito esa imagen la próxima vez que vaya al dentista.

Me sequé las manos y traté de no pensar en cuánto había aportado Noah. Supongo que había decidido demostrarme que me equivocaba sobre el comentario de «insatisfactorio» que hice aquel día en la librería.

—Está bien. Pero en serio, es muy sexi.

—Sí, sí —respondí y sonó el timbre de la puerta

—¿Estás segura de que no quieres venir a cenar? —pregunté mientras avanzaba por el pasillo hasta el recibidor—. Odio la idea de que comas pizza una noche como esta. Deberías estar celebrando. Gran hubiera adorado este libro.

—Estoy bien. Y sí, seguramente le hubiera encantado. Espera, ya llegó mi pizza.

Abrí la puerta de par en par y mi corazón se paralizó, para después latir a todo galope.

—Georgia.

Noah estaba de pie en el umbral; su mirada ardiente hizo que se me secara la boca al instante.

—Hazel, me tengo que ir.

—¿En serio? ¿No quieres reconsiderarlo? Porque nos encantaría que vinieras.

—Sí, estoy segura. Noah está aquí.

Lo anuncié de la forma más despreocupada que pude, dado que no podía respirar. Tres meses de nostalgia me golpearon con la fuerza de una bola de demolición.

—Ah, bien. Pregúntale por la escena de sexo, por favor —bromeó.

Noah arqueó una ceja; era obvio que había escuchado.

—Mmm, creo que esa conversación tendrá que esperar. Parece un poco perturbado.

Sujeté con más fuerza el picaporte solo para conservar el equilibrio. La autopreservación me decía que debía apartar la mirada de esos ojos castaños, pero las leyes de la magnética no me lo permitían.

—Espera, no estás bromeando, ¿o sí? —Su voz perdió todo su humor.

—No.

—*¡Bye!*

Colgó y me dejó sola frente a un Noah que parecía increíblemente molesto.

—¿Me vas a dejar pasar? —preguntó, metiendo los pulgares a los bolsillos.

Debería ser un delito ser tan guapo.

—¿Me vas a gritar? —repuse.

—Sí.

—Muy bien, pues…

Me hice a un lado y él entró. Cerré la puerta y me recargué contra ella.

En el recibidor, dio media vuelta; nos separaban unos cuantos pasos. La distancia era al mismo tiempo demasiada y no suficiente.

—Creí que me ibas a hablar cuando regresaras —dije con voz débil.

Me había preparado para muchas cosas hoy, pero verlo no era una de ellas, aunque no me quejaba.

Entrecerró los ojos, sacó su teléfono del bolsillo trasero del pantalón y marcó dos números. Mi teléfono sonó.

—¿Es una burla? —pregunté al ver su nombre en mi pantalla.

Se llevó el teléfono a la oreja en descarado desafío. Puse los ojos en blanco y contesté.

—Hola, Georgia —dijo con una voz grave que me hizo el estómago papilla—. Ya regresé.

—¿Cuándo? —pregunté.

Me ruboricé al darme cuenta de que estaba hablando con él por teléfono en medio de mi recibidor. Él esbozó una sonrisa francamente sarcástica.

—Uf —me quejé. Ambos guardamos el teléfono en el bolsillo trasero—. Responde la pregunta.

—Hace dieciocho horas —respondió remangándose el suéter—. Seis de las cuales dormí. Pasé una averiguando qué habías hecho y once en total para reservar un vuelo, ir al aeropuerto, las horas de vuelo, rentar un coche y manejar hasta aquí desde Denver.

—Muy bien.

—¿Tú ya tuviste suficiente tiempo? —Volvió a meter sus pulgares a los bolsillos—. ¿O todavía quieres que te deje en paz?

—¿Yo? —exclamé con voz aguda—. Fuiste tú quien desapareció. Pensé que regresarías una semana después, quizá dos, pero no seis. Pudiste llamar para avisarme, enviar noticias o una paloma mensajera. Algo.

—Tú me dijiste que querías tomar tiempo y que te llamara cuando regresara. Esas instrucciones son bastante específicas, Georgia, y carajo, me mató tener que seguirlas.

—Ah.

—¿Por qué cambiaste el final del libro? —preguntó abruptamente.

«Ahí vamos».

—Ah, sí, eso. —Crucé los brazos bajo mis pechos, deseando haber elegido algo mejor que estos jeans y una camiseta de manga larga. Esta conversación requería una armadura... o lencería.

—Sí, eso. —Alzó las cejas—. ¿Por qué lo cambiaste?

—¡Porque te amo!

Abrió los ojos sorprendido.

—Porque te amo —repetí, esta vez sin gritar—. Y tenías razón sobre el final. Yo estaba equivocada. No quería echar a perder tu carrera porque yo estaba amargada, fría y sarcástica.

Antes de que terminara la oración ya estaba sobre mí, su cuerpo presionaba el mío contra la puerta, sus manos en mi cabello, su boca me besaba en un feliz abandono.

Dios, cuánto extrañaba esto, cuánto lo extrañaba a él. Le devolví el beso con fervor; pasé los brazos alrededor de su cuello y él me cargó, colocando las manos debajo de cada uno de mis muslos. Entrelacé mis tobillos en la parte baja de su espalda: más cerca. Lo necesitaba más cerca.

Tomó mi boca una y otra vez, su lengua se movía con caricias profundas que me encendieron como si hubieran tirado un cerillo a un charco de gasolina, como un rayo en la yesca.

—Espera —dijo contra mi boca y se apartó de pronto como si lo hubiera mordido—. Todavía no podemos hacer esto —agregó con el pecho agitado.

—¿Qué? —Toqué el piso con los pies y un segundo después él estaba en el centro del recibidor con las manos entrelazadas sobre la cabeza—. ¿Qué estás haciendo?

—Todo esto se fue al carajo antes porque te escondí algo.

—Es un momento extraño para mencionarlo, pero okey. —Me recargué en la puerta, tratando de recuperar el aliento. Él no había sido el único que había guardado secretos—. Supongo que en aras de la total transparencia debería decirte que sí puedo tener hijos.

—Pensé… —Frunció el ceño y dos pequeñas arrugas aparecieron en su frente—. No es que eso importe, nunca fue un problema para mí. La biología no marca la única forma de ser padres.

—Pues gracias, pero sí puedo. Es solo que no quería tenerlos con Damian, así que nunca dejé los anticonceptivos. No quería saber qué tipo de madre hubiera sido en esa situación. Eso tampoco se lo dije.

—Bueno, pasé las últimas semanas entre Inglaterra y Países Bajos.

Sacó un pequeño sobre blanco de su bolsillo delantero.

—Investigando para un libro. Adam me dijo.

¿Por eso nos había interrumpido? Podríamos ya estar desnudos ¿y él quería hablar de la investigación?

—No exactamente. Contraté a una compañía de exploración en aguas profundas para tratar de localizar el avión de Jameson con las últimas coordenadas de ese día en las llamadas de radio.

—¿Hiciste qué?

—Creo que lo encontramos la semana pasada. Y cuando digo «creo» quiero decir que estoy bastante seguro, pero hay canales oficiales y mucha burocracia. Transfirieron a las Águilas a las fuerzas estadounidenses hasta septiembre y él cayó en junio, por lo que seguía sirviendo a la RAF, aunque era ciudadano estadounidense. Nadie se pone de acuerdo en la jurisdicción.

Le dio vuelta al sobre entre los dedos

—Pero ¿crees que lo encontraste? —pregunté en voz baja.

—Sí... y no. —Hizo una mueca—. Es un Spitfire, pero las insignias características de la cola están desgastadas y los restos están diseminados.

—¿Dónde?

—A lo largo de la costa de Países Bajos. Es... —suspiró— demasiado hondo para recuperarlo todo, pero enviamos un ROV al fondo. —Avanzó despacio hacia mí—. Encontramos un panel de aluminio del fuselaje y lo que creemos que era la cabina, pero ningún... resto.

—Entiendo. —No sabía si sentirme aliviada o devastada. Llegar tan cerca y seguir sin saber—. Entonces, ¿por qué crees que...?

Noah tomó mi mano con la palma hacia arriba y puso en ella el sobre. Una alianza de oro salió del papel y se deslizó hasta mi mano. Seguía tibio por haber estado en su bolsillo.

—Lee la inscripción.

—J con amor, S. —Sentí un nudo en la garganta—. Es de él —murmuré.

—Eso es lo que creo —dijo Noah. Su voz se hizo más grave—. Y si tú quieres, lo regresaré a su lugar. Buscábamos cualquier cosa que pudiera identificarlo y estaba justo ahí, como si quisiera que lo encontráramos, con inscripción y todo. El equipo que contraté dijo que nunca habían visto algo así.

Cerré el puño sobre el anillo.

—Gracias.

—De nada. Estoy seguro de que te llamarán esta semana. Los estadounidenses. Los británicos. A estas alturas ya no estoy seguro. —Tragó saliva—. Esa no fue la única razón por la que fui a Inglaterra. Sé que quizá esto te haga enojar y no tengo ninguna prueba, pero no creo que... —Negó con la cabeza, respiro hondo y volvió a comenzar—. Creo que el libro, nuestro libro, lo escribieron dos personas diferentes.

—Así fue.

Sonreí despacio; sentía el metal pesado de la alianza contra la palma de mi mano. Noah abrió los ojos y entreabrió los labios, sorprendido.

—Las páginas más viejas, las originales no editadas, las escribió Scarlett durante la guerra. —Tragué saliva—. Y las nuevas, las correcciones y adiciones... todo eso lo hizo...

—Constance —agregó, terminando mi frase.

Yo asentí.

—¿Cómo supiste? Yo no lo supe hasta hace seis semanas. ¿Qué vio él que yo no?

—El libro me dio el indicio. No me hubiera dado cuenta si hubiera sido el último que escribió y no el primero. Después fue el acta de matrimonio. Ella le dijo a Damian que le había llevado años casarse otra vez porque sentía que su primer matrimonio no había terminado, algo que fácilmente se puede interpretar como que seguía enamorada de Jameson, hasta que encontré el certificado de defunción de Henry Wadsworth y los años coincidían. No era suficiente, solo una corazonada y no quería destrozar tu confianza en ella sin tener una maldita buena razón, pero decidí dejar de indagar antes de que alguien se diera cuenta.

—Gran... Constance me lo dijo. Lo escribió todo un año antes de morir y dejó órdenes para que me lo enviaran. Cuando lo leí, te llamé, pero ya te habías ido. Así que llamé a Adam.

—Y cambiaste el final del libro.

Asentí.

—Porque me amas.

Me buscó con la mirada.

—Porque te amo, Noah. Y porque en la vida real, Gran tuvo su final feliz. Luchó por él. No necesitaba que se lo confeccionaran, ya se lo había ganado, ya lo había vivido. Tú le diste a Scarlett y a Jameson la historia que merecían. El accidente, la evasión, la resistencia neerlandesa... todo. Tú terminaste una historia que el destino interrumpió de manera injusta. Gran no pudo hacerlo. La dejó inconclusa porque no podía dejarlos ir, no podía dejar a Scarlett. Tú los liberaste.

Tomó mi rostro entre sus manos.

—Lo hubiera hecho por ti. Te hubiera dado cualquier cosa que desearas sin importar lo que pensaran los demás.

—Lo sé —murmuró—. Porque me amas.

—Porque te amo, Georgia, y ya me cansé de vivir sin ti. Por favor, no me obligues a hacerlo.

Rodeé su cuello con los brazos y arqueé la espalda para rozar mis labios contra los suyos.

—¿Colorado o Nueva York?

—Otoño en Nueva York. Agosto y septiembre, por lo menos. —Sonrió contra mi boca—. Colorado en invierno, primavera y verano.

—¿Por las hojas de los árboles? —pregunté mordiendo suavemente su labio inferior.

—Por los Mets.

—Trato hecho.

CAPÍTULO TREINTA Y OCHO

Agosto de 1944
Poplar Grove, Colorado

—Ten cuidado con los escalones, querido —Scarlett le dijo a William conforme él avanzaba vacilante por el borde del kiosco recién terminado; se aferraba a los barrotes individuales del barandal en su recorrido.

El niño sonrió sobre su hombro y continuó. Ella abandonó el disco que había elegido y se apresuró a tomarlo entre sus brazos, justo antes de que llegara a la escalera.

—Me vas a matar, William Stanton.

William lanzó una risita y ella le besó el cuello; luego lo cargó sobre su cadera y regresó al fonógrafo. La brisa de otoño ondeó su vestido y se pasó el cabello a un lado para mantenerlo alejado de las manos de William. Sus mechones ahora eran más largos y le caían a media espalda; era su calendario personal del tiempo que había pasado desde que le dio a Jameson el beso de adiós en Ipswich.

Dos años y ni una palabra, pero tampoco restos, por lo que se aferró a la esperanza y a la chispa de certeza que cobraba vida en su pecho cuando pensaba en él. Estaba vivo. Lo sabía. En dónde o cómo era un misterio, pero lo sabía. Tenía que estarlo.

—¿Cuál escuchamos, pequeño? —le preguntó a su hijo al tiempo que lo sentaba frente a la pequeña colección de discos que estaba sobre la mesa. Él escogió uno al azar y ella lo puso—. Glenn Miller. Excelente elección.

—¡Manzanas!

—Tienes razón.

El sonido de la orquesta de Glenn Miller inundó el espacio; llevó a William hasta la cobija que había tendido en el otro extremo. Comieron manzanas y queso; no sabía si algún día se acostumbraría a la cantidad de comida que estaba disponible en Estados Unidos, pero no se quejaba. Tenían suerte: no había sirenas antiaéreas ni bombas ni tableros de trazo. No había apagones. Estaban seguros. William estaba seguro.

Todas las noches rezaba que Jameson y Constance también lo estuvieran. Sus dedos rozaron la pequeña cicatriz en su palma y pensó en la correspondiente que estaba en Inglaterra. ¿La herida sobre el ojo de su hermana habría cicatrizado también? Sangraba cuando los obligó a subir al avión ese día que las bombas estallaron sobre ellos en la calle de Ipswich, de las cuales los tres apenas se salvaron.

Ayer empacó dos vestidos nuevos para su hermana y se los envió. Había pasado casi un año desde que Henry se resbaló por la escalera y se rompió su tonto cuello, y según su última carta, había conocido a un apuesto soldado estadounidense que servía en el Cuerpo Veterinario del Ejército.

William se acostó sobre la cobija para su siesta de la tarde y Scarlett pasó las manos por su grueso cabello oscuro. El niño entreabrió los labios en su sueño, igual que lo hacía Jameson. Cuando se aseguró de que estaba profundamente dormido, se apartó con cuidado y volvió al tocadiscos.

Sabía que más tarde pagaría por esa indulgencia, que lo extrañaría mucho más, pero cambió el disco por uno de Ella Fitzgerald. Su corazón dio un vuelco cuando la canción conocida empezó a sonar; durante un momento, ya no se encontraba en medio de las Rocosas de Colorado y a su alrededor no giraban las hojas doradas de los álamos bajo la brisa de la montaña, no, eran las puntas de la larga hierba de verano en un campo justo en las afueras de Middle Wallop.

Cerró los ojos y se meció, permitiéndose por un segundo imaginar que él estaba ahí, con la mano extendida, invitándola a bailar.

—¿Necesitas un compañero?

Contuvo la respiración y abrió los ojos al escuchar la voz que reconocería en cualquier parte. La voz que los últimos dos años solo escuchaba en sus sueños. Pero frente a ella solo estaba el fonógrafo, William dormía en el suelo a su lado y el caudal del arroyo que formaba una curva a unos metros.

—Scarlett —dijo de nuevo.

Detrás de ella.

Dio media vuelta y su vestido giró y golpeó sus piernas en la brisa; de prisa, apartó los mechones de cabello de sus ojos para tener una visión clara.

Jameson ocupaba la entrada del kiosco, recargado contra una de las vigas. Llevaba el gorro bajo el brazo, su uniforme era nuevo, pero estaba arrugado por el viaje, ya no era de la RAF, sino de la Fuerza Aérea de Estados Unidos. Su sonrisa se ensanchó cuando se miraron a los ojos.

—Jameson —murmuró Scarlett, llevándose las manos a la boca.

¿Estaba soñando? ¿Despertaría antes de poder tocarlo? Sus ojos se llenaron de lágrimas mientras su corazón luchaba contra la lógica.

—No, mi amor, no —dijo Jameson avanzando a zancadas hacia ella; su gorra cayó al piso—. No llores.

Tomó el rostro de Scarlett entre sus manos y enjugó sus lágrimas con los pulgares. Sus manos eran cálidas, sólidas, reales.

—En verdad estás aquí —exclamó, acariciando su pecho, su cuello, su mentón con los dedos temblorosos—. Te amo. Pensé que nunca podría decírtelo otra vez.

—Dios mío, te amo, Scarlett. Aquí estoy.

La miró con avidez, hambriento de ella, de sentirla contra su cuerpo. Los años y kilómetros, los combates y aterrizajes forzosos no habían cambiado absolutamente nada, no habían debilitado el amor que sentía por ella.

—Aquí estoy —repitió, porque él también necesitaba escucharlo. Necesitaba saber que habían logrado superar todos los obstáculos que enfrentaron.

Acercó su frente a la de Scarlett y la besó por un largo rato, despacio; respiró su aroma, saboreó su boca con gusto a manzanas, a hogar y a Scarlett. Su Scarlett.

—¿Cómo? —preguntó ella entrelazando los dedos en la nuca de Jameson.

—Mucha suerte —respondió descansando su frente contra la de ella y pasando un brazo por su cintura para acercarla más—. Y una historia muy larga que tiene que ver con una pierna rota, un operativo de resistencia que se apiadó de mí y algunas vacas muy amables que me dieron hospedaje para ocultarme durante tres meses mientras mi pierna sanaba.

Scarlett reprimió una carcajada y sacudió la cabeza.

—Pero ¿estás bien?

—Ahora sí. —La besó en la frente y puso la mano extendida sobre su espalda baja—. Te extrañé cada día. Todo lo que hice fue para poder volver a casa contigo.

Los hombros de Scarlett se estremecieron y un gemido se escapó de sus labios; Jameson sintió un nudo en la garganta, que se había empezado a formar cuando la vio mecerse con la brisa, esperándolo donde el arroyo forma una curva alrededor de los álamos.

—Está bien. Lo logramos.

—¿Tienes que regresar? —preguntó y su voz se quebró.

—No.

Le levantó la barbilla y se perdió en esos ojos azules. No importaba lo detallados que fueran sus recuerdos, lo perfectos que fueran sus sueños, nada se comparaba con lo hermosa que era su esposa.

—No pude salir hasta que Maastricht fue liberada —explicó—. Pasé un año luchando en secreto con la resistencia neerlandesa y sé demasiado como para que se arriesguen a que me capturen; eso significa que los únicos aviones que volaré le pertenecen a mi tío y están aquí.

—Entonces, ¿ya acabó? —preguntó con un tono cargado de la misma desesperación que él sentía.

—Ya acabó. Estoy en casa.

Volvió a besarla, con pasión; Scarlett lo sujetó por las solapas de su uniforme y lo acercó a ella.

—Estás en casa —dijo con una sonrisa enorme y radiante.

Jameson la tomó por la parte trasera de sus muslos y la levantó para que quedaran al mismo nivel. Luego, la besó hasta redescubrir cada línea y curva de su boca.

Un crujido llamó su atención y contuvo el aliento al ver a William dormido sobre la cobija, con una mano bajo su cabeza.

Despacio, bajó a Scarlett.

—Está tan grande.

Ella asintió.

—Es perfecto. ¿Quieres despertarlo?

Sus ojos brillaban alegres. Jameson tragó saliva; sintió presión en la garganta y el pecho al mirar a su hijo dormido y al amor de su vida. Perfecto, todo era perfecto y mejor que cualquier cosa que imaginó durante las noches largas y vacías, y los días desgarrados por la guerra. Hundió las manos en el cabello sedoso de su esposa y le sonrió.

—En unos minutos.

Scarlett esbozó una sonrisa y alzó el rostro para que la besara de nuevo.

—En unos minutos —repitió ella, de acuerdo con él.

Estaba en casa.

CAPÍTULO TREINTA Y NUEVE

Georgia

Tres años después

Sonreí y leí una vez más la última página, antes de murmurar un adiós en silencio a Jameson y Scarlett. Cerré el libro y volví al mundo real, donde mi esposo real se preparaba, cuatro pasillos más allá, para el lanzamiento de su nuevo libro.

Pasé el pulgar sobre los nombres de los autores en la portada. A una la conocía desde que nací, pero nunca la había visto, y al otro lo conocí en este mismo lugar y lo conocería durante el resto de mi vida.

—Puedo decirte cómo termina —susurró Noah en mi oído cuando se me acercó por la espalda; su voz era grave y sus brazos cálidos.

—¿Puedes? —pregunté echándome hacia atrás para darle un beso rápido en el mentón—. Escuché que el final era una sorpresa, incluso para el autor el día del lanzamiento.

Sonreí con descaro.

—Ah. No me imagino.

—Además, tiene escenas sexuales mucho más satisfactorias que en sus libros anteriores —agregué encogiéndome de hombros.

Lanzó una risita.

—¿Leíste su último libro? Estoy seguro de que contó con una excelente inspiración.

—Mmm, tendré que verificarlo.

—Con gusto puedo hacerte una lectura privada.

Lancé una sonora carcajada.

—Okey, eso no sonó muy bien.

—Cierto —admitió—. Definitivamente no fue lo mejor. Qué tal esto: bésame, Georgia, tengo que autografiar algunos libros.

—Eso sí puedo hacerlo.

Incliné la cabeza y lo besé, tratando de que fuera un beso apto para todo público, aunque era difícil, este hombre despertaba pasiones difíciles de contener.

Me sujetó con fuerza y mordió mi labio inferior.

—Te amo.

—Te amo. Ahora, ve a hacer lo tuyo. Yo estaré aquí al lado, haciendo lo mío.

Le sonreí y él me robo otro beso antes de desaparecer en el siguiente pasillo, dejándome aturdida un momento. Lo miré marcharse y una mujer llegó a la sección de novela romántica junto a mí.

—Es muy buen libro —dijo asintiendo con entusiasmo, señalando el ejemplar de tapa dura que tenía en la mano, el último libro de Noah—. Si no lo ha leído, tiene que hacerlo. Créame, no se arrepentirá. Es genial.

—Gracias, siempre aprecio una buena recomendación. ¿Está aquí para los autógrafos?

Me acomodé para balancear mi peso; el embarazo hacía cosas extrañas con mi equilibrio y todavía estaba cansada por el cambio de horario.

—Vengo de Cheyenne, Wyoming —respondió con una sonrisa—. Mi hermana me está apartando un lugar en la fila. ¿Lo ha visto? Es maravilloso. —Alzó las cejas—. En serio.

—Sin duda no lo sacaría de mi cama —dije.

Nunca lo hacía. De hecho, pasaba el mayor tiempo posible dejando que entrara en ella. No se me escapaba que Noah era cada día más apuesto.

—¿Verdad? Yo tampoco. ¡Ah, está empezando!

Se despidió con un movimiento con la mano y desapareció en el siguiente pasillo.

Sonreí y puse el libro en el estante junto a los libros de Scarlett Stanton, a donde pertenecía. Seguía siendo mi favorito de todos los libros de Gran, y también de los de Noah. En esas páginas, Scarlett y Jameson amaron, pelearon y, sobre todo, vivieron.

Aquí, en el mundo real, la semana pasada enterramos el anillo de Jameson bajo la sombra de un gran árbol junto a un estanque tranquilo en Inglaterra, junto a una lápida de mármol cuya inscripción rezaba «Constance Wadsworth». No pude evitar sentir que al fin estaban en paz.

Me dirigí a la puerta. Al pasar junto a la mesa, la mirada de Noah y la mía se encontraron; la suya rebosaba de amor y nos sonreímos como los tontos enamorados que éramos. Ahora nos tocaba a nosotros vivir nuestra propia historia épica de amor y yo atesoraba cada minuto.

Ambos lo hacíamos.

Agradecimientos

En primer lugar, quiero agradecer a mi Padre Celestial por bendecirme más allá de mis sueños más descabellados.

Gracias a mi esposo, Jason, por ayudarme a superar este año, por tomar mi mano en los momentos más oscuros y hacerme reír cuando estaba segura de que nunca más nada me parecería divertido. Gracias a mis hijos, quienes han manejado con gracia y amor las cuarentenas y permanecieron alejados de su hermano, quien corría un alto riesgo. Nunca duden que son esenciales para mi existencia. A mi hermana, Kate, por siempre responder al teléfono. A mis padres, quienes me traen crema para café desde kilómetros de distancia. A mi mejor amiga, Emily Byer, por nunca dudar de mí cuando tardo meses en la fecha de entrega.

Gracias a mi equipo en la editorial Entangled. Gracias a mi editora, Stacy Abrams, por aceptar e involucrarse con este libro. Sencillamente, eres increíble. A Liz Pelletier, Heather y Jessica, por responder a la interminable cadena de correos electrónicos. A mi maravillosa agente, Louise Fury, quien hace mi vida más fácil con solo estar a mi lado.

Gracias a esas esposas que constituyen nuestra profana trinidad, Gina Maxwell y Cindi Madsen, sin ustedes estaría perdida. A Jay Crownover por ser quizá la mejor vecina del mundo. A Shelby y Mel por ayudarme a tener todo en orden. Gracias a Linda

Russel, por traerme siempre pasadores para el pelo. A Cassie Schlenk, por ser la chica exagerada por excelencia. A todos los blogueros y lectores que han apostado por mí todos estos años. A mi grupo de lectura, las Flygirls, por brindarme alegría todos los días.

Por último, puesto que eres mi principio y mi final, gracias de nuevo a mi Jason. Si estás leyendo esto, es 2021. Eso lo dice todo.